परिवर्तनशील विश्व में
भारत की रणनीति

परिवर्तनशील विश्व में
भारत की रणनीति

सुब्रह्मण्यम जयशंकर

अनुवाद

दीपक नरेश

प्रभात
प्रकाशन

प्रकाशक • **प्रभात प्रकाशन प्रा. लि.**
4/19 आसफ अली रोड,
नई दिल्ली–110002

संस्करण • 2025
मूल्य • छह सौ रुपए
मुद्रक • आर–टेक ऑफसेट प्रिंटर्स, दिल्ली

Parivartansheel Vishwa mein BHARAT KI RANNEETI
by Shri S. Jaishankar ₹ 600.00
(Hindi translation of 'THE INDIA WAY')
Published by Prabhat Prakashan Pvt. Ltd., 4/19 Asaf Ali Road, New Delhi-2
by arrangement with HarperCollins Publishers India Private Limited
e-mail: prabhatbooks@gmail.com ISBN 978-93-90366-50-7

मेरे पिता

श्री के. सुब्रह्मण्यम

और

मेरे मार्गदर्शक

श्री अरविंदा आर. देव

को

समर्पित

प्रस्तावना

"बुद्धिमत्ता यही है कि बदलते विश्व की बदलती शैलियों की लय में निरंतर चलते रहें।"

—तिरुवल्लुवर

चार दशकों के राजनयिक अनुभवों से गुजरने के उपरांत जब यह ज्ञात हुआ कि अब तक जिन मान्यताओं पर हम काम करते आए हैं, आज उन्हें सवालों के घेरे में खड़ा किया जा रहा है तो यह सत्य हमें विचलित कर गया। किंतु इसका अर्थ यह नहीं था कि हमारे सारे अनुभव अचानक अप्रासंगिक हो गए। इसके विपरीत ऐसा लगा था कि जिन लोगों ने पिछले कई दशकों का गंभीरतापूर्वक अध्ययन किया है, वे भविष्य का पूर्वानुमान लगाने में अधिक सक्षम थे, हालाँकि तथ्यों के आधार पर सच तक पहुँच जाना आसान नहीं होता। यदि राजनीतिक शुद्धता का दबाव एक चुनौती है तो बढ़ती हुई रूढ़िगत मान्यताओं का बोझ भी कम नहीं। इसी के समकक्ष एक कठिनाई और है—वैश्विक संदर्भों की पर्याप्त समझ और साथ ही उसे देखने का एक विशुद्ध राष्ट्रवादी दृष्टिकोण। वैसे तो यह दुविधा स्वतंत्रता के बाद से ही लगातार बनी हुई है, किंतु राष्ट्रवाद के दौर ने इसकी गंभीरता और तेज कर दी है। ये वह कुछ मुद्दे हैं, जिन्होंने मुझे पिछले दो वर्षों से व्यस्त रखा है।

कई मायने में यह स्वाभाविक था कि मैं उन विषयों पर कुछ लिखूँ, जिनके आसपास मेरा जीवन घूमता रहा है। एक अप्रकाशित पी-एच.डी. थीसिस और भारत-अमेरिका परमाणु संधि के आंतरिक इतिहास के समन्वित प्रभाव ने मेरे आत्मविश्वास को कुछ बल दिया। इस तरह वर्ष 2018 में विदेश सचिव के रूप में मेरे कार्यकाल के समाप्त होने के पश्चात् 'इंस्टीट्यूट ऑफ साउथ एशियन स्टडीज, सिंगापुर' से फेलोशिप मिलते ही मैंने इसकी शुरुआत कर दी थी। तदुपरांत इसके रूप तथा विषय-वस्तु में यदि कोई बदलाव आ भी रहे थे तो उसके मूल में तेजी से बदलते वैश्विक घटनाचक्रों का प्रभाव ही था। जीवन के किसी पड़ाव पर संस्मरण जैसा कुछ लिखने का विचार आया भी तो उसे यह सोचकर टाल दिया कि यह कार्य वे अच्छी तरह से करते हैं, जो अपने उत्तरदायित्वों से मुक्त हो चुके होते हैं। मेरा प्रयास बल्कि यह रहा कि समकालीन राजनीति पर, विभिन्न मंचों पर पारस्परिक परिचर्चाओं के माध्यम से ऐसे तर्क-वितर्कों का विकास हो; जिसे,

जहाँ तक संभव हो, अधिक-से-अधिक सार्थक तथा निष्पक्ष बनाया जा सके।

इन चार दशकों में विश्व को एक शिखर-बिंदु से देखना सचमुच लाभदायक रहा। इस प्रकार, इसके जोखिमों तथा संभावनाओं को निष्पक्ष भाव से देखना संभव हो पाया। मास्को में मेरे राजनयिक जीवन के प्रारंभिक अनुभव ने 'पावर पॉलिटिक्स' के बहुमूल्य सूत्र समझाए—कुछ तो संभवत: अप्रायोजित थे। अमेरिका में मेरी चार कार्यावधियों के दौरान एक ऐसे राजतंत्र के प्रति रुचि जगी, जिसका आत्मविश्वास और लचीलापन अद्वितीय है। जापान का एक लंबा प्रवास, पूर्वी एशिया की सूक्ष्म विसंगतियों तथा हमारे उन पारस्परिक संबंधों के शोध में बीता, जिसकी संभावित क्षमताओं को हम अब तक पूरी तरह आँक नहीं पाए हैं। इसके साथ ही, सिंगापुर में बीता समय वैश्विक गतिविधियों के साथ तालमेल बैठाने के महत्व को समझाने वाला रहा। प्राग तथा बुडापेस्ट के कार्यकाल ने इतिहास की धाराओं के प्रति सजग तथा संवेदनशील रहने की प्रेरणा दी। एक रोचक एवं कठिन श्रीलंका दौरा बहुमूल्य राजनीतिक-सैन्य अनुभव वाला रहा, परंतु अनुभव की दृष्टि से सबसे महत्वपूर्ण कार्यकाल यदि कोई था तो वह चीन का कार्यकाल रहा, जब 2009 में उसमें आए ऐतिहासिक मोड़ से मैं जुड़ा। वहाँ एक राजदूत, तत्पश्चात् अमेरिका में राजदूत और फिर विदेश सचिव के रूप में मैंने तत्कालीन वैश्विक परिवर्तनों को बहुत समीप से देखा, हालाँकि कई वर्षों तक विभिन्न पदों पर कार्यरत रहने के दौरान अपने स्वदेशी राजनीतिक नेतृत्व के साथ रहे मेरे तादात्म्य का अनुभव सर्वोपरि रहा—इसे शब्दों में व्यक्त करना कठिन है। रणनीतिक लक्ष्यों को परिभाषित करने का महत्व, सर्वोत्कृष्ट परिणामों की पहचान और राजनीति एवं नीति की पारस्परिक क्रियाओं का मूल्यांकन—इसकी श्रेष्ठ उपलब्धियाँ रहीं।

विभिन्न घटनाक्रमों के समन्वय से, विगत दो वर्षों में यह पुस्तक लिखी जा सकी। 'थिंक टैंक', 'कॉन्फ्रेंस' अथवा 'बिजनेस फोरम' में दिए गए व्याख्यान इसके मूल अवयव हैं। व्यापक स्तर पर ये सभी प्रासंगिक हैं, किंतु आवश्यकतानुसार इनमें सामयिक संवर्धन किया गया है। 'अवध की सीख'—ऐसे कई अवसरों पर की गई मेरी टिप्पणियों का एक रचनात्मक रूप है। 'विचलन की कला'—'ओस्लो एनर्जी फोरम', 'द रायसीना डायलॉग', 'द सर बानी यास फोरम' और 'सेंटर फॉर स्ट्रेटेजिक एंड इंटरनेशनल स्टडीज' में दिए गए मेरे व्याख्यानों का सार है। 'श्रीकृष्ण का विकल्प'—'साईं फाउंडेशन, नई दिल्ली' में व्यक्त किए गए मेरे विचारों से संकलित किया गया है। 'दिल्ली की रूढ़िगत मान्यताएँ'—चतुर्थ रामनाथ गोयनका स्मारक व्याख्यान का एक

विस्तारित संस्करण है। 'बाबूगीरी और जनमानस'—'सेंट स्टीफंस कॉलेज', 'द हेरिटेज फाउंडेशन', 'द यूनिवर्सिटी ऑफ बर्मिंघम' एवं 'द अटलांटिक काउंसिल' में प्रस्तुत की गई परिचर्चाओं का संकलन है। 'द निम्जो-इंडियन डिफेंस', सिंगापुर में दिए गए एक व्याख्यान पर आधारित है। 'नियति में देरी'—'द दिल्ली पॉलिसी ग्रुप', 'इंडिया फाउंडेशन' तथा 'द इंडिया इंटरनेशनल सेंटर' में की गई परिचर्चाओं का संकलित रूप है। 'प्रशांत भारतीय'—'द इंडिया फाउंडेशन' द्वारा आयोजित तीन 'इंडियन ओशन कॉन्फ्रेंस' तथा एक 'नेशनल मेरीटाइम फाउंडेशन' की व्याख्यान श्रृंखला में अभिव्यक्त तथ्यों का संकलन है। 'कोविड के उपरांत'—इसमें पाँचवें 'रायसीना डॉयलॉग-2020' से लेकर मेरे हाल के दुष्प्रभावों को भी निहित किया गया है।

मैं उन सभी संगठनों का आभारी हूँ, जिन्होंने मुझे अपने विचारों को व्यक्त करने का एक यथोचित मंच दिया। श्रोताओं की प्रतिक्रियाएँ, वाद-संवाद की विषय-वस्तु को और अधिक समृद्ध करने में सहायक सिद्ध हुईं। यदि कभी जानबूझकर इनकी धार तेज की गई तो यह बस मन-मस्तिष्क को एकाग्र करने के उद्देश्य से ही की गई होगी। यह बिल्कुल स्पष्ट है कि चिर-गतिशील वैश्विक परिस्थितियाँ वे महत्वपूर्ण कसौटी हैं, जिन पर हमारी राष्ट्रीय प्रगति को परखा जाता है। कोरोना की विभीषिका इस सच्चाई की पुष्टि ही नहीं करती, बल्कि उन परिवर्तनों के आकस्मिक आगमन की सूचना भी देती है, जिन्हें विश्व कालांतर में देखेगा। इसके परिणामों की गंभीरता को ध्यान में रखते हुए हमें चाहिए कि हम दलगत ओछी राजनीति से ऊपर उठकर इस विषय पर सार्थक तथा निष्पक्ष संवाद करें।

मैं उन सभी लोगों का ऋणी हूँ, जिन्होंने इस पुस्तक की परिकल्पना, लेखन तथा समर्पण में अपना अमूल्य सहयोग दिया, विशेषकर मेरा निर्लिप्त परिवार, अरसे तक मुझे झेलते रहे मेरे मित्र तथा तर्क-प्रेमी मेरे सहकर्मी। मेरा विशेष आभार मेरे अनन्य सहयोगी राधिका, गुरु, राजेश तथा रमेश को, जिनके बिना मेरे इन विचारों को संभवत: शब्द नहीं मिल पाते। चूँकि इस पुस्तक की नैया मेरे अपने ही जीवन के हिचकोलों से जुड़ी थी, मेरे प्रकाशकों, विशेषकर कृशन चोपड़ा ने अपने धैर्य की पतवार थामे रखी। आशा करता हूँ, उनकी यह साहसिक सहनशीलता पुरस्कृत हो पाएगी।

अनुक्रम

1

अवध की सीख

परितुष्ट रणनीति का भय

"शासन करने से विमुख होने का कठोरतम दंड है
किसी अयोग्यतम से शासित होना।"

—प्लेटो

सत्यजित रे की एक मशहूर फिल्म ने कुछ दशक पहले उस भारतीय परितुष्ट मानसिकता को सिनेमा के परदे पर उतारा था, जिसने दुनिया को समझने के इसके व्यापक नजरिए को आकार दिया। फिल्म में दो भारतीय नवाब जब शतरंज की बिसात पर एक-दूसरे को शह-मात देने में व्यस्त थे, ब्रितानी ईस्ट इंडिया कंपनी ने चुपके-चुपके उनसे अवध की संपन्न सल्तनत हथिया ली। आज जब एक और वैश्विक महाशक्ति का उदय हो रहा है—और वह भी भारत के बिल्कुल पड़ोस में—तो यह देश एक बार फिर से इसके परिणामों को लेकर बेसुध नहीं रह सकता। कायदे से तो चीन के उदय को भारत की प्रतिस्पर्धी प्रवृत्ति को धारदार करने के लिए एक प्रेरणादायी अवसर के तौर पर देखा जाना चाहिए, नहीं तो कम-से-कम वैश्विक राजनीति की दिशा और हम पर पड़ने वाले इसके प्रभावों पर एक गंभीर विमर्श की गुंजाइश तो बननी ही चाहिए।

यह इसलिए जरूरी है, क्योंकि इसके समानांतर कई महत्वपूर्ण बदलाव आ रहे हैं। एक प्रत्यक्ष तथा व्यापक पुनर्संतुलन अब बढ़ती क्षेत्रीय अस्थिरता, दुष्कर जोखिम क्षमता, प्रबल राष्ट्रवाद तथा वैश्वीकरण के बहिष्कार के आवरण में आ गया है, लेकिन सबसे विचारणीय परिवर्तन अमेरिका का आशंकित रुख है, जोकि एक लंबे वक्त तक समकालीन वैश्विक व्यवस्था के बुनियादी सिद्धांतों का मेरुदंड रहा है। चीन के उदय पर इसकी प्रतिक्रिया समकालीन वैश्विक राजनीति की दिशा को तय कर सकती है। चूँकि वैश्विक गतिविधियाँ इनकी आंतरिक गतिशीलता में पूरी तरह से आकलित नहीं की जाती हैं, इसलिए ऐसे परिवर्तन प्रायः भारत में अनदेखे रह जाते हैं। ये हमारी चिंतन प्रणाली पर किस तरह से प्रभाव डालते हैं, यह भी किसी निश्चित राजनीतिक कथनों की अनुपस्थिति में हमेशा स्पष्ट नहीं किया जाता है। इसलिए जबकि भारत वैश्विक व्यवस्था में उभर रहा है, इसे न केवल अपने हितों को ज्यादा स्पष्टता से देखने की आवश्यकता है, बल्कि उसे प्रभावी ढंग से प्रस्तुत करने की जरूरत है।

यह भारतीयों के बीच एक ईमानदार संवाद को प्रोत्साहित कर उस दिशा में योगदान देने का एक सार्थक प्रयत्न है, जिसे दुनिया से छुपाने की कोई वजह नहीं है।

अंतरराष्ट्रीय संबंध का मतलब अकसर दूसरे देशों के बारे में हो सकता है, लेकिन न तो इससे अनजान रहने से और न ही इसके प्रति उदासीन होने से इसके प्रभाव कम हो जाते हैं। इसलिए इससे पहले कि घटनाएँ हम पर हावी हों, उनका और विश्लेषण बेहतर होता है, लेकिन हमारा इतिहास कुछ और ही कहानी कहता है, जिसे 'पानीपत सिंड्रोम' में साफ देखा जा सकता है, जिसमें आक्रांताओं और उनकी आक्रमणकारी फौजों को हमने निर्णायक लड़ाइयों के लिए भारत के केंद्र में पहुँचते हुए देखा था। रक्षात्मक रहने का यह दोषपूर्ण विकल्प उस मानसिकता का परिचायक है, जो निहितार्थों को समझने की बात तो जाने ही दीजिए, परिणामों को अच्छी तरह से समझने में भी नाकाम है।

दूसरे विश्वयुद्ध के परिणामों के प्रति तत्कालीन भारतीय उपेक्षा के गंभीर नतीजे आए। अगले एक दशक में शीतयुद्ध को लेकर भारतीय रवैये ने पाकिस्तान को, जोकि एक छोटा सा पड़ोसी मात्र था, दशकों तक हमारे बीच के शक्ति-सामर्थ्य के अंतर को साधने का अवसर दे दिया। जम्मू-कश्मीर के एक हिस्से पर इसके अवैध कब्जे को उसी तरह से कम करके आँका गया, जैसे—1971 में करारी हार के बाद इसके प्रतिशोध की भावना को। चीन के बारे में समझ भी अपर्याप्त रही है। चाहे 1949 की क्रांति का महत्व हो या बाद में साम्यवादी राष्ट्रवाद की तीव्रता या आखिरकार 1978 के उद्भव की विशालता की। जैसे-जैसे भारत विश्व राजनीति के साथ ज्यादा परिचित होता गया, सत्ता समीकरणों को राजनीतिक रूमानियत समझने की गलती की जाने लगी। अपरिहार्य निर्णय, जैसे कि परमाणु शस्त्रों जैसे मुद्दे, नतीजतन टाले जाते रहे, जिनकी भारी कीमत चुकानी पड़ी। संयुक्त राष्ट्र सुरक्षा परिषद् में स्थायी सीट के लिए समय रहते प्रयत्न न करना एक और उदाहरण है, जिस पर व्यापक स्तर पर बहस होती आई है।

वैश्विक प्रगति के दौरान आर्थिक विकास के मोर्चे से मुँह फेर लेने पर जो अवसर हमने गँवाए हैं, उनका किस्सा निश्चित रूप से पहले भी कहा जा चुका है। 1971 की बांग्लादेश जंग, 1991 के आर्थिक सुधार, 1998 के परमाणु परीक्षण और 2005 की परमाणु डील ऐसे फैसले थे, जिनमें हम रणनीतिक रूप से हुए नुकसान की भरपाई करने की कोशिश कर रहे थे, लेकिन यह समग्रता में हमारी खोई हुई प्रतिष्ठा की भरपाई नहीं कर रही थी। ऐसा हाल ही में संभव हो पाया है, जब एक अधिक दृढ़ संकल्पित राजनीति ने हठधर्मिता भरे उसूलों वाली शालीनता को पीछे छोड़कर उस शून्य को भरा है।

किसी संभावित महाशक्ति का उदय सहज तौर पर किसी बनी–बनाई वैश्विक व्यवस्था में एक हलचल उत्पन्न करने वाली घटना होती है। अगर हम भूल गए हैं तो यह इसलिए, क्योंकि ऐसा आखिरी बार सोवियत संघ के साथ हुआ था, जब एक विश्वयुद्ध की विभीषिका के चलते इसके उदय को अहमियत नहीं मिल पाई थी। महाशक्तियों और उनके अतिच्छादित सह–अस्तित्व के बीच संक्रमण हमेशा ही जटिल रहे हैं। बीसवीं शताब्दी के पहले उत्तरार्ध में इंग्लैंड और अमेरिका के बीच का सद्भावपूर्ण संक्रमण केवल अपवाद है, कोई नियम नहीं, लेकिन जब समाज अलग–अलग सिद्धांतों पर बनते हैं तो प्रतिस्पर्धा के साथ परस्पर सहयोग के बीच सुलह की संभावना अत्यंत दुरूह हो जाती है। असहमतियों का महत्व स्वाभाविक रूप से कम हो सकता है, अगर किसी राष्ट्र का प्रभाव अपेक्षाकृत कम है। ऐसे में इसकी कार्रवाइयों का प्रभाव मुख्य रूप से इसके नागरिकों पर ही पड़ता है। यह तथ्य संभवतः उपनिवेशकाल के तत्काल बाद के विश्व में ज्यादा स्वीकार्य था, जब ऐसे राष्ट्रों का सामर्थ्य कम था, लेकिन जब उन्होंने वैश्विक मानदंडों पर एक स्तर को प्राप्त कर लिया तो उन्हें नजरअंदाज करना बहुत मुश्किल हो गया। समाजों के बुनियादी स्वभाव के ज्ञान को लेकर असमंजस में रहते हुए अंतरराष्ट्रीय संबंधों के संचालन की भी अपनी सीमा होती है। यह प्रभावी रूप से आज स्पष्ट परिलक्षित होता है, जबकि राजनीतिक अलगाव के प्रति सभी के दृष्टिकोण एक–दूसरे का समर्थन करते हैं। प्रारंभिक चरणों में वैश्वीकरण ने, जोकि एक साथ रहने की एक अनिवार्य विवशता बन चुका था, अपने इन उभरते विरोधाभासों को कम कर दिया था। फिर भी कुछ मामलों में भू–राजनीतिक तनावों ने, उन देशों में जो एक–दूसरे के लिए आगे आते हैं, एक मुखर राष्ट्रवाद के रूप में अपनी जगह बना ली है। तीव्र प्रतिस्पर्धी वातावरण आज के विश्व में संचालन शक्ति के रूप में अपेक्षित होना चाहिए।

चीन के वैश्विक मंच पर जोरदार आगमन के अपने अलग प्रभाव पड़े हैं। इनमें से कुछ तो दूसरी शक्तियों के स्वाभाविक विस्थापन के फलस्वरूप उपजे हैं, लेकिन इन प्रभावों का कुछ अंश चीन के अपने मौलिक चारित्रिक पहचान से भी जुड़ा है। दूसरे राष्ट्रों से भिन्न, जो एशिया में पहले विकसित हुए, उनके मुकाबले पश्चिम नेतृत्व वाली वैश्विक व्यवस्था में समायोजित होना ज्यादा मुश्किल है। वास्तविकता यह है कि वर्तमान समय के विश्व के दो शक्तिशाली राष्ट्र, जो कई वर्षों तक एक–दूसरे के राजनीतिक हितों को पूरा करने में एक–दूसरे के सहयोगी रहे, अब ऐसा नहीं कर रहे।

भारत के लिए ऐसा परिदृश्य कई सारी रणनीतिक चुनौतियाँ लेकर आया है। दक्षता

के साथ इन चुनौतियों से निपटना एक अहम चुनौती होगी, विशेषकर जब हमारे अपने हितों के नजरिए से ये कदम उठाए जाने हों। ऐसी मानसिकता का विकास, जो न केवल जवाब देने में सक्षम हो, बल्कि वास्तविक रूप में लाभ उठाने में भी सफल रहे, नए भारत की तस्वीर गढ़ सकता है। वर्तमान में, अमेरिका फिर से रणनीतिक कैनवास पर अपनी पहचान में नयापन लाने का प्रयत्न कर रहा है। फिलहाल इसकी कोशिश महत्तम व्यक्तिवाद, ज्यादा निर्लिप्तता और तीव्र कटौती की है। पुनर्गणना की यह कार्यविधि काफी कठिन है, क्योंकि अतीत के इसके सामरिक दाँव के परिणामों को आसानी से बदला नहीं जा सकता। इसलिए हम अनुचित व्यापार, अंधाधुंध अप्रवासन और कृतघ्न सहयोगियों जैसे तमाम प्रभावी किस्से सुनते हैं तथा हमें बाजार तक पहुँच, तकनीकी सामथ्र्य, सैन्य प्रभुत्व और डॉलर का वर्चस्व जैसे घटक, समस्या के समाधान का रास्ता नजर आते हैं। वैसे अमेरिकी राजनीति भविष्य में चाहे जिस रूप में देखने को मिले, उसके ज्यादातर परिवर्तन दीर्घ अवधि तक टिके रहने वाले हैं। अमेरिका–चीन का पारस्परिक गत्यात्मक संबंध, जो दोनों देशों के साथ विश्व राजनीति पर भी स्पष्ट प्रभाव छोड़ेगा, भारतीय नीति निर्धारण की पृष्ठभूमि होगी।

वैश्वीकरण का सौम्य युग, जिसने चीन के द्रुत विकास का मंच तैयार किया था, उसका अंत आ चुका है। किस भाँति यह दौर गुजरा, यह भी प्रत्यक्ष रूप से महत्वपूर्ण है, लेकिन इससे सबक क्या लेना है, वह तो और भी ज्यादा अहम है। भारत की विकास की गति धीमी रही है तथा इसे अभी और कठिन दौर से गुजरना होगा। हम एक ऐसे अशांत दौर में प्रवेश कर गए हैं, जिसमें एक नए किस्म की राजनीति का प्रयोग हो रहा है। मुद्दा यह नहीं है कि क्या भारत के उदय का यह दौर जारी रहेगा, क्योंकि यह होना तो तय है। सवाल यह है कि भारी अनिश्चितता के इस युग में इसे महत्तम तरीके से कैसे किया जाए।

फिलहाल कई पुरातन और कुछ कल्पनाशील नीतियों के अतिरिक्त, भारत के पास विकल्प बहुत सीमित हैं, लेकिन इन सबमें वैश्विक हितों से साझेदारियाँ एक अहम बदलाव ला सकती हैं, हालाँकि इसका ज्यादातर दायरा पश्चिमी देशों और रूस के इर्द–गिर्द घूमेगा, लेकिन चीन, जो अब दुनिया की दूसरी सबसे बड़ी अर्थव्यवस्था है, उसे इस प्रकार के आकलन में किसी भी तरह नजरअंदाज नहीं किया जा सकता। अधिक जोखिम उठाकर इन सबको साधना आसान भले न हो, लेकिन फिर भी उससे कम पर बात बनती दिखाई नहीं देती। दिमाग के दाँव–पेचों में महारत हासिल करना और इनके भीतर की व्यूह–रचना को समझना, आज की गोपनीयता भरी दुनिया में और भी ज्यादा जरूरी है। यह

सब करने के लिए अहम है कि हम इसकी जटिल गतिमयता के साथ कुछ शर्तें तय करें। तब जाकर कहीं भारत नए युग में सफलतापूर्वक अपनी सामरिक नीतियों को संचालित कर पाएगा।

पिछले कुछ वर्षों की घटनाएँ सामान्य तरीकों से हटकर घटी हैं, जिससे वैश्विक मामलों की दिशा को लेकर अपेक्षित संशय उत्पन्न हुआ है। अमेरिका और चीन दोनों के ही मामलों में चीजें पूर्व अनुभवों के दायरे से बाहर जाकर घटित हुई हैं। पाकिस्तान ने अपनी नीतियों को लेकर महत्तम निराशावादी सोच की हदों को भी पार कर दिया है। भारत के दूसरे पड़ोसियों ने भी कई बार अतीत की अपनी नीतियों से इतर आचरण का प्रदर्शन किया है। बदलती हुई भू-राजनीतिक व्यवस्था का प्रभाव भारत के नजदीकी दायरे में भी दिखाई दे रहा है और विस्तारित पड़ोस में भी। रूस के साथ भारत के संबंधों को प्रभावपूर्ण रखने के लिए एक समर्पित प्रयास की आवश्यकता है। जापान ने अपनी तमाम परिस्थितिजन्य विषमताओं के बावजूद भी अवसर मुहैया कराए हैं। यूरोप के साथ हमारे संबंध और सुदृढ़ हुए हैं, किंतु वहाँ की बढ़ती राजनीतिक जटिलताओं को देखते हुए और अधिक दूरदर्शिता की आवश्यकता है। समकालीन राजनीति के हमारे अधिकतर विश्लेषणों पर विचारधाराओं के द्वंद्व की भी छाप रहती है। घटनाओं की दिशा हमें भले ही नापसंद हो, लेकिन इससे उनकी वास्तविकता पर कोई असर नहीं पड़ता है। उन घटनाओं के स्पष्ट कारण और प्रभाव होते हैं, जिन्हें स्वीकारना ही पड़ता है। हमारा दृष्टिकोण चाहे जो हो, बेहतर यही होता है कि हम उनका विश्लेषण करने का प्रयास करें, न कि उनको गलत साबित करने का, जैसा कि डॉनल्ड ट्रंप के संदर्भ में है।

विश्व में प्रभुत्व रखने वाली ताकतें जब अपने मूल सिद्धांतों का पुनर्मूल्यांकन करती हैं तो उसके भीषण परिणाम होते हैं। उसका भलीभाँति आकलन करना, होने वाले परिवर्तन के स्थायित्व का अंदाजा दे देता है। भारत के लिए इस कार्यविधि की एक विशेष भूमिका है, क्योंकि अमेरिकी आकलन इसके समसामयिक उभार के समर्थन में दिखाई देता है। उसके दृष्टिकोण में आने वाला यह परिवर्तन वैश्विक राजनीति और भारतीय हितों को किस तरह प्रभावित करेगा, यह आज एक अहम सवाल है। यह दृष्टिकोण दूसरी शक्तियों से इसके रिश्तों की गतिशीलता के साथ अभेद्य रूप से जुड़ा है। व्यापार और सुरक्षा को लेकर अमेरिका का नया दृष्टिकोण किसी भी भाँति अप्रासंगिक नहीं है। पूर्ववर्तियों के साथ हमारे अनुभवों के तर्क को आधार बनाकर ट्रंप प्रशासन से व्यवहार करना एक गलती

होगी। नई प्राथमिकताएँ आकार ले रही हैं, ऐसे में उस काम को करते समय पुराने तौर-तरीकों में परिवर्तन की जरूरत है।

भारत के उदय को अपरिहार्य रूप से चीन के साथ तुलना का सामना करना पड़ेगा, क्योंकि उसकी तरक्की इससे पहले हुई है। वैश्विक सजगता पर इसकी छाप, इसका सांस्कृतिक अवदान, इसका भू-राजनीतिक मूल्य, आर्थिक मोर्चे पर इसका प्रदर्शन, ये सारे कारक इस तुलना में शामिल किए जाएँगे। केवल दूसरे की रणनीतिक और राजनयिक कार्यनीतियों का अनुकरण मात्र किसी भी ऐसे समाज के लिए संवेदनशील रूप से युक्तिसंगत नहीं कहा जा सकता, जिसका अतीत और दृष्टिकोण दोनों नितांत भिन्न हों। यह होते हुए भी ऐसा बहुत-कुछ है, जो भारत चीन से सीख सकता है। एक सुनहरा सबक वैश्विक प्रासंगिकता का प्रदर्शन करके विश्वपटल पर सम्मान अर्जित करने का उपयुक्त तरीका है। सिंगापुर के नेता ली क्वान यू ने एक बार व्यंग्यात्मक प्रशंसा करते हुए भारत की तरक्की को ज्यादा आश्वस्त करने वाला बताया था। आज का विश्व उस सम्मान को अर्जित करने के लिए और ज्यादा सहमति की अपेक्षा कर सकता है।

वैसे विकास और स्थायित्व के लिए और ज्यादा स्रोतों की राह देख रहे विश्व में एक अवसर भी छिपा हो सकता है। लोकतांत्रिक नीतियाँ, बहुलतावादी समाज और बाजार-आधारित आर्थिक व्यवस्था के चलते भारत सबके साथ ही विकास कर सकता है, एकाकी नहीं। इस आकर्षण के साथ भारत अपने लिए प्रभावी तरीके से नए सहयोगियों की तलाश कर सकता है। एक समान मूल्य, जो उन्हें एक साथ लाते हैं, वे बहुत मायने रखते हैं, जिसकी अहमियत एक प्रौद्योगिकी संचालित युग में विशेष रूप से बढ़ जाती है। वे उन इरादों को आकार देते हैं, जो जब क्षमताओं के साथ मिल जाते हैं तो सामर्थ्य की प्रकृति को दृढ़ कर देते हैं। अगर एक कम संदेह करता है तो दूसरों का साथ लेने में अधिक उत्साही रहता है।

भू-राजनीति और शक्ति-संतुलन अंतरराष्ट्रीय संबंधों को सशक्त करने वाले आधार हैं। भारत के पास भी चाणक्य नीति की परंपरा रही है, जो इनके महत्व को रेखांकित करती है। हमारे निकट अतीत के अगर कुछ सबक हैं तो वे ये हैं कि इन नीतियों को वो महत्व नहीं मिला, जिसका उन्हें अधिकार था। 1950 के दौर के बांडुंग युग की अफ्रो-एशियन एकजुटता हमें शक्तिशाली ताकतों की कीमत की याद दिलाती है, लेकिन यह सामर्थ्य की कमी से भी ज्यादा एक सोच की कमी को परिलक्षित करता है। वस्तुतः हम एक ऐसी लीग में पहुँच चुके हैं, जहाँ अपने हित को सुरक्षित रखने की क्षमता विकल्प नहीं, बल्कि

एक अनुमान है। यह आकलन राष्ट्रीय सामर्थ्य और बाह्य संबंधों के मिश्रण से ही किया जा सकता है।

स्पष्ट तौर पर एक राष्ट्रवादी विश्व में सामरिक नीतियाँ प्रतिस्पर्धा के माध्यम से, जितना अधिक हो सके, संबंधों से महत्तम लाभ हासिल करने का प्रयत्न करेंगी, लेकिन फिर भी भारत के संदर्भ में एक विशेष परिस्थिति वृहत्तर व्यवस्था संतुलन को समर्थन की भी है। हमारे विकास का मॉडल और राजनीतिक दृष्टिकोण मूलभूत रूप से नियम आधारित आचरण का समर्थन करते हैं, इसलिए निश्चित रूप से भारत को वैश्विक हित और राष्ट्रीय हितों के बीच सामंजस्य का हुनर विकसित करना ही पड़ेगा। असल चुनौती तो एक वृहत्तर बहुध्रुवीय और अशक्त बहुपक्षीय विश्व में इसके सफलतापूर्वक संचालन की है।

भारत की वैश्विक नीतियाँ अतीत के तीन अहम बोझ ढो रही हैं। पहला 1947 का विभाजन, जिसने देश को जनसांख्यिकीय और राजनीतिक रूप से छोटा कर दिया। इसका अनचाहा परिणाम तुलनात्मक रूप में चीन को एशिया में अपेक्षाकृत अधिक सामरिक महत्व देने के रूप में हुआ। दूसरा, आर्थिक सुधारों में देरी, जोकि चीन की तुलना में डेढ़ दशक बाद शुरू हुई और ज्यादा गहराई से देखें तो यह अनेक दुविधाओं से भरी होने के साथ हुई है। पंद्रह वर्षों के इस अंतराल ने भारत को सदैव नुकसान में बनाए रखा है। तीसरा बोझ, भारत का आवश्यकता से अधिक लंबा खिंचने वाला न्यूक्लियर विकल्प का कार्यक्रम रहा है। इसके चलते भारत को उस न्यूक्लियर डोमेन में अपना प्रभाव हासिल करने में ज्यादा परिश्रम करना पड़ा, जो वह पहले बड़ी सरलता से प्राप्त कर सकता था। अच्छी बात यह है कि कभी भी न होने की अपेक्षा विलंब से ही सही, इस दिशा में काम हो रहा है। 1947 के बाद की हमारी गलतियों पर और ज्यादा आत्ममंथन हमें देश को बेहतर तरीके से आगे ले जाने में मददगार होगा। हम इसके दायरे को, छोड़ दिए गए विकल्पों तक ले जा सकते हैं।

एक ऐसा देश, जो एक लंबे समय तक नुकसान के धरातल पर रहकर काम करता आया है, वहाँ किसी भी प्रकार के बदलाव का स्वागत खुले दिमाग से करना होता है, हालाँकि सुदूर प्रगति के नतीजों को भले ही कमतर नहीं आँका जा सकता, लेकिन वे जो हमारे अत्यंत करीबी दायरे में होते हैं, अपेक्षाकृत ज्यादा फायदे की पेशकश करते हैं। 'नेबरहुड फर्स्ट' की नीति का नजरिया, जो उपमहाद्वीप में अधिक उदारता के साथ आर्थिक और सामाजिक संबंध की कड़ियों को पुनर्निर्मित करने की वकालत करता

है, भारत के हित में काम कर सकता है। पड़ोस की इस भावना का विस्तार पूर्व और पश्चिम दोनों तरफ करना एक जैसा प्रभावकारी है। दक्षिण के समुद्री विस्तार का हमारे सुरक्षा-तंत्र से एकीकरण हमारी वृहत्तर दृष्टिकोण का एक और अहम तत्व है। ऐसी नीतियों का एक साथ संचालन, भारत को निम्नतर दिखाने वाले अतीत के ज्यादातर कूटनीतिक नतीजों को पलट सकता है।

आसियान का अपने सदस्य देशों में सामंजस्य और केंद्रीय साख पुनः प्राप्त करने के प्रयासों ने भारत की अपरिहार्यता उत्पन्न की है। देखा जाए तो भारत-विभाजन ने एशिया में शक्ति-संतुलन में जो अव्यवस्था पैदा की, 1945 के बाद जापान पर लगाई गई पाबंदियों से वो और बढ़ गई थी। इसलिए 'नेबरहुड फर्स्ट' वाली उस नीति के सुरक्षात्मक रुख का भारतीय आकलनों के लिए कुछ निहितार्थ है। वास्तव में जब एशिया का प्रसंग आता है तो परिवर्तन उस मात्रा में अभी भी पूरी तरह वास्तविकता से दूर है। एक बात निर्विवाद रूप से कही जा सकती है कि इससे भारत के लिए प्रवेश-द्वार और ज्यादा बढ़े ही हैं, कम नहीं हुए हैं।

वैसे वर्तमान वैश्विक परिदृश्य चाहे जितनी बेचैनी उत्पन्न करने वाला प्रतीत होता हो, यह पिछले कुछ दशकों में हासिल की गई प्रगति पर परदा डालने वाला नहीं होना चाहिए। इस प्रगति के फलस्वरूप विभिन्न कार्यक्षेत्रों के एक वृहत दायरे में आने वाले अनगिनत लोगों के जीवन की गुणवत्ता में सुधार संभव हुआ है। निश्चित रूप से भारतीय लोगों के भविष्य के बेहतर होने की प्रत्याशा करना तर्कसंगत समझा जाएगा। वे वैश्विक अड़चनों और अवरोधों को नजरअंदाज नहीं कर सकते, किंतु किसी निराशावादी दृष्टिकोण को स्वीकारने के लिए भी उनके पास कोई कारण नहीं है। इसके विपरीत, हमारी घरेलू परिस्थितियों और अंतरराष्ट्रीय स्थिति ने नई संभावनाओं के द्वार खोले हैं। जो विकल्प हम उत्पन्न करेंगे, वही हमारे निर्णय को तय करने में हमारी मदद करेंगे।

यह हमारे लिए एक ऐसा समय है, जब हम अमेरिका को 'एंगेज' कर चीन को 'मैनेज' करें, यूरोप से संबंध बढ़ाएँ, रूस को आश्वस्त करें, जापान को हमारे खेल में शामिल करें, पड़ोसियों के साथ जुड़ाव बढ़ाएँ, पड़ोस का विस्तार करें और पारंपरिक भरोसे वाले क्षेत्रों का दायरा बढ़ाएँ। अवसरों और खतरों का जो मिश्रण इस अनिश्चित और अस्थिर विश्व में उपलब्ध है, उसका आकलन करना आसान नहीं है। संरचनागत परिवर्तनों के साथ, विशेषकर व्यवस्था में कटौती और कानूनों की अनदेखी करते हुए, यह करना तो और भी मुश्किल है। आज लक्ष्य, रणनीति और कौशल पूरी तरह से भिन्न हैं।

ऐसे में वैश्विक हितों के नुकसान की बात परेशान करने वाली हो सकती है, पर फिलहाल इसका कोई त्वरित विकल्प भी नहीं है।

ऐसी गतिशील व्यवस्था के बीच एशिया में स्थायी संतुलन का सृजन करना भारत की सबसे पहली प्राथमिकता है। केवल बहुध्रुवीय एशिया ही बहुध्रुवीय विश्व का मार्ग प्रशस्त कर सकता है। इसके समानांतर महत्वपूर्ण यह भी है कि इससे ग्लोबल सिस्टम के लिए भारत की अहमियत काफी बढ़ जाएगी। हमारा प्रयास शेष विश्व के साथ अपारदर्शिता या दूरी बनाकर रखने के बजाय एक सुविधाजनक स्तर कायम करना होना चाहिए। हमें जिन उभरती हुई वैश्विक शक्तियों के साथ संबंधों का ताना-बाना बुनना होगा, उनमें स्वाभाविक रूप से संशय होगा। वैश्विक दायित्वों का वहन करना, एक रचनात्मक सहयोगी की भूमिका निभाना और स्वयं के एक अलग व्यक्तित्व को सामने रखना—उस संशय के समाधान के तत्व हैं। भारत के लिए बेहतर स्थिति है, अगर उसे सिर्फ सम्मान देने के बजाय, पसंद भी किया जाए।

तो वास्तव में, इसका विदेश नीति और उसके संचालन से क्या संबंध है? सबसे पहले वैश्विक विरोधाभासों से उत्पन्न अवसरों को पहचानकर और उनका दोहन करके राष्ट्रीय हितों को आगे बढ़ाने की आवश्यकता होगी। ऐसा भारत राष्ट्रीय सुरक्षा और राष्ट्रीय अखंडता पर ज्यादा ध्यान देगा। यह आवश्यकतानुसार अपने हितों के लिए अपनी स्थिति को समायोजित करने से नहीं हिचकिचाएगा। ऐसी मानसिकता अपनी साख बढ़ाने के लिए आपसी मेल-मिलाप को भी प्रधानता देगी, जिसकी शुरुआत भारत से सटे पड़ोसियों से होगी। इससे इसकी आधारभूत सोच को और अधिक अर्थ मिलेगा तथा साथ ही अपने हितों के संरक्षण के लिए कुछ भी कर गुजरने की इच्छाशक्ति जाग्रत होगी। वैश्विक चेतना की एक स्पष्ट प्रभाव डालने की क्षमता इसे अगले स्तर पर ले जाएगी। यह वैश्विक विषयों और क्षेत्रीय चुनौतियों से निपटने में ज्यादा योगदान को प्रोत्साहन देगी। मानवीय सहायता और आपदाओं में प्रतिक्रिया (H.A.D.R.) ऐसा ही एक प्रत्यक्ष मंच है, जहाँ और ज्यादा स्पष्ट रूप में इस भावना का प्रदर्शन किया जा सकता है।

निश्चय ही इसके कुछ सैद्धांतिक पहलू भी होंगे। अपनी कूटनीतिक पूर्व-प्रतिबद्धता को इस चर्चा में उपस्थित करना अंतरराष्ट्रीय आविर्भाव की प्रक्रिया की बुनियाद है। इंडो-पैसिफिक, क्वाड अथवा पहले ब्रिक्स इसकी व्याख्या करने वाले उदाहरण हैं। हमारे ब्रांड की अहमियत, जो पहले से ही हमारे व्यापार और सूचना-तकनीकी सामर्थ्य

के जरिए स्वयं को साबित करती आई है, उसका और आगे विस्तार किया जा सकता है। कोरोना महामारी ने अब भारत को दुनिया की औषधिशाला के रूप में स्थापित किया है। सांस्कृतिक पहचान को भी इस प्रक्रिया को सशक्त करने हेतु मुख्यधारा में लाया जा सकता है। मिसाल के तौर पर अंतरराष्ट्रीय योग दिवस मनाया जाना और पारंपरिक औषधियों के समर्थन का उल्लेख यहाँ समीचीन है। यहाँ तक कि अंतरराष्ट्रीय समुदाय से अपनी भारतीय भाषाओं में संवाद भी बदलते संतुलन का संकेतक है।

लेकिन इन संवर्धनकारी तत्वों से ज्यादा आधारभूत कल्पनाएँ महत्वपूर्ण हैं, जो परिवर्तन में अहम भूमिका निभा सकती हैं। हम 1945 के पश्चात् वाले विश्व की सोच को सामान्य समझकर उसके अनुसार ढल चुके हैं और इस सोच से परे किसी भी विचार को एक असामान्य घटना ही मानते हैं। वास्तव में, हमारा स्वयं का बहुलतावादी और जटिल इतिहास इस तथ्य पर बल देता है कि नैसर्गिक रूप में हमारा विश्व बहुध्रुवीय है। यह सत्ता के अनुप्रयोग में निहित सीमाओं को भी उद्घाटित करता है। एक व्यवहार और चिंतन प्रक्रिया, जो इसको प्रदर्शित करती है, वही दूसरों के साथ ज्यादा अनुकूल संतुलन बनाना संभव कर सकती है।

भारतीय नीति-निर्धारकों को वैश्विक मामलों पर उनके दृष्टिकोण में कठोर वास्तविकताओं की गुणवत्ता का मूल्यांकन करने की आवश्यकता हो सकती है। काफी हद तक यह वैश्विक विकास के चलते उनपर थोपी गई एक बाध्यता है। तकरीबन सभी सरहदों के दायरे में बढ़ता हुआ राष्ट्रवाद अंतरराष्ट्रीय संबंधों के लेन-देन वाले स्वरूप को परिभाषित कर रहा है। व्यापार और कनेक्टिविटी को दी जा रही अहमियत अपनी पसंद तय करने के चलन को सशक्त कर रही है। टस-से-मस न होने वाले 'अमेरिका फर्स्ट' और शक्तिशाली 'चाइनीज ड्रीम' नए मानक स्थापित कर रहे हैं। किसी भी स्थिति में वैसे भी, रूस का फोकस, सोवियत संघ के मुकाबले, प्रारंभ से संकुचित ही रहा है। यहाँ तक कि यूरोप भी किले वाली मानसिकता के चलते अपने हितों एवं मूल्यों के बीच सही संतुलन को पाने के लिए संघर्ष कर रहा है। रहा सवाल जापान का तो इसका निरंतर सतर्क रवैया स्वयं इसकी कहानी कह रहा है। भारत के पास विकल्प बहुत सीमित हैं, सिवाय 'जैसा देश, वैसा भेष' वाला रवैया अख्तियार करने के। वास्तव में, यह ऐसा बेहतर तरीके से कर भी सकता है और शायद इस प्रक्रिया में नए अवसर भी ढूँढ़ सके।

हालाँकि ब्रांड विशिष्टीकरण के पीछे एक कारण भी है, जो विशेष रूप से बढ़ती हुई महत्वाकांक्षी शक्ति के लिए बेहद अहम है। भारत के संदर्भ में, यह इसके राष्ट्रवाद

के सकारात्मक स्वरूप पर निर्मित होना चाहिए। दुनिया को यह स्मरण कराना अनिवार्य है कि हमने दूसरों को तब भी आर्थिक सहयोग और प्रशिक्षण उपलब्ध कराए, जिस दौर में हमारे स्वयं के संसाधन सीमित थे। भारत की शेष विश्व के साथ भागीदारी के विस्तार को महज महत्वाकांक्षा के चश्मे से देखने के बजाय कहीं अधिक गंभीर और गहन नजरिए से देखा जाना चाहिए। 'सबका साथ, सबका विकास, सबका विश्वास' की अवधारणा विदेश नीति के प्रसंग में भी उतनी ही महत्वपूर्ण है, जितना कि घरेलू मोर्चे पर। शेष विश्व के साथ भागीदारी की बुनियादी आकांक्षा को इसे ज्यादा व्यापक रूप में स्पष्ट करना चाहिए।

भारत और शेष विश्व के एक-दूसरे के लिए क्या मायने हैं, यह नजरिया नए समीकरणों के बनने के साथ बदलता रहेगा। उच्चतर स्तर पर जाती हुई अर्थव्यवस्था की एक अलग प्रासंगिकता होगी। इसका आशय राष्ट्रीय क्षमताओं के महत्तर विकास, व्यापार करने की प्रक्रिया का सरलीकरण, सबके लिए एक समान परिवेश की सुनिश्चितता और वैश्विक विकास के साथ आगे बढ़ने के बीच सही संतुलन साधने से है। भारत और शेष विश्व के बीच नए संतुलन अलग-अलग क्षेत्रों में बनेंगे, कुछ में तो बिना किसी घर्षण के संभव ही नहीं, लेकिन अंतरराष्ट्रीय जनसमूह के पास भारत से हासिल करने के लिए सिर्फ आर्थिक लाभ के अलावा और भी बहुत-कुछ है। भारत का प्रदर्शन तय करेगा कि सतत विकास के लक्ष्यों की प्राप्ति, जलवायु-परिवर्तन की चुनौतियों का सामना, टेक्नोलॉजी का उपयोग और प्रतिभा के एक बड़े स्रोत की उपलब्धता सुनिश्चित हो।

केवल इतना ही नहीं, लोकतांत्रिक आचरणों को लेकर वैश्विक विश्वसनीयता की मजबूती भी बहुत हद तक भारत के आँकड़ों पर निर्भर करेगी। इसके लिए भारत को आगामी वर्षों में अपने मॉडल को स्वयं सफलतापूर्वक आगे ले जाना होगा। जबकि बड़ी अर्थव्यवस्थाओं में अगली पीढ़ी में जो भी प्रगति रहेगी, उसकी सूक्ष्मतापूर्वक निगरानी की जाएगी। साथ ही, वैश्विक प्राथमिकताओं के लिए इसकी प्रासंगिकता और भी ज्यादा ध्यान आकर्षित करेगी। इस कार्यविधि के केंद्र में एक विश्वसनीय 'मेक इन इंडिया' कार्यक्रम की उपलब्धता सुनिश्चित करानी होगी, जो और ज्यादा लचीले ग्लोबल सप्लाई चेन में योगदान दे सके। उभरती हुई हरित टेक्नोलॉजी का एक ऐसे पैमाने पर इस्तेमाल, जो वैश्विक स्तर पर अपनी अलग छाप छोड़ सके, कम महत्वपूर्ण नहीं होगा।

भारत जिन सामाजिक-सांस्कृतिक परिवर्तनों से गुजर रहा है, वह भी इस संपूर्ण मैट्रिक्स में अहम कारक है। युवा आबादी से भरपूर भारत में वृहत स्तर की जागरूकता आत्मविश्वास को बढ़ाने का काम कर रही है। एक अभिलाषी भारत राष्ट्रीय लक्ष्यों की

प्राप्ति और विश्वपटल पर अपनी उपस्थिति दर्ज कराने को अपरिहार्य रूप में ज्यादा प्राथमिकता देगा। बढ़े हुए भरोसे की भावना से लैस भारत संभावनाओं की खोज को कई दिशाओं में ले जाएगा। इसलिए यह आवश्यक है कि समकालीन अंतरराष्ट्रीय घटनाक्रम इस विकास को मान्यता दें और सम्मान करें।

एक भारतीय राजनयिक के तौर पर अपने लंबे कॅरियर के दौरान मैंने विश्व को कल्पना से परे बदलते हुए देखा है। मेरी पीढ़ी और उससे पहले के हमारे कॅरियर के वरिष्ठ राजनयिकों को अमेरिका, चीन और पाकिस्तान के साथ कठिन अनुभवों के भारी बोझ ढोने पड़े। 1970 तक आते-आते ये तीनों कारक सामूहिक रूप से भारतीय हितों के लिए खतरों के साझीदार बन चुके थे। मेरे राजनयिक जीवन के पूर्वार्ध पर दो भू-राजनीतिक वास्तविकताएँ हावी रहीं। एक शीतयुद्ध और दूसरा राजनीतिक इस्लाम का उदय। इन दोनों के संयोग ने सोवियत संघ के विघटन को तीव्र कर दिया, जोकि भारत के लिए एक गंभीर परिणाम उत्पन्न करने वाली घटना रही। जबकि कॅरियर के उत्तरार्ध ने, हमारे देश को ऐसे परिवर्तनों एवं अन्य कारकों के साथ समायोजन करते देखा। इसने अमेरिका के साथ हमारे गठबंधन को बुनियादी रूप से परिवर्तित कर दिया और साथ ही हमारे पूर्व में एक नई शक्ति उठ खड़ी हुई, जिसके वैश्विक नतीजे सामने आए, लेकिन ऐसा नहीं कि सिर्फ दुनिया बदल रही है, बल्कि भारतीय सामर्थ्य, अभिलाषाएँ और प्राथमिकताएँ भी बदल रही हैं।

यह सब मिलकर सोवियत संघ केंद्रित नीति से भिन्न-भिन्न शक्तियों के साथ गठजोड़ के क्रमिक विकास के रूप में परिलक्षित हुईं। आर्थिक सुधार, परमाणु परीक्षण, 2005 की परमाणु संधि और राष्ट्रीय सुरक्षा को लेकर एक सख्त रवैया इनमें से कुछ राजनयिक मील के पत्थर रहे हैं। एक साथ मिलकर यह एक नीति-केंद्रित दृष्टिकोण बनाने में सहायक रहा, जो पुरातनपंथी सोच के आईने में देखना आसान नहीं रहा है। अगर भारत ने पुनर्जीवित किए गए 'क्वाड' (QUAD) फोरम को अपनाया तो वहीं शंघाई कोऑपरेशन ऑर्गेनाइजेशन (SCO) की सदस्यता भी स्वीकार की। रूस और चीन के साथ एक पुराना त्रिपक्षीय रिश्ता अब एक ऐसे संगठन के साथ सह-अस्तित्व में है, जिसमें अमेरिका और जापान साझीदार हैं। प्रत्यक्ष रूप से विरोधाभासी दिखने वाले ये गठजोड़ वास्तव में उस विश्व को निरूपित करते हैं, जिसमें अब हम काम कर रहे हैं। उनको समझ पाना और संदेशों का आदान-प्रदान करना बहुत कठिन है, विशेषकर उनको जो कूटनीति के इस नए वास्तुशास्त्र की जटिलताओं से जुड़ी शर्तों को अपनाने को तैयार नहीं हैं। ऐसे अस्थिर विश्व में स्थिति के निर्धारण की अहमियत बढ़ रही है, जोकि अमेरिका, चीन, यूरोपीय संघ और

रूस जैसी प्रतिद्वंद्वी ताकतों को एक ही समय में साधने के महत्व की व्याख्या करता है।

लेकिन जब भारतीय कार्यकलापों को भारत के स्वयं के हितों के नजरिए से देखा जाता है तो एक स्पष्ट पैटर्न उभरना शुरू हो जाता है। उनमें, शेष विश्व द्वारा उपलब्ध कराए गए सभी विकल्पों का प्रयोग करके अपने लक्ष्यों और हितों का लगातार पीछा करते जाना, एक है। चूँकि प्राय: इसका अर्थ एक अज्ञात धुंध से गुजरने जैसा है, इसलिए इस काम में निर्णय-शक्ति और साहस दोनों की आवश्यकता होती है। हमारे अतीत का प्रभाव तो सदैव बना रहेगा, लेकिन अब उसकी भूमिका हमारे भविष्य के निर्णायक की नहीं है। भविष्य गढ़ने का अर्थ होगा—जोखिम लेना और कायरता को कूटनीति एवं अनिर्णय की स्थिति को बुद्धिमत्ता समझने से बचना।

कई मायने में पिछले पाँच वर्षों में भारत की प्रगति ने उन लोगों को चकित किया है, जो विश्लेषण के पुराने पैमाने से निकलने में या तो असमर्थ रहे या अनिच्छुक। यह आशंका कि इसकी अमेरिका नीति एक प्रशासन की नीतियों या दूसरे के राष्ट्रवाद पर आधारित होगी, गलत साबित हो चुकी थी। भारत अहम मुद्दों पर कायम रहते हुए भी चीन के साथ संबंध बनाए रख सकता था, इस दृष्टिकोण को आसानी से समझा नहीं गया। रूस के साथ संबंधों को लेकर जो ढाँचागत आधार था, उसको कम करके आँका गया, जैसा कि समकालीन भारत के लिए यूरोप और जापान की प्रासंगिकता को लेकर हुआ है।

संभवत: सबसे मजबूत पूर्वधारणा अपने सबसे करीबी पड़ोसियों को लेकर रही। हर जटिल परिस्थिति को एक आघात के तौर पर पेश किया गया और हर सुधार को भी शायद भारत द्वारा उठाए गए कदमों से अलग एक अपरिहार्य घटना के रूप में परिभाषित किया गया। ऐसी स्थिति में यह आश्चर्य की बात नहीं कि जो इलाके हमारे अधिकार क्षेत्र में थे, उनको चिह्नित तक नहीं किया गया।

पाकिस्तान स्पष्ट रूप से सबसे बड़ी बहस का कारण रहा है। भारत दोस्ती का हाथ बढ़ाते हुए भी आतंकवाद की घटनाओं के खिलाफ कड़ी कार्रवाई कर सकता था। यह आपस में विरोधाभासी तथ्य नहीं थे, सिवाय उनके लिए जो इसे विरोधाभास के रूप में देखने पर अड़े थे। स्पष्ट तौर पर भिन्न-भिन्न कार्रवाइयाँ, खिलाड़ी और समय अलग तरह की प्रतिक्रियाओं की माँग करते हैं। समकालीन चुनौतियों, जैसे—आतंकवाद को प्रतिबिंबित करने के लिए एजेंडा तय करना एक व्यावहारिक बुद्धि का विषय है, न कि मनमानेपन का।

वे लोग, जो हमारी राष्ट्रीय सुरक्षा से जुड़े खतरों की ऐतिहासिक समझ से वाकिफ हैं,

जाहिर है, अफगानिस्तान की चिंता करेंगे। चाहे हम इसका जिम्मेदार साम्राज्यवादी फैलाव को माने या फिर सीधे तौर पर गलत निर्णय कहें, वहाँ के मामले एक नाजुक हालात में आ गए हैं, लेकिन यह भी सच है कि घड़ी की सुइयाँ दो दशक पीछे सरकाई नहीं जा सकतीं। इस अंतराल में भारत का जो योगदान रहा है, उसके चलते यहाँ के मामलों में इसको भी अपनी एक भूमिका निभानी है और जिसके परिणामस्वरूप इसका अपना एक दृढ़ मत है, जिसका महत्व किसी भी प्रकार से कम नहीं है। इसलिए आवश्यक है कि दूसरों की कुटिल चालों का पहिया हमें रौंदने न पाए। हमारी अहमियत दुनिया की उदारता के चलते नहीं, बल्कि हमारी सामर्थ्य के चलते हैं और हमारी भूमिका न केवल इसे दर्शाएगी, बल्कि इसमें शामिल दूसरी ताकतों के साथ करीब से काम करना भी सुनिश्चित करेगी।

शासन का अनुभव किसी भी विश्लेषण की विश्वसनीयता को बढ़ा देता है। आसान शब्दों में कहें तो कई चीजों की वकालत करना तो आसान होता है, लेकिन उन्हें करना ज्यादा कठिन। वास्तव में, सटीक रूप से यही वह तर्क था, जिसके आधार पर मेरे पिता ने 1976 में अंतरराष्ट्रीय संबंधों के एक छात्र के मन में भारतीय विदेश सेवा की परीक्षा में बैठने की चाह पैदा कर दी थी। तब से यही सीखता आया हूँ कि एक महान् देश में वास्तविक नीति विभिन्न प्राथमिकताओं पर समानांतर काम करने की प्रक्रिया है, जिनमें से कई प्राथमिकताएँ विरोधाभासी भी हो सकती हैं। न तो उनसे बचकर और न ही उन्हें सुरक्षा कवच पहनाकर उनकी आपसी खींचतान से बचा जा सकता है। साथ ही महज चर्चा से काम नहीं चल सकता, विकल्प भी चुनने पड़ते हैं, जिनकी अपनी एक कीमत होती है।

लेकिन विकल्पों से पहले सामर्थ्य की चर्चा होती है। यह घरेलू चुनौतियों से निपटने की हमारी क्षमता है, जिसके आधार पर विश्वपटल पर हमारी अहमियत तय होगी। कम-से-कम अब हमारा ध्यान सही मुद्दों पर केंद्रित है—डिजिटलाइजेशन, औद्योगीकरण, शहरीकरण, ग्रामीण विकास, बुनियादी ढाँचा और कौशल इत्यादि। 'सस्टेनेबल डेवलपमेंट गोल्स' की प्राप्ति भारत के लिए वही काम कर सकती है, जो 'मिलेनियम डेवलपमेंट गोल्स' ने चीन के लिए किया था।

आर्थिक मोर्चे पर कुछ फैसले लिये जाएँगे, जिनको हमारी व्यापक राष्ट्रीय शक्ति को सीधे सहन करना होगा। हमारा कुछ क्षेत्रों को लेकर कभी अल्प, कभी अति संरक्षणवादी दोनों का रिकॉर्ड रहा है। 1991 के बाद की रणनीति निश्चित रूप से गुमराह हो चुकी है और जारी ट्रेड वॉर एवं कोरोना के बाद की रिकवरी की प्रक्रिया और ज्यादा सामयिक दृष्टिकोण के लिए प्रभावी बाध्यताएँ हैं, जैसे यह राजनीतिक बहुध्रुवीय व्यवस्था को

साधता है, इसे आर्थिक असंगति को भी साधने का प्रयत्न करना होगा, विशेषकर उन बड़े केंद्रों को, जिनके इर्द-गिर्द इसका व्यापार और निवेश संकेंद्रित है। लंबी छलाँग लगाने के लिए आतुर समाज के लिए टेक्नोलॉजी की भी अपनी एक विशेष आवश्यकता है। आक्रामक तैनाती कठिन हो सकती है, लेकिन इसके नतीजे बहुत शानदार होते हैं। अंततः बाहरी मोर्चे पर नेतृत्व करने के लिए घरेलू मोर्चे पर नतीजे देने की जरूरत होगी।

चाहे वह सामर्थ्य की बात हो या प्रभाव की, वैश्विक शक्ति सोपान में ऊपर जाना भारत की प्रगति का सिर्फ घटक है। हमारे देश को इसके समानांतर कई और यात्राएँ करनी हैं। पिछले कई दशकों में लोकतंत्र की जड़ें जैसे-जैसे गहरी होती गईं, हमने और ज्यादा प्रामाणिक ध्वनियाँ सुनी हैं। हमारी राष्ट्रीय संस्कृति में ये परिवर्तन, अन्य बदलावों के साथ राजनीति और मतदान के परिणामों से और भी ज्यादा पुष्ट हुए हैं। इसी के साथ भारत का स्वरूप एक सभ्यतागत समाज से एक राष्ट्र राज्य में परिवर्तित हो रहा है, जिसमें हमारे दैनिक जीवन के पहलुओं को अनुशासन और औपचारिकता से परिचित कराने वाली विशेषताओं की कल्पना शामिल है। इसके साथ ही इतिहास द्वारा नजरअंदाज समस्याएँ भी हैं—विशेष रूप से विभाजन—जिस पर एक नवीन चिंतन की आवश्यकता है। इसलिए इसके बढ़ते प्रभाव से इतर विश्व को आज इस भारत के लिए अपनी सोच बदलने की जरूरत है।

आज जो अहम प्रश्न हमारे सम्मुख उपस्थित हैं, वे उस वैश्विक पुनर्संतुलन से जुड़े हैं, जो अभी होने की प्रक्रिया में हैं। क्या शेष विश्व भारत की नियति परिभाषित करेगा या फिर भारत अब यह कार्य स्वयं करेगा। अवध का उदाहरण आज तक इन दोनों में पूर्वकथित प्रक्रिया का ही प्रतीक है, लेकिन अब अगर दूसरी वाली राह पर चलना है, तब इसका मतलब न केवल दूसरी शक्तियों के साथ, बल्कि वैश्विक व्यवस्था के साथ भी नए संतुलन बनाने होंगे। भारत आज 'स्वयं की खोज' की यात्रा पर है और अवध से मिली सीख इस यात्रा में एक स्पष्ट दिशा-सूचक यंत्र की तरह है।

□

2

विचलन की कला

एक समतलीय विश्व में संयुक्त राज्य अमेरिका

"कभी-कभी एक छोटी लड़ाई हारकर आप महायुद्ध जीतने का एक नया तरीका ढूँढ़ लेते हैं।"

—डॉनल्ड ट्रंप

अगर आप हमारे समय के श्रेष्ठ ज्ञानियों की मानें तो यह नहीं होना चाहिए था। पिछले दो दशकों से चीन बिना लड़े जीत रहा है और अमेरिका बिना जीते लड़ रहा है। यह बात हम केवल किसी क्षेत्र विशेष या मंच से जुड़े निष्कर्षों के विषय में नहीं कर रहे हैं। इससे भी ज्यादा यह आर्थिक विकास, राजनीतिक प्रभाव और जीवन की गुणवत्ता के विषय में है, जिसके फलस्वरूप इसी राह पर चलते हुए अमेरिका ने अपना चिर-परिचित 'आशावाद' भी गँवा दिया। कुछ तो इसके मूल्य के रूप में चुकाना था और इसकी परिणति के रूप में 2016 के राष्ट्रपति चुनाव के नतीजे सामने आए। यह निश्चित रूप से इस नतीजे की अकेली वजह नहीं थी, लेकिन महज इस इकलौते चुनावी नतीजे के जरिए अंतरराष्ट्रीय व्यवस्था का नायक क्रांतिकारी हो गया। दूसरी तरफ, उभरती हुई ताकत चीन खुद को यथास्थिति या फिर अपने लाभकारी तत्वों को बनाए रखने का जतन करता नजर आता है।

दुनिया ऐसी असाधारण संभावना को देख रही है, जिसमें दो अग्रणी देश हर हाल में जीतने के लिए कुछ भी और उससे भी कहीं ज्यादा करते दिखाई दे रहे हैं। उनके व्यवहार का परस्पर और शेष विश्व पर प्रभाव अब प्रत्यक्ष दिखाई पड़ रहा है। अन्य स्थितियों में अमेरिका शायद सौदेबाजी या निपटने का तरीका अपनाता, लेकिन प्रतिकूल धरातल पर यह अनुबंध की शर्तों में बदलाव पर ज्यादा ध्यान केंद्रित करता नजर आ रहा है। समय की माँग यह है कि जो चीज इसके हितों के लिए लाभकारी न हो, उसे छोड़ दिया जाए। डील या समझौतों को जारी रखने या न रखने दोनों के विकल्प खुले रखे जा सकते हैं। सर्वोत्तम विश्लेषण तो यह कहता है कि तमाम वैश्विक महाशक्तियों की एक-दूसरे के साथ सामंजस्य स्थापित करने की क्षमता ही हमारे समय का भविष्य तय करेगी, जब ऐसी असंभाव्य परिस्थितियाँ, जिनका पूर्व आकलन तो असंभव लगता है, लेकिन पीछे मुड़कर देखने पर वैश्विक धरातल पर उनका उदय अवश्यंभावी प्रतीत होता है तो व्यवस्था रूपांतरण की प्रक्रिया से गुजरती है।

तात्कालिक व्यवस्था पर नियंत्रण रखने वाली शक्ति के लिए ये बदलाव चेतावनी भरे दिखाई देते हैं। विशेषकर तब, जब हम परिपाटी से हटकर घटनाओं पर ध्यान केंद्रित करते हैं, लेकिन अंतरराष्ट्रीय संबंध, सहमतियों के संकेंद्रण को मजबूत करने और असहमतियों का प्रबंधन करने का एक कलात्मक दायित्व है। इस तरह की गतिशील प्रक्रियाएँ एक साथ सह-अस्तित्व में रहते हुए भी निरंतर विकसित होती रहेंगी। महत्तम स्थिति में ये या तो सहयोग या फिर संघर्षों को जन्म देंगी, लेकिन परस्पर-निर्भर विश्व में ज्यादातर संबंधों की परिणति दोनों स्थितियों के कहीं बीच में स्थिर रहती है। यहाँ तक कि परस्पर प्रतिद्वंद्वी राष्ट्रों के बीच भी सहमतियों का संकेंद्रण कोई अनजानी बात नहीं है। सबसे संक्षिप्त उदाहरणों के तौर पर प्रथम विश्वयुद्ध के बाद अमेरिका और जर्मनी तथा दूसरे विश्वयुद्ध के दौरान अमेरिका और सोवियत संघ के संबंधों को देखा जा सकता है। इसके विपरीत, ब्रिटेन और अमेरिका के बीच ट्रांस-अटलांटिक संबंध असाधारण रूप से भरोसेमंद साबित हुए हैं। इनके बीच में कहीं 'मेइजी पुनर्स्थापना' के बाद ब्रिटेन-जापान की भागीदारी आई, जो आधी सदी तक जारी रही। पहले 1950 के दशक में और आज के दौर में फिर से चीन की रूस के साथ साझेदारी भी उल्लेखनीय है।

अमेरिका-चीन के रिश्ते, जिन पर आज पूरे विश्व की दृष्टि है, पिछले चार दशकों से चलते आए हैं। आधुनिक युग में यह कोई छोटा समयांतराल नहीं है। इस दौरान किसको लाभ हुआ, यह एक ऐसा प्रश्न है, जिसका उत्तर आज से दो दशक पहले मिलने वाले उत्तर से भिन्न हो सकता है, लेकिन चूँकि यह इतना लंबा अंतराल है, जिसे दो पीढ़ियों को मिला समय माना जा सकता है, हम इसको सहज रूप से होने वाली घटना मान सकते हैं। हम पूछते हैं कि संबंधों में अब तनाव क्यों है, जबकि साथ ही हम आसानी से अचरज भी कर सकते हैं कि फिर इतने लंबे समय तक संबंध चलते क्यों आए! लेकिन इन दोनों प्रश्नों से अलग, शेष विश्व आज एक ऐसी व्यवस्था की प्रासंगिकता पर विमर्श में व्यस्त है, जिसे विकसित तो स्थापित-महाशक्तियों ने किया, लेकिन उसका अत्यंत बुद्धिमत्तापूर्ण उपयोग एक उभरती हुई शक्ति ने अपने हितों की पूर्ति के लिए किया।

विशिष्ट रूप से जैसे-जैसे संबंधित पक्ष समतुल्यता के समीप पहुँचने लगते हैं, कन्वर्जेंस की संभावना धूमिल होने लगती है या वे ऐसा मानने लगते हैं। यह चीन और अमेरिका के साथ उतना ही सच है, जितना 1948 में चीन और सोवियत संघ या 1922 में इंग्लैंड और जापान के बीच था। एक साझा विरोधी, जोकि एक साथ आने के लिए

उत्तरदायी बन सके, उसकी अनुपस्थिति भी परिस्थितियों में परिवर्तन कर देती है। जर्मनी और जापान की हार ने अमेरिका और सोवियत संघ के संबंधों की बाध्यताओं को खत्म कर दिया। रूस का अपेक्षाकृत कम महत्व भी अमेरिका-चीन संबंथों में परिवर्तन का एक कारक रहा है। इसके अलावा, जैसा कि अमेरिका-यू.के. विशेष संबंधों से जाहिर है, जहाँ सामाजिक समानताएँ भी असाधारण रूप से जुड़ाव की ताकत हो सकती हैं, वहीं असमानताएँ भी उसी अनुपात में विघटनकारी हो सकती हैं। वर्तमान घटनाओं को पसंद, स्वाँग या फिर अहंकार के नतीजे के रूप में देखना रोचक है और यह सब सच भी हो सकता है, लेकिन इससे अलग, यह कभी न खत्म होने वाली अंतरराष्ट्रीय संबंधों की एक प्रक्रिया का हिस्सा भी है।

2016 की घटनाएँ अपनी प्रकृति में अपवाद से भी ज्यादा रहीं। हमारे समय में दुनिया का सबसे शक्तिशाली राष्ट्र इतनी तेजी से अपना रास्ता बदल लेगा, यह इतना महत्वपूर्ण है कि इसका अतिशयोक्तिपूर्ण वर्णन मुश्किल है। इस तथ्य की पहचान करते समय यह भी गौर करना जरूरी है कि ऐसे बदलाव की घटनाएँ पूरी तरह से कोई नई नहीं हैं। 'अमेरिका फर्स्ट' का स्वयं का भी इतिहास है, जिसके अधिक विरोधाभासी तत्वों को उजागर कभी-कभी इसकी आलोचना के लिए भी किया जाता है। इसका अंतरराष्ट्रीय दायित्वों की कीमत पर अपने राष्ट्रीय हितों को प्राथमिकता देना भी कुछ ऐसा है, जो इस वैचारिक अलगाव को और बढ़ाता है। किसी का यह पूछना स्वाभाविक हो सकता है कि बर्नी सांडर्स की विदेश नीति कैसी दिखाई देती ? लेकिन अपने प्रारंभिक संस्करणों में यह एक वैश्विक आकार वाला अमेरिका नहीं था और यह एक वास्तविक अंतर है।

रूस ने भी 1992 में सोवियत संघ के विघटन के तुरंत बाद यही रास्ता अपनाया था। कमोबेश दूसरे देश भी, बड़े हों या छोटे, न्यूनाधिक रूप में यही रास्ता अपनाते हैं, भले ही वे ऐसा करने की बात स्वीकार न करते हों। यह सब केवल प्रमुख राजनीतिक जनसांख्यिकीय की, उनकी आर्थिक दशा को लेकर प्रतिक्रिया से समझने योग्य है, जिसे उन्होंने विश्व में होने वाले विकास से जोड़कर देखा था। आसान शब्दों में कहें तो वैश्विक आपूर्ति शृंखला को एक आर्थिक संकट के रूप में समझा गया था और आव्रजन तथा आवाजाही को सांस्कृतिक।

वैश्वीकरण ने पश्चिमी देशों में जो असुरक्षा की भावना उत्पन्न की है, उसे समझना एशिया में कई लोगों के लिए मुश्किल है। उन्होंने लेफ्ट-राइट समीकरणों को आगे

बढ़ाया, जिससे राष्ट्रवादी उम्मीदवारों को चुनावी सफलता में मदद मिली। चूँकि अधिक निरंतरता युक्त ग्लोबल इकोनॉमी के लाभों ने समाजों और उनके बीच असमान वितरण को निष्प्रभावी कर दिया, इसलिए आज घटनाक्रम बदलने के साथ जितनी घबराहट है, उतना ही गुस्सा भी है।

अमेरिका में जब 'डीप स्टेट' और 'लाउड स्टेट' एक साथ आते हैं तो संरचनात्मक परिवर्तन शुरू हो जाते हैं। जो प्रघटना एक अप्रत्याशित राजनीतिक प्रघटना के रूप में शुरू हुई, उसने बीते तीन वर्षों में खुद को कुछ हद तक मुख्यधारा में समाहित कर लिया है। कोरोना संकट से भी पहले वैश्विक आपूर्ति शृंखला के प्रभाव और तकनीकी वर्चस्व ने बढ़ते वाणिज्यिक वैमनस्य को तेज धार दे दी थी। इस प्रतिस्पर्धा में साख पर क्या लगा है, वह इस तथ्य से रेखांकित होता है कि कई मायनों में यह स्वयं अवरोध के ही बारे में है। इसके फलस्वरूप उत्पन्न होने वाली क्षमताएँ और उनका परिनियोजन, बिना किसी अतिरंजना के, वैश्विक भविष्य की दिशा तय कर सकती हैं। इस तर्क का एक अंश बिग डेटा के उपयोग के आसपास घूमता है। उभरती हुई प्रमुख तकनीकों पर नियंत्रण भी इसी के बराबर परिणाम देने वाला है। नई होड़, कृत्रिम बुद्धिमत्ता (आर्टिफिशियल इंटेलिजेंस) और एडवांस कंप्यूटिंग, क्वांटम इंफोरमेशन और सेंसिंग, एडिटिव रोबोटिक्स और ब्रेन-कंप्यूटर इंटरफेस, एडवांस मैटेरियल्स, हाइपरसोनिक्स और बायोटेक्नोलॉजी के क्षेत्र में है। जो भी विचलन, तकनीकों को ज्यादा बेहतर तरीके से उपयोग में लाएगा, वह विश्व को ज्यादा प्रभावित करेगा। विश्व की बड़ी ताकतें इसे उत्तरोत्तर स्पष्टता के साथ पहचान रही हैं। अब जबकि व्यापारिक विवाद और अधिक गहन होते जा रहे हैं, विशेषकर अमेरिका, उन मौलिक रूप से नितांत भिन्न औद्योगिक नीतियों पर विचार कर सकता है, जोकि इसकी राष्ट्रीय सुरक्षा जरूरतों के अनुरूप हों।

जब नई शक्तियाँ उभरीं तो उन्हीं के समानांतर पूर्व-स्थापित शक्तियों द्वारा उभरती हुई शक्तियों के विरोध की थ्योरीज भी सामने आईं। स्पार्टा-एथेंस तथा यू.के.-जर्मनी के बीच के विवाद का उदाहरण दिया गया, लेकिन यह किसी तथ्य का मात्र एक पक्ष है, जो कि पूर्व-ज्ञात किसी विवाद से अधिक जटिल है, हालाँकि प्रमाण इस बात के भी हैं, जिसमें प्रभुत्वशाली राष्ट्रों ने उभरती हुई शक्तियों की सहायता की। 1950 के दशक में सोवियत संघ और 1970 के दशक से अमेरिका का सहयोग पाने वाला चीन स्वयं इसका लाभार्थी है। सच्चाई यह है कि यह

वैमनस्य न तो पूरी तरह संरचनागत है और न ही पूर्वनिर्धारित। इतिहास में हर तरह के उदाहरण मिल सकते हैं। विभिन्न शक्तियों, जैसे—अमेरिका, यूरोपीय देश या फिर जापान, ने एक सामान्य कारण बना लिया और युद्ध की राह चल पड़े। यूरोप के भीतर संबंधित देशों ने भी यही रास्ता अपनाया। हितों और परिस्थितियों की तरह संस्कृति की भी अपनी एक भूमिका होती है, लेकिन अंतिम विश्लेषण का तात्पर्य कुल मिलाकर सिर्फ आकलन और अपेक्षाओं से है। ये दोनों ही नेतृत्व, पसंद और सामाजिक संवेदनाओं के व्युत्पाद हैं, वास्तव में कुछ भी अपरिहार्य नहीं है। चूँकि इनका संक्षेपण अंततः मानवीय कारकों में होता है, इसलिए मूल्य और आस्थाएँ भी वैश्विक समस्याओं को आकार देने में अपनी भूमिका निभाती हैं।

आज के दौर में संबंधों में असहजता, राष्ट्रों के आपसी संबंध, राजनीति, समाज, कारोबार, आस्था और बाजार जैसे अहम मुद्दों पर मतभेद के चलते उपजती हैं। इन मतभेदों को वैयक्तिक स्वतंत्रताओं और सांस्थानिक बाध्यताओं के विषयों में व्यक्त किया जाता है। समाजशास्त्र अहम हो जाता है, विशेषकर जब एक बार वैश्विक अंश के रूप में मान्य हो जाता है। आज विश्व की जो स्थिति है, वह उसके मूल कारणों में निहित है। इसलिए एक साझा आधार तैयार करना सबसे कठिन राजनयिक चुनौतियों में से एक है। यह एक बहस का विषय हो सकता है कि क्या इन विरोधाभासों को थोड़ी और देर तक कुशलतापूर्वक जारी रखा जा सकता था, लेकिन प्रमुख राष्ट्रों के राजनीतिक नतीजों ने वैसे भी इस प्रश्न को अप्रासंगिक बना दिया है। अपने नए अवतार में चीन और अमेरिका के बीच यह प्रतिद्वंद्विता, बिना स्पष्ट नतीजों के एक लंबी और कठिन प्रतिस्पर्धा बनने वाली है। संभावित परिदृश्य एक अनिश्चय की स्थिति है, जहाँ भू-राजनीति में स्थानांतरण तकनीकी क्षेत्र की उपलब्धियों से संयोजित होती रहती है। एक नए ग्लोबल पावर का उदय कभी भी आसान नहीं होता और एक व्यवस्था, जो सृजन की प्रतीक्षा में है, जब तक आकार नहीं ले लेती, एक अव्यवस्था के रूप में ही दिखाई देगी।

एक परस्पर निर्भर और अनुशासित विश्व में ऐसी समस्याएँ केवल तनावों पर वार्तालाप, सामंजस्य और सौदेबाजी से ही सुलझ सकती हैं। इस प्रक्रिया में बहुत-कुछ इस पर निर्भर करेगा कि किसको जड़ें जमाने की सुविधा मिलती है। एक अमेरिका, जो सचेतन रूप से उच्च मूल्यवत्ता, किंतु अधिक संकुचित अर्थव्यवस्था; एक राष्ट्रवादी, किंतु उन्नत व मौलिक तकनीक निर्माता; एक आत्मनिर्भर, किंतु ज्यादा शक्तिशाली

सैन्य शक्ति बनना पसंद करता है, उसकी प्राथमिकता के अलग ही अर्थ होंगे। वैसे ऐसे भी स्वर जरूर उठेंगे, जो सामंजस्य या तालमेल की गुंजाइश का आग्रह करेंगे। यहाँ तक कि अतीत की ओर लौटने की भी बात होगी, लेकिन इसी के साथ एक तीसरा विकल्प भी मौजूद है, जो वर्तमान की राष्ट्रीय सुरक्षा नीतियों को बनाए रखते हुए गठबंधन के मूल्य को भी महत्व देता है। इसलिए उथल-पुथल की संस्कृति, सुलह की कला का मार्गदर्शन करने में कितनी सफल सिद्ध होगी, यह अभी देखा जाना बाकी है।

इस अवरोधपूर्ण विश्व में भारत अपने लक्ष्यों को आगे बढ़ाने की दिशा में क्या कर सकता है—यह बहुत-कुछ इस बात पर निर्भर करेगा कि भारत विश्वपटल पर दो मुख्य नायकों, अमेरिका और चीन को कैसे साध पाता है। यह पहला अवसर नहीं है, जब भारत इस तरह की वास्तविकता के समक्ष है। शीतयुद्ध के दौरान भी अनेक जटिलताओं के बावजूद हमने अपनी नीतियों के निर्धारण में स्वतंत्र रवैया अपनाए रखा था। लकीर का फकीर बने रहने के बजाय भारत ने तनावपूर्ण अवसरों पर जरूरतों के अनुरूप सामंजस्य बैठाया। 1962 में चीन के हमले के बाद इसने अमेरिका का भी रुख किया, यहाँ तक कि एयर कवर माँगने से भी नहीं हिचका। 1971 में अमेरिका-चीन-पाकिस्तान की तिकड़ी के संभावित परिदृश्य और गहराते बांग्लादेश संकट के दौरान इसने सोवियत संघ के साथ एक आभासी गठजोड़ को फलीभूत किया। जब-जब संकट कम हुआ, भारत ने फिर से बीच का रास्ता चुन लिया। जैसे-जैसे रूस कमजोर हुआ और चीन उभरता गया, एक नए युग्मक की संभावना बनते हुए दिखाई दी। यह उभरते हुए नए पटल पर पूर्व के लक्षणों को स्थानांतरित करने की एक स्वाभाविक प्रवृत्ति थी, लेकिन 2005 के भारत-अमेरिका परमाणु संधि के बाद का युग यह दिखाता है कि किस तरह से अत्यधिक सतर्कता ने अधिकाधिक लाभ प्राप्त करने के अवसर गँवा दिए।

वास्तविकता यह है कि अतीत की ओर लौटना हमारी कमजोरी उजागर करता है और आत्मविश्वास को दुर्बल बना देता है। यह जोखिम उठाने से बचने को प्रोत्साहित करने के साथ-साथ नए अवसरों का दोहन करने से रोकता है। अपने अभ्युदय के इस चरण में यह आवश्यक है कि भारत दूसरों के साथ समन्वित हो अधिकतम लाभ उठाए। ये समन्वय, क्षेत्र और मुद्दों के आधार पर अलग हो सकते हैं। जहाँ कहीं अपने हित, अपेक्षित दिशा में जाते न दिखें, उन समन्वयों पर अविश्वास करके उनको सत्यापित करना ही श्रेयस्कर है। चूँकि वैश्विक अस्थिरता बहुत व्यापक है, इसलिए भारत को हर अहम किरदार के साथ ज्यादा समकालीन संबंध मजबूत करने की चुनौती से निपटना

होगा। एक संपूर्ण संतुलन की प्राप्ति इस बात पर निर्भर करेगी कि इन अलग-अलग संबंधों में यह कैसी प्रगति करता है।

एक ऐसे विश्व में, जहाँ स्वहित पूरी तरह अनावृत्त है, ज्यादातर राष्ट्र वे सबकुछ करेंगे, जो उन्हें करना है, वह भी कम-से-कम आवरण के साथ। ऐसे में जो भी संभावित हो, भारत को उसके लिए स्वयं को तैयार रखना होगा। इसे प्रभावी होने के उन दावों के लिए तैयार रहना है, जो सत्ता में अंतर, आर्थिक लाभ और कनेक्टिविटी पर निर्भरता का दोहन करेंगे। इसका उपयुक्त उत्तर एक ऐसे तर्क के साथ हो सकता है, जो दूसरे पक्ष को समझ आने योग्य हो। चाहे जो हो, हम लोग तार्किक ढंग से यह अपेक्षा कर सकते हैं कि जो शक्तिशाली ताकतें हैं, वे भी संबंधों को बिगाड़ने में एक सीमित रुचि ही रखती हैं। आखिरकार वे भी एक बहुध्रुवीय और अधिकतम विकल्पों वाले विश्व में संचालन करती हैं। इसलिए भविष्य ज्यादा बदलती हुई गतिमयता के बीच मतभेदों के प्रबंधन और स्थायित्व की तलाश में है और यह बिना समस्याओं के आगमन के नहीं होगा, इसलिए रणनीतिक स्पष्टता को विकसित और प्रभावी बनाना ही इसका समाधान है। यहाँ तक कि ऐसे पड़ोसी, जिनके साथ गंभीर समस्याएँ हैं, उनके साथ भी यह अपेक्षा रखी जानी चाहिए कि एक व्यावहारिक समझौता उस कीमत से कम ही रहेगा, जो कठिन संबंधों के चलते चुकानी पड़ती है।

उसी समय यह भी ध्यान रखना है कि अतीत की ओर खिंचकर अवास्तविक लाभों का पीछा करने का जो प्रलोभन है, उसका भी प्रतिरोध किया जाए। राजनीति का कोई भी गंभीर पेशेवर यह स्वीकार नहीं करेगा कि पूर्वगामी अवसरों का लाभ उठाने को कभी पुरस्कृत किया जाएगा। भारत अपने नीतिगत विकल्पों पर किसी भी राष्ट्र को वीटो का अधिकार नहीं दे सकता। ऐसा विशेषकर दुनिया में तब है, जब सारे अहम किरदार अपने विकल्पों में बदलाव की संभावनाएँ खुली रखने की कोशिश कर रहे हैं। न ही यह सुझाने का कोई आधार है कि एक उदार वैश्विक भारत की पहचान किसी भी रूप में उन शासन व्यवस्थाओं द्वारा पुरस्कृत की जाएगी, जो मूलभूत रूप से ताकत को पहचानते हैं। इसके विपरीत जब विकल्प प्रयोग के लिए उपलब्ध होते हैं और जो समय-समय पर वास्तव में होते हैं, तब सच्चाई का सामना होता है। यह सभी देशों पर लागू होता है, यहाँ तक कि सहयोगी देश भी सदैव सौदेबाजी की बेहतर शर्तों के लिए संघर्ष करते दिखाई देंगे।

आज के इस अशांत दौर में ग्लोबलाइजेशन के वे सांत्वनादायी मंत्र, जिनके बारे में हमने कुछ वर्ष पहले सुना था, अब दूर की कौड़ी लगते हैं। ध्रुवीकरण अब बहुत व्यापक हो चुका है, चाहे घरेलू राजनीति हो या फिर अंतरराष्ट्रीय संबंध। अमेरिका और चीन एक-दूसरे के साथ जो कर रहे हैं, वह काफी दुरूह है, लेकिन शेष विश्व के साथ उनका बर्ताव जो प्रदर्शित करेगा, वह और भी ज्यादा प्रभावकारी होगा। यह हमारी सोच में बदलाव लाएगा और समय के साथ नई आदतों और दृष्टिकोण को जन्म देगा, जो चाहकर भी आसानी से कभी बदली नहीं जा सकेंगी। हम में से कई उनका अनुकरण कर सकते हैं। हो सकता है कि कइयों के पास सिवाय खीझने के और कोई विकल्प न हो, लेकिन इस तरह या उस तरह प्रतिक्रिया सब देंगे और जब धुआँ छँटेगा तो एक भिन्न वैश्विक वास्तु-संरचना आकार लेना आरंभ करेगी।

नए समीकरण और रुझान पैदा होंगे। राष्ट्रीय हितों का एकचित्त होकर पीछा करने की प्रवृत्ति विश्व को ज्यादा प्रतियोगी, कम नियम और बढ़ी हुई अस्थिरता वाले बाजार की तरह दिखने जैसा बना देगी। फलस्वरूप परिणाम और ज्यादा तात्कालिक एवं तरीका और ज्यादा सुनियोजित होगा। एक साझा मंच पाने की रुचि घटने से संरचनाएँ कमजोर हुई हैं। न्यूयॉर्क, जिनेवा और ब्रुसेल्स अब मिलने की जगह भर हैं। लाभों को और ज्यादा सौदेबाजी के लोकाचार में विन्यस्त कर दिया गया और मोल-तोल करने वाले उसे अपनी लागत के साथ सीख रहे हैं। विश्वास में क्षरण तेजी से होता आया है, विशेषकर उन राष्ट्रों के लिए, जो किसी गठबंधन तंत्र का हिस्सा हैं। निर्भरता अब एक बढ़ता हुआ प्रश्नवाचक चिह्न है और मित्र एवं सहयोगी अब दबावों से मुक्त नहीं रह गए हैं। वास्तव में, हर कोई उस 'फेयर गेम' का हिस्सा है, जिसमें बड़ी समानताएँ भी छोटे मतभेदों को अनदेखा नहीं कर पातीं। जैसे-जैसे राष्ट्रवाद की धार क्षेत्रों के बीच तेज होती जाती है, वैसे-वैसे हितों का फैलाव भी भिन्न दिशा में होता नजर आने लगता है। 'ब्लैक एंड व्हाइट' संबंध पुनर्परिभाषित होते हैं, यहाँ तक कि 'ग्रीन ऑन ब्लू' दुष्प्रभाव राजनीतिक क्षेत्र में भी अपना दखल बना लेता है।

लेकिन तथ्य यह भी है कि स्थिर करने वाली ताकतें भी काम पर लगी हैं, कई सारी पूर्ववर्ती युग से। बाजारों से जुड़ी सतर्कता और संघर्षों की अनिश्चितता चरम प्रतिस्पर्धा के प्रतिबंधी कारक बनकर उभरे हैं। आर्थिक अंतर्निर्भरता भी राजनीतिक जोखिम उठाने की क्षमता पर बंदिश लगाती है। वे होने वाले परिवर्तनों का निरंतर प्रतिवाद करेंगे और देश-विदेश में तीखे तर्क-वितर्कों की वजह बनेंगे। ऐसे में जब कई देश संकीर्ण उद्देश्यों

के लिए कुत्सित चालें चल रहे होंगे तो कई देश कम पर भी समझौते करने को तैयार रहेंगे। एक उदार विश्व में इसे बहुलवाद के लिए महत्वाकांक्षाओं पर प्रतिबंध या फिर खुलेपन का बचाव माना जा सकता है। बात जब संबंधों और अभिलाषाओं की आती है तो विश्वासवादी और संदेहवादी दोनों एक ऐसे बिंदु पर पहुँच सकते हैं, जहाँ परिणाम अनिश्चित होते हैं। इन सारी खींचतान और दबावों के बीच स्पष्टता तथा निरपेक्षता दो ऐसे विशेष गुण हैं, जिनकी कमी हमेशा खलेगी।

अभी हाल तक का दौर निश्चित रूप से विपरीत दिशा वाला था। दुनिया अपने क्रियाकलापों को लेकर न केवल ज्यादा अंतर्संबंधित थी, बल्कि अपनी सोच को लेकर भी आश्वस्त थी। हम सबने ग्लोबल विलेज की बात की थी और अनेक प्रकार के व्यावहारिक रूपों में इसकी परिणति होते भी देखा था। तकनीक वह सबसे शानदार तोहफा थी, जिसे हमने हर गुजरते दिन के साथ हम सबको एक-दूसरे के करीब लाते देखा था। किसी भी चुनौती का पूर्व निर्धारित समाधान—चाहे वे व्यापार संवर्धन, पर्यावरण की चुनौतियाँ या फिर आतंकवाद से मुकाबला हो, साझा प्रयासों के माध्यम से ही रहा। चाहे जो हो, अब वह बदलाव आरंभ हो गया है। ऐसा नहीं है कि 'स्व' पहले अस्तित्व में नहीं था, किंतु राष्ट्रीय और अंतरराष्ट्रीय हितों को समझौते, प्रक्रिया और कार्यप्रणाली के एक नेटवर्क के जरिए अनुकूल बनाया जाता था। राष्ट्र-राज्यों और अंतरराष्ट्रीय बिरादरी के बीच बिचौलिए, गठबंधन, क्षेत्रीय ढाँचा या एक जैसी सोच वाले सहयोगी मौजूद रहते थे, लेकिन यह दुनिया 1945 से निरंतर विकसित होते हुए भी ग्लोबलाइजेशन से मोहभंग और वणिकवाद से नाराजगी के चलते उठ खड़ी हुई है। इसके तीन प्रमुख आधार—वैश्विक बाजारों तक पहुँच, वैश्विक आपूर्ति श्रृंखला और वैश्विक प्रतिभाओं के संचरण पर भरोसा—जिन्हें हमने बिना प्रमाण के सही मान लिया था, ये सब दबाव में हैं। इसके अलावा, खिलाड़ी बढ़ रहे हैं, जबकि नियम कमजोर हो रहे हैं। पुरानी व्यवस्था प्रत्यक्ष रूप से बदल रही है, किंतु नई व्यवस्था अभी भी लुप्त है।

एक ओर जहाँ राष्ट्रों के बीच के समीकरण गड़बड़ हो सकते हैं, वहीं समाजों के भीतर होने वाला मंथन भी कम प्रासंगिक नहीं है। अगर दुनिया वैसी नहीं रह गई है, जैसी हुआ करती थी तो ऐसा इसलिए है कि पुराने मापदंड अब समाप्त हो चुके हैं। पश्चिम की दुनिया में भी कहानी गहरी आर्थिक असमानता, नौकरियों पर दबाव, स्थिर गुणवत्ता वाला जीवन और बाहरी लोगों पर आरोप तक सिमट गई। बढ़ता हुए असंतोष, जो उपेक्षित छोड़ दिया गया, उसे अंततः 'ब्लैक स्वान इवेंट्स' के जरिए आवाज मिली।

ब्रेक्जिट एक खतरे की घंटी थी और ट्रंप का चुनाव एक वास्तविकता। चाहे पोलैंड के नलसाजों पर निशाना, मैक्सिको के अप्रवासियों का उपहास या फिर अफ्रीका के शरणार्थियों की प्रताड़ना रही हो, राजनीति सांस्कृतिक खतरों और आर्थिक रंजिशों के इर्द-गिर्द गतिशील रही। ऐसा करके इसने जाहिर कर दिया कि स्थापित अभिजात्य वर्ग की सोच पुरानी हो चुकी है। यह अचरज की बात नहीं कि विदेश नीति को लेकर उनके नजरिए पर सवाल खड़े किए जाने चाहिए, चाहे सामूहिक हितों की वकालत करनी हो या फिर सामान्य हितों पर तर्क-वितर्क।

एक बार स्थापित मानदंडों से प्रस्थान तय कर दिए गए तो फिर स्पष्टीकरण ढूँढ़ना बहुत कठिन नहीं था। ग्लोबलाइजेशन के अनौचित्य एक तड़ित चालक की तरह उभरे, विशेषकर वे हिस्से जो दूसरों की ओर मोड़े जा सकते थे। बड़े तकनीक-नियंता तीव्र रूपांतरण की प्रक्रिया से गुजरकर बड़ी उम्मीदों की जगह नया खतरा बनकर उभरे। नई कार्यसूचियों के उदय ने निश्चित रूप से पुराने खिलाड़ियों का इम्तिहान लिया, जिनका यह विश्वास कि सत्ता का समाजीकरण हो जाएगा, हिल गया। पूरी दुनिया में इसे राजनीतिक राष्ट्रवाद से आकार दिया जा रहा है, जोकि यथास्थिति को चुनौती दे रहा है। विकासशील विश्व, विशेषकर एशिया, मजबूत वृद्धि दर और उच्च आकांक्षाओं के साथ एक भिन्न तस्वीर पेश कर सकता है, लेकिन यह अभी भी पुनर्संतुलन की प्रक्रिया में है और इसकी कामयाबी का पूर्वाभास अभी बहुत अपरिपक्व है। चूँकि ग्लोबलाइजेशन ने एशिया के ज्यादातर देशों को अच्छी तरह से फायदा पहुँचाया, हमने यह गलत आकलन कर लिया कि इसका आशावाद सार्वभौमिक रूप से साझा किया गया, जब वैश्विक अभिसरण कमजोर पड़ता है तो हर जगह इसकी हिमायत करने वाले की स्थिति कमजोर कर देता है।

जैसे-जैसे अमेरिका अपनी अहम अंतरराष्ट्रीय प्रतिबद्धताओं से पीछे हटता है और गठबंधन कमजोर होते हैं, इससे उत्पन्न होने वाली बेचैनी हमारी सोच से कहीं ज्यादा व्यापक हो सकती है।

एक बार जब ग्लोबलाइजेशन पर हमला होता है तो इसके सभी पहलुओं पर दबाव बन जाता है। वैश्वीकृत व्यापार का विरोध निश्चय ही इसके संचालन नियमों को कमजोर करेगा और इसकी देखरेख करने वाले संस्थानों की कमियाँ उधेड़ेगा। इस प्रकार का वैश्विक दृष्टिकोण उन प्रतिबद्धताओं पर भी असंतोष जाहिर करेगा, जो इसके तात्कालिक लक्ष्यों को पूरा नहीं करती हैं।

ग्लोबलाइजेशन के राजनीतिक प्रत्युत्तर को अप्रवासन और रोजगार सुरक्षा पर ध्यान केंद्रित करना चाहिए। ये वे मुद्दे हैं, जो बेहद प्रभावी रूप में पश्चिमी निर्वाचकों के मिजाज से मेल खाते हैं, भले ही उनके आर्थिक तर्क सवालों के घेरे में हों, लेकिन परदेसी एक सुविधाजनक बलि का बकरा है, एक व्यक्ति के रूप में भी और एक आर्थिक प्रतिस्पर्धी के रूप में भी और अगर उनकी व्यापारिक कार्यप्रणाली ऐसा करना आसान बनाती है तो प्रकट रूप में ऐसा ही सही। ट्रंप दृष्टिकोण वैश्विक आपूर्ति शृंखला को ऐसे चित्रित करता है, जो नौकरियों को अमेरिका से बाहर ले जा रही हो, यह उस तर्क को सवालों के घेरे में लाता है, जिस पर वैश्विक व्यापार बरसों तक निर्भर रहा है। टैरिफ का ताकतवर इस्तेमाल अमेरिकी अर्थव्यवस्था में अभी तक की उदार पहुँच को संकुचित करता है। आर्थिक नीतियाँ और सामाजिक दबाव मैन्युफैक्चरिंग को अमेरिका वापस लाना चाह रहे हैं। संवेदनशील टेक्नोलॉजी के क्षेत्र में पश्चिमी दुनिया की चीन से जोड़ीदारी को समाप्त करने के लिए भी प्रयत्न गतिशील हैं। वे इसमें कितना सफल होंगे, यह देखना अभी बाकी है।

वर्तमान अस्थिरता का दूसरा चालक ग्लोबल मोबिलिटी का विरोध है। यह गतिशीलता स्वयं में विशेषज्ञता के प्रसार और ज्यादा कुशल आर्थिक कार्यप्रणाली का परिणाम है। फिर भी इस कठिन दौर में इसके सामाजिक पहलुओं के प्रति विद्वेष बढ़ रहा है। वैसे भी सांस्कृतिक अलगाव और आर्थिक संरक्षणवाद दोनों एक साथ अस्तित्व में रहते हैं, लेकिन इन दबावों को समय के साथ गहरी जड़ें जमा चुकी व्यापार की वास्तविकताओं से संघर्ष अवश्य करना पड़ेगा।

पूरी तरह विचार किया जाए तो प्रतिभा टेक्नोलॉजी के क्षेत्र में बढ़त के लिए पूर्व शर्त बनी रहेगी और यही वह चीज है, जो भारत की स्थिति को बिल्कुल अलग बना सकती है। यह प्रत्यक्ष दिखने वाला अकेला स्रोत है, जो कौशल को वैश्विक अर्थव्यवस्था का अंग बनने से पहले तैयार करता है। ऐसे अनुकूलन योग्य स्रोतों की आर्थिक विशेषताएँ उनके सामाजिक और राजनीतिक पहलुओं को मात दे देती हैं। वैश्विक ज्ञानाधारित अर्थव्यवस्था के लिए स्वयं को ज्यादा प्रासंगिक बनाना ही स्पष्ट रूप से भविष्य में भारत के संबंधों की कामयाबी की कुंजी है।

इन सुधारों का वैश्विक व्यवस्था पर प्रभाव अगली पीढ़ी तक दिखाई देने वाला है। उसके कई आयाम होंगे, जिनमें से प्रत्येक स्वयं में एक अस्थिरता का स्रोत होगा। सबसे स्पष्ट तो वह होगा, जिसमें सत्ता का वितरण और अधिक फैलने तथा गठबंधन की

व्यवस्था धूमिल होने के साथ विश्व उत्तरोत्तर रूप से बहुध्रुवीय बनता जाएगा। बढ़ती हुई अर्थव्यवस्था के साथ एक भारत या एक ब्राजील अपनी और अधिक प्रभावी भूमिका की माँग करेंगे। अमेरिका की दूसरे देशों, उदाहरण के तौर पर रूस और कोरिया के प्रति सोच में बदलाव से जर्मनी तथा जापान जैसे देश अप्रभावित नहीं रह सकते। जैसे-जैसे आपसी तालमेल पर सवाल उठने शुरू होंगे; और भी ज्यादा देश अपनी स्वयं की राय और योजनाएँ बनाना शुरू कर देंगे।

अंतरराष्ट्रीय संबंधों को लेकर एक अधिक राष्ट्रवादी दृष्टिकोण निश्चित तौर पर कई कार्यक्षेत्रों में बहुपक्षीय नियमों को अविवादित रूप में कमजोर करेगा। आर्थिक हितों और संप्रभुता संबंधी चिंताओं के संदर्भ में यह विशेष रूप से तीक्ष्ण होगा। विश्व व्यापार संगठन की क्रियाशीलता को कमजोर करना अथवा समुद्र के नियमों की अवहेलना करना, ये अच्छे संकेत नहीं हैं। कम बहुपक्षवाद के साथ बहुध्रुवीयता आने वाले समय के लिए और भी अधिक कठिन भविष्य का संकेत देती है। इसका आशय दूसरे को त्याग देना नहीं है। इसके विपरीत, अपेक्षित यह है कि संशोधित बहुपक्षवाद में एक नई ऊर्जा का संचरण किया जाए। वर्तमान काल-दोष युक्त व्यवस्था और इसके पुराने एजेंडे को बदलाव के लिए निरंतर प्रेरित करना जरूरी होगा।

यह समझना भी आवश्यक है कि यह मुद्दा व्यवस्था के बचाव या अव्यवस्था को आमंत्रण देने के दो विकल्पों के बीच चयन का नहीं है, जब तक हम यह न पहचान लें कि व्यवस्था के आधारभूत तत्व कई भागीदारों के लिए अब उपयोगी सिद्ध नहीं हो रहे, परिवर्तन को लेकर संशय के बादल छाए रहेंगे। यह निश्चित रूप में नियम संबंधित वर्तमान अनुपालन को लेकर तर्कों की भाषा तथा उसमें निहित इरादों को लेकर भी असहज प्रश्न खड़े करेगा और प्रमुख ताकतें जब केवल चुने हुए तर्कों को आगे बढ़ाएँगी तो आम सहमति का बड़ा हिस्सा, जो तात्कालिक स्थिति को संबल देता है, कमजोर होने लगेगा।

संभावना यह भी है कि उभरता विश्व, अपेक्षाकृत सामूहिक सुरक्षा या व्यापक सहमति के अपने संचालक सिद्धांतों के रूप में शक्ति-संतुलन पर आश्रित हो जाए। इतिहास दर्शाता है कि ये तरीके प्रायः अस्थिर संतुलन उत्पन्न करते हैं। वैश्विक घटनाक्रमों में मित्रवत् शत्रुओं (Frenemies) की संख्या में बढ़ोतरी दिखेगी। वे एक ऐसी स्थिति से उठकर आएँगे, जहाँ सहयोगी भी एक-दूसरे के आलोचक होंगे या फिर प्रतिस्पर्धी एक साझा हित तय करने को बाध्य होंगे। एक ज्यादा लेन-देन संबंधी

लोकाचार ऐसे अलग-थलग राष्ट्रों की एक तदर्थ गुटबंदी को प्रोत्साहित करेगा, जिनके किसी विशेष मुद्दे पर साझा हित होंगे। इसको गठबंधन ढाँचे से बाहर भी एक साथ आकर काम करने की जरूरतों से बल मिलेगा। इन मेल-मिलापों का संयोजन क्षेत्रीय और स्थानीय संतुलनों को उनके कामकाज पर कम वैश्विक प्रभावों के साथ और अधिक प्रोत्साहित करेगा।

वास्तव में, वह अपरिचित क्षेत्र जहाँ अमेरिका-चीन का संघर्ष हमें ले जाने वाला है, वह दो समानांतर ब्रह्मांडों का सामना करने जैसा है। संभावना यह भी है कि वे पहले भी अस्तित्व में रहे हों, सबसे निकट समय में शीतयुद्ध के दौरान, लेकिन वैश्वीकरण युग की अंतर्निर्भरता और अंतर्वेधन के साथ नहीं। परिणामस्वरूप अलग-अलग क्षेत्रों में भिन्न विकल्प और प्रतिस्पर्धी संपूरक आंशिक रूप से साझा किए गए बुनियाद पर निर्भर रहेंगे। विभ्रम की यह स्थिति टेक्नोलॉजी, वाणिज्य और वित्त से लेकर कनेक्टिविटी, संस्थानों और क्रियाकलापों समेत बढ़ते हुए कई क्षेत्रों में परिलक्षित होगी। कई अहम खिलाड़ी भी स्वयं को इस प्रकार के समानांतर अस्तित्व वाले द्विभाजन से जूझते हुए पाएँगे वे, जिन्हें दोषों को मैनेज करना है, जैसा कि हम में से ज्यादातर करेंगे, उनके स्वयं के सामर्थ्य की भी परीक्षा होगी।

यदि चीन और पश्चिम के बीच संबंध और भी विरोधात्मक चरित्र ले ले, एक मजबूत द्विध्रुवीय विश्व की ओर लौटना कठिन होगा। इसकी प्रमुख वजह यह है कि समूचा परिदृश्य ऐसा स्वरूप ग्रहण कर चुका है, जो अपरिवर्तनीय है। भारत समेत अन्य देश स्वतंत्र रूप से गतिमान हैं। दुनिया की बीस से ज्यादा बड़ी अर्थव्यवस्थाओं में आधी अब गैर-पश्चिमी हैं, जब अंतरराष्ट्रीय निर्माण कम मनमानी करने वाला हो, तकनीक का फैलाव और जनसांख्यिकीय विभेद भी प्रभाव के महत्तर प्रसार में योगदान करेगा। वास्तविकता यह है कि अमेरिका भले ही कमजोर हो सकता हो, लेकिन चीन का उदय अभी भी परिपक्व होने से बहुत दूर है और इन दोनों प्रक्रियाओं ने एक साथ मिलकर दूसरे देशों के लिए काफी जगह बना दी है। इनकी आपसी प्रतिद्वंद्विता के चलते दोनों के लिए तीसरे पक्षों की उपयोगिता है। वास्तव में, उनकी आपसी गतिमयता बहुध्रुवीयता को तीव्र गति से संचालित कर सकती है।

ऐसे में माध्यमिक शक्तियाँ इसकी लाभार्थी हो सकती हैं। रूस, फ्रांस और यू.के. जैसे वे देश, जो पहले से ही लाभ की स्थिति में हैं, उनको एक नया जीवन मिल सकता है। भारत जैसे कुछ देश एक सुधरी हुई स्थिति की आकांक्षा कर सकते हैं। जर्मनी जैसे

दूसरे देश सम्मिलित प्रयासों के माध्यम से अपनी अहमियत बढ़ाएँगे, लेकिन यह ब्राजील और जापान की, तुर्की और ईरान की, सऊदी अरब, इंडोनेशिया और ऑस्ट्रेलिया की भी दुनिया होगी, जहाँ वे अपने दायरे और उससे भी आगे बढ़कर ज्यादा कुछ प्रभाव उत्पन्न कर सकेंगे। गठबंधन के अनुशासन का कमजोर पड़ना आगे चलकर इस प्रक्रिया को सुगम बनाएगा। एक ज्यादा जटिल संरचना उभरकर सामने आएगी, जोकि भिन्न दर्जों की प्रतिद्वंद्विता, अभिसरण और समन्वय से पहचानी जाएगी। यह काफी कुछ फैला हुआ चाइनीज चेकर्स खेलने जैसा होगा, जिसमें ऐसे खिलाड़ी भी शामिल रहेंगे, जो अभी तक खेल के नियमों पर बहस में उलझे होंगे।

एक बहुध्रुवीय विश्व, जोकि शक्तियों के संतुलन से संचालित होता है, जोखिमों के बिना नहीं हो सकता। विश्वयुद्धों के अपने अनुभवों के बाद यूरोप तो विशेष रूप से सजग है। यहाँ तक कि प्रभावशाली ताकतें—पहले अमेरिका, रूस और अब चीन भी ऐसे संतुलनों का विशेष आकस्मिकताओं के लिए समर्थन करता है, न कि सामान्य पद्धति के रूप में। अतीत के अनुभव तो यह बताते हैं कि अनियंत्रित प्रतियोगिता क्षेत्रीय और ग्लोबल दोनों स्तरों पर अकसर उलटी चाल साबित हो सकती है। इसी वजह से अंतरराष्ट्रीय संबंध सेफ्टी नेट के रूप में सामूहिक सुरक्षा पर विचार करते हैं। अगर यह हमेशा काम न आया तो व्यापक विचार-विमर्श के माध्यम से प्राप्त विस्तृत सहमति प्लान-बी के तौर पर काम करती थी। वे देश, जो कमजोर नियमों वाली बहुध्रुवीयता की संभावनाओं से सबसे ज्यादा अशांत रहे, वे वही देश हैं, जिन्होंने लंबे वक्त तक गठबंधन के ढाँचे में काम किया है। स्वतंत्र खिलाड़ियों से इतर, यह स्वीकार करना उनके लिए समझने योग्य कठिन है कि अंतर्निर्भरता की अनिवार्यताएँ एक अच्छा विकल्प हैं। दूसरे इस संभावना पर ज्यादा तनाव के साथ विचार कर सकते हैं, लेकिन भारत शायद और ज्यादा खुले दिमाग से विचार करेगा।

एक व्यक्तिवादी विश्व का अर्थ है कि दृढ़ स्थिति वाली व्यवस्था नए खिलाड़ियों के लिए ज्यादा खुली हुई है। दीर्घकालिक सामूहिक स्थितियाँ कम जड़ हो सकती हैं। खेल का प्रारूप भी, जो ज्यादा द्विपक्षीय रहता है, सामंजस्य बनाने की ओर झुकाव को मजबूत करता है। यह सुरक्षा के कार्यक्षेत्र में विशेष रूप से साबित होता आया है। चाहे न्यूक्लियर डील हो, एन.एस.जी. की छूट या फिर अफगानिस्तान अथवा मालाबार अभ्यास में भागीदारी, ये कदम पुरातन समूह चिंतन से भिन्न ज्यादा समसामयिक व्यावहारिकता की ओर जाते दिखाई देते हैं। इस व्यावहारिकता का विस्तार अब दूसरे कार्यक्षेत्रों में भी किया जा सकता है।

भिन्न राय रखने वाले मित्र और सहयोग करने वाले प्रतिद्वंद्वी इस उभरती हुई व्यवस्था की एक उल्लेखनीय व्यवस्था है। दोनों ही कमियों के भिन्न पहलुओं को उजागर करते हैं, जो एक अंतर्निर्भर विश्व में विकल्पों की स्वतंत्रता को सीमित करते हैं। राष्ट्रवाद का उभार वृहद रूप में पहले वाले समूह के लिए जिम्मेदार है, जबकि वैश्विक खतरे दूसरे को एक साथ लाते हैं। अब तक हम देखते आए हैं कि ज्यादातर पश्चिमी विश्व, विशेषकर यूरोप क्लाइमेट चेंज जैसे मुद्दों पर अमेरिका से भिन्न राय रखते हैं। ट्रांस-पैसिफिक साझेदारी और नाफ्टा की राजनीति व्यापार की पक्षपाती भूमिका के उदाहरण थे। ऊर्जा नीति इसी की बराबरी का एक प्रभावशाली क्षेत्र था, जो यूरोप की रूस पर निर्भरता के विरुद्ध अमेरिकी आलोचना का हथियार था, लेकिन अहम विषयों से भी इतर, मानसिकता बदलने के साथ दोस्त होकर भी दुश्मन की तरह सोचने वालों की तादाद बढ़ी है। यह धारणा कि गठबंधन बोझ की तरह है, स्वयं में मनमुटाव का एक कारण है।

अंतिम विश्लेषण यह है कि अमेरिका के वैश्विक रूप की वर्तमान व्यवस्था की उपादेयता सवालों के घेरे में आ गई है। चाहे जो हो, अतीत की तेजी अब भी उन देशों के मेल को जीवित रख सकती है, जो वर्तमान व्यवस्था को लेकर सहमत नहीं हो सकते। दृष्टिकोण में मतभेद होने के बावजूद परंपराएँ एक साथ काम करने की वजह बनी रह सकती हैं, भले ही वे अप्रसन्नता के साथ हों। तथापि एक साझी चिंता की अनिवार्यता से एक बिल्कुल भिन्न प्रेरणा मिलती है। हम आतंकवाद का मुकाबला करने में, समुद्री सुरक्षा, परमाणु अप्रसार या फिर क्लाइमेट चेंज जैसे वैश्विक मुद्दों पर सुविधानुसार बने गठबंधनों को देख चुके हैं। ये सब मुद्दों पर आधारित हैं और अनिच्छा के बावजूद फिर से प्रभावी हो सकते हैं।

अगर गठबंधनों के बीच विभाजन विकास का एक रूप था तो उनसे बाहर आना दूसरा। जैसे-जैसे दुनिया महत्तर बहुपक्षवाद की दिशा में बढ़ी, परिणाम केंद्रित सहयोग ज्यादा आकर्षक दिखाई देने लगा। वे ज्यादा बेहतर फोकस और प्रतिकूल प्रतिबद्धताओं के साथ भी अनुकूल बनाए जा सकते थे। साझा दायित्वों की बढ़ती हुई अनिवार्यता औपचारिक ढाँचे के बाहर भी सराहनीय प्रभाव रखने वाली थी। एशिया, खासतौर पर इस प्रकार की पहल के लिए उपयुक्त था, क्योंकि वहाँ पर क्षेत्रीय ढाँचा सबसे कम विकसित हुआ था। आज भारत ऐसे बहुपक्षीय राष्ट्रों के लिए एक उद्योग नेतृत्वकर्ता के रूप में उभरा है, क्योंकि यह बचाव की व्यवस्था और उभरते हुए रिक्त स्थान के अधिग्रहण का काम एक ही समय में करता है।

सुरक्षा, राजनीति और विकास के मुद्दों पर अलग–अलग ताकतों के साथ काम करने के अवसरों ने यह दिखाया है कि साझे प्रयोजनों को व्यावहारिकता और कल्पना से बढ़ाया जा सकता है। अनिश्चित विश्व आंशिक समझौते और सीमित एजेंडे से भरा पड़ा है। इसका दुविधापूर्ण स्वभाव चुनौतियों के लिए अनुकूलित लचीली व्यवस्थाओं की माँग करता है। ये गतिविधियाँ आने वाले समय में न केवल और ज्यादा व्यापक होंगी, बल्कि भारत से इतर राष्ट्रों की विदेश नीति में भी एक खास जगह बनाएँगी।

बहु–विकल्पीय विश्व विभिन्न स्तरों पर उत्तरोत्तर खुलता जा रहा है। निस्संदेह हम देख रहे हैं कि अपेक्षाकृत बड़ी ताकतें अपने समूह में प्रचुर अवसरवादिता के साथ एक–दूसरे से पेश आ रही हैं। अपने आचरण से वे शेष विश्व को भी ऐसा करने के लिए प्रोत्साहित कर रही हैं। वैश्विक संतुलन की इतनी तरलता को ध्यान में रखते हुए स्थानीय समूहों का आकार लेना इसका स्वयं का विषय बन गया है। खाड़ी देशों में आस्था, गवर्नेंस मॉडल, राजनीतिक सिद्धांत और शक्तियों के संतुलन सभी उपलब्ध परिवर्तनशील कारकों के साथ एक बहुकोणीय प्रतिद्वंद्विता जारी है। इससे कम जटिल उदाहरण शेष विश्व में बिखरे पड़े हैं।

जैसाकि वे मुद्दों को उछालते हैं, भारत के लिए यह ज्यादा प्रभावकारी है कि वह दूरी बनाने की अपेक्षा संवाद कायम करे। समसामयिक कूटनीति एक ही समय में प्रतिद्वंद्वी पक्षों को सर्वोत्कृष्ट परिणामों के साथ डील करने को सबसे ज्यादा प्राथमिकता देती है। निश्चित रूप से एक कम संरचित, किंतु उच्च तीव्रता वाले खेल में खिलाड़ियों पर ज्यादा दबाव रहता है। यही कारण है कि वैश्विक शक्ति सोपान में ऊपर जाने का मूल्यांकन प्रतिकूल प्राथमिकताओं के सफलतापूर्वक प्रबंधन की क्षमता से किया जाता है।

वैश्विक मंच पर प्रभुत्व स्थापित करना पहले के समय की अपेक्षा बिल्कुल अलग है, जब विश्व अपेक्षाकृत सरल था, शक्तियों का उदय भी उतना ही सरल था। भविष्य राष्ट्रीय सामर्थ्य, अंतरराष्ट्रीय अवसरों और नेतृत्व की गुणवत्ता के संयोजन से बनाए और बिगाड़े जाते थे। युद्ध के मैदान में प्राय: उच्च तकनीक और कार्यप्रणाली निर्णायक परिणाम देती थी। आज के समय में परिवर्तनशील कारक, जो शक्ति का संचालन और आकलनों को प्रभावित करते हैं, और भी ज्यादा हैं। उनकी पारस्परिक क्रिया भी काफी जटिल और कम पूर्वानुमेय है। इसी के समांतर उनका अनुप्रयोग एक विवश, वैश्वीकृत और अन्योन्याश्रित विश्व में होता है। फलस्वरूप प्रभावों का संचयन शक्ति के अपेक्षाकृत अशोभनीय प्रदर्शन में बदल जाता है। रणनीति शक्ति के प्रयोग की अपेक्षा

संसाधनों का प्रभावी परिनियोजन अधिक बन गई है। टेक्नोलॉजी ने वित्त के शस्त्रीकरण अथवा साइबर हस्तक्षेप जैसे विकल्प खोल दिए हैं।

इसी समय दबाव की जगह प्रलोभन और प्रोत्साहन का प्रयोग भी ज्यादा आम होता है। परिणामस्वरूप राष्ट्रों का उत्थान भिन्न प्रकार से होता है, आवश्यक रूप से रूपांतरण के विशिष्ट क्षणों के बिना। उदाहरण के तौर पर, 2009 का वैश्विक आर्थिक संकट ऐसा ही एक उल्लेखनीय प्रस्थान-बिंदु है, जिसकी न तो उभरती ताकत चीन, न ही इकलौते उपजाऊ मैदान के रूप में अमेरिका सराहना करते हैं।

राष्ट्रों के प्रभाव में वृद्धि ज्यादा बिखरी हुई और शायद कम दिखाई देने वाली हो सकती है, लेकिन फिर भी यह पूरी तरह से वास्तविक है। कोई भी विश्वपटल पर चीन के प्रभाव पर संदेह नहीं करता। भले ही उनके लिए यह चिंतनीय नहीं कि यह प्रभाव व्यापार अधिशेषों का उपयोग करके प्राप्त किया गया है, न कि खून बहाकर। वित्तीय साधनों, सामर्थ्य का प्रदर्शन और कनेक्टिविटी परियोजनाओं ने प्रतिद्वंद्वियों से वास्तविक टकराव के बिना अपने शक्ति-प्रदर्शन के अवसर प्रदान किए हैं।

बढ़ती क्षमताओं का छुपा हुआ यह खतरा कठोर ताकतों को सहारा देना जारी रखे हुए है। यह इस बात की व्याख्या करता है कि क्यों कुछ राष्ट्र उदाहरणस्वरूप अपने अतीत के संघर्षों को इतना अधिक अलंकृत करते हैं। भारत के मामले में भी एक मजबूत सैन्य शक्ति की स्थिति को बनाए रखना और 1998 के परमाणु परीक्षणों को जारी रखना इसकी तरक्की की राह में मील के पत्थर हैं, लेकिन इसकी वैश्विक छवि समान रूप से Y2K की चुनौतियों पर इसकी प्रतिक्रिया, इसकी उच्च वृद्धि दर और इसके व्यापार द्वारा वैश्विक अधिग्रहणों के कारण है। ताकत अब स्वयं भी भिन्न-भिन्न गुणों को धारण करने से आती है, जिनमें से सब एक ही देश में नहीं पाए जाते।

अमेरिका विश्व का लंबी अवधि से तकनीकी नेतृत्वकर्ता बना हुआ है, लेकिन इस फ्रंट पर पीछे रहने के बावजूद चीन ने अपनी वित्तीय और वाणिज्यिक शक्ति का उपयोग करके नंबर दो की जगह हासिल कर ली। यूरोप की अपने उत्पादों की गुणवत्ता और औद्योगिक सामर्थ्य के चलते ऊँची साख है, हालाँकि इसने अपने महाद्वीप से बाहर भी हस्तक्षेपवादी नीतियों का सहारा लिया है, लेकिन फिर भी इसे अपनी क्षमताओं से कमतर प्रदर्शन करने वाले के रूप में देखा जाता है। इसके विपरीत, रूस ने अपनी दीर्घकालिक क्षमताओं को ताजा किया और केवल अपने प्रबल आत्मविश्वास के सहारे खुद को एक अहम खिलाड़ी के रूप में तैयार कर लिया। इसलिए वैश्विक शक्तियों

का पदसोपान क्रम क्या है, यह अब प्राय: वह आसान सवाल नहीं रह गया है, जिसका जवाब दिया जा सके। चूँकि इसके कई पहलू हैं और यह स्थानीय स्तर पर ज्यादा सक्रिय रहता है, हम फिर से बहुपक्षीय, बहुप्रतिस्पर्धी और बहुप्रतिस्पर्धा वाले मैट्रिक्स में पहुँच जाते हैं।

वैश्विक कल्याण (Global Goods) का प्रावधान ही वह डोमेन है, जो इन सारे अवरोधों से सबसे ज्यादा प्रभावित रहता है। अमेरिकी मितव्ययिता और चीन के राष्ट्रवाद ने इस बहस को ताजा कर दिया है। यूरोप की दूरदृष्टि और क्रियाकलाप भी घट गए हैं। कुछ और शक्तियाँ भी इस मंदी को स्वीकार कर आगे बढ़ गईं। केवल भारत एक अपवाद है। एक वृहत वैश्विक कारण हेतु संसाधनों की प्रतिबद्धता की अनिच्छा अंतरराष्ट्रीय संबंधों के प्रति एक संकीर्ण दृष्टिकोण की संगति का प्रतिफल है। इस बहस को उदाहरण के लिए, अफगानिस्तान और मध्यपूर्व में सैनिकों की तैनाती जारी रखने की प्रतिबद्धता के इर्द-गिर्द तैयार किया जाता है। या फिर हाल-फिलहाल कोरोना महामारी से निपटने के नाम पर, लेकिन यह उससे भी कहीं ज्यादा जटिल है, जिसके दायरे में अंतरराष्ट्रीय नियमों के प्रति सम्मान अथवा गंभीर दुराचरण के विरुद्ध प्रतिक्रिया शामिल है। उदाहरण के लिए, आतंकवाद जैसे सबसे भयंकर कृत्य के प्रति उदासीनता ने इसे विश्व के बड़े हिस्से में सामान्य घटना की तरह देखे जाने की स्थिति ला दी। भारत की निश्चित रूप से इस संदर्भ में एक खास शिकायत रही है।

बीते समय में विभिन्न स्तरों पर अनेक प्रकार के निवारक उपायों का श्रेय अतीत की वैश्विक व्यवस्था में अनुशासन को दिया गया था। परमाणु अप्रसार विशेषज्ञ यह पुष्टि करेंगे कि गठबंधनों का दबाव न होता तो कई और देशों ने परमाणु परीक्षण कर लिया होता। बहुत-कुछ प्रमुख ताकतों की अपनी वचनबद्धता पर टिके रहने की विश्वसनीयता पर निर्भर रहा है। अगर वह खत्म हो जाता है तो कई देशों के आकलनों पर गहरा प्रभाव डाल सकता है। ये खतरे के नए आयामों, जैसे साइबर और स्पेस में भी तालमेल बैठाने में कठिनाई उत्पन्न करेंगे। नया दशक दुर्भाग्यवश कम उदार और इसलिए ज्यादा असुरक्षित रहेगा।

इस बात को ध्यान में रखते हुए भारत को निकट भविष्य में, जिसकी रूपरेखा अभी बनने की प्रक्रिया में है, सावधानीपूर्वक आगे बढ़ना होगा। केवल अमेरिका और चीन ही नहीं, बल्कि अन्य अग्रगामी देश भी ज्यादा राष्ट्रवादी होंगे और दूसरों के लिए जगह बनाएँगे। शक्ति का वितरण व्यापक होना जारी रहेगा और बहुध्रुवीयता में वृद्धि

होगी, लेकिन बड़े खिलाड़ियों के होने का अर्थ बेहतर नियमों का होना नहीं, बल्कि संभवतः इसके विपरीत होगा। जैसे-जैसे नई क्षमताएँ और कार्यक्षेत्र उभरेंगे, वैश्विक नियम उनके साथ कदमताल बनाए रखने में संघर्ष करेंगे। ये बदलाव भारत जैसी उभरती ताकत के सामने चुनौतियाँ पेश करेंगे, जोकि निश्चित रूप से अधिक पूर्वानुमान की स्थिति को पसंद करेगा, लेकिन अगर यह अनिश्चितता को सँभाल सकता है तो इसकी प्रगति की रफ्तार भी तेज हो सकती है।

वैश्विक राजनीति के अनेक स्तरों पर शक्तियों के संतुलन तलाशे और प्रायः हासिल किए जाएँगे। सहयोग की उदार और व्यावहारिक व्यवस्थाओं का प्रसार भौगोलिक सीमाओं के परे भी होगा। कुछ-एक समान रुचियों से बनी होंगी, कई ज्यादा अवसरवादी और फिर भी ज्यादातर व्यवस्थाएँ इन दोनों का मिश्रण होंगी। क्षेत्रीय राजनीति और स्थानीय संतुलनों को अहमियत मिलेगी।

स्पष्ट रूप से भारत को अधिक रचनात्मकता के साथ सहयोगियों के एक बड़े समुच्चय को अपने साथ जोड़ना होगा। वैश्वीकरण की बाध्यताओं से जूझ रहा सौदेबाजी का यह बाजार मित्रवत शत्रुओं (Frenemies) की तरह सोचने वालों को भी लाएगा। उनमें से कई वित्त, कनेक्टिविटी अथवा टेक्नोलॉजी की नई प्रविधियों का इस्तेमाल करेंगे। भारत को जहाँ तक संभव हो, राष्ट्र के स्तर पर अथवा साझेदारी में उपयुक्त प्रतिक्रियाओं को तलाशना होगा। इनमें से हर मुद्दा स्वयं में एक चुनौती है और इनका मैट्रिक्स ही एक परिवर्तनशील विश्व में भारत का भविष्य तय करेगा।

भारत उत्तरोत्तर रूप से प्रगति कर सकता था, जैसा कि यह अब तक करने का अभ्यस्त था। व्यवस्था में बदलाव और नए समीकरणों के बनने के बीच एक संतुलित भूमिका निभाने की आशा कर सकता था अथवा इसको निर्भीक होने और एजेंडा एवं नतीजों को तय करने की जरूरत थी। किसी हद तक एक नेतृत्वकारी भूमिका निभाने की भारतीय हिचकिचाहट अमेरिका और सोवियत संघ जैसी विकट ताकतों से जुड़े अनुभवों से उत्पन्न होती है, लेकिन चीन ने यह दिखाया है कि बड़े आकार एवं गतिशील अर्थव्यवस्था के बावजूद एक विकासशील समाज इस दायित्व को स्वीकार करना शुरू कर सकता है। ठीक इसी तरह भारत भी इसके पदचिह्नों पर चल सकता है, निश्चित रूप से अपनी रफ्तार में, जैसा कि वास्तव में आकलित है या संभवतः कई चिंतन समूहों की आशा भी है।

दिखावे वाली दुनिया भारत के लिए हमेशा लाभकारी साबित हुई है, क्योंकि मोर्चा

खोलकर रखने वाली ताकतें इसकी तरक्की का स्वागत करती रही हैं। भारत के साथ काम करने में अमेरिका की रुचि पिछले दो दशकों से प्रत्यक्ष रही है, जो अब और बढ़ गई है। रूस एक विशेषाधिकार प्राप्त सहयोगी बना हुआ है, जिसके साथ बदलती हुई परिस्थितियों में भी भू-राजनीतिक कन्वर्जेंस की प्रमुख अहमियत है। इस तथ्य ने दोनों के आपसी रिश्तों को एक अद्वितीय मजबूती दी है। ब्रेक्जिट के बाद एक अधिक अनिश्चित यूरोप ने भारत को एशिया में स्थायित्व और विकास की एक शक्ति के रूप में स्वीकारने की बढ़ती हुई रुचि विकसित की है। अपने स्तर पर चीन भारत को एशिया के विकास और शक्ति विभाजन के वृहद पुनर्संतुलन में सहज रूप से शामिल मानता है। जापान की चिंताओं और रुचियों के विस्तार ने एक नितांत भिन्न स्वरूप वाले संबंधों का आधार तैयार किया है। एशियाई राष्ट्र, विशेषकर आसियान और इंडो-पैसिफिक एक अधिक बहुध्रुवीय एशिया को आकार देने के भारतीय सामर्थ्य को देख रहे हैं। खाड़ी तक विस्तारित दूसरे पड़ोसी क्षेत्र ने भी अपने यहाँ भारत की वापसी का स्वागत किया है। यह सब करते हुए भारत ने अफ्रीका और शेष राजनीतिक दक्षिण (Global South) में भी अपने सहयोग के परंपरागत क्षेत्रों को सुरक्षित रखा है। वैश्विक संदर्भ में शक्ति का अंतर जब संकीर्ण हुआ तो सहयोग की संभावनाओं का विस्तार हो गया है। अगर विश्व ने भारत की अहमियत में भागीदारी बढ़ा ली है तो बदले में भारत भी इन संवेदनाओं का भरपूर इस्तेमाल कर सकता है।

विश्व व्यवस्था में भारत के उदय को ध्यान से समझने के लिए आर्थिक और राजनीतिक संभावनाओं में सुधार एक आवश्यक शर्त है, लेकिन पर्याप्तता को एक अनुकूल वातावरण, सही नेतृत्व और फैसले की आवश्यकता होती है, जिससे इसका लाभ उठाया जा सके और इन दो कारकों के संदर्भ में होने वाले परिवर्तन ही हैं, जो आज भारत की आकांक्षाओं को ज्यादा गंभीरता से लेने का सशक्त दावा पेश करते हैं। सही रणनीतिक आकलन के लिए अंतरराष्ट्रीय लैंडस्केप में रूपांतरण की सटीक समझ की आवश्यकता होती है। वैश्विक और क्षेत्रीय स्तर पर इसके विरोधाभासों का उचित मूल्यांकन प्रगति के लिए अवसरों के द्वार खोलता है। हाल-फिलहाल इसके केंद्र में अमेरिका और चीन की गतिमयता है, लेकिन रूस की दृढ़ता, जापान का विकल्प और यूरोप का स्थायित्व भी प्रासंगिक है। विकासशील राष्ट्रों का ढीला-ढाला गठबंधन कुछ भूमिका अदा करेगा, यद्यपि यह उत्तरोत्तर रूप से चिंतित करने वाले मुद्दों पर भेदभाव करता है और जैसे-जैसे बहुध्रुवीयता बढ़ती है और अनुशासन का क्षरण

होता है, वास्तव में यह तीव्र क्षेत्रवाद ही है, जो प्रमुख वैश्विक शक्तियों के नियंत्रण से बाहर जाकर परिणाम दे सकता है। बहुपक्षवाद पीछे हट सकता है, अगर नियम तथा मानदंड और अधिक संवीक्षा के दायरे में आते हैं और परमानेंट-5 (अमेरिका, रूस, चीन, यू.के. और फ्रांस) के बीच सामंजस्य कमजोर होता है। सामान्यत: यह अधिक लचीलापन और अपूर्वानुमेयता की ओर इंगित करता है।

सैद्धांतिक रूप में इस नई वास्तविकता का लाभार्थियों द्वारा स्वागत किया जाना चाहिए। आखिरकार एक और ज्यादा बहुध्रुवीय विश्व की माँग को लेकर वे कई वर्षों से दबाव जो बनाते आए हैं। अब उस बहुध्रुवीयता का दायित्व हमारे ऊपर भी है, इसकी बाध्यताएँ एवं दायित्व हमें अपना बोध कराएँगे। राष्ट्रों को मुद्दा-आधारित संबंधों को गढ़ना होगा, जो प्राय: उन्हें विपरीत दिशाओं में खींचते नजर आ सकते हैं। एक साथ बहुत सारे कामों को करते हुए अनेक सहयोगियों के साथ प्रतिबद्धताओं की प्रतिपूर्ति करने हेतु विशिष्ट कौशल की आवश्यकता होती है। कन्वर्जेंस तो कई सहयोगियों के साथ रहेगा, किंतु अनुरूपता किसी के साथ नहीं होगी। शक्ति के कई केंद्रों के साथ व्यस्त होने के लिए साझा मुद्दों की तलाश ही कूटनीति की विशेषता तय करेगी। वही देश, जिसको अपने समकक्ष समूहों के साथ न्यूनतम समस्याएँ रहेंगी, वही सर्वश्रेष्ठ बनने में सफल रहेगा।

भारत को जितना संभव हो, सभी दिशाओं में अपनी पहुँच बनानी होगी और अपनी उपलब्धियों को महत्तम करना होगा। यह वृहत्तर आकांक्षा मात्र के विषय में नहीं है; यह अतीत में रहने मात्र के विषय में भी नहीं है। परस्पर विरोधाभासी परिवेश वाली इस दुनिया में भारत का लक्ष्य रणनीतिक रूप से अपने उपयुक्त स्थान के निकट पहुँचना होना चाहिए।

वैश्विक राजनीति की फिसलती हुई रेत ही सदैव राष्ट्रीय विकल्पों के लिए निर्धारित संदर्भ बनती आई है। उत्तर-औपनिवेशिक युग, जो द्वितीय विश्वयुद्ध के पीछे-पीछे आया, उसने भारत की अंतरराष्ट्रीय बिरादरी में वापसी एक संप्रभु राष्ट्र के रूप में होते हुए देखी। दूसरे कई उपनिवेशों से पहले स्वतंत्रता-प्राप्ति के बाद इसने वैश्विक मामलों में ज्यादा समय तक अग्रिम स्थिति का लाभ उठाया। अगला बदलाव तब आया, जब भारत को पाकिस्तान की चालबाजी के फलस्वरूप चीन-अमेरिका पुनर्मेल का जवाब देना पड़ा था। ऐसा करने में सफल रहने के लिए इसे एक अपेक्षित स्तर तक सोवियत संघ की ओर झुकाव बनाना पड़ा, हालाँकि ऐसा करना उसे कई दशकों तक काम

भी आता रहा, किंतु आर्थिक विवशताओं और एकध्रुवीयता के आरंभ ने उसे आगे अनुकूलन करने को बाध्य कर दिया। 2005 की भारत-अमेरिका परमाणु डील इस पुनर्अवस्थिति का प्रतीक थी, जिसने वैश्विक व्यवस्था में भारत के उभार की गति तीव्र करने में मदद की। आज यह राष्ट्र स्वयं को एक-दूसरे दोराहे पर पा रहा है, जहाँ इस बार विकल्प कम स्पष्ट और जोखिम ज्यादा जटिल हैं। बढ़त के लिए यह अत्यावश्यक है कि विचलन की भयावहता का, जिसमें अब अंतरराष्ट्रीय व्यवस्था को घसीटा जा रहा है, उपयुक्त मूल्यांकन किया जाए।

अपनी संभावनाओं के लिए भारतीयों को स्वयं पर आधुनिक इतिहास के संपूर्ण प्रवाह में विचार करना होगा। वैश्विक घटनाओं के परिप्रेक्ष्य में राष्ट्रीय संभावनाओं को बनाए रखना स्व-अवशोषित समाजों में आसानी से नहीं आता है। फिर भी वृहद परिदृश्य से अलग होने पर वे अपनी स्थिति को गलत समझ सकते हैं या फिर अपनी नियति की उपेक्षा कर सकते हैं। भारत का वर्तमान आधुनिकीकरण एक प्रकार की शृंखला है, जिसकी जड़ें जापान की 'मेइजी रेस्टोरेशन' तक जाती हैं। तब भी भारतीय राष्ट्रवादियों ने 1905 में रूस पर जापान की विजय की प्रशंसा करते हुए इसे एशिया के पुनरुत्थान का आरंभ समझ लिया, लेकिन यह उस राष्ट्र का सामाजिक-आर्थिक रूपांतरण था, जो वास्तव में उसकी अंतहीन कथा थी। सोवियत संघ का निर्माण, पूर्वी एशिया में 'टाइगर' अर्थव्यवस्थाओं का उदय और आसियान तथा अंततः चीन का उत्थान—इन सबने शेष यूरेशिया को उन मानदंडों तक पहुँचने के लिए संघर्षरत देखा। इनमें से हर प्रगति का भारत पर उनका अपना प्रभाव था, कभी-कभी ऐसा अनजाने में हुआ। सच्चाई यह है कि भारत इकलौता देश है, जिसने इस अत्यंत दुरूह यात्रा को एक लोकतांत्रिक माध्यम से करने का उत्तरदायित्व उठाया है, लेकिन राजनीति और समाजशास्त्र से इतर पिछली सदी के अंतिम चतुर्थांश में इसके प्रयत्न व्यापक रूप में उन्हीं तरह के लक्ष्यों और उद्देश्यों को दर्शाते हैं, जो उस समय एशिया के रहे थे। अगर कुछ भिन्नता रही तो वह परिवर्तन की गंभीरता और तीव्रता में, जहाँ पर विकासमूलक दृष्टिकोण ने कम व्यापक नतीजे उत्पन्न किए। इसलिए अब केवल कुछ परिणामी अवरोधों को ही संबोधित किया जा रहा है।

विदेश नीति अब विचलनों का आकलन करने और नई सूचनाओं को त्वरित करने, मंद करने या प्रत्युत्तर देने वाली प्रवृत्तियों की प्रक्रिया है। कोरोना वायरस से उत्पन्न महामारी भी आगे चलकर एक जटिल कारक बन सकती है। जैसे-जैसे वैश्विक वस्तु-

व्यवस्था और उदार होती है और भारत के स्वयं की सामर्थ्य में वृद्धि होती है तो इसको अतीत की अपेक्षा स्वयं की संवृद्धि को व्यवस्थित करने के लिए ज्यादा स्वतंत्रता मिलने वाली है। इस प्रक्रिया के भी स्वाभाविक रूप से कुछ खतरे होंगे, जिसका सावधानीपूर्वक मूल्यांकन करने की आवश्यकता होगी। इस रणनीति का बड़ा हिस्सा और अधिक अनुकूल धरातल बनाने के इर्द-गिर्द घूमेगा। वैश्विक संवाद को अपने पक्ष में मोड़ना भी इसी समय आवश्यक है। किंतु अंतिम लक्ष्य, शायद विशेष रूप से एक अस्थिर विश्व में, बिल्कुल स्पष्ट है—ढेर सारे मित्र, कम शत्रु, विशेष प्रतिष्ठा तथा अधिक प्रभाव और इसे भारत की राह 'The India Way' चलकर ही प्राप्त किया जाना चाहिए।

□

3

श्रीकृष्ण का विकल्प

एक उभरती ताकत की कूटनीतिक संस्कृति

"जो देश अपने अतीत का सम्मान नहीं करता,
उसका कोई भविष्य नहीं है।"

—गोथे

एक बहुध्रुवीय विश्व, जिसमें मित्रवत् शत्रुओं की उपस्थिति, शक्ति का संतुलन और मूल्यों में टकराव की स्थिति हो, आज के समय में वैश्विक राजनीति के लिए चुनौती पेश कर सकता है। हालाँकि देखा जाए तो बिल्कुल ऐसी ही परिस्थितियाँ भारत के एक कालखंड में उपस्थित रही थीं, जिनका चित्रण विशेष रूप से एक प्रभावशाली महाकाव्य में किया गया है। जैसे-जैसे भारत प्रगति करेगा, स्वाभाविक रूप से यह प्रश्न उठेगा कि इसके सामर्थ्य का स्वरूप क्या होगा? और कुछ नहीं तो चीन की प्रगति को लेकर विश्व के अनुभव ऐसी जिज्ञासाओं को प्रेरित करेंगे। यह वह प्रश्न है, जिसे भारतीयों को स्वयं अपने से भी पूछना चाहिए। इसके उत्तर का एक अंश स्वयं भारत के इतिहास और परंपराओं में सन्निहित हो सकता है।

अभी हाल ही तक पश्चिमी प्रतिमान वैश्विक मानदंडों और मूल्यों को निर्धारित करता आया है। चीन 1945 के युग के बाद गंभीरता के साथ अपनी प्रगति की कहानी लिखने वाला पहला गैर-पश्चिमी ताकत रहा, जिसने अपनी सांस्कृतिक विरासत को अपने व्यक्तित्व को गढ़ने और नैरेटिव को आकार देने के लिए प्रयोग किया। यह निश्चित रूप से तार्किक है कि क्या भारत को भी इसी प्रकार के अनुकूलन का पालन करना चाहिए? अगर आज भारत के दृष्टिकोण को समझने में बाधाएँ हैं तो यह अधिकांशतः इसकी चिंतन प्रक्रियाओं की अनदेखी करने के कारण उपजी है। इसलिए इसमें आश्चर्य नहीं कि ज्यादातर पश्चिमी वर्ग ऐतिहासिक रूप से हमारे समाज को खारिज करता आया है। यह ध्यान देने योग्य बात है कि भारतीय रणनीतिक चिंतन प्रणाली के स्टैंडर्ड अमेरिकी परिचय में महाभारत का उल्लेख तक नहीं है, जबकि वह महाकाव्य आम भारतीय मस्तिष्क को अत्यंत गंभीरतापूर्वक प्रभावित करता है। कल्पना कीजिए, क्या यह संभव होता कि पश्चिमी रणनीतिक प्रणालियों का इसी प्रकार परिचय दिया जाए और होमर की 'इलियड' और मैकियावेली की 'द प्रिंस!' या चीन के संदर्भ में 'थ्री किंगडम्स' को नजरअंदाज कर दिया जाए? भारत के साथ ऐसा है तो अब तक यह कमी हमारी सीमित

वैश्विक अहमियत की अपेक्षा वाचिक परंपरा के चलते कम है। इसमें शोध और संशोधन की आवश्यकता है, क्योंकि ज्यादा बहु-सांस्कृतिक स्वीकृति भी बहुध्रुवीय विश्व की एक पहचान है, हालाँकि वर्तमान में जहाँ कई स्थितियों का सामना भारत और विश्व सम्मिलित रूप से कर रहे हैं, वहाँ उन दोनों में समरूपता भी है और यही वो तथ्य है, जो शायद ही अब तक कभी कही गई हो।

वैश्विक पदसोपान में निरंतर ऊपर जाने की प्रक्रिया की व्याख्या करते रहना भी अनिवार्य है। प्रायः भारत की प्रगति को इस दायरे में कैद कर दिया जाता है कि यह पूर्वी शक्ति होगा या फिर पश्चिमी ताकत। यह उद्घोष एक यूरोकेंद्रित अवधारणा है कि बहुलवाद विशुद्ध रूप से पश्चिमी विशेषता है। अनेकता और सह-अस्तित्व के एक लंबे इतिहास के बूते पर भारत इस पूर्वधारणा को चुनौती देने में सक्षम है। एक दूसरा विमर्श राष्ट्रवाद और विश्ववाद के इर्द-गिर्द घूमता है। यहाँ भी दूसरे कई राष्ट्र हैं, जिन्हें ये धारणाएँ विपरीत या विरोधाभासी लगती हैं। ऐसे विश्व में भारत इन दोनों धारणाओं के साथ सामंजस्य बैठाने में अकेला पड़ जाता है। एक राष्ट्रवादी भारत विश्व के साथ कम नहीं, बल्कि और ज्यादा जुड़ाव की अपेक्षा रखता है।

लेकिन संभवतः जो तत्व हमें शासन कला की अन्य परंपराओं से अलग करता है, वह है—शासन और कूटनीति को लेकर हमारी शैली। भारत का इतिहास यह दिखाता है कि वह 'विनर टेक्स ऑल' यानी 'जो जीता सब उसका' की पद्धति का अनुकरण निर्वाचन के क्षेत्र में नहीं करता है। न ही यहाँ इस धारणा को भरोसे लायक समझा जाता है कि परिणाम साधनों को न्यायोचित सिद्ध करता है। इसके विपरीत भारतीय विचार विशिष्ट रूप से संयमित और सूक्ष्म अंतरों में सगुंफित परिणामों की निष्पक्षता को दर्शाता है। भले ही इन्हें यथार्थ के धरातल पर अपेक्षित स्तर तक उतार पाना संभव न हो, किंतु इससे ये अवधारणाएँ खारिज नहीं हो जातीं। यहाँ लक्ष्यों और प्रक्रियाओं दोनों पर कभी-कभी तो आत्मसंदेह की स्थिति तक चिंतन जारी रहता है, लेकिन इसकी प्रमुख वजह है—विषम परिस्थितियों में भी सही विकल्पों को चुनने की विशिष्टता।

महाभारत निर्विवाद रूप से शासन कला पर भारतीय विचारों का सबसे जीवंत प्रामाणिक मार्ग है। यह 'अर्थशास्त्र' की तरह शासन कला पर उपचारात्मक सिद्धांतों का संग्रह नहीं है, बल्कि वास्तविक जीवन की परिस्थितियों और उनमें निहित विकल्पों का सजीव ढंग से लेखा-जोखा प्रस्तुत करता है। एक महाकाव्य के रूप में यह अन्य सभ्यताओं के समकक्षीय रचनाओं को न केवल अपने विस्तार, बल्कि अपनी समृद्धि

और जटिलता में भी कनीय सिद्ध करता है। कर्तव्य-बोध के महत्व और दायित्वों की शुचिता पर ध्यान देने वाला यह महाकाव्य मानवीय दुर्बलताओं का भी आख्यान है। शासन कला की दुविधाएँ पूरे कथानक में व्याप्त हैं, जिनमें जोखिम उठाना, विश्वास करना और त्याग अथवा बलिदान करना शामिल है। नीतियों को लागू करने हेतु आवश्यक पुरुषार्थ को परिभाषित करता, संभवत: सबसे ख्यातिलब्ध खंड भगवद्गीता ही है, लेकिन शाश्वत राजनीति के कई अन्य तत्व, जैसे—सुनियोजित समझौते, सनक से भरे खिलाड़ियों का इस्तेमाल, सत्ता परिवर्तन का उपक्रम और शक्ति-संतुलन की सुनिश्चितता भी मौजूद हैं। उस कथा में हमारी सामयिक चिंताओं का पुरातन रूप प्रतिबिंबित होता है, विशेषकर द्विपक्षीय असंतुलनों का सामना करने के लिए बाह्य परिस्थितियों का लाभ उठाने का। रणनीतिक प्रतिस्पर्धा की पुरातनपंथी और व्यवस्था पर सट्टेबाजी वाली सोच-विचारों को नियंत्रित करने वाली तथा ज्ञान की शक्ति को महत्व देने की और अधिक समकालीन संकल्पनाओं के साथ सह-अस्तित्व में रहती है।

यह उस प्रतिस्पर्धा की पृष्ठभूमि के विरुद्ध निर्मित बहसों और निर्णयों का लेखा-जोखा है, जो एक संघर्ष में रूपांतरित होने की प्रक्रिया से गुजरता है। वैश्विक राजनीतिक स्थिति फिलहाल कहीं भी उतनी विनाशकारी नहीं है। किंतु ऐसा होते हुए भी समानताओं के कई तत्व इसमें हैं, जो आज के दौर में निर्णय लेने के लिए नसीहतों से भरे पड़े हैं। महाभारत के युग का भारत भी बहुध्रुवीय था, जिसमें प्रमुख ताकतें एक-दूसरे को संतुलित करती थीं, लेकिन एक बार जब इसके दो प्रमुख ध्रुवों के बीच प्रतिस्पर्धा को रोका न जा सका तो दूसरों को मजबूरन किसी-न-किसी पक्ष का समर्थन करना पड़ा, हालाँकि आज इसकी हू-ब-हू पुनरावृत्ति का सुझाव देने की कोई वजह नहीं है, वह तरीका जिसमें संबंधित पक्षों द्वारा लागत और लाभों को तौला गया, वह रणनीति के सभी विद्यार्थियों के लिए शिक्षाप्रद है। लैंडस्केप की तरह उस समय जिन विकल्पों को चुना गया, उनकी हमारे समकालीन विश्व से भी कुछ समानताएँ हैं। इन सबमें ज्यादा महत्व श्रीकृष्ण का है, जिन्होंने सही राह की चुनौतियों से निपटने के लिए रणनीतिक मार्गदर्शन, सामरिक ऊर्जा और नीतिगत प्रज्ञा उपलब्ध कराई।

महाभारत की सर्वश्रेष्ठ ज्ञात दुविधा प्रमुख नीतियों को, अपेक्षित कर्म के आनुषंगिक परिणामों से हतोत्साहित हुए बिना लागू करने की दृढ़ता से संबंधित है। इसका उदाहरण निश्चित रूप से सबसे निपुण पांडव योद्धा अर्जुन का है, जब वह युद्ध के मैदान में पहुँचता है। आत्मविश्वास के संकट के दौर से गुजरते हुए वह अपने हितों के विरुद्ध

एकत्र बंधु-बांधवों से लड़ने का दृढ़ संकल्प नहीं जुटा पाता, हालाँकि अंततोगत्वा वह भगवान् श्रीकृष्ण द्वारा अपना धर्म निभाने के लिए राजी किया जाता है। उस दौरान अर्जुन के आचरण के अंतर्निहित पहलू हैं, जो अंतरराष्ट्रीय संबंधों में खिलाड़ी राष्ट्रों पर लागू होते हैं। यह लागत-लाभ विश्लेषण के अनादर का कोई सुझाव नहीं है। फिर भी कभी-कभी, जबकि एक रास्ता होता भी है, वह संकल्प की कमी या फिर कीमतों के डर से नहीं लिया जाता।

अर्जुन के विपरीत, भारत में हम ज्ञात सुख की सांत्वना के बजाय अज्ञात डर से अधिक भयभीत रहते हैं। समकालीन संदर्भ में 'सॉफ्ट स्टेट' व्यंजक एक राष्ट्र के अपेक्षित उत्तरदायित्वों के निर्वहन की अक्षमता या अनिच्छा को दर्शाता है। अर्जुन का उदाहरण निश्चित रूप से यह अक्षमता की स्थिति नहीं थी और वही कभी-कभी भारत की भी स्थिति होती है। उदाहरण के लिए, आतंकवाद के खिलाफ लंबे समय से जारी लड़ाई में हम प्रायः अपनी कल्पनाशीलता की कमी और जोखिम उठाने के भय से मजबूर हो जाते हैं। ऐसी सोच बदलनी शुरू भी हो सकती है, लेकिन इसके लिए आवश्यक है कि संकल्प भी दूसरों द्वारा पेश किए गए स्तर का हो। अंततोगत्वा अर्जुन समर क्षेत्र में एक सच्चे योद्धा के रूप में उतरता है और उसके आत्म-औचित्य के उसी विवेक को स्वीकारना जरूरी है।

ऐसा सिर्फ तभी होता है, जब किसी राष्ट्रीय अभिजात्य वर्ग के पास अपनी बुनियादी सोच की एक प्रबल और मान्य समझ होती है, जिसे चुनौती मिलने पर वे एक कड़ा रुख अपनाएँगे। इसलिए चाहे संप्रभुता के अतिक्रमण का विषय हो या सीमाओं के उल्लंघन का, स्पष्ट रूप से प्रतिकार करने की क्षमता अंतर्निहित आत्मविश्वास से ही आ सकती है। विभिन्न साधनों से राष्ट्रीय हितों पर दृढ़ रहना और कूटनीतिक लक्ष्यों को संरक्षित रखना एक राष्ट्र का धर्म है, जैसा कि यह वास्तव में व्यक्ति के रूप में एक योद्धा का धर्म था। इसे उस परिवेश में महत्व दिए जाने की आवश्यकता होती है, जहाँ निर्णय कभी-कभी रणनीति की अपेक्षा लोकप्रियता के मानदंडों पर लिये जाते हैं।

इसी संदर्भ में हमारे समक्ष उपस्थित समस्याओं से निपटने के लिए जरूरी इच्छाशक्ति का आह्वान भी प्रासंगिक है। इसके लिए उसकी लागत को उजागर करते हुए अपनी अकर्मण्यता को तर्कसंगत ठहराने की अपेक्षा नहीं की जाती है। हमने प्रायः ये सब तर्क सुन रखे हैं कि यह प्रतिद्वंद्वी इतना बड़ा है कि इसे चुनौती नहीं दी जा सकती और अंत में यही विजयी होगा अथवा प्रायः यह कि इस पड़ोसी का स्वभाव ही आतंकवाद में लिप्त

रहना है और हमें इसके साथ ही जीना सीखना होगा। यह भाग्य भरोसे बैठना है, जिसे सुचिंतित विचार का नाम दे दिया गया है। अगर अर्जुन के विकल्प में एक संदेश है तो वह यह है कि हमें अपने दायित्वों का सामना करना है, चाहे उसके परिणाम कितने भी दुष्कर क्यों न हों। भारत की राष्ट्रीय सुरक्षा उल्लेखनीय ढंग से बेहतर हो गई होती, अगर इस संदेश को और ज्यादा बेहतर तरीके से आत्मसात् करके व्यवहार में लाया जाता।

महाभारत के समय का एक आयाम जहाँ पर सामरिक भू-दृश्य वर्तमान विश्व के सादृश्य है, उन बंदिशों के संदर्भ में है, जो प्रतिद्वंद्वियों पर प्रभाव डालती है। उस युग में ये मानवीय संवेदनाओं की एक वृहद परंपरा से उत्पन्न हुई थीं। प्रत्यक्ष रूप में उनसे बिल्कुल भिन्न, जो आज के समय में लागू होती हैं। आंशिक रूप से वे एक विश्वास से संचालित होती थीं कि अपने अंतर्निहित स्वभाव के कारण संघर्ष सभी सम्मिलित पक्षों के हितों के लिए विध्वंसकारी होता है। इसलिए कौरवों के बुजुर्गों के बीच और यहाँ तक कि स्वयं राजा युधिष्ठिर के साथ इसे आरंभ करने के प्रति प्रत्यक्ष अनिच्छा का भाव था। उनके भाई अर्जुन के साथ तो यह भावना रणभूमि में भी बनी हुई थी, लेकिन जैसे-जैसे अतीत के संबंधों की संवेदनाएँ भविष्य के हितों की आवश्यकताओं से टकराती हैं, यह और तीक्ष्ण हो जाती है। भीष्म पितामह और गुरु द्रोणाचार्य दोनों अपने पूर्व शिष्यों के विरुद्ध रणभूमि में अपनी पूरी सामर्थ्य दिखाने के प्रति प्रचुर अनिच्छा दर्शाते हैं।

आज की बाधाएँ व्यावहारिक कम और ढाँचागत ज्यादा हैं। परमाणु अवरोध एक दहलीज की तरह है। आर्थिक अंतर्निर्भरता संभवतः एक ज्यादा निश्चयात्मक कारक है, क्योंकि वास्तविक संघर्षों को अलग-थलग करके बाजार तनाव पर प्रतिक्रिया देने लगते हैं। एक ज्यादा तकनीकी विश्व ज्यादा असुरक्षित भी है, भले ही इसने और अधिक संभावनाएँ उत्पन्न की हों। विकल्पों की शृंखला, जो पहले बहुत अधिक खुली हुई थीं, समय बीतने के साथ लगातार सिकुड़ती चली गईं। हमारे खुद के मामले में संघर्षों का पैमाना जो पहले हुआ करता था, अब वास्तविकता में उनपर सोचा नहीं जा सकता। जबकि सभी राज्य व्यवस्थाएँ स्वाभाविक रूप से सबसे विषम परिस्थिति के लिए योजनाएँ बनाएँगी, वास्तविकता उत्तरोत्तर रूप से तीखी प्रतिक्रियाओं, संकीर्ण संभावनाओं और सीमित इस्तेमाल की हैं। यह सशक्त और समग्र क्षमताओं के निर्माण की आवश्यकताओं को समाप्त नहीं कर देता, लेकिन यह फोकस उस 'माइंड गेम' को विकसित करने की आवश्यकताओं की तरफ तो मोड़ ही देता है, जो संभावित परिदृश्यों के लिए प्रासंगिक हैं।

अगर कोई एक विशेषता, जो उभरती हुई शक्ति को अवश्य विकसित करनी चाहिए, वह है—उत्तरदायित्वों का निर्वहन। जिस तरह से आखिरकार अर्जुन ने कुरुक्षेत्र में अस्त्र उठाए, वह न केवल कर्तव्य के प्रति समर्पण दिखाता है, बल्कि उसके धैर्य का भी परिचायक है। इन अर्थों में वह एक अनिच्छुक योद्धा था। एक प्रकार से श्रीकृष्ण भी कुछ ऐसे ही थे। अपने चचेरे भाई और प्रतिद्वंद्वी शिशुपाल को निर्णायक रूप से अंतिम प्रतिक्रिया देने से पहले उसकी सौ गलतियों को क्षमा करते रहने की सम्मति शिक्षाप्रद है। वैश्विक अखाड़े में एक बढ़ती हुई क्षमताओं वाले राष्ट्र के लिए यह भी एक सबक है। विशेषकर ताकत, जैसे-जैसे बढ़ती जाती है, उसका न्यायसंगत रूप से विवेचन, आकलन और प्रयोग किया जाना चाहिए। अब तक भारत ने शायद ही कभी इस दुविधा का सामना किया हो। हमारे आधुनिक युग के ज्यादातर संघर्ष रक्षात्मक लड़ाइयाँ रही हैं, जहाँ उनका औचित्य काफी हद तक स्वयं सिद्ध है, जैसा हाल की घटनाओं ने दिखाया है, हमें उस रणनीतिक धैर्य को पालने की आवश्यकता है, जो आधुनिक युग के शिशुपालों के लिए जरूरी है। भारत को अपनी प्रगति के इस चरण में गैर-जिम्मेदाराना वार्तालापों की जरूरत नहीं है। ताकत का प्रयोग सदैव सुविचारित विकल्प होना चाहिए, प्राथमिक विकल्प कभी नहीं। अमेरिका जैसी महाशक्ति ने भी इराक में इसे अपने अनुभवों के माध्यम से, इसके विपरीत दृष्टिकोण रखने पर हुए नुकसान से पहचाना था। विश्व के प्रमुख राष्ट्र अपने शस्त्र भंडार में विभिन्न हथियार रखते हैं और कुंद उपकरण सामान्यतः सबसे कम कारगर होते हैं, लेकिन प्रभावकारिता को किनारे कर दीजिए तो भी उनका आकार भी कम महत्वपूर्ण नहीं है। वे जो बिना विचारे दूसरे देशों में शक्ति के इस्तेमाल की वकालत करते हैं, नुकसान ही करते हैं। ऐसी कार्रवाइयाँ, जैसा कि शिक्षाप्रद महाकाव्य हमें बताता है, ऐसा विकल्प है, जो आसन्न खतरों या आदतन अपराधियों के लिए सुरक्षित रखी जाती हैं।

ज्यादातर रणनीतिकार अंतिम युद्ध लड़ते हैं, न कि प्राथमिक लड़ाई। इस संदर्भ में अर्जुन ने युद्ध शुरू होने से कुछ समय पहले अहम फैसला किया। वह और उसके प्रतिद्वंद्वी चचेरे भाई दुर्योधन एक सहयोगी के रूप में श्रीकृष्ण का समर्थन चाहने के लिए उनकी राजधानी द्वारका पहुँचे। अर्जुन बाद में पहुँचे, लेकिन श्रीकृष्ण ने उन्हें जागने के बाद पहले देखा, क्योंकि वे पलंग पर पाँव की ओर बैठे थे। श्रीकृष्ण की सेना और निहत्थे श्रीकृष्ण में से किसी एक को चुनने के प्रश्न पर अर्जुन ने श्रीकृष्ण को चुनकर दुर्योधन को आश्चर्यचकित कर दिया। निश्चित रूप से श्रीकृष्ण के 'गेम चेंजिंग' क्षमताओं को

भाँप लेने की उसकी समझ उसके फैसले का आधार थी।

एक सबक इसमें भी निहित है, जब हम राष्ट्रीय सुरक्षा में प्रतिद्वंद्विता को बढ़ाने पर विचार करते हैं, ज्यादातर योद्धाओं की तरह दुर्योधन ने एक पुरातनपंथी तरीके से सोचा, लेकिन अर्जुन ने यह भी समझ लिया था कि इसमें लीक से हटकर क्या था। क्षमताओं के स्थापित क्षेत्रों को नजरअंदाज किए बिना यह अहम है कि यह राष्ट्र खुद को उसके लिए बेहतर तैयार करे, जिसका विश्व को इंतजार है। यह आर्टिफिशियल इंटेलिजेंस, रोबोटिक्स और डाटा एनालिटिक्स अथवा सेंसिंग, एडवांस मैटेरियल्स और सर्विलांस के क्षेत्रों में हो सकता है। विशेषकर अगर दूसरों से लाभ लेना कामयाबी का केंद्र है तो यह लाजिमी है कि समकालिक और क्षमताओं का पूर्व-ज्ञात मूल्यांकन किया जाए। अर्जुन ने श्रीकृष्ण की महत्ता को समझ लिया था, जिसे दुर्योधन नहीं समझ सका।

यह न केवल व्यापक तस्वीर को देखने में असफल रहने का मामला था, बल्कि वास्तव में स्वयं के पास उपलब्ध संसाधनों की क्षमता को नहीं समझ पाने का भी विषय था। दुर्योधन श्रीकृष्ण के महत्व से अनजान था, अन्यथा उसने उन्हें अस्त्रों के बिना कम आँकने की भूल न की होती। क्षमताओं के महत्व को पूर्णरूपेण समझना उतना ही अनिवार्य है, जितना उनका निर्माण। पांडवों का प्रदर्शन स्पष्ट तौर पर दोनों ही क्षेत्रों में बेहतर रहा। आज भारत को न केवल अपने पास उपलब्ध विकल्पों की गुणवत्ता पर ध्यान देना है, बल्कि इस पर भी फोकस करना है कि बेहतर तरीके से उनका उपयोग कैसे किया जाए।

राष्ट्रों के बीच संबंध उनकी अंदरूनी नीतियों की तरह नियम और मानदंडों से बँधे होते हैं। अगर समय-समय पर उनका अतिक्रमण होता भी है तो भी हमेशा एक वृहद सामाजिक अपेक्षा होती है कि ये सिर्फ अपवाद ही बने रहेंगे। सभी खिलाड़ी लाभ पाने के लिए प्रथाओं और परंपराओं का उपयोग करते हैं और महाभारत भी इससे अलग नहीं है। धनुर्विद्या के गुरु द्रोण एक प्रतिभाशाली शिष्य एकलव्य से गुरु-दक्षिणा की संस्कार परंपरा में उसका अँगूठा माँग लेते हैं, अन्यथा वह उनके प्रिय शिष्य अर्जुन से आगे निकल सकता था। भगवान् इंद्र एक ब्राह्मण का वेश धारण करके कौरवों के सेनापति कर्ण से उसकी प्रार्थना समाप्त होने के पश्चात् उसका अभेद्य कवच और कानों का कुंडल माँग लेते हैं, क्योंकि यही वह समय था, जब वह दान देने से इनकार नहीं कर सकता था। अर्जुन ने स्त्री को रणभूमि में ढाल के रूप में इस्तेमाल किया, यह अच्छी तरह जानते हुए कि भीष्म लैंगिक संवेदनशीलता के चलते प्रत्युत्तर में आक्रमण नहीं करेंगे। एक

ऐसी दुनिया, जो व्यापारिक विवादों, तकनीक की लड़ाइयों और कनेक्टिविटी के मतभेदों से छिन्न-भिन्न हो चुकी है, यह याद करना कुछ हद तक सांत्वनापूर्ण हो सकता है कि नियम-कायदे से न चलने का भी एक लंबा इतिहास रहा है। अगर कुछ ने व्यवस्था का अनुचित अथवा अनपेक्षित लाभ उठाया तो यह वह रास्ता है, जिससे पहले भी दूसरे गुजर चुके हैं।

महाभारत में आचार-संहिता के उल्लंघन के ऐसे अनेक उदाहरण भरे पड़े हैं, जो घोर निंदनीय हैं। मुख्य पात्र दुर्योधन का वध सीधे-सीधे कमर के नीचे चोट पहुँचाकर किया जाता है। एक के बाद एक कौरवों के सेनानायकों का वध, एक का स्त्री को ढाल बनाकर, दूसरे का शस्त्र रख देने के उपरांत और तीसरे का जमीन में धँसे रथ के पहिए को निकालने के दौरान किया गया। वैयक्तिक युद्धों के जमे-जमाए नियम जोखिम बढ़ता देख नजरअंदाज किए जाते रहे। अर्जुन के पुत्र अभिमन्यु का वध कई सारे विरोधियों द्वारा एक साथ घेरकर, जिनमें पीछे से प्रहार भी शामिल है, किया जाता है। स्वयं उसके पिता अर्जुन नियमों को तोड़कर भूरिश्रवा पर प्रहार करते हैं, जब वह अपने चिरप्रतिद्वंद्वी सत्याकि के साथ युद्ध में संलग्न था। द्रोण के पुत्र अश्वत्थामा ने पिता के वध का प्रतिशोध जिस प्रकार युद्ध के अंत में सोते हुए विजेताओं का नरसंहार करके किया, वह इस प्रकार के नियम-विरुद्ध कृत्यों में सबसे भयावह था।

ये उदाहरण नियमों के पालन की स्थिति और उनका उल्लंघन होने पर चुकाई जाने वाली कीमत के गुण-दोषों का विवेचन करके एक विमर्श की रूपरेखा तैयार करते हैं। उनके और ज्यादा समकालीन संस्करण हर युग में प्रत्येक देश में पाए जा सकते हैं। सभी प्रतिबंध और बाधाएँ, जो नियमों से लागू होती हैं, उनका पालन और प्रदर्शन अंतरराष्ट्रीय संबंधों में बहुत मूल्यवान होता है। आदतन उल्लंघन करने वालों को, जब कभी वे नियमों का पालन करते हैं तब भी, कम श्रेय मिलता है, जबकि कभी-कभार उल्लंघन करने वाले किसी ऐसे आचरण को हमेशा न्यायोचित ठहरा सकते हैं। अनेक प्रकार से यही कौरव और पांडवों में अंतर भी था। अंतरराष्ट्रीय कानूनों, समझौतों और तालमेल से बँधकर रहने का महत्व किसी सैद्धांतिक बहस का विषय नहीं है। ताकतवर राष्ट्र दूसरों के निर्णयों पर अपने विकल्पों और हितों को थोपने में प्रत्यक्ष रूप से अनिच्छुक होते हैं। ताकत और कद बढ़ने के साथ यही बात भारत पर भी लागू हो सकती है। चाहे जो भी हो, एक नियमों में बँधे और जिम्मेदार खिलाड़ी के रूप में समझे जाने के लाभ को कम करके नहीं आँका जा सकता। हमने ऐसा होते तब देखा, जब परमाणु आकांक्षाओं को

समाविष्ट करने के लिए विश्व ने पाकिस्तान की अपेक्षा भारत पर कहीं ज्यादा भरोसा जताया। यहाँ तक कि यह आगे भी जारी है, जब ये प्रमुख तकनीक निर्यात हस्तांतरण ताकतों के समूह की सदस्यता चाह रहे हैं। समुद्री क्षेत्र पर दावे जैसे मामलों में 2014 में बांग्लादेश को जो 'आर्बिट्रल' अवार्ड हुआ, उसको भारत ने स्वीकृति दी, जबकि 2016 में दक्षिण चीन सागर में जो हुआ, वह इसके बिल्कुल विपरीत था।

नियमों के अनुसार खेलना खेल भावना का केंद्रबिंदु है, जिनमें विभिन्न राष्ट्र एक-दूसरे के सहभागी बनते हैं। दूसरों की मानसिकता को समझना प्राय: वह चाभी है, जिससे हम अनुमान लगाते हैं कि वे कितनी दूर तक साथ चलेंगे और किन कारणों से वे साथ देने से पीछे हट जाएँगे। एक अपरंपरागत खिलाड़ी की सामर्थ्य एक ज्यादा परंपरागत और नियमबद्ध खिलाड़ी की संभावित प्रतिक्रियाओं के विषय में सटीक निर्णय लेने में है। स्वयं को बाधारहित कार्रवाइयों में शामिल रखते हुए उनका रणकौशल दूसरे पक्ष को उच्च मानदंडों पर बनाए रखने में है। इस अंतर का फायदा उठाते रहने से निश्चित रूप से उन्हें प्रभावी बढ़त मिल जाती है। प्रतिद्वंद्वी भाइयों कर्ण और अर्जुन के बीच निर्णायक युद्ध इस स्थिति को ही चित्रित करता है, वास्तव में यही तस्वीर कौरवों के राजकुमार दुर्योधन के अंतिम पलों की भी है। कर्ण और दुर्योधन दोनों अपने प्रतिद्वंद्वियों से उन मानदंडों पर बने रहने की अपेक्षा करते हैं, जिनका उन्होंने स्वयं उल्लंघन किया था। पांडवों के लिए श्रीकृष्ण की प्रासंगिकता उनकी दुविधाओं के समाधान और जब नियम शिथिल हो जाते हैं, उन स्थितियों से निपटने में उनका योगदान है।

आधुनिक विश्व में खुले समाज का ऐसी चुनौतियों से तब सामना होता है, जब उनके सामने कम ईमानदार प्रतिद्वंद्वी होते हैं। गैर-बराबरी की लड़ाई लड़ना ही उनका कर्म होता है। सबसे ज्यादा चरम स्थिति आतंकवाद से लड़ते समय उत्पन्न होती है, खासकर तब जब उन्हें राज्य शक्तियों द्वारा समर्थन मिला होता है, जैसे पहले भी दूसरों ने निष्कर्ष निकाले हैं, इसके जवाब आसान नहीं हैं। पिछले दो दशकों में भारत और पाकिस्तान के बीच कूटनीतिक व्यस्तताओं पर विचार कीजिए। एक आतंकवादी और एक पीड़ित के बीच नैतिक समानता उत्पन्न करने के लिए पाकिस्तान परमाणु दहशत फैलाने का कारोबार करता है। इसके बाद हम हवाना और शर्म-अल-शेख में भ्रमित होने की गलती कर बैठते हैं। इस तर्क में रणनीतिक संयम प्रत्यक्ष रूप में केवल पीड़ित पर लागू होता है, अपराधी पर नहीं। वास्तव में, यहाँ तक कि एक कहानी यह भी गढ़ने की कोशिश हुई कि खतरा उस समय नहीं बढ़ता, जब पाकिस्तान आतंकवादी घटनाओं

को अंजाम देता है, लेकिन तब बढ़ जाता है, जब भारत ऐसी घटनाओं का जवाब देता है।

आश्चर्यजनक तो यह है कि कितनों ने इस स्वार्थी तर्क पर विश्वास कर लिया, और उम्मीद की कि भारत को स्वाभाविक रूप से इसकी पुष्टि करनी चाहिए। ऐसे में इसे एक द्विपक्षीय विवाद बनाए रखना असल चुनौती रही है। उरी और बालाकोट प्रतिक्रियाओं की अहमियत यही थी कि आखिरकार भारतीय नीति स्वयं के बारे में तय कर सकती थी, बजाय इसके कि पाकिस्तान इसके जवाबों का अनुकूलन करे और कई मायने में श्रीकृष्ण की भी यही भूमिका पांडवों के पक्ष में रही।

हालाँकि मानदंडों से विचलन कम देखने को मिलते हैं, एक और जटिल मुद्दा छल-कपट की भूमिका का है। निश्चित रूप से ऐसा नहीं हो सकता कि विदेश नीति और राष्ट्रीय सुरक्षा के डोमेन में होने वाली गतिविधियाँ सभी संदर्भों में पारदर्शी होनी चाहिए। आखिरकार प्रोत्साहन, भय और जोड़-तोड़ मानवीय स्वभाव के अंग हैं। भारतीय रणनीतिक चिंतन विशेषकर कौटिल्य का लेखन राजनीतिक चुनौतियों से निपटने के लिए साम, दाम, दंड, भेद के महत्व को रेखांकित करता है। रणकौशल की जटिलताएँ स्थिति की गंभीरता के समानुपात में बढ़ती हैं। महाभारत में हम ऐसा नैतिक रूप से विवादास्पद दो प्रसंगों में देखते हैं।

रणभूमि में हताशा की एक घड़ी में राजा युधिष्ठिर को उनके एक अहम प्रतिद्वंद्वी द्रोणाचार्य का आत्मबल खत्म करने हेतु एक झूठी घोषणा करने के लिए राजी किया जाता है। इससे पहले जब अर्जुन की एक नियत समय-सीमा में एक शत्रु के वध की शपथ टूटने वाली थी तो श्रीकृष्ण ने सुरक्षा का ऐसा भ्रमजाल फैलाया, जिसने शिकार बनने वाले योद्धा जयद्रथ को घातक परिणामों के लिए सामने आने को प्रोत्साहित किया। दोनों ही विषयों में कार्रवाई के तरीके ने इसकी भावना का उल्लंघन किया। इससे भी कहीं ज्यादा घोर निंदनीय स्थितियाँ वास्तविक जीवन में घटित हो चुकी हैं। आधुनिक विश्व के ज्यादातर विनाशक युद्धों में से कई—इंग्लैंड में बोसवर्थ फील्ड, जापान में सेकीगाहारा अथवा भारत में प्लासी—अंततोगत्वा छल-कपट से ही अंजाम तक पहुँचे। यहाँ तक कि कभी-कभी धोखेबाजी को रक्षा का वास्ता देकर भी जायज ठहराया गया, जैसा कि जापानी आख्यान '47 रोनिन' के प्रसंग में था।

फिर भी विश्व तो नियमों का अनुपालन और मानदंडों की निगरानी को प्रोत्साहित करता है। इसी वजह से जापान ने पर्ल हार्बर पर आक्रमण से तुरंत पहले औपचारिक रूप से युद्ध का ऐलान कर दिया, जिससे कि यह नैतिक और तकनीकी रूप से सही दिखाई

दे, लेकिन समय रहते ऐसा कर पाने में इसकी नाकामी राष्ट्रपति रूजवेल्ट को राजनीतिक समर्थन जुटाने में बहुत अधिक लाभकारी रही। नियमों से पलायन और उल्लंघन को सही साबित करने के लिए नैरेटिव बहुत जरूरी होते हैं और हर राजनीतिक संस्कृति अपने स्वयं का संस्करण पेश करती है। आधुनिक इतिहास में इस काम में अंग्रेज संभवतः सर्वश्रेष्ठ थे। भारत के संदर्भ में उनकी कहानी सुझाव के उस हद तक जा सकती है कि उत्पीड़न पीड़ितों के हक में था। दूसरों ने सुविधानुसार अपने स्वयं के इरादे स्पष्टीकरण चुने। कई मायनों में नैतिकता के उच्च स्तर को बनाए रखना व्यावहारिक राजनीति की असली परीक्षा है।

रणनीतिक छल, जैसा कि इसकी परिभाषा से स्पष्ट है, एक उच्च साख वाली पहल है, जिसमें सफल होने के लिए एक विशेष मानसिकता की आवश्यकता होती है। सामान्यतया खिलाड़ियों की एक बड़ी संख्या में भागीदारी और लंबे घटनाक्रमों के साथ बिना पर्याप्त आंतरिक अनुशासन के इसे कर पाना कठिन है। महाभारत में कौरवों ने पांडवों के विरुद्ध इसका तीन बार प्रयत्न किया—पहली बार भीम को डुबोने का प्रयास, फिर पांडवों को लाक्षागृह में जलाकर मारने की चेष्टा और अंत में युधिष्ठिर को जुए के कपटपूर्ण खेल में हराने में। मूलभूत रूप से निरंकुश समाज इस संदर्भ में ज्यादा दक्ष होते हैं और आधुनिक विश्व में राज्य-नियंत्रणवादिता और रणनीतिक छल के परस्पर संबंध को नकारा नहीं जा सकता, हालाँकि इस क्षेत्र में लोकतांत्रिक राष्ट्रों की क्षमताओं में कमी का प्रश्न नहीं है, फिर भी इसे प्रभावी रूप में व्यवहार में लाने के लिए उन्हें मजबूत और एकजुट संस्थाओं की आवश्यकता अवश्य है।

पश्चिमी अनुभव ने दिखाया है कि जब उद्देश्यों में एकजुटता हो तो ऐसी पहलकदमी की शुरुआत और उसे अमल में लाना सरल हो जाता है, जब बात रूस, यूगोस्लाविया, लीबिया अथवा सीरिया की आती है तो बहुत-कुछ ऐसा किया गया, जिसके विषय में चर्चा नहीं हुई। इसके विपरीत, इराक पर बहस काफी बँटी हुई थी, जिसने कई गड़े मुर्दे उखाड़े। यहाँ तक कि कई अवसरों पर अफगानिस्तान की रणनीति को लेकर भी मतभेद सामने आए। भारत की तमाम चुनौतियों में से एक यह है कि संस्थागत रूप में इसकी समझ पूरी तरह विकसित नहीं है। प्रतिद्वंद्वात्मक राजनीति इतनी असंगत है कि संभवतः निरंतरता के नाम पर एक ही चीज है कि जो लोग विपक्ष में हैं, वे सिर्फ विरोध करने के लिए गिने जा सकते हैं। यह कथनों और आशय के बीच की खाई को पाटना काफी कठिन बना देता है।

चीन के इतिहास और संस्कृति पर गहरी पकड़ रखने वाले हमारे सर्वश्रेष्ठ विशेषज्ञों में से एक* ने यह इंगित किया है कि चीन ही वह समाज है, जिसने छल-कपट को शासन कला के उच्चतम स्तर तक पहुँचा दिया। 'थ्री किंगडम' महाकाव्य में उन विशेषताओं को निरंतर सराहा गया है, जहाँ अनेक निर्णायक लड़ाइयों को ताकत के बजाय चालबाजी से जीता गया है। 'बुक ऑफ क्वी' की 36 चालबाजियाँ आगे भी प्रमाण हैं कि इस प्रकार के तरीके चीन की लोकप्रिय चिंतनधारा में कितने गहरे तक समाहित हो चुके हैं। 'समुद्र लाँघने के लिए देवलोक को चकमा देना', यानी सामान्य नजरों से ओझल रहना या फिर 'पूर्व में आवाज करके पश्चिम में प्रहार करना' इसकी सबसे ज्यादा प्रचलित कहावतों में से एक है। 'पेड़ों पर झूठे बौर सजाना' और 'खाली किले की रणनीति' भी कम नहीं हैं। भारत से भिन्न, वह छल करने में न तो अपराध-बोध और न ही संदेह करता है। वास्तव में, एक कला के तौर पर इसका गुणगान होता है। कुछ विश्लेषकों** ने तो यहाँ तक सुझाया है कि चीन का अप्रत्याशित उदय बहुत अधिक रूप में इसके सांस्कृतिक लक्षणों से आया है।

इसके विपरीत, भारत को अपनी घोषित नीतियों और वास्तविक लक्ष्यों के बीच अंतराल से निपटने में ही संघर्ष करना पड़ा। इसलिए 1950 में सीमाओं की प्रभावी सुरक्षा की तैयारी करते हुए चीन के साथ एशियाई भाईचारे के संदेश को बनाए रखना कठिन था। पाकिस्तान के संदर्भ में, विभाजन से गुजरे लोगों वाली त्रासद स्मृतियों और एक सनकी-विरोधी की वास्तविकता में सदैव लड़ाई होती आई है। यहाँ तक कि श्रीलंका में भी शांति स्थापना के जनादेश का ताकत के निर्णायक इस्तेमाल के साथ सामंजस्य बैठाना कठिन था। निस्संदेह दो पटरियों वाले कथनों को वास्तविक लक्ष्यों के साथ ऐसे परिवेश में लागू करना चुनौतीपूर्ण है, जहाँ स्थितियाँ बदलती रहती हैं और उन कथनों में विरोधाभासों को लेकर सार्वजनिक रूप से सवाल उठाए जाते हों। संगठित अभिजात्य वर्ग इस पर नियंत्रण पाने और रणनीतिक छल को सफलतापूर्वक क्रियान्वित करने में सर्वश्रेष्ठ होता है। अपनी इन्हीं अक्षमताओं का दोषी समाज उन प्रतिष्ठित फायदों में सहज हो सकता है, जिनका वह अनजाने में आनंद उठाता है।

महाकाव्य में वर्णित संघर्ष के उन विस्मृत अहम योद्धाओं में, जिन्हें प्रायः अपनी

---

* श्याम सरन, 'चायना इन द 21वीं संेंचुरी' द्वितीय वार्षिक के. सुब्रह्मण्यम व्याख्यान, इंडिया इंटरनेशनल सेंटर, नई दिल्ली, 2012

** माइकल पिल्सबरी, 'द हंड्रेड ईयर मैराथन' (न्यूयॉर्क : हेनरी होल्ट, 2015)

भूमिका के लिए पर्याप्त श्रेय नहीं मिला, एक थे सुशर्मा, जिनके नेतृत्व वाले योद्धा आज के पंजाब से आते थे। कुरु के परंपरागत सहयोगी होने के साथ वे अर्जुन के प्रति भी एक विशेष शत्रुता रखते थे। अर्जुन ने उन्हें युधिष्ठिर के राज्याभिषेक समारोह के दौरान हराया था। उनकी एकचित्त शत्रुता पांडवों के लिए बहुत महँगी पड़ी थी। कौरवों की आग में लगातार घी डालते हुए उन्होंने पांडवों को उनके निष्कासन काल के दौरान विराट् साम्राज्य से निकाल बाहर करने के प्रयासों में सहयोग किया था, लेकिन सबसे ज्यादा नुकसान वे तब करते हैं, जब कौरवों द्वारा युधिष्ठिर को जीवित पकड़ने के प्रयास में वे अर्जुन को मृत्युपर्यंत युद्ध की चुनौती दे देते हैं, जिससे वह मुख्य रणभूमि से परे हट जाता है। अर्जुन विजयी तो हो जाता है, लेकिन उसका यह भटकाव उसके पुत्र अभिमन्यु की मृत्यु का कारण बनता है, जो अकेले कौरवों के इस प्रयास का प्रतिरोध कर सकता था। यहाँ पर सबक छोटे विरोधियों के खतरे का है, जिनकी एकचित्तता नुकसान पहुँचाने के लिए आत्मघात की हद तक जाती है।

ऐसे विपक्षियों की पीड़ा देने की क्षमता को, भले ही वे कम आत्मघाती क्यों न हों, कम नहीं आँकना चाहिए। एक दूसरा प्रासंगिक उदाहरण सिंधु के राजा जयद्रथ का है, जो पांडवों के साथ पूर्व के एक भीषण युद्ध के पश्चात् अर्जुन की अनुपस्थिति में मुकाबला करने की क्षमता प्राप्त कर लेता है। परिणामस्वरूप अभिमन्यु के चक्रव्यूह भेदने के बाद जयद्रथ उसे पांडवों से मिलने वाली मदद रोकने में सफल रहा। वास्तव में, ऐसे एक ही बिंदु पर केंद्रित प्रतिद्वंद्वी बहुत विरले ही होते हैं, लेकिन अगर वे जीवन की सच्चाई बन जाएँ तो उनपर विशेष ध्यान देने की आवश्यकता होती है। कई मायनों में ये आज भारत–पाकिस्तान के परस्पर संबंधों की स्थिति दर्शाते हैं।

1971 से वह देश भारत को नुकसान पहुँचाने में हद से पार जा चुका है, जबकि उसकी स्वयं की व्यवस्था उन्हीं शक्तियों ने खोखली कर दी है, जिसे उसने पाला–पोसा था। भारत निश्चित रूप से अर्जुन के समाधानों को दोहरा नहीं सकता, लेकिन वह उनसे कुछ उचित नसीहतें ले सकता है। पाकिस्तान को लेकर एक रणनीतिक स्पष्टता, एक अच्छा प्रस्थान बिंदु हो सकती है। ऐसे प्रतिद्वंद्वी को लेकर अंतर्बोध से प्राप्त ज्ञान को अवश्य पहचानना चाहिए। हमारा पड़ोसी कौन होगा, इसको तय नहीं किया जा सकता, जैसे महाभारत में पांडवों के पास प्रतिद्वंद्वियों के चयन का विकल्प नहीं था। भारत इस दुविधा के पार कैसे जाएगा?

इसका कोई त्वरित समाधान नहीं हो सकता और कोई भी भारतीय प्रतिक्रिया इस

असंभव मापदंड से नहीं मापी जानी चाहिए। इसलिए इसको स्वयं के समाधानों के समुच्चय के साथ आगे आना होगा। यह सुनिश्चित करना कि अब आतंकवादियों के संरक्षण की कोई गारंटी नहीं रही, ऐसा ही एक कदम हो सकता है। आतंकवादी कृत्यों के लिए उत्तरदायित्व सुनिश्चित करना दूसरा कदम हो सकता है। 'समाधान के लिए लगे रहना स्वयं में एक समाधान है'—इस बचकानी प्रत्याशा को परे हटाना आवश्यक है। प्रक्रिया कभी भी व्यवहार को दुरुस्त नहीं कर सकती। सामान्य कारोबार बहाल करने या संपर्क कायम करने से पाकिस्तान का इनकार उसके इरादों के विषय में बहुत-कुछ जाहिर करता है। वर्तमान में ऐसे रुख का एक व्यावहारिक जवाब उसकी साख को धक्का पहुँचाने की प्रक्रिया को निरंतर करते रहना हो सकता है, जो कालांतर में उसे महँगा साबित होने वाला हो। नहीं तो पाकिस्तान के साथ एक सामान्य पड़ोसी का बर्ताव तभी किया जा सकता है, जब उसका आचरण इसके अनुरूप हो। तब तक भारत को धैर्य, रचनात्मकता और दृढ़ता के मिश्रण के उस स्तर को दिखाते रहना होगा, जोकि संभवत: अर्जुन को भी प्रभावित करता।

अगर भिन्न प्रकृति के प्रत्येक विकल्पों की एक कीमत है तो अनिश्चय, द्वैधवृत्ति और तटस्थता की भी कीमत होती है। इस आख्यान में अहमियत रखने वाले खिलाड़ियों के तीन विरोधाभासी दृष्टिकोण हैं।

पहला दृष्टिकोण शल्य से जुड़ा है, जो पांडव के मामा हैं और जिन्हें छलपूर्वक भ्रमित करके कौरवों के पक्ष में युद्ध के लिए राजी कर लिया जाता है, लेकिन छल तो एक दो-धारी तलवार है और यही छल कौरवों के सेनापति कर्ण का मनोबल खोखला भी कर देता है, जिसके लिए शल्य एक अहम युद्ध में सारथी हैं। कृष्ण के भाई बलराम वास्तव में तटस्थ हैं, क्योंकि उन्होंने दोनों पक्षों को युद्ध-कौशल सिखाया है और जो युद्ध से बाहर रहने का निर्णय कर उस दौरान एक लंबी तीर्थयात्रा पर चले जाते हैं। वापस आने पर वे इसके नतीजों से नाराज होते हैं, लेकिन फिर भी किसी भी प्रकार से इसे प्रभावित करने में असमर्थ हैं। विदर्भ का रुक्मी एक अन्य उल्लेखनीय योद्धा है, जोकि युद्ध से बाहर रहता है, लेकिन एक नितांत भिन्न कारण से। वह दोनों पक्षों में अपनी अहमियत को कुछ ज्यादा आँकता है और दोनों द्वारा स्वीकार नहीं किया जाता है।

इनमें से प्रत्येक उदाहरण की समकालीन राजनीति में कुछ प्रासंगिकता है, विशेषकर उस राष्ट्र के लिए, जिसने व्यापक वैश्विक विभाजन को समझने योग्य साध रखा है। भारत की गुटनिरपेक्ष नीति के अलग-अलग समय में अलग-अलग पहलू रहे हैं, जिनमें

से कुछ में ऐसी ही स्थितियों के संयोजनों की झलक मिलती है। जहाँ हम भागीदार नहीं रहे हैं, फिर भी परिणामों को भुगतने के लिए छोड़ दिए गए हैं। कुछ प्रश्नों पर हम सभी पक्षों को नाखुश करने का खतरा उठाते हैं। जहाँ हमने वृहत्तर विरोधाभासों पर गुटबंदी की, ऐसा करने की हमारी अनिच्छा की एक कीमत भी चुकानी पड़ी है।

सत्ता परिवर्तन तब से होते आए हैं, जब से राज्य अस्तित्व में आए, भले ही यह वर्तमान पीढ़ी के संज्ञान में 2003 के इराक युद्ध के कारण आया। कमजोर स्पष्टीकरण और अव्यवस्थित परिणामों के चलते यह शब्द नकारात्मक अर्थों से लदा हुआ है। फिर भी इस परिपाटी को नैतिक कारणों से प्रायः न्यायोचित ठहराया जाता रहा। महाभारत में सबसे ज्यादा बताया जाने वाला उदाहरण कृष्ण के संकेत पर मगध के राजा जरासंध का वध था। उनको हटाना एक तात्कालिक चुनौती के अंत तथा युधिष्ठिर के सम्राट् बनने की राह में एक बड़े विरोध को समाप्त करने; दोनों के लिए आवश्यक था। कृष्ण के दृष्टिकोण में यह एक पुरानी रंजिश का निपटारा था। इस प्रयत्न में जो चीज ध्यान देने योग्य है, वह है—इसकी दिखावे वाली वजह : अट्ठानबे राजकुमारों की रिहाई, जिन्हें अन्यायपूर्ण ढंग से जरासंध ने अपनी हिरासत में रखा था। यहाँ तक कि एक तात्कालिक खतरे की स्थिति भी विद्यमान थी, क्योंकि वह उन राजकुमारों की संख्या सौ होने पर उनकी बलि चढ़ाने की बात कर रहा था।

यह दृष्टांत उस तथ्य की अहमियत भी समझाता है, जिसे हम आज दक्षिण-दक्षिण सहयोग कहते हैं, यानी प्रभावशाली के विरुद्ध एकजुट होना। असुरक्षित और कमजोर का सहयोग सामूहिक राजनीति में निश्चय ही प्रबल महत्व रखता है। इसी के समानांतर वैश्विक हित के नाम पर एक राष्ट्रीय लक्ष्य को प्राप्त किया जाता था। सत्ता परिवर्तन अंतरराष्ट्रीय संबंधों के सबसे ज्यादा विवादास्पद पहलुओं में से एक है, क्योंकि वे प्रत्यक्ष रूप से संप्रभुता का उल्लंघन करते हैं, लेकिन अगर उन्हें किया जाना जरूरी हो तो इसका सर्वश्रेष्ठ तरीका है—एक नैतिक व्याख्या के साथ करना, जिसकी विश्वसनीयता हो। हो सकता है कि इस विशेष मामले में ऐसा रहा हो, लेकिन अभी हाल के उदाहरण जैसे इराक के विषय में यह कम सत्य प्रतीत होता है।

बाहरी परिवेश का लाभ उठाना सत्ता परिवर्तन के सिक्के का दूसरा पहलू है। यहाँ कमजोर खिलाड़ी अपने लाभ के लिए ताकतवर से या तो विनती करता है या उनसे चालाकी से काम निकलवाता है। जैसे-जैसे संघर्ष आगे बढ़ता है, ऐसी स्थितियों की कोई कमी नहीं रहती, ध्यान रहे कि पांडवों के विरुद्ध सैन्य संतुलन 7:11 का था। सारे

देवताओं का आह्वान शक्तिशाली हथियारों और अपरंपरागत क्षमताओं को प्राप्त करने में किया जाता है। गठबंधन बनाना और उनका निर्वाह करना प्रभाव डालने का एक जरिया हो सकता है, लेकिन तकनीक तक पहुँच और दूसरों के ज्ञान का इस्तेमाल भी कम प्रभावी नहीं है। यह विशेष रूप से मजबूत प्रतिद्वंद्वियों के विरुद्ध एक रणनीतिक स्थिति का वह मामला है, जिस पर आज के भारत को ज्यादा चिंतन की जरूरत है। वे जो व्यापक राष्ट्रीय शक्ति की वकालत करते हैं, निश्चित रूप से सही हैं, लेकिन यह प्रत्यक्ष जवाब है। जिस चीज की उपेक्षा नहीं की जानी चाहिए, वह है—दूसरों के प्रभाव और ताकत के इस्तेमाल की कला।

आधुनिक इतिहास ऐसी दमदार कहानियों से भरा पड़ा है, जिसमें ताकतवर देश महज इसी एक कमी से नाकाम हो गए। उदाहरण के लिए, 'विल्हेमिन जर्मनी' की कमजोर रणनीति ने अनुकूल शक्ति-संतुलन को भी दुर्बल कर दिया। यह कौशल न केवल कमजोर और ऊपर उठने वालों के लिए जरूरी है, बल्कि ताकतवर के लिए भी अपने समर्थन के क्षेत्रों को बनाए रखने और सामूहिक प्रतिक्रिया को हतोत्साहित करने के लिए आवश्यक है। गलतियों से सीखना भी एक अनुपूरक कौशल है, जिससे कि गलतियों को दोहराया न जाए। महाभारत की सबसे बड़ी विडंबनाओं में से एक यह है कि युधिष्ठिर जो जुए के खेल में अपना राजपाट गँवा देता है, इस खेल में इतनी निपुणता हासिल करता है कि कालांतर में राजा विराट् के अधीन इसे अपनी आजीविका बना लेता है।

जहाँ पर पांडवों ने अपने चचेरे भाइयों पर निरंतर बढ़त हासिल की, वह थी—कथानक को आकार देने और नियंत्रित करने की क्षमता। उनकी नैतिक अवस्थिति एक उत्कृष्ट पहचान का शिखर थी। उनकी शूरवीरता, कुलीनता और उदारता ने उनके पक्ष की छवि निखारने में महत्वपूर्ण भूमिका निभाई। स्वीकार्य रूप से वे कई अवसरों पर पीड़ित रहे थे, लेकिन स्वयं को पीड़ित दिखाने की उनकी क्षमता भी कम नहीं थी। जंगल में हुआ उनका पालन-पोषण जनधारणा बनाने में उन्हें शुरुआती बढ़त दिला देता है। लाक्षागृह में उनको जलाकर मारने का प्रयास उन्हें चोट खाए पक्षी के रूप में प्रस्तुत करता है। राज्य के अन्यायपूर्ण बँटवारे को स्वीकार करना उस छवि को सुदृढ़ करता है। इंद्रप्रस्थ में सफलतापूर्वक एक राज्य स्थापित करना उनकी रौनक और बढ़ा देता है। उनकी पत्नी द्रौपदी के साथ हुआ घृणित बर्ताव उनकी बदले की आग को कभी बुझने नहीं देता। मास्टर स्ट्रोक तो वह रहा, जिसमें उन्होंने युद्ध की पूर्वसंध्या पर एक युक्तिसंगत सुलह की पेशकश करके केवल पाँच गाँव स्वीकार करने का प्रस्ताव दिया,

जिससे समकक्ष लोगों की सहानुभूति उनके पक्ष में आ जाए। उच्च नैतिकता को ग्रहण करने और कथानक को आकार देने, दोनों के बीच व्यापक सह-संबंध होते हैं। इसी कारणवश शीतयुद्ध के दौरान दोनों पक्षों ने पूरे जोश के साथ तर्कों के तीर चलाए।

एक ने लोकतंत्र, निजी स्वतंत्रता और बाजार व्यवस्था पर जोर दिया, जबकि दूसरे ने सामाजिक न्याय, साझा हित और सामूहिक कल्याण पर बल दिया। जैसे-जैसे चीन ने प्रगति की, इसने शांतिपूर्ण चरित्र और वृहत्तर समृद्धि के निहितार्थों को रेखांकित किया। विकासशील देशों ने गतिविधियों की एक विस्तृत शृंखला में होने वाले सकारात्मक भेदभाव का सहारा लेकर अपनी सौदेबाजी की स्थिति में सुधार किया। सामान्य तौर पर पश्चिमी विश्व, विशेषकर यूरोपीय संघ वैश्विक मुद्दों और उनके संरक्षण पर बल देकर स्वयं को एक नए रूप में सामने लाए, हालाँकि वह चमक अब फीकी पड़ती जा रही है, क्योंकि संकीर्ण हितों ने वर्तमान सोच को प्रभावित किया है और आर्थिक मोर्चे पर लुभाने वाला लोकवाद हावी हो चुका है। जैसे-जैसे चीन की क्षमता बढ़ती है, यह ग्लोबल से यूनिवर्सल की ओर जाने की चुनौती पेश कर सकता है। अमेरिका दूसरे रास्ते पर चल रहा है, गठबंधन से जुड़ी प्रतिबद्धताओं को कमजोर करके और अंतरराष्ट्रीय दायित्वों से मुँह फेरकर। मजबूत राष्ट्रीय अस्मिताओं के लोकाचार की राह चलते हुए भारत को भी अपने समतुल्य लक्ष्यों पर काम करना होगा। एक समाज, जो शीघ्र ही सबसे सघन आबादी और महत्वपूर्ण आर्थिक आकार का हो जाएगा, उसका अपना संदेश स्पष्ट होना चाहिए। उन दिनों जब यह दुर्बल था, समूह मानसिकता और असंलिप्तता एक सुविधापूर्ण स्थिति थी, लेकिन समय बीतने के साथ इसको जारी रखना उत्तरोत्तर कठिन होता जाएगा।

महाभारत में चलने वाले कथानक का एक पहलू भारत के साम्राज्यों के बीच शक्ति-संतुलन का भी है। एकजुटता के लिए प्राय: रिश्तेदारी करने का रास्ता चुना जाता था, लेकिन वह स्वयं भी अकसर राज्य के हितों से उपजता था। पांचाल और मत्स्य साम्राज्य इसके दो अहम उदाहरण हैं, जो पांडवों के स्वाभाविक सहयोगी रहे। तनावजन्य स्थितियाँ भी अंतर्निहित झुकावों को उजागर करने में सहायक होती हैं। इस तरह निष्कासन के तेरहवें वर्ष में छिपने के लिए उचित स्थान की योजना बनाते समय पांडव उन साम्राज्यों की पहचान करते हैं, जो मित्रवत् हैं। इसी प्रकार जरासंध को बाहर लाने के लिए रणनीति बनाते समय कृष्ण न केवल कौरवों से उसकी नजदीकी उजागर करते हैं, बल्कि उन साम्राज्यों की भी सूची बनाते हैं, जो उसके खात्मे के उपरांत कमजोर

हो जाएँगे। कई प्रकार से कुरुक्षेत्र के मैदान की युद्ध रेखाएँ एक बेहद जटिल मैट्रिक्स की पेचीदगियों को दर्शाती हैं।

आज संतुलन पैदा करने और उसे बनाए रखने वाला वह स्वानुभूत बोध हमारे देश में संभवत: कमतर हो गया है। अनेक प्रकार के कारकों ने वैश्विक राजनीति में गहरे उतरने को हतोत्साहित कर दिया, जोकि इसके लिए बेहद जरूरी था। उनमें से कुछ हमारी स्वयं की क्षमताओं में कमी के परिचायक हैं। जैसे-जैसे उनमें सुधार होता है, आत्मविश्वास के स्तरों में भी होना चाहिए। अगर हम शक्ति के संतुलन में संशय रखते हैं तो ऐसा इसलिए है कि विश्वयुद्धों तक आते-आते दुनिया ने इसे अनियंत्रित प्रतियोगिता में बदलते देखा। शीतयुद्ध के अनुशासन ने भी एक जड़ता पैदा की, जिसने ऐसी संभावनाओं के महत्व को कम कर दिया, जब वह खत्म हुआ, अंतर्निर्भरता और वैश्वीकरण में एक व्यापक विश्वास ने ऐसी सोच का निराकरण कर दिया। वे सब अब व्यापक राष्ट्रवाद, समतलीय भू-दृश्य और पिघलते गठबंधनों के युग में परिवर्तित हो रहे हैं।

व्यावहारिक राजनीति की ओर झुकाव नीति के नुस्खों की कीमत और औचित्य को भी सामने लाता है। यद्यपि अभिमन्यु की मृत्यु त्रासदपूर्ण थी, व्यापक परिदृश्य में यह राजा को बचाने के एक प्रयास में हुआ सापेक्ष नुकसान था और भी ज्यादा जानबूझकर किया गया कृत्य संभवत: उसकी दादी कुंती का था, जिसने लाक्षागृह को आग के हवाले करने से पहले अपने स्वयं के परिजनों को मेहमानों के एक समूह से बदल दिया था या फिर युद्ध आरंभ होने पर अर्जुन के पुत्र इरावन का बलिदान, जोकि विजय की कीमत के रूप में चुकाई जानी थी। संभवत: युद्ध के दौरान कर्ण के अजेय शक्ति अस्त्र से भतीजे घटोत्कच का वध कम विचलित करने वाली थी, जिसने उसके चाचा अर्जुन के विरुद्ध इसके संभावित प्रयोग की भूमिका तैयार कर दी। राष्ट्रीय हित के संचालन की एक कीमत होती है और उन फैसलों को लेना नेतृत्व के लिए संभवत: सबसे दुष्कर दायित्व होता है।

पांडव एकीकरण के सबसे श्रेष्ठ उदाहरण हैं। एक जटिल पितृत्व मूल के साथ अलग-अलग माताओं से उत्पन्न संतानें होकर भी उन्होंने आंतरिक तनावों पर काबू पाते हुए एक टीम के रूप में भलीभाँति कार्य किया। उनके पास पूरक योग्यताओं के समुच्चय थे, जो उनके संयोजन को विशेष रूप से प्रभावी बना देते थे। एकजुट होकर निपुणता के साथ काम करने की कठिनाइयों पर एक आदर्श के रूप में उन्हें ज्यादा विचार-विमर्श को प्रेरित करना चाहिए। भारत इस समस्या में जरूरत से ज्यादा उलझा हुआ है, क्योंकि हमारी किस्मत में सामाजिक बहुलवाद और चरम व्यक्तिवाद दोनों विद्यमान हैं। यह इस

सच्चाई से ज्यादा विकट हो जाता है कि यहाँ सीमित प्रशासनिक सुधार ही हो पाए हैं, अतएव महत्तर एकीकरण की आवश्यकता वास्तव में बहुत प्रबल है। संयुक्तता, समन्वय और साझेदारी सभी बड़े संगठनों में जुड़ी हुई चुनौतियाँ हैं। वे तयशुदा व्यवहारों, निहित स्वार्थों और भिन्न पहचानों से ही जूझती रहती हैं। ऊपरी स्तरों पर रजामंद होना शायद ही कभी इसे स्वयं से काम करते हुए परिणामों की ओर ले जाता है। थोड़ा-बहुत यह सचेत हो सकता है, लेकिन इतिहास और अनुभव तो इसे विपरीत दिशा में ही ले जाते हैं। वास्तव में, बेहतर क्षमताएँ विकसित करने के अलावा अलग-थलग प्रक्रियाओं को खत्म करना उतना ही अहम है, जितना नीतियों के क्रियान्वयन के क्षेत्र में किसी हठी समस्या का त्वरित समाधान होता है।

अगर भारत में हमने एक समन्वयात्मक परिस्थिति के साथ भी काम करने वाली पहचान ही बना ली है तो ऐसा इसलिए है कि हमारा अतीत ऐसी मिसालों से भरा पड़ा है, जिनकी भारी कीमत चुकानी पड़ी थी। व्यक्तिवाद को और संचय करने की उत्कंठा से भी बढ़ाया जा सकता था, जिसकी जड़ें अभाव की स्थिति में पहले से ही गहरी रही हैं। सत्तावादी व्यवस्था भी हमारे समाज पर थोपी जा चुकी है। सबसे महत्वपूर्ण बात यह है कि प्रक्रिया के पालन पर ध्यान अधिक है, परिणामों की चिंता पर कम। एकीकरण की कमी कई रूपों में प्रकट होती है, लेकिन उन सभी संभावित अभिव्यक्तियों में संशोधन करके ही भारतीय विदेश नीति वास्तव में बेहतर बदलाव ला सकती है।

महाभारत दृष्टिकोण और विकल्पों का एक ऐसा आख्यान है, जिसका सम्मिलित प्रभाव राजनीति को एक निश्चित दिशा में आगे बढ़ाने का काम करता है। उनमें से प्रत्येक समसामयिक दौर के लिए कुछ सीख देता है। विशेष रूप से कौरव प्रतियोगिता को इसके चरम बिंदु तक धकेलते जाते हैं, जिससे उपजी प्रतिक्रिया उनकी घिनौनी चालों के अनुकरण को भी उचित ठहराती है। इसके विपरीत, पांडव अपनी एक छवि विकसित करते हैं और कूटनीतिक धैर्य का परिचय देते हैं, परिणामस्वरूप वे अपने से श्रेष्ठ प्रतिद्वंद्वी को बेतरतीब चालों के जरिए आंशिक रूप से परास्त करने में समर्थ हैं। कर्ण गठबंधनजन्य अनुशासन को ध्रुवीकरण के असर को दर्शाते हुए सर्वश्रेष्ठ ढंग से अभिव्यक्त करता है। भीष्म और द्रोण व्यवस्था के साथ खड़े हो सकते हैं, लेकिन उनकी दुविधा उनके पक्ष को महँगी पड़ जाती है। यह द्रुपद की स्थिति के विपरीत है, जिसकी एकचित्तता एक सहयोगी के रूप में उनका महत्व बढ़ा देती है। त्रिगर्त, जैसा कि पहले उल्लेख हो चुका है, इसका एक चरम संस्करण हैं। शल्य, बलराम और रुक्मा गुटनिरपेक्ष

से गैर-भागीदारी तक भिन्न-भिन्न रंग हैं और जहाँ तक बात कुंती की है, सफलता के लिए उसकी भावनात्मक प्रतिबद्धता ने संचालन लागत चुकाने से भी संकोच नहीं किया।

जैसाकि हम सब जानते हैं, निरूपक स्वरूप श्रीकृष्ण हैं। वे व्यापक फलक पर चीजों को समझते हैं। तदनुरूप रणनीति की रूपरेखा तय करते हैं और निर्णायक क्षणों में चातुर्यपूर्ण समाधान प्रस्तुत करते हैं। उनके विकल्प दिशा तय करते हैं, चाहे यह संरचनागत परिवर्तन हो, भावनाओं को आकार देना हो, छवि सुदृढ़ करनी हो या कथानक गढ़ने हों। जरासंध को खत्म कर वे एक अधिक अनुकूल शक्ति-संतुलन सुनिश्चित करने में समर्थ हैं। चाहे यह उनकी स्वयं की उपस्थिति के माध्यम से हो अथवा उनके द्वारा प्रस्तावित बुद्धिमत्तापूर्ण सुझाव हो, वे रुझानों को पांडवों की तरफ झुकाने में सहयोग करते हैं। उनके कूटनीतिक संधि प्रस्ताव एक तर्कसंगत शक्ति के संदेश को रेखांकित करते हैं, जिससे उनका पक्ष एक आहत पक्ष के रूप में नजर आए। जयद्रथ, कर्ण अथवा दुर्योधन के वध जैसे अहम पलों में वे प्रेरक और उचित ठहराने वाले दोनों हैं। वे पांडवों द्वारा संयम बरतते हुए उन्हें अपने समय की प्रतीक्षा करने और उस युद्ध के लिए जो अपरिहार्य हैं, आवश्यक क्षमताएँ जुटाने की भी सलाह देते हैं। उनके उपदेश भले ही कारण की प्रतिध्वनि या सतर्कता के संदेश हों, लेकिन इसके साथ ही जहाँ आवश्यक हो, वहाँ जरूरी कदम उठाने का भी आह्वान हैं। ऐसा नहीं कि वे तभी मार्ग दिखाते हैं, जब दूसरे रास्ते बंद हो जाते हैं; सबसे महत्वपूर्ण यह है कि वे सही काम को पूर्ण उत्तरदायित्व के साथ संपन्न करते हैं।

महाभारत जितना सत्ता का आख्यान है, उतना ही नैतिकता का भी। यह श्रीकृष्ण का अभिज्ञान है, जो दोनों अनिवार्यताओं में सामंजस्य बैठा देता है। जैसे-जैसे भारतीय महत्वपूर्ण योगदान के लिए तैयार हो रहे हैं, उन्हें इस उतार-चढ़ाव भरे विश्व का सामना और स्वयं को तैयार करने के लिए अपनी स्वयं की परंपराओं पर भरोसा करना होगा। यह निश्चित रूप से उस 'इंडिया' में संभव है, जो अब और ज्यादा 'भारत' है। एक ऐसे विश्व में जहाँ सब एक-दूसरे के विरुद्ध हैं, यह समय हमारे विकल्पों तथा स्वयं अपने प्रत्युत्तरों के साथ आगे आने का है। शक्ति का नैतिक रूप से प्रबल होना 'इंडिया वे' का एक स्वरूप है।

□

4

दिल्ली की रूढ़िगत मान्यताएँ

इतिहास के संशयों का समाधान

"इतिहास अतीत की घटनाओं का एक ऐसा संस्करण है,
जिसे लोगों की सहमति प्राप्त है।"

—नेपोलियन बोनापार्ट

अल्बर्ट आइंस्टीन को विशेष तौर पर उनके 'सापेक्षता के सिद्धांत' (Theory of Relativity) के लिए जाना जाता है। अगर उन्होंने राजनीति विज्ञान में अपना भविष्य चुना होता तो उतनी ही आसानी से एक 'विक्षिप्तता के सिद्धांत' के लिए ख्याति प्राप्त कर लेते। उनकी उस मानसिक अवस्था की परिभाषा यह थी कि एक ही चीज को बार-बार करना और हर बार भिन्न परिणामों की अपेक्षा करना। उसी का एक उप-सिद्धांत यह भी कहता है कि एक ही चीज को अलग-अलग परिस्थितियों में किया जाए और फिर एक जैसे परिणामों की प्रत्याशा रखी जाए। वैश्विक राजनीति में उस क्षण की पहचान जरूरी हो जाती है, जब लंबे समय से प्रचलित हमारी कई धारणाएँ खंडित होने लगती हैं। अगर दुनिया बदल चुकी है तो हमें तदनुरूप सोचने, वार्ता करने और कार्यप्रणाली में शामिल होने की आवश्यकता है। केवल अतीत की डोर थामे बैठे रहना भविष्य के लिए तैयार होने में किसी भी तरह सहायक साबित होने वाला नहीं है।

दुनिया न केवल बदल चुकी है, बल्कि वैश्विक व्यवस्था भी एक सशक्त रूपांतरण के दौर से गुजर रही है। अमेरिकी राष्ट्रवाद, चीन का उदय, ब्रेक्जिट का आख्यान और वैश्विक अर्थव्यवस्था का पुनर्संतुलन—प्राय: परिवर्तन के ज्यादा नाटकीय उदाहरणों के तौर पर उद्धृत किए जाते हैं। वस्तुत: ये तथ्य इन दृष्टांतों से कहीं ज्यादा सर्वव्यापी हैं। हमने रूस, ईरान अथवा तुर्की के अतीत के साम्राज्यों को ज्यादा ऊर्जा और प्रभाव के साथ निकटवर्ती क्षेत्रों में वापसी करते देखा है। पश्चिम एशिया विक्षोभ की स्थिति में है, यहाँ तक कि अपने असाधारण रूप से अस्थिर मानदंडों के जरिए भी। एशिया के लिए आसियान की केंद्रीयता अब उतनी नहीं रह गई, जितनी कभी हुआ करती थी। अफ्रीका में जनसांख्यिकीय और आर्थिक रुझान उस महाद्वीप को और अधिक खास बना रहे हैं। दक्षिण अमेरिका एक बार फिर से विचारों की रणभूमि बना हुआ है।

लेकिन हम भूगोल और पुरातनपंथी राजनीति के दायरे से बाहर भी बात कर रहे हैं। जो चीज सत्ता और राष्ट्रीय प्रतिष्ठा को परिभाषित करती है, अब समान नहीं रह

गई है। तकनीक, कनेक्टिविटी और व्यापार अब नए संघर्षों के केंद्र में हैं। एक और अधिक संयमी तथा अंतर्निर्भर विश्व में प्रतियोगिता और ज्यादा बुद्धिमत्ता के साथ करने की आवश्यकता है। जैसे-जैसे बहुपक्षवाद कमजोर हुआ, वैश्विक हित भी और ज्यादा विवाद में घिर गया। यहाँ तक कि जलवायु-परिवर्तन भी एक कारक है, जो आर्कटिक मार्ग खुल जाने से भू-राजनीति में योगदान दे रहा है और कोरोना महामारी तो सभी प्रत्याशाओं से ऊपर एक अपूर्वानुमेय घटक बन चुकी है। संक्षेप में परिवर्तन, जैसा पहले कभी नहीं रहा, अब हमारे नजदीक है।

यदि भू-दृश्य आज बहुत अलग दिखाई दे रहा है तो वैसा ही भारत के अहम सहयोगी भी कर रहे हैं। अमेरिका अथवा चीन की प्रासंगिकता पहले किसी भी समय के मुकाबले कहीं ज्यादा है। रूस के साथ रिश्तों ने सभी विषमताओं को धता बताकर असंभव रूप से दृढ़ रहने का काम कर दिखाया है, लेकिन यह अपवाद है, नियम नहीं। जापान हमारे गणित में अब एक अहम कारक बन चुका है। फ्रांस के अब एक संवेदनशील रणनीतिक सहयोगी के रूप में उभरने के साथ ही यूरोप के पुनर्शोध की प्रक्रिया भी जारी है। खाड़ी देशों के साथ संबंधों का पुल अभूतपूर्व और प्रभावी तरीके से तैयार किया जा चुका है। आसियान से करीबी बढ़ी है और ऑस्ट्रेलिया की प्रासंगिकता और ज्यादा प्रत्यक्ष हुई है। एक विस्तारित पड़ोस की प्रबल समझ परिलक्षित हुई है। अफ्रीका में ध्यान विकास संबंधी मदद देने और नए दूतावास खोलने में केंद्रित है, जैसा कि राजनयिक गतिविधियों से स्पष्ट है, हमारी पहुँच का दायरा दक्षिण अमेरिका और कैरेबियाई देशों से बढ़कर दक्षिण प्रशांत क्षेत्र (South Pacific) और बाल्टिक देशों तक पहुँच चुका है। सरहदी पड़ोस में अभूतपूर्व निवेश हुआ है, जिनके परिणाम अब दिखाई दे रहे हैं। हमारे वैश्विक अनुबंधों के पैमाने और तीव्रता को एक साथ रखकर देखें तो इसे किसी ऐसे व्यक्ति द्वारा पहचानना भी कठिन होगा, जो कुछ वर्षों पहले तक इससे निपट रहा था।

जैसे-जैसे मुद्दे और संबंध भिन्न होते जाएँगे, तर्क-वितर्क भी बदलेंगे। इसलिए पहली सतर्कता तो निरंतरता के प्रति आसक्ति से बचना है, क्योंकि ऐसी बदलती परिस्थिति में इसके ज्यादा मायने नहीं हैं। निश्चित रूप से अनवरत का अपना औचित्य है, किंतु इतना नहीं कि इससे मोहित होकर इसे अपरिवर्तनशील धारणाओं में जगह दे दी जाए। इसके विपरीत, यह केवल परिवर्तन की पहचान के माध्यम से होता है, जब हम अवसरों का दोहन करने की स्थिति में होते हैं। स्थानांतरित होती वैश्विक

गतिमयता में राष्ट्रीय हितों का सोद्देश्य निरंतर खयाल रखना आसान नहीं होता, पर इसे करने की आवश्यकता है। पूर्वाग्रह और पूर्व धारणाओं को राह की रुकावट बनने की अनुमति नहीं दी जा सकती। भारत की प्रगति में वास्तविक बाधा अब दुनिया के अवरोध नहीं, बल्कि दिल्ली की वे रूढ़िगत मान्यताएँ हैं, जिन्हें प्रश्न किए बिना स्वीकारा जाता रहा है।

भिन्न-भिन्न परिस्थितियों में प्रतिक्रिया देने की क्षमता किसी भी राष्ट्र की प्रगति का अंग होती है। लेकिन परिवर्तन के ज्यादातर घटक दृढ़ मनोविज्ञान की संगृहीत बुद्धिमत्ता या फिर ध्रुवीकरण के आवेशपूर्ण तर्क-वितर्क का सामना करते हैं। भारत में हम शब्दों और विषय-वस्तु के प्रति अतिशय लगाव देखते हैं। प्रारूप और प्रक्रियाएँ प्राय: नतीजों की अपेक्षा अधिक महत्वपूर्ण समझी जाती हैं। सौभाग्यवश अ-सतत राजनीति आज प्रचलित व्यवहारों और अक्रिय कथानकों को चुनौती देने में सहायक है। किसी नीति के स्थायी तत्वों को आकलन में रखकर ही वह ऐसा कर पाती है। भारत के विषय में यह गुंजाइश और विकल्पों को बढ़ाने के लिए संघर्षरत है। महज यही स्वयं में अंतिम लक्ष्य नहीं है, बल्कि इनका आशय घरेलू जमीन पर महत्तर समृद्धि, सीमाओं पर शांति, अपने नागरिकों की सुरक्षा और विदेशों में अपने प्रभाव में वृद्धि सुनिश्चित करना है।

निश्चय ही एक विकसित होते विश्व में और ज्यादा सतत लक्ष्यों को प्राप्त करने के लिए भी हमारी राष्ट्रीय रणनीति निश्चल नहीं हो सकती। हम यह अच्छी तरह से जान गए हैं, दुनिया द्विध्रुवीय से एकध्रुवीय और अब बहुध्रुवीय में बदल चुकी है, लेकिन रणनीति में परिवर्तनों को, इन सबसे भी ज्यादा बदली हुई परिस्थितियों के लिए और भी ज्यादा क्षमताओं, महत्वाकांक्षाओं और उत्तरदायित्वों की जरूरतों को पूरा करने योग्य होना होगा। इस प्रकार बदलते विश्व के समक्ष होते समय हमें उन मान्यताओं और आकलनों की पहचान करनी होगी, जिन्हें निरंतर परखा और दोहराया जाना है। ऐसा करने के लिए आधुनिक इतिहास का सही ढंग से अध्ययन बहुत जरूरी है। यह कार्यविधि ही अपने आप में यांत्रिक रूप से सिद्धांतों और अवधारणाओं को काम में लाने की अपेक्षा, पारिवेशिक प्रतिक्रिया की अनिवार्यता और उसके मूल्यांकन को प्रोत्साहित कर सकती है।

भारत ने जब समकालीन भू-राजनीति का निष्पक्ष आकलन किया था तो अपने हितों को प्रभावी रूप से आगे बढ़ा दिया था और इससे भी ज्यादा चुनौतियों की माँग पर अपने अतीत से संबंध तोड़ने से भी वह नहीं हिचका। प्रबल प्रमाण इस

दृष्टिकोण का समर्थन करते हैं। 1971 का बांग्लादेश युद्ध, 1992 की आर्थिक और राजनीतिक पुर्नगठन, 1998 के परमाणु परीक्षण अथवा 2005 की भारत-अमेरिका परमाणु डील, सीख देने वाली घटनाएँ हैं। वास्तव में, यह केवल अवरोधों की एक श्रृंखला ही थी, जिसके माध्यम से भारत अपने पक्ष में यह महत्वपूर्ण बदलाव लाने में समर्थ हो पाया। इसके विपरीत, बदलती परिस्थितियों के बावजूद प्रत्यक्ष रूप से निरंतर एक मार्ग पर चलते रहना, प्रायः इसे उद्देश्य से भटकाव की ओर ले गया। बिल्कुल यही स्थिति 1950 के दशक में चीन के साथ एक वृहत उत्तर औपनिवेशिक मोर्चे का हिस्सा बनने के समय थी, जबकि सीमा विवाद और तिब्बत की जटिलताओं के रूप में राजनीतिक मतभेद गहरे हो गए थे। पाकिस्तान के साथ भी यही स्थिति थी, जबकि यह देश उत्तरोत्तर आतंकवाद पर और अधिक निर्भरता की ओर बढ़ रहा था। कुछ हद तक यह विमर्श यथार्थ और निष्पक्ष समीक्षा के बारे में है। वास्तव में, यह सुझाव भारतीय विदेश नीति के एक निरपेक्ष ऑडिट की जरूरत की ओर संकेत करता है।

भारत के अतीत में 1962 में चीन से मिली हार के प्रतिकूल उदाहरण भी दर्ज हैं या पाकिस्तान के साथ 1965 की जंग के तनाव भरे पल, जहाँ नतीजे अंत तक संतुलन में ही अटके रहे या फिर विजय के वे पल, जैसे 1971 की जीत, जिसने बांग्लादेश के अस्तित्व की कहानी लिखी। हमारे अतीत में ऐसे पर्याप्त द्विभाजन हैं, जो सफलताओं और विफलताओं पर एक जोशीली बहस शुरू करा सकते हैं। 1991 तक भू-राजनीति और अर्थव्यवस्था की गलत व्याख्या तथा उसके तुरंत बाद की सुधारात्मक नीतियों में विरोधाभास नजर आता है। दो दशकों का परमाणु अनिश्चितताओं का दौर 1998 के परीक्षणों की नाटकीयता के साथ खत्म हुआ। 26/11 पर प्रतिक्रिया का अभाव उरी और बालाकोट ऑपरेशंस से कितना अलग है।

चाहे घटनाक्रम हो या रुझान, सब अपने पीछे जो सबक छोड़कर जाते हैं, उनकी समीक्षा की आवश्यकता होती है। अगर हम स्वतंत्र भारत की यात्रा पर पीछे मुड़कर देखते हैं तो इसकी क्षमताओं और प्रभाव में वृद्धि को आगे कर इसके द्वारा गँवाए गए अवसरों और दोषों पर हमें परदा नहीं डालना चाहिए। जिन राहों को नहीं चुना गया, हो सकता है कि वे संभवतः कल्पनाओं की उड़ान हों, लेकिन समान रूप से यह एक ईमानदार आत्ममंथन का विषय हो सकता है। एक सत्ता जो आत्म-सुधार को लेकर गंभीर है, उसे ऐसे उपक्रमों से झिझकना नहीं चाहिए।

आजादी के बाद भारतीय विदेश नीति किस प्रकार विकसित हुई? इसको समझने का सर्वश्रेष्ठ तरीका इसे छह चरणों में विभाजित करके हो सकता है, जिनमें से प्रत्येक एक भिन्न वैश्विक रणनीतिक परिवेश की प्रतिक्रिया है। 1946 से 1962 तक का पहला चरण आशावादी गुटनिरपेक्षता का युग माना जा सकता है। इसकी व्यवस्था बहुत-कुछ द्विध्रुवीय विश्व की थी, जिसके दो सिरे अमेरिका और सोवियत संघ थे। भारत जब अपनी अर्थव्यवस्था के पुनर्निर्माण और अपनी अखंडता सुनिश्चित कर रहा था, उसका उद्देश्य विकल्पों पर प्रतिबंधों का प्रतिवाद करना और अपनी संप्रभुता को कमजोर होने से रोकना था। इसी के समानांतर लक्ष्य यह भी था कि औपनिवेशिक दासता से मुक्ति पाने वाले राष्ट्रों में अग्रणी होने के चलते एशिया और अफ्रीका को और अधिक समान विश्व व्यवस्था की तलाश में नेतृत्व प्रदान करना था। यह तीसरी दुनिया की एकजुटता के चरम यानी बांडुंग और बेलग्रेड का जमाना था। इसने कोरिया और वियतनाम से लेकर स्वेज और हंगरी तक ऊर्जावान भारतीय राजनयिक शैली का साक्षात्कार किया। कुछ वर्षों तक विश्व मंच पर हमारी स्थिति आश्वस्त दिखाई दी। 1962 का चीन के साथ संघर्ष न केवल इस युग के अंत की ओर ले गया, बल्कि एक प्रकार से भारत की प्रतिष्ठा को भी गहरा नुकसान पहुँचाया।

1962 से 1971 का दशक यथार्थवाद और पूर्व स्थिति को प्राप्त करने का युग था। भारत ने संसाधनों की कमी से जूझते हुए भी सुरक्षा और राजनीति संबंधी चुनौतियों के ज्यादा व्यावहारिक विकल्प तैयार किए। इसने राष्ट्रीय सुरक्षा के हित में गुटनिरपेक्षता से आगे बढ़कर प्रयास किया और परिणामस्वरूप 1964 में अमेरिका के साथ डिफेंस के मुद्दे पर एक व्यापक आपसी समझ विकसित की, जिसे अब लगभग भुला दिया गया है। इस अस्थिर समय में कश्मीर के मुद्दे पर बाहरी दबाव, विशेषकर अमेरिका और इंग्लैंड से, बढ़ गया था। वैश्विक संदर्भ तो द्विध्रुवीय बना रहा, किंतु इसने अमेरिका और सोवियत संघ के बीच अब सीमित सहयोग उभरते हुए भी देखा। दक्षिण एशिया कन्वर्जेंस का एक विशेष क्षेत्र बना रहा और भारतीय कूटनीति को एक साथ कई महाशक्तियों का सामना करना पड़ा था, जैसा इसने 1966 में ताशकंद में किया था। यह वह दौर भी था, जब राजनीतिक उठापटक से लेकर आर्थिक संकट तक तमाम घरेलू मोर्चों पर भी विकट चुनौतियाँ थीं, लेकिन हमारे उद्देश्य की दृष्टि से देखा जाए तो महत्व की बात यह रही कि हम एक उच्चस्तरीय तनाव के बावजूद बिना किसी बड़े नुकसान के उस चिंताजनक दौर से बाहर निकल आए।

1971 से 1991 तक का तीसरा चरण एक वृहत्तर भारतीय क्षेत्रीय दावेदारियों का रहा। इसका आरंभ बांग्लादेश के अस्तित्व में आने के साथ ही भारत-पाकिस्तान की बराबरी के निर्णायक समापन के साथ हुआ था, लेकिन इसका अंत श्रीलंका में भारतीय शांति रक्षा सेना के साथ हुए असफल प्रयोग से हुआ। 1971 के बाद पूरी तरह उलट चुके रणनीतिक परिदृश्य पर चीन-अमेरिका के पुनर्मेल के साथ ही समूचा परिवेश अब पूरी तरह भिन्न हो चुका था। भारत-सोवियत संधि करके एवं अंतरराष्ट्रीय मुद्दों पर और अधिक सोवियत समर्थित रुख अपनाकर भारत इस चुनौती से निपटने में लगा था। यह चरण विशेष रूप से जटिल रहा, क्योंकि अमेरिका-चीन-पाकिस्तान की धुरी, जो इस समय अस्तित्व में आई, उसने भारत की संभावनाओं के लिए गंभीर खतरे पैदा कर दिए, हालाँकि इसके कई दूरगामी परिणाम होने वाले थे, लेकिन भारत के रुख में ज्यादा बदलाव कई दूसरे कारकों के चलते आए। इसके घनिष्ठ सहयोगी सोवियत संघ का विघटन और संबद्ध 1991 के आर्थिक संकट ने हमें हमारी घरेलू और विदेश नीति, दोनों के मूल तत्वों पर पुनर्विचार को बाध्य कर दिया।

सोवियत संघ का विघटन और एक 'एकध्रुवीय विश्व' के उदय ने चौथे चरण की प्रस्तावना तैयार की। इसने मुद्दों की एक वृहत श्रृंखला के लिए भारत में एक अतिवादी पुनर्विचार को प्रोत्साहित किया और इसने अपना ध्यान रणनीतिक स्वायत्तता को संरक्षित करने की ओर केंद्रित किया। यदि भारत आर्थिक मोर्चे पर शेष विश्व के लिए अपने मार्ग प्रशस्त कर रहा था तो इसकी झलक नई रणनीतिक प्राथमिकताओं और नजरिए में भी दिखाई दे रही थी। 'लुक ईस्ट' की नीति वैश्विक मामलों पर भारत के बदले हुए नजरिए का सार प्रस्तुत करती है, जिसने इजराइल के मुद्दे पर भी इसकी स्थिति में अनुकूलता होते देखी।

यह वह दौर था, जब भारत ने आगे बढ़कर अमेरिका के साथ और ज्यादा गहन साझेदारी की, लेकिन इसने ऐसा संवेदनशील क्षेत्रों में अपनी समानताओं को सुरक्षित रखते हुए किया। रणनीतिक स्वायत्तता की यह तलाश विशेष रूप से अपने परमाणु अस्त्रों से जुड़े विकल्पों को सुरक्षित रखने पर थी, लेकिन इसकी छाप व्यापार समझौतों की वार्ताओं पर भी स्पष्ट दिखाई दी। सदी का अंत आते-आते भारत काफी कुछ कर चुका था, जिसके बाद अब वह और ऊँची छलाँग लगाने के लिए कदम उठाए। 1998 के बाद अब वह घोषित तौर पर एक परमाणु शक्ति था, 1999 में कारगिल में पाकिस्तान के सैन्य दुस्साहस को फिर से ध्वस्त कर चुका था, वैश्विक हितों के योग्य

पर्याप्त आर्थिक वृद्धि उत्पन्न कर चुका था और एक ऐसे अमेरिका को साध चुका था, जो एशिया में विकास और इस्लामिक रूढ़िवाद के परिणामों पर और ज्यादा ध्यान केंद्रित कर रहा था।

इस अधिकाधिक प्रतिस्पर्धी परिवेश ने भारत के लिए संभावनाओं के नए द्वार खोले, विशेषकर तब, जब अमेरिका एकध्रुवीयता के उसी स्तर को बनाए रखने में असहज अनुभव कर रहा था। परिणामस्वरूप भारत ने भिन्न विषयों पर अलग-अलग शक्तियों के साथ काम करने के लाभों को पहचान लिया। यह पाँचवाँ चरण है, जहाँ भारत ने धीरे-धीरे एक संतुलनकारी शक्ति की भूमिका के लिए आवश्यक गुण अर्जित कर लिये। विश्वपटल पर इसकी प्रासंगिकता बढ़ गई और वैसा ही परिणामों को आकार देने की इसकी क्षमता ने भी किया। भारत-अमेरिका परमाणु करार और साथ ही पश्चिम के साथ बेहतर तालमेल में इसकी झलक दिखाई पड़ती है। उसी समय जलवायु-परिवर्तन और व्यापार को लेकर भारत चीन के साथ एकमत हो सका था और ब्रिक्स को एक अहम मंच के रूप में मान्यता देने में सहायक होते हुए भी रूस के साथ संबंधों को बचाकर रख पाया था। कई मायनों में यह पाँचवाँ चरण एक बार फिर से अवसरों का दौर था, जहाँ भारत ने नई स्थितियाँ हासिल करते हुए वैश्विक मंच पर अपने आप को आगे बढ़ाया।

2014 में छठे चरण की शुरुआत के लिए गणनाओं को परिवर्तित करने हेतु ढेर सारी वैकासिक गतिविधियाँ एक साथ आ गईं। शुरुआत करने के लिए चीन ने और ज्यादा रफ्तार पकड़ी तथा दुनिया को इस रफ्तार में विन्यस्त होने के लिए शर्तें उत्तरोत्तर कठिन करता गया। चूँकि संतुलन की गतिविधि परिवर्तन के युग के दौरान बेहतर तरीके से काम करती है, इसलिए जैसे-जैसे नई वास्तविकताओं ने जड़ें जमाईं, यह अपरिहार्य रूप से धीमी कर दी गई। दूसरे सिरे पर अमेरिका का प्रभाव डाँवाँडोल हो रहा था। इराक युद्ध का दौर समाप्त होने के बाद खतरे और बढ़ गए, जिससे इससे निपटने में इस्तेमाल होने वाले अमेरिकी संसाधनों पर खर्च की सीमा को भी आगे बढ़ाना पड़ा। अफगानिस्तान से वापसी का ऐलान और एशिया-प्रशांत क्षेत्र में बढ़ती हुई अरुचि ने तात्कालिक मुद्दों से हटकर एक अलग ही संदेश दिए। अपने स्तर पर यूरोप इस बात की परवाह किए बगैर कि राजनीतिक अज्ञेयवाद की अपनी कीमत होगी, तेजी से अंतर्मुखी हो गया। उत्तरोत्तर महत्व पाने के जापान के प्रयत्न, धीरे-धीरे ही सही, निरंतर दिखाई दे रहे थे। साल 2008 के आर्थिक संकट और वैश्विक आर्थिक पुनर्संतुलन के पूर्ण प्रभाव ने भी कई मायनों में अपनी उपस्थिति का एहसास कराया। जैसे-जैसे विश्व

ने ताकतों के बिखराव और ज्यादा स्थानीय समीकरणों को आकार लेते देखा, यह तय होता गया कि हमारा साक्षात्कार अब बहुध्रुवीयता से होने वाला है। स्पष्ट तौर पर, इसने प्रभुत्ववादी ताकतों के सीमित समुच्चय के साथ राजनीति के व्यवहार से अलग एक नितांत भिन्न दृष्टिकोण की माँग प्रस्तुत की।

इन बदलावों के परिप्रेक्ष्य में वैश्विक सत्ताओं और गठबंधनों का आकलन करके भारत और ज्यादा ऊर्जावान कूटनीति की राह पर चल पड़ा। उसने ऐसा यह आश्वस्त होने के पश्चात् किया कि अब हम कन्वर्जेंस और मुद्दों पर आधारित समझौतों वाले विश्व में प्रवेश कर रहे थे। यह सजगता स्वयं की क्षमताओं की बढ़ती हुई समझ के साथ विकसित हुई थी। इससे न केवल दूसरों की सीमाओं का भान हुआ, बल्कि भारत से शेष विश्व की क्या अपेक्षाएँ हैं, यह भी निकलकर सामने आया। वैसे तो हम लोग विश्व की अहम अर्थव्यवस्थाओं में से एक के रूप में उभरकर आए हैं, यह एक कारक है, फिर भी स्वीकार्य रूप में यह सबसे महत्वपूर्ण है। ग्लोबल टेक्नोलॉजी में हमारी प्रतिभाओं की प्रासंगिकता एक अन्य कारक है, जिसके आगे बढ़ने की पूरी संभावना है। एक ऐसे समय में, जबकि दुनिया ज्यादा संकोची है, बड़े दायित्वों के निर्वहन की हमारी क्षमता भी प्रत्यक्ष है। इसी तरह, अहम वैश्विक समझौतों को आकार देने की हमारी तत्परता, जैसा कि जलवायु-परिवर्तन पर पेरिस में हुआ समझौता, दक्षिणी गोलार्ध के देशों के साथ विकास में सहभागिता के लिए ज्यादा संसाधनों का निवेश भी उल्लेखनीय है। यह भी कम नहीं था कि जिस प्रकार हमने स्वयं के क्षेत्रीय दायरे और विस्तारित पड़ोस से सामंजस्य स्थापित किया, उसकी विपुल प्रतिध्वनि दूर तक गई।

इन छह चरणों में से प्रत्येक के अपने उतार-चढ़ाव रहे थे। एक का अंत दूसरे के आरंभ का द्योतक बन सका। 1971 की बांग्लादेश की लड़ाई और 1998 के परमाणु परीक्षण सकारात्मक कृत्यों की श्रेणी में आते हैं, लेकिन नकारात्मक परिणामदायी कृत्य अहम परिवर्तनों के बाधित प्रवाह के लिए संभवत: ज्यादा जिम्मेदार थे। 1962 में चीन के खिलाफ पीछे हटना एक मिसाल थी। खाड़ी युद्ध, सोवियत संघ का विघटन, 1991 में आर्थिक ठहराव और घरेलू विक्षोभ का एक साथ आना जैसे घटनाक्रमों का संयोजन, दूसरा उदाहरण है। इसलिए भले ही अतीत को लेकर रूढ़िवादी नहीं होना है, लेकिन इसके साथ ही यह भी उतना ही जरूरी है कि इसको खारिज भी नहीं करना है। यह भी महसूस करना अत्यंत महत्वपूर्ण है, क्योंकि हमारी नीति में निरंतरता और परिवर्तन दोनों के ही अंश उपस्थित हैं। सैद्धांतिक रूप से हर एक चरण की कल्पना, पूर्ववर्ती चरण को

नकारने अथवा उसका बाह्य आकलन करने वाले की अपेक्षा उसे आगे बढ़ाने वाले रूप में की जा सकती थी। इस प्रकार वह स्वतंत्र मानसिकता, जिसने गुटनिरपेक्षता को आगे बढ़ाया और फिर हमारे रणनीतिक निवेश का संरक्षण किया, उसे आज बहु–साझेदारियों के माध्यम से बेहतर तरीके से अभिव्यक्त किया जा सकता है।

विदेश नीति के सत्तर साल निश्चय ही ढेर सारे सबक देते हैं, विशेषकर जब हम भविष्य की चुनौतीपूर्ण राह के विषय में विचार करते हैं। समय और परिणामों दोनों के संदर्भ में वे एक वृहत श्रृंखला में फैले दिखाई देते हैं। हमारे प्रदर्शन का एक निष्पक्ष आकलन यह दिखाएगा कि जबकि कुछ प्रतिद्वंद्वियों ने बेहतर कर दिखाया, हमने स्वयं भी उतना खराब प्रदर्शन नहीं किया। कई चुनौतियों को ध्वस्त करते हुए भारत ने अपनी एकता और अखंडता को अक्षुण्ण रखा। ये हमें किसी के द्वारा दी नहीं गई थीं। जबकि हम यह देखते हैं कि सोवियत संघ और यूगोस्लाविया जैसे वैविध्यपूर्ण समाज ऐसा करने में असफल रहे। भले ही कृषि में प्रकृति पर हमारी निर्भरता घट गई थी, लेकिन औद्योगिक क्षमताओं वाला एक आधुनिक समाज समय के साथ विकसित हुआ। रक्षा तैयारियों में सुधार हुआ, साथ ही उपकरणों और तकनीक के अनेक स्रोतों तक पहुँच बना लेना कूटनीति की अहम उपलब्धि रही।

फिर भी यह एक सच्चाई है कि आजादी के सत्तर सालों में भी सीमा विवाद के हमारे कई मसले अनसुलझे रहे। आर्थिक क्षेत्र के मानदंडों पर हमारी स्थिति अपने अतीत की तुलना में बेहतर प्रतीत हो सकती है। यह चीन और दक्षिण–पूर्व एशिया से तुलना में थोड़ा भिन्न प्रतीत हो सकता है। इसलिए वास्तव में जो अहमियत रखता है, वह है—अपने स्वयं के प्रदर्शन के विषय में एक प्रखर बोध को विकसित करना। इसको विकसित करने में मूल्यांकन की प्रक्रिया सहायक हो सकती है, लेकिन यह पूरी ईमानदारी के साथ उस युग के संदर्भों के परिप्रेक्ष्य में तय होनी चाहिए।

प्रबल स्वतंत्रता की भावना हमारी नीतियों के विकास की प्रक्रिया में एक अटूट धागे की भाँति उपस्थित है। अतः यह संभवतः लाभकारी प्रतीत होता है कि हम गुटनिरपेक्षता को, एक अद्यतन समझ के साथ, आरंभ करें। 1962 के संघर्ष तक भारत का प्रयास उन दोनों ही गुटों से अधिकतम लाभ की प्राप्ति का रहता था, जो शीतयुद्ध की उपज थे। यह पश्चिम से आर्थिक और खाद्य सहायता प्राप्त करने में और साथ–ही–साथ सोवियत ब्लॉक से औद्योगीकरण में सहयोग हासिल करने में सफल रहा। अपनी सुरक्षा जरूरतों के लिए भारत ने दोनों पक्षों तक आंशिक कामयाबी के साथ पहुँच बनाई

थी और अंततोगत्वा सोवियत संघ से अपेक्षित क्षमताएँ हासिल कीं।

यद्यपि अधिक महत्वाकांक्षा और कम निरंतरता के साथ भिन्न तरीकों से चीन ने भी इसी तरह की चेष्टा की थी। वास्तव में, एक की दृढ़ता का सामना दूसरे की अवरोधक क्षमता से हो गया। यह एक सार्वजनिक प्रश्न है कि क्या एक पक्ष दूसरे के तरीके को अपना सकता था? संभवत: ये उनके मूल चरित्र के परिचायक थे। बीच का रास्ता, भारत के लिए न केवल एक नीतिगत विकल्प था, बल्कि इसने वैषम्यपूर्ण संरचनात्मक तनावों को भी प्रतिबिंबित किया। पश्चिम के साथ भारत उत्तर-औपनिवेशिक आर्थिक, सामाजिक और राजनीतिक संबंधों के एक व्यापक नेटवर्क से जुड़ा था, लेकिन शीतयुद्ध के दबावों ने इस नजदीकी को आवश्यकता से अधिक बढ़ने से रोक दिया। सोवियत संघ के साथ योजनाबद्ध आर्थिक प्रतिरूप और औद्योगिक आकांक्षाओं ने एक उत्साह पैदा कर दिया, जोकि बहुलवादी राजनीतिक मान्यताओं के विपरीत संतुलित था। जैसे-जैसे भारत अपने राष्ट्रीय एकीकरण को सुदृढ़ करने के काम में आगे बढ़ा, दोनों पक्षों ने अलग-अलग समय में इसके हितों को साधने में सहयोग किया। सबसे महत्वपूर्ण यह है कि उन्होंने इसे अपना राजनीतिक दायरा बढ़ाने में उस समय मदद की, जब ढेर सारे राष्ट्र पुन: स्वतंत्र हो रहे थे। इसने 1950 के दशक के दौरान भारत को स्वयं का एक डोमेन बनाने और छवि गढ़ने के लिए नेतृत्व का अवसर मुहैया कराया।

व्यापक अवधारणाओं को नीतियों, हितों और परिणामों में परिवर्तित करना सदैव आसान नहीं होता। गुटनिरपेक्षता भी इस नियम का अपवाद नहीं थी। भारत का पश्चिम के साथ तालमेल पूरी तरह से यूरोप केंद्रित था और अमेरिकी श्रेष्ठता की नई व्यवस्था की आवश्यकताओं पर उसका समुचित ध्यान नहीं था। यह पाकिस्तान की आभिजात्य लॉबी द्वारा नए सुपर पावर से संबंधों की उर्वरता बढ़ाने के सुदृढ़ प्रयासों के विपरीत था। वृहत्तर वैश्विक धरातल पर अमेरिका के साथ मतभेदों ने भी पाकिस्तान को उसका समर्थन और सशक्त करने में उस हद तक मदद की कि अंततोगत्वा 1965 की लड़ाई में वह रणनीतिक रूप से उच्चतर स्थिति में पहुँच गया। वहीं दूसरी ओर सोवियत संघ के साथ राजनीतिक संबंध शुरू होने से आरंभिक सफलताएँ मिलने लगीं, जिनमें जम्मू-कश्मीर के मुद्दे पर संयुक्त राष्ट्र में मिलने वाला समर्थन भी शामिल है, हालाँकि इस संबंध के सुरक्षा संबंधी आयाम को खुलने में ज्यादा वक्त लगा। सोवियत संघ के चीन के साथ वैचारिक संबंध तनाव की स्थिति में भी जारी रहने के फलस्वरूप 1962 की घटनाओं में उसकी भूमिका सीमित ही रही।

एक दिलचस्प पहलू यह भी है कि गुटनिरपेक्षता ने भारतीय कूटनीति के द्विपक्षीय और बहुपक्षीय संतुलनों पर भी असर डाला। एक वैश्विक व्यक्तित्व गढ़ने की कोशिश कभी-कभार राष्ट्रीय हितों के संकुचन की कीमत पर हुई। अंतरराष्ट्रीय प्रभाव बढ़ाने का एक प्रत्यक्ष प्रयास अंततोगत्वा एक गंभीर भटकाव के रूप में अपने अंजाम तक पहुँचा। 1960 में नेहरू की पाकिस्तान यात्रा के दौरान और पुनः 1962 में चीन के मोर्चे पर स्थितियों के बिगड़ने के दौरान, अहम सदस्यों की संयुक्त राष्ट्रीय कर्तव्यों के प्रति प्रतिबद्धता अपने आप में भारतीय प्राथमिकताओं की बदतर हालत की कहानी कहते हैं। सत्य का पल तो वास्तव में 1962 का संघर्ष स्वयं था, लेकिन इसकी तैयारी और उसका संचालन दोनों, सत्ता को लेकर भारत की समझ की कमी की पुष्टि करते हैं।

हम यह मान सकते हैं कि 1962 तक होने वाली घटनाएँ पहले से नियत थीं। असल में 'विश्वासघात' का नैरेटिव तो उच्चतम स्तरों पर हुई नीतिगत असफलता के उत्तरदायित्व की गंभीरता को कम करने के लिए बुना गया था और इस कथानक ने इतनी गहरी जड़ें जमा लीं कि इसके बाद चीन को विलेन बनाकर उसे इस दौर में भारत-चीन संबंधों के एक निरपेक्ष विश्लेषण की राह का रोड़ा बना दिया गया। सीमा पर दावों के स्पष्टीकरण से इतर भी कुछ मुद्दे हैं, जिन्हें चीन के सामने भारत के वृहत्तर रुख के संदर्भ में देखे जाने की जरूरत है।

भारतीय व्यवस्था के भीतर इस बात पर एक वास्तविक विमर्श हुआ कि 1950 में तिब्बत में चीन के दखल के पश्चात् हमें वे कदम उठाने चाहिए थे, जो आज सामान्य सरहद के रूप में मौजूदा स्थिति के लिए निर्णायक सिद्ध होते। यह पूरी तरह से काल्पनिक मुद्दा नहीं है, क्योंकि इस बिंदु पर गंभीर सुझाव बहुत वरिष्ठ नीति निर्माताओं द्वारा प्रस्तुत किए गए थे। प्रधानमंत्री नेहरू को सरदार पटेल द्वारा लिखा गया मशहूर पत्र इसी आंतरिक मंथन का हिस्सा है। फिर भी संभवतः तात्कालिक घर्षण को बचाने की जो इच्छा थी, उसके चलते निर्णय यह हुआ कि ऐसी किसी भी स्थिति का सामना करने को टाल दिया जाए।

उस समय चीन अंतरराष्ट्रीय बिरादरी में और ज्यादा एकाकी था और तिब्बत के मुद्दे पर भी उसकी नीति इतनी सख्त नहीं हुई थी, जैसा इसने 1959 में किया था। स्वयं मुद्दे से भी कहीं ज्यादा जो निकलकर सामने आती है, वह कठिन मसलों को टालने की प्रवृत्ति है। कठिन फैसलों से बचना परमाणु विकल्पों के संदर्भ में भी उतना ही सच रहा। यही मानसिकता 1962 की लड़ाई के दौरान निर्णय निर्माण की प्रक्रिया में सैन्य नेतृत्व

की भागीदारी सीमित रखने के लिए भी जिम्मेदार रही। परिणामस्वरूप नाकामी का पहला संकेत यह मिला कि सहयोग और सलाह के लिए हम दूसरों का मुँह देखने लगे।

1962 से भारत ने पूरे एक दशक के लिए पूरी रूढ़िवादिता से वापसी की, हालाँकि वह आंशिक रूप से ही सफल रहा। घरेलू मोर्चे पर भारत हार के सदमे से उबरता दिखाई दिया, साथ ही पश्चिम को उसकी सहायता के एवज में जम्मू-कश्मीर के मुद्दे पर पाकिस्तान को भौगोलिक रियायतें देने का विरोध किया। राजनीतिक अस्थिरता ने, जिसमें उत्तराधिकार सौंपने की प्रक्रिया भी शामिल है, मानसूनों की असफलता से उत्पन्न आर्थिक संकट को बढ़ा दिया। तमिलनाडु से लेकर पंजाब तक घरेलू राजनीतिक आंदोलनों ने आजादी के आरंभिक वर्षों में प्राप्त स्थायित्व के संदेश को नकार दिया। पूर्ण रूप से अनुपयुक्त नहीं होते हुए भी हमारा देश एक 'भयावह दशक' में प्रवेश करता दिखाई दिया। दुनिया अभी भी स्वयं में पूरी तरह द्विध्रुवीय थी, पर अब दोनों महाशक्तियों की एक समान रुचि चीन को रोकने के लिए काम करने पर बन चुकी थी। उल्लेखनीय रूप में भारत इस साझा प्रयास के अहम केंद्रबिंदुओं में से एक था, हालाँकि चीन के फ्रंट पर अपेक्षाकृत स्थिरता बनी रही—खासकर इसलिए क्योंकि वह देश सांस्कृतिक क्रांति की प्रक्रिया में उतर चुका था—पाकिस्तान का मोर्चा उत्तरोत्तर खतरनाक होता गया, जिसकी परिणति 1965 के संघर्ष के रूप में हुई। महाशक्तियों का गठजोड़ भारत को ताशकंद में एक मुश्किल समझौते के लिए विवश करने पर पूरी ताकत से काम कर रहा था। आर्थिक संकट विकट हो चुका था और वियतनाम के मुद्दे पर अमेरिकी दबाव बढ़ रहा था। साथ ही भारत ने भी रूस द्वारा पाकिस्तान को दिए गए एक संदेश को देखा, जोकि उपमहाद्वीप की वास्तविकता को लेकर इसकी समझ का संकेत था। यह दौर यथार्थ की दो असाधारण घटनाओं के साथ चरम पर पहुँचा, जोकि कारण और परिणाम दोनों थीं।

पहली घटना, 1971 के दौरान अमेरिका और चीन के मेल की, जिसे पाकिस्तान को सहूलियतें देकर प्राप्त किया गया और जिसने बुनियादी रूप से वैश्विक रणनीतिक परिदृश्य को बदल दिया। दूसरी, इससे प्रत्यक्ष रूप से प्रभावित होने वाले दो पक्षों की प्रतिक्रिया रही, जिसकी परिणति भारत-सोवियत संधि के रूप में सामने आई। भारत के लिए यह गुटनिरपेक्षता और सामरिक सुरक्षा के मध्य एक समझौते की भाँति नजर आया। निश्चित रूप से इसको प्रेरित करने वाले कारक पाकिस्तानी नेतृत्व के वे फैसले रहे, जो अंततोगत्वा इसे भारत के साथ एक युद्ध की ओर ले गए। यह अनुमान लगाने की तीव्र उत्कंठा जाग्रत होती है कि क्या अंतरराष्ट्रीय कूटनीति के कठिन दिनों में भारत

ने इतना कठोर फैसला लिया होगा, हालाँकि हम यह कभी नहीं जान पाएँगे, लेकिन वास्तविकता यह है कि 1971 की लड़ाई ने 1962 के पलटवारों की आंशिक रूप से भरपाई कर दी। इससे भी अहम यह कि पाकिस्तान के साथ समतुल्यता को खत्म कर भारत ने वृहत्तर क्षेत्रवाद के दौर की शुरुआत कर दी।

वास्तव में, इस चरण ने 1962 से पहले की प्रवृत्ति को चुनौती दी और इसके लिए उसको संभवतः स्वयं परिणामों से भी ज्यादा महत्त्व मिलना चाहिए। 1965 में आरंभिक लड़ाई को जम्मू-कश्मीर से आगे ले जाने की इच्छा इसका एक उदाहरण था। यह एक ऐसा परिदृश्य नहीं था, जिसके लिए पाकिस्तान ने समुचित रूप से तैयारी कर रखी थी। अपनी जमीन पर अपेक्षाकृत बेहतर हथियारों के साथ पाकिस्तानी सेना से निपटना दूसरा उदाहरण था। 1965 और 1971 दोनों ही लड़ाइयों में सेना को ज्यादा छूट और अपनी बात रखने की स्वीकृति मिली, जिससे दोनों ही मामलों में बेहतर नतीजे सामने आए। यही मामला 1967 में नाथू-ला में जवाबी कार्रवाई के साथ भी रहा। 1971 में रणनीतियाँ सेना के इस्तेमाल की तैयारियों के लिए अतिरिक्त रूप से ज्यादा बेहतर रहीं, जिनमें सोवियत संघ के साथ की गई वो संधि भी शामिल है, जिसे उस समय एक रूढ़िवादी उपाय समझा जाता था। अगर इन दोनों विरोधाभासी दौर से वर्तमान के लिए कुछ सबक हैं तो वे भारतीय राष्ट्रीय सुरक्षा तंत्र और टाली न जा सकने वाली चुनौतियों से निपटने की चिंतन प्रक्रिया के बीच व्यापक स्तर पर पारस्परिक क्षैतिज समन्वय के हैं।

उसके बाद का समय, जोकि युद्ध के मैदान में निर्णायक नतीजे का रहा, 1971 में शुरू हुआ था। पाकिस्तान का विभाजन, जिसके स्वयं में गंभीर परिणाम रहे और जिनका असर पूरे क्षेत्र में आज भी खत्म नहीं हुआ है। गैर-इरादतन तरीके से जंग के दौरान अमेरिका और चीन द्वारा आधे मन से की गई पाकिस्तान की मदद ने केवल भारत की प्रतिष्ठा में वृद्धि ही की है। फिर भी यह सत्ता की प्रकृति है कि वह लगातार अपने फलक को व्यापक करती रहती है और बिल्कुल यही काम भारत ने भी जंग के बाद के दौर में किया। थोड़े से अंतराल में अमेरिका के साथ संबंध सुधारने के प्रयत्न हुए, जिसके चलते हेनरी किसिंजर 1973 में भारत दौरे पर आए। किसिंजर स्वयं भी इस बात से भलीभाँति अवगत थे कि यह 1971 की घटनाओं के बाद संतुलन फिर से साधने के लिए किए जा रहे प्रयत्न हैं। इसलिए 1974 के परमाणु परीक्षण के बाद अमेरिका की प्रतिक्रिया बेहद शालीन रही। भारत के लिए इससे ज्यादा दुष्कर कार्य 1976 में चीन

के साथ संबंध बहाल करने और पंद्रह वर्षों के बाद वहाँ राजदूत भेजने के फैसले का रहा। दोनों गतिविधियों को विकल्पों के विस्तार के तौर पर देखा जा सकता है। भारत की दूरदृष्टि का विस्तार तीसरे विकल्प के रूप में यूरोप को तैयार करने के प्रयासों के रूप में देखा जा सकता है। जगुआर, मिराज और एच.डी.डब्ल्यू. पनडुब्बियों के अधिग्रहण इसी प्रतिरक्षा के प्रमाण हैं। 1982 और 1985 में प्रधानमंत्री की अमेरिका यात्रा, साथ-ही-साथ हलके लड़ाकू विमानों समेत रक्षा सहयोग की संभावित बहाली, इससे आगे का संकेत देते हैं। चीन के साथ सीमा संबंधी वार्ता 1981 में बहाल हुई और नेतृत्व स्तर की चर्चा के शिखर तक 1988 में पहुँची।

भारत के बढ़ते उत्कर्ष की शंख-ध्वनि सबसे पहले समीपवर्ती पड़ोस में सुनाई पड़ी। सबसे अहम चुनौती पाकिस्तान था और 1972 में शिमला में भारत ने उदार होने का निर्णय किया। ऐसा नहीं था कि स्वयं सोवियत संघ या फिर अंतरराष्ट्रीय बिरादरी की ओर से कोई दबाव नहीं था। इसमें पाकिस्तान की राजनीति की दिशा को आकार देने की एक स्वाभाविक आकांक्षा भी थी, लेकिन उसके पास मौजूद विकल्पों की रोशनी में नतीजों को देखकर समकालीन पर्यवेक्षक भी हैरान रह गए। इसके नकारात्मक परिणामों को सामने आने में वक्त लगा, लेकिन अगर वे आए भी तो भारत ने अपने हितों को लेकर अतीत की अपेक्षा अब ज्यादा बलपूर्वक अपना दावा पेश किया। बढ़ती हुई चिंताओं के बीच सियाचिन ग्लेशियर के मुद्दे से निपटने के लिए निर्णायक कदम उठाए गए। श्रीलंका के साथ जातीय संघर्ष की चिंता को एक ऐसे समझौते में तब्दील किया जाना था, जिसकी गारंटी इंडिया ने दी थी, हालाँकि यह एक अलग मुद्दा है कि यह पहल उलटी पड़ गई, लेकिन इसका हलफनामा देना ही अपने आप में कम भरोसे की बात नहीं थी, जब मालदीव पर भाड़े के लड़ाकुओं ने हमला किया तो भारत ने दूसरी शक्तियों के साथ बातचीत करने के बाद वहाँ सैनिक भेजकर कार्रवाई का फैसला करने का निर्णय लिया। चाहे दक्षिण एशिया के परिप्रेक्ष्य में हो या चीन के, भारत राष्ट्रीय सुरक्षा से जुड़े अपने हितों को बचाने आगे आया। क्षेत्र से बाहर की नौसेनाओं की हिंद महासागर में उपस्थिति को सीमित करने के लिए भी भारत ने एक राजनयिक कैंपेन शुरू किया। कुल मिलाकर भारत की छवि एक ऐसी उभरती हुई क्षेत्रीय शक्ति की है, जो न केवल अपने हितों को लेकर रक्षात्मक है, बल्कि एक उत्तरदायी पड़ोस बनाने को लेकर भी और ज्यादा आशावादी है।

यह कहना उचित नहीं होगा कि इस चरण के दौरान सारी चीजें भारत की अपेक्षाओं

के अनुकूल रहीं। हालाँकि अगस्त 1975 में शेख मुजीबुर्रहमान की ढाका में हत्या ने 1971 की उपलब्धियों पर पानी फेर दिया। शीतयुद्ध की राजनीति और पाकिस्तान द्वारा इस्लामिक देशों के इस्तेमाल, इन दोनों ने मिलकर 1975 में सुरक्षा परिषद् के चुनाव में भारत का रास्ता रोक दिया। 1979 में वियतनाम पर चीन के हमले ने भारत की नीतियों में सुधार को अस्थायी रूप से रोक दिया और संभवत: सुधार की जो गंभीर कोशिशें होने की प्रक्रिया में थीं, उन्हें कमजोर भी कर दिया। अफगानिस्तान पर सोवियत कब्जा और भी ज्यादा जटिल साबित हुआ, क्योंकि इसने पाकिस्तान के लिए अमेरिकी सैन्य समर्थन का एक नया दौर प्रारंभ कर दिया। वास्तव में, यह दौर खासतौर पर विनाशकारी साबित हुआ, क्योंकि इसने बड़े पैमाने पर इस्लामिक चरमपंथ को उभरने का मौका दे दिया। चीन-पाकिस्तान गठजोड़, जोकि चीन की सांस्कृतिक क्रांति के दौरान हाशिए पर चला गया था, उसकी भी वापसी हो गई। 1979 में काराकोरम हाइवे के जरिए दोनों देशों के बीच सड़क मार्ग का संपर्क, मिसाइल और न्यूक्लियर क्षेत्र में गहन सहयोग तथा अफगानिस्तान में कार्रवाई को लेकर दोनों के बीच तालमेल इसके तीन प्रमुख तत्व थे। इन सबके दुष्परिणाम भारत आज भी सह रहा है।

लगभग उतना ही महत्वपूर्ण चीन का पूर्वी सेक्टर के संदर्भ में सीमा विवाद संबंधी वार्ताओं पर अपनी स्थिति बदलने का फैसला था। पाकिस्तान के दोबारा से दुश्मनी शुरू करने और अफगानिस्तान पर पश्चिम की शत्रुता दोनों ने मिलकर देश से बाहर खालिस्तान आंदोलन के पनपने के लिए उर्वर जमीन तैयार कर दी। इसके समर्थन के स्रोतों की बात करें तो अफगानिस्तान में सोवियत रूस की मौजूदगी ने इसकी स्थिति को और पेचीदा कर दिया, जिससे किसी हाल में उबरना कतई संभव नहीं था, जैसे ही सोवियत संघ उस समय दबाव में आया, जब भारत भी दबाव में था, दोनों देश एक-दूसरे के और करीब आ गए। भारत के लिए जो चीज एक वैश्विक विरोधाभास के प्रभावी रूप में दोहन से शुरू हुई थी, उसका अंत कुछ नतीजों के गतिरोधक बन जाने में हुआ।

1980 का दशक संभवत: 1960 के दशक की तुलना में और अधिक अंतर्दृष्टि प्रदान करता है, विशेष रूप से रूपांतरण की घटनाओं का साक्षी बनकर। इनमें से तीन घटनाएँ विशेष रूप से ध्यान आकर्षित करती हैं। वैश्विक राजनीति के अध्ययन के रूप में अफगानिस्तान, सैन्य अभियान की चुनौती के रूप में श्रीलंका और विरोधाभासों का लाभ उठाने के रूप में चीन। बिना किसी संशय के यह कहा जा सकता है कि इनमें

सबसे अहम अफगानिस्तान जिहाद था। पीछे मुड़कर देखें तो यह स्पष्ट प्रतीत होता है कि भारत यह आकलन करने में चूक गया कि पश्चिमी देश अफगानिस्तान की लड़ाई का इस्तेमाल सोवियत संघ को नुकसान पहुँचाने के लिए किस हद तक करेंगे। इससे भी आगे देखें तो उनके प्रबल समर्थन ने पाकिस्तान के लिए अपने न्यूक्लियर प्रोग्राम को आगे बढ़ाने के रास्ते खोल दिए। इस बात पर बहस हो सकती है कि भारत अगर हालात को सही तरीके से परख लेता तो भी इस मामले में इसके विकल्प न के बराबर थे, लेकिन इन घटनाओं के दुष्परिणामों को पीछे छोड़ने में हमारी एक पूरी पीढ़ी तो लग ही गई। आज इस तथ्य में संतुष्टि का एक विकल्प खोजा जा सकता है कि पहले वाला जिहाद पश्चिमी देशों को परेशान करने के लिए लौट आया है, लेकिन इस दौर के रणनीतिक नुकसान की पूरी व्याख्या कठिन है। जहाँ तक बात सोवियत संघ पर इसके विध्वंसक प्रभाव की है तो यह वास्तव में कल्पना से परे एक अप्रत्याशित घटना थी, जिसके होने का अनुमान तो उस युग के दिग्गज विश्लेषक भी नहीं लगा पाए थे।

दूसरा मुद्दा, जिस पर अपेक्षित ध्यान नहीं दिया गया, वह था—श्रीलंका में शांति व्यवस्था कायम करने में हस्तक्षेप। चंद बरस पहले ही अमेरिका भी लेबनान में ऐसी ही स्थिति का सामना कर चुका था। सवाल विदेशी जमीन पर सैनिकों को उतारने का था। उँगलियाँ कई दिशाओं में उठाई जा सकती थीं, जिनमें स्थानीय दृष्टिकोण और रुचियों की सीमित समझ, तैयारी का अभाव, गुप्त सूचनाओं का अभाव और उग्रवाद के खिलाफ जवाबी कार्रवाई का रणकौशल शामिल हैं। दिलचस्प बात यह है कि इसी दौर में भारतीय सुरक्षाबलों ने पंजाब और जम्मू-कश्मीर में पृथकतावादी ताकतों से लड़ने में अदम्य साहस और दृढ़ संकल्प का परिचय दिया। जैसे-जैसे ये यादें धुँधली होती हैं और विदेशी जमीन पर सैनिकों की तैनाती की माँग की पुनरावृत्ति होती है, यह अत्यावश्यक है कि भारत इसकी अनिवार्यता पर इसके लिए चुकाई जाने वाली कीमत के साथ सावधानीपूर्वक विचार करे।

चीन की उदय-गाथा भारत के लिए खासतौर पर शिक्षाप्रद है। 1970 के दशक के उत्तरार्ध में यह सोवियत संघ के खिलाफ एक संयुक्त मोर्चा गढ़ने के लिए कूटनीतिक मुहिम चला रहा था। यह बात 1971 में बांग्लादेश की लड़ाई में यहाँ तक कि परोक्ष रूप में भी, उसके हस्तक्षेप की अनिच्छा के विपरीत थी, जबकि निक्सन प्रशासन भी उससे दखल देने का आह्वान कर रहा था। इस दौरान जो चीज बदली, वह थी—अमेरिका और सोवियत संबंधों में सहयोग के उन धागों को तोड़ने की इच्छा, जो चीन के रणनीतिक

प्रसार को संकुचित कर रही थी। इसलिए इसने वियतनाम और अफगानिस्तान दोनों संघर्षों को उस हद तक इस्तेमाल किया और इस तरह से पश्चिमी निवेश के प्रवाह के लिए एक अनुकूल राजनीतिक परिवेश तैयार हो गया। इतना कि जब तियानमेन (Tiananmen) की घटना हुई तो विदेशों में इस नुकसान को कमतर बताने वाले चीन के पर्याप्त हिमायती मौजूद थे। सोवियत संघ के विघटन से अपने रणनीतिक उद्देश्यों से भी ज्यादा हासिल होने के बाद चीन ने अपनी रणनीति बदल ली और दबाव में आ रहे रूस के साथ हो लिया। एक भारतीय के लिए, जो उस दौर का मूल्यांकन कर रहा है, यह एक रोचक तथ्य है कि एक प्रतिद्वंद्वी, जो ज्यादा बड़े जोखिम उठाने और रणनीतिक स्पष्टता को बनाए रखने के लिए तैयार था, उसने न केवल एक दशक पहले ही आर्थिक विकास में शुरुआती बढ़त पा ली, बल्कि और ज्यादा अनुकूल भू-राजनीतिक संतुलन भी बना लिया, जो फिर से स्थिरता के लिए काफी था।

यद्यपि राजनीतिक अनिश्चितता और राष्ट्रीय क्षीणता के चलते 1960 के दशक को खतरनाक दशक की संज्ञा दी गई, यही संज्ञा 1990 के दशक को भी दी जा सकती है। 1991 के भुगतान संतुलन का संकट केवल वही सच सामने लाया, जो पिछली पीढ़ी के नीतिगत नतीजों का संचय था। एक-चौथाई दशक के बाद उन घटनाओं पर उपलब्ध साहित्य व्यापक रूप से घरेलू चुनौतियों पर ही फोकस करता है। विदेश नीति की स्थिति, चाहे जो हो, कम पीड़ादायी नहीं थी और इसने उबरने का रास्ता खोजने में बहुत अधिक पटुता और साहस की जरूरत पड़ी। सोवियत संघ का विघटन उस बुनियादी प्रस्तावना को कमजोर कर चुका था, जिससे भारतीय विदेश नीति 1971 से संचालित हो रही थी, संभवतः 1955 से ही। उससे भी बदतर यह कि रूस जिसकी राह पर तुरंत बाद चलने लगा, उसने भी लगभग पूरी तरह से पश्चिम पर ध्यान केंद्रित कर रखा था और कुछ समय के लिए भारत से संबंधों को काफी हद तक कम कर लिया था। ऐसी स्थिति में भारत की प्रतिक्रिया काफी परिपक्व थी। रूस की अहमियत को बनाए रखते हुए, साथ ही चीन से भी संपर्क स्थापित करते हुए, इसने अमेरिका के साथ और ज्यादा गहन तालमेल की व्यवस्था बनाई। इसी दौर में भारतीय अर्थव्यवस्था को खोल दिया जाना भी स्पष्ट रूप से इन देशों के साथ रिश्तों के लिए सहायक हुआ।

निरंतर परिवर्तन के इस दौर में आसियान ने एशियाई अर्थव्यवस्थाओं के साथ भारत के आपसी संपर्क को सरल बनाने में अहम भूमिका निभाई और भारत के लिए विदेश नीति की एक नई धुरी बनकर उभरा, जिससे उसकी जड़ें हिल गई थीं। आसियान के साथ

बढ़ती हुई भागीदारी और आसियन रीजनल फोरम में भारत के शामिल होने के दूरगामी परिणाम थे, जिसका अंदाजा भी उस दौर में लगाया नहीं जा सका था। इसने न केवल भारत की चिंतन प्रक्रिया को प्रभावित किया, बल्कि जापान और दक्षिण कोरिया से रिश्ते बढ़ाने के रास्ते खोल दिए। कई मायनों में बंदोबस्ती के इस दौर ने एक ऐसे भारत की बुनियाद रख दी, जो अंतरराष्ट्रीय मामलों में कई आयामों में बड़ी सहजता से काम कर सकता था। जब भारत की विदेश नीति की अभिधारणाओं पर सवाल उठाए जा रहे थे और वह एक कठिन स्थिति से बाहर आने के रास्ते तलाश रहा था, संभव है कि इस चरण ने इसकी राह बनाई हो।

लेकिन यह समय बीतने के साथ यह रणनीतिक स्वायत्तता की एक वृहत योजना के रूप में विकसित हुआ। दिलचस्प यह है कि ऐसा तब हुआ, जब इसकी शासन व्यवस्था वास्तविक तनाव में थी और इसको आंतरिक रूप से भी खतरे का आभास हो चुका था। पहला तनाव परमाणु अस्त्र विकल्प को लेकर था और आरंभिक चुनौती बिना सीधे टकराव के इसे जारी रखने की थी। जिस तरीके से व्यापक परमाणु परीक्षण प्रतिबंध संधि का खाका तैयार किया गया था, उसके बाद भारत के पास अंततोगत्वा अपने परमाणु विकल्पों के अभ्यास के अलावा कोई रास्ता नहीं बचा।

ट्रिप्स (TRIPS) और क्योटो प्रोटोकॉल पर सौदेबाजी के दौरान पश्चिमी देशों की माँगों से साक्षात्कार होने पर आर्थिक और विकास से जुड़े हितों की सुरक्षा को लेकर भी इसी तरह की चुनौतियाँ सामने आईं। जम्मू-कश्मीर में बिगड़ते हालात भी एक घरेलू मुद्दे के रूप में इस नाजुक परिस्थिति में भारत की स्थिति को कमजोर कर रहे थे। इस मुद्दे के अंतरराष्ट्रीयकरण के प्रयास और इस पर अमेरिका की चिरकालीन स्थिति में भयभीत करने वाले बदलावों ने भी चिंताएँ बढ़ा दीं। उस पीढ़ी के नेतृत्व को इस बात का श्रेय दिया जाना चाहिए कि एक कठिन स्थिति से वे बहुत कुशलतापूर्वक उबर पाए। कुछ मामलों में लंबी अवधि से लंबित विषयों में सुधार, जैसे इजराइल के साथ संबंध और बेहतर करने की प्रक्रिया, ने भी सहायता की। सामंजस्य और अग्रगामी सोच के गठजोड़ से दशक के अंत तक भारत की स्थिति में सुधार दिखाई देने लगा और ऐसा ही इसकी अर्थव्यवस्था में भी रहा। 1998 के परमाणु परीक्षण और शस्त्रीकरण की घोषणा उल्लेखनीय पड़ाव साबित हुए, क्योंकि इसने न केवल चिरलंबित असमंजस का निर्णायक हल दे दिया, बल्कि भविष्य में बनने वाली एक प्रखर नेतृत्व शक्ति का गुण भी विकसित कर दिया।

ऐसा करने में हुई देरी से पाकिस्तान को संतुलन बनाने का मौका तो मिला, लेकिन उस देश की राजनीतिक और आर्थिक कमजोरियों ने उसकी कोशिशों को महत्वहीन कर दिया। एक साल बाद, कारगिल संघर्ष ने, पाकिस्तान की चुनौती को पुनः एक प्रत्यक्ष उत्तरदायित्व की भावना के साथ साधने का अवसर दिया। इसी दौर में इंटरनेट अर्थव्यवस्था के प्रसार ने अमेरिका के साथ एक नया रिश्ता बना दिया और भारत को वैश्विक पटल पर एक तकनीकी शक्ति के रूप में दृढ़ता से स्थापित कर दिया। राष्ट्रपति पुतिन के सत्ता सँभालने के साथ ही रूस के पुनरुत्थान के वादे ने शताब्दी के अंत तक भारत के लिए आशाओं का मार्ग प्रशस्त कर दिया।

इक्कीसवीं सदी के आरंभ पर सबसे पहला अंतरराष्ट्रीय संदर्भ एकध्रुवीयता की निरंतरता थी, हालाँकि परेशानियों के आरंभ होने के संकेत नजर आने शुरू हो गए थे। अमेरिका के तकनीकी प्रभुत्व ने उभरती हुई अर्थव्यवस्थाओं के सतत विकास को निष्प्रभावी कर दिया था। यह संभवतः वही तथ्य था, जिसकी वजह से अमेरिका ने चीन की त्वरित आर्थिक वृद्धि और व्यापार अवसरों का लाभ उठाने की अद्‌भुत क्षमता को कमतर समझ लिया था। यूगोस्लाविया में संघर्ष ने पश्चिमी ताकतों को फिर से अपने प्राधिकार की मुहर लगाने का अवसर दे दिया था। प्रत्यक्ष रूप से यह उन दीर्घकालीन खतरों के लिए था, जो उन्हें जल्दी ही निशाना बनाते। यह अचरज की बात नहीं है कि इस दौर में भारत और अमेरिका के रिश्ते अच्छी तरह से सुधरे और उन मुद्‌दों को पीछे छोड़ने का इरादा बना, जो उनकी प्रगति की राह में बाधा थे।

कारगिल के अनुभव ने दोनों पक्षों के बीच विश्वास के स्तरों को बढ़ा दिया, जिसकी परिणति 2004 में निर्यात-नियंत्रण प्रतिबंधों को और सकारात्मक रूप से सुलझाने के लिए 'नेक्स्ट स्टेप्स इन स्ट्रेटैजिक पार्टनरशिप' (NSSP) के रूप में हुई। 2005 के इंडो-यू.एस. परमाणु समझौते के परिणाम में, यह आरंभ की तुलना में कम साहसिक नजर आया, लेकिन इसने परमाणु मुद्‌दे पर बड़ी संभावनाओं की खोज की दिशा में एक अहम कदम बढ़ा लिया। इन सबके बीच 11 सितंबर के हमले और अफगानिस्तान में अमेरिकी सैनिकों की वापसी से वैश्विक व्यवस्था में महत्वपूर्ण बदलाव आए। इस अवसर का लाभ भारत ने बड़ी चतुराई से उठाया और स्वयं को एक हमदर्द और समझदार सहयोगी के रूप में पेश कर दिया, जो अमेरिका की सुविधा के अनुसार सहयोग को तैयार था। स्वयं अमेरिका में भारतीय समुदाय एच-1बी (H-1B) वीसा कार्यक्रम के अंतर्गत निरंतर फलता-फूलता रहा और उसने अमेरिकी राजनीति में

अपने हितों को महसूस कराने की क्षमता हासिल कर ली। आतंकवाद और तकनीक, भारत-अमेरिका संबंधों के दो ऐसे कारक रहे हैं, जिन्होंने बदले में भारत के लिए नए गलियारे खोले। दोनों ही मामलों में भारत सरकार की, अवसरों को तत्परतापूर्वक लेने की क्षमता की पहचान उतनी ही महत्वपूर्ण है, जितनी कि स्वयं में ये घटनाएँ।

हालाँकि जैसे ही भारत ने अमेरिका के साथ अभूतपूर्व पहल की शुरुआत की, संतुलन साधने के लिए इसने दूसरी अहम शक्तियों के साथ संबंधों में भी प्रगति को तलाशना शुरू कर दिया। 2001 में रूस-चीन-भारत ग्रुपिंग (RIC) की शुरुआत, ब्रिक्स (BRICS) के लिए एक नाभि-केंद्र बनाने जैसा ही कदम था। 2003 में चीन के साथ सीमा वार्ताओं के लिए स्पेशल रिप्रेजेंटेटिव मैकेनिज्म तैयार करना दूसरा ऐसा कदम रहा। 2005 में इससे आगे बढ़कर 'एग्रीमेंट ऑन पॉलिटिकल पैरामीटर्स एंड गाइडिंग प्रिंसिपल्स ऑन बाउंड्री इश्यू' ने इससे आगे भी प्रयत्न जारी रहने का भरोसा दिलाया। संक्षेप में ही सही, चीन के साथ एक मुक्त व्यापार समझौते पर भी गंभीर वार्ता हुई थी। फ्रांस, जिसने भारत के परमाणु परीक्षणों पर P-5 देशों से ज्यादा सूझबूझ का परिचय दिया, के साथ संबंध रक्षा, परमाणु और अंतरिक्ष तीनों क्षेत्र में तेजी से प्रगाढ़ हो गए। इनमें से तीनों ही ट्रेंड अगले डेढ़ दशक तक जारी रहने वाले थे, क्योंकि भारत भिन्न-भिन्न मुद्दों पर, अलग-अलग दिशाओं में, अपने महत्व के प्रभाव को परखते हुए वैश्विक नतीजों को आकार देने के लिए संघर्ष कर रहा था। यह इतने लंबे समय तक जारी रहा, क्योंकि अमेरिका की सर्वश्रेष्ठता का, विश्व की दूसरी शक्तियों के साथ, इसके प्रभाव के बराबर प्रति-संतुलन बना रहा, लेकिन जैसे-जैसे अमेरिकी प्रभुत्व घटा और चीन की शक्ति में तेजी से वृद्धि हुई, बदले हुए भू-दृश्य ने पूर्ववत् काम करते रहना उत्तरोत्तर कठिन कर दिया।

एक ऐसे दौर में, जब भारत एक परिवर्तनशील स्थिति को साध रहा था, 2005 की भारत-अमेरिका परमाणु डील एक ऐसी प्रगति थी, जिसका उल्लेख विशेष रूप से किया जाना चाहिए। ऐसा इसलिए, क्योंकि इस करार ने उन संबंधों की प्रगति की प्रमुख अड़चनों को हटा दिया और उस मुकाम तक पहुँचने योग्य बना दिया, जहाँ वो आज है। साथ ही, इसने भारत को लेकर दुनिया का नजरिया भी बदल दिया और उस उच्च प्रतिष्ठित स्थिति में भी निश्चय ही योगदान दिया, जिसे भारत आज प्राप्त कर चुका है। सार यह है कि इस समझौते ने परमाणु सहयोग के उन निषेधों को परे हटा दिया, जिनका दूरगामी प्रभाव भारत की रक्षा, तकनीक के दोहरे उपयोग और अंतरिक्ष सहयोग के क्षेत्र

में पड़ने वाला था। छूट के रूप में इसने अमेरिका को लेकर भारत की सोच में भी काफी हद तक परिवर्तन कर दिया।

अमेरिका की ओर से इस बात को लेकर संदेह कम था कि लोकतांत्रिक और बाजार केंद्रित भारत के साथ मजबूत रिश्ते बनाकर चलने में एशिया की बढ़ती हुई प्रासंगिकता एक अहम कारक थी। इस विषय पर हमारे देश में हुई वे चर्चाएँ सबको मालूम हैं, जो अमेरिका के राजनीतिक संदेह, परमाणु हथियार कार्यक्रम के निहितार्थ और ईरान के साथ रिश्तों को लेकर दबाव के इर्द-गिर्द केंद्रित थीं। इस पहल के सख्त स्वभाव और विधिक प्रक्रियाओं के सहयोग से सामने आई अत्यंत जटिल वार्ताओं के बावजूद भारत एक सफल परिणाम सुनिश्चित करने में सक्षम हुआ। इसने परमाणु आपूर्तिकर्ता समूह (NSG) द्वारा एक अपवाद बनाने का मार्ग प्रशस्त किया, जिसने भारत के विषय में एक अहम क्षेत्र में उस धारणा का प्रतिवाद किया, जो भारत को एक मुख्य मुद्दे से अलग रहने वाले देश के रूप में प्रस्तुत करता था। अहम शक्ति के साथ रिश्तों में प्रत्यक्ष दिखने वाले इस परिवर्तन ने स्वाभाविक रूप से दूसरे क्षेत्र में संबंधों पर भी असर डाला। इसका तुरंत लाभ मिला, क्योंकि प्रमुख यूरोपीय ताकतें और रूस अपनी स्वयं की वजहों से हमारे लिए मददगार थे। उस समय चीन के रिश्ते भारत और अमेरिका दोनों के साथ पर्याप्त सहयोगात्मक थे, क्योंकि वह एन.एस.जी. में छूट के फैसले के लिए समर्थन चाह रहा था। कुछ साल बाद, बदले हुए वैश्विक समीकरणों के नितांत भिन्न परिणाम सामने आए।

अगर परमाणु-संधि ने संतुलन के लाभों को पहचान दी तो वहीं इसके परिणामों ने इस कार्यविधि की चुनौतियों को उजागर कर दिया। संतुलन बनाने के लिए सभी अहम संबंधों को कार्यविधि के दौरान सकारात्मक रखने की आवश्यकता होती है, जिससे एक का इस्तेमाल दूसरे से लाभ लेने में किया जा सके। जिस क्षण वे धराशायी हो जाते हैं, वे दूसरे के लिए अवरोध बन जाते हैं। 2005 में परमाणु करार के लिए परिवेश, सावधानीपूर्वक एक महत्वाकांक्षी रक्षा ढाँचा, एक मुक्त आकाश समझौता और मजबूत व्यापार की भावना के जरिए बनाया गया था। परमाणु करार के बाद असैन्य परमाणु उत्तरदायित्व का मुद्दा, अत्यधिक सुरक्षा अपेक्षाएँ और दोनों के बीच व्यापारिक मोर्चे पर होने वाले प्रतिवाद ने आशावाद के माहौल को धूमिल कर दिया। ओबामा प्रशासन द्वारा अफ-पाक युद्धक्षेत्र को अप्रोच किए जाने और भारतीय राजनयिक की अनुचित गिरफ्तारी से उपजे विवाद ने संबंधों पर खिन्नता की छाया डाल दी। दिसंबर 2013 में

राजदूत का कार्यभार सँभालने के लिए अमेरिका पहुँचने पर मैंने खुद को किसी उपलब्धि को और मजबूती देने के बजाय क्षति नियंत्रण करने में ज्यादा व्यस्त पाया। माहौल में बदलाव दिल्ली में सत्ता परिवर्तन के बाद शुरू हुआ, लेकिन संबंधों की देखरेख कितनी अहमियत रखती है, यह एक सीखने वाला सबक है, दोनों पक्षों के लिए।

यह केवल अमेरिका के साथ भावनाओं के आहत होने का प्रश्न नहीं था, जिसने 2014 तक संतुलन को एक कठिन प्रक्रिया बना दिया था, इसी प्रकार का एक गंभीर संरचनात्मक परिवर्तन 2008-09 में वैश्विक आर्थिक संकट के साथ हो चुका था, हालाँकि बराक ओबामा के नियुक्त हुए जाने ने आशा की एक किरण पैदा की, लेकिन इराक से फौज वापसी और अफगानिस्तान में तैनाती के वादे के साथ अमेरिकी सत्ता में काट-छाँट शुरू हो गई थी। समय बीतने के साथ यह साफ दिखाई पड़ने लगा कि वैश्विक चुनौतियों से निपटने का अमेरिकी इरादा अब वह नहीं रह गया है, जो पहले था। इसका प्रभाव एशिया-प्रशांत क्षेत्र में सबसे ज्यादा परिलक्षित हुआ। 2009 के बाद इसी समय बीजिंग में राजदूत के रूप में, चीन के अधिकारियों और शासन व्यवस्था में अपनी प्रगति की रफ्तार को लेकर बढ़ते हुए आत्मविश्वास की भावना का मैं साक्षात् गवाह था। चीन में व्यवस्था परिवर्तन ने एक भिन्न युग की शुरुआत के संकेत दिए, जो जितना उस देश के लिए अलग था, उतना ही शेष विश्व के साथ उसके संबंधों के लिए भी। इसी दौर में भारत के स्वयं के संबंध चीन के साथ और जटिल हो गए थे। पासपोर्ट के बजाय अलग कागज पर वीजा की मुहर लगाने का विवाद, सैन्य अनुबंध और सीमा में अनधिकृत प्रवेश इन सबने एक नए चरण की शुरुआत का पूर्वाभास कराया। यह एक ऐसा समय भी था, जब भारत के सीमावर्ती क्षेत्रों में चीन की उपस्थिति कुछ ज्यादा ही दिखने लगी थी। यद्यपि अमेरिका और चीन के बीच संभावित G-2 के अनुमान लगाए जाते रहे, लेकिन वास्तविकता यह थी कि अमेरिका अब चीन को कुछ ज्यादा देने का इच्छुक नहीं था, जबकि चीन की अपेक्षाएँ बढ़ी हुई थीं। घटनाओं के होने के साथ-साथ भारत में राजनीतिक परिवर्तनों के चलते भी इस खेल में नए कारक समाहित हो गए।

2014 तक वैश्विक परिदृश्य ने भारत को अपनी विदेश नीति के लक्ष्यों को नए तरीके से संकल्पित करने के लिए बाध्य कर दिया। सबसे पहले इसे अंतरराष्ट्रीय मामलों की विशेषताएँ लक्षित करने वाली बढ़ी हुई बहुध्रुवीयता और अनिश्चितता की पहचान करना आवश्यक था। राष्ट्रों में वृहत दृष्टिकोण के बजाय संकीर्ण मुद्दों पर एकजुट होने की भावना आ गई थी। काफी हद तक वैश्विक मामले अब विश्व-बाजार

की भाँति नजर आ रहे थे, जहाँ पूर्व धारणाओं ने कम और लेन-देन ने ज्यादा जगह बना ली थी।

इस पृष्ठभूमि में भारत ने जानबूझकर अपनी पहचान बढ़ाने, सतर्कतापूर्वक अंतरराष्ट्रीय सम्मेलनों और वार्ताओं को प्रभावित करने, सोद्देश्य ऊँची साख वाले संपर्क विकसित करने एवं अनुबंध और संपर्क बनाने के लिए महत्वाकांक्षी निवेश करने की शुरुआत की। इसका प्राथमिक उद्देश्य एशिया में अपनी स्थिति को मजबूत करना था, लेकिन इसी के समांतर भारत ने इस दायरे से बाहर सोचने के भी प्रयत्न किए। एशिया में निस्संदेह पड़ोसियों को प्राथमिकता मिली और 2014 में शपथ समारोह में उनके शीर्ष नेतृत्व को आमंत्रित करके इसने बदलाव को लेकर बिल्कुल स्पष्ट संदेश दिया। दक्षिण एशिया में भारत अब सकारात्मक क्षेत्रवाद का समर्थक बन गया तथा संपर्क और विकास परियोजनाओं की बढ़ी हुई प्रतिबद्धताओं के माध्यम से उसने इसे प्रकट भी किया। इसने पहचान की राजनीति, जिसकी जड़ें इसके निकटवर्ती राष्ट्रों में गहरी रही हैं, उसको भी अपनी गणनाओं में शामिल तो किया, लेकिन यह उम्मीद भी की कि ढाँचागत संपर्क दीर्घावधि में इसकी भरपाई कर सकते हैं। इस तथ्य के साथ कि ये सारे राष्ट्र लोकतांत्रिक हैं, चुनावी प्रक्रियाओं और प्रतिस्पर्धी राजनीति से उपजे तनावों को भी साधना पड़ा।

जैसाकि इसका पूर्वानुमान था, पाकिस्तान ने सीमा पार आतंकवाद को जारी रखकर एक खास चुनौती प्रस्तुत कर दी। संपर्क स्थापित करने के इसके प्रतिरोध के साथ दोनों पक्षों को देखने पर स्पष्ट है कि इसे दक्षिण एशिया के दूसरे देशों के समकक्ष नहीं रखा जा सकता। एक ज्यादा विश्वास से भरे भारत ने दोनों तरीके से अपनी दृढ़ता दिखाई है—एक तरफ प्रधानमंत्री द्वारा बिना पूर्व-योजना के लाहौर यात्रा करके बंधुत्व बढ़ाने की इच्छा तथा दूसरी तरफ नियंत्रण रेखा और सरहद पार सैन्य कार्रवाई करके अपना दृढ़ निश्चय, दोनों प्रस्तुत कर दिए। अफगानिस्तान भी मनोवैज्ञानिक और राजनीतिक दोनों तरीकों से भारत के करीब लाया जा चुका है। चाबहार परियोजना और अफगान सुरक्षाबलों को सैन्य सहयोग का प्रावधान इसी नए नजरिए को उद्घाटित करते हैं।

इसके बढ़ते हुए हितों और आकांक्षाओं के परिप्रेक्ष्य में अब वृहत्तर पड़ोस की भावना को भी बल मिला है। जहाँ तक दक्षिण-पूर्व एशिया की बात है, 'लुक-ईस्ट' नीति को परियोजनाओं के क्रियान्वयन पर बढ़े हुए फोकस के साथ 'एक्ट-ईस्ट' में तब्दील कर अब और सशक्त कर दिया गया है। यह सामंजस्य एक और ज्यादा मजबूत

इरादे के साथ अपने उत्तर-पूर्व के राज्यों में विकास और बांग्लादेश के साथ संपर्क और बेहतर पहुँच के समन्वय के रूप में स्थापित किया जा चुका है। दक्षिण-पूर्व एशिया के साथ संबंध, एक वृहत सुरक्षा आयाम और उच्चतर रूप से शक्तिशाली राजनीतिक पहचान प्राप्त कर चुके हैं। इसे 2018 की गणतंत्र दिवस परेड में सभी आसियान देशों के नेताओं की उपस्थिति से समझा जा सकता है। दूसरी ओर खाड़ी देशों के साथ अपेक्षाकृत संकीर्ण संबंध, जो पूर्व में मुख्य रूप से ऊर्जा और समुदाय पर केंद्रित थे, उनमें भी सुरक्षा और राजनीति जैसे पहलुओं को जगह मिल गई है। खाड़ी देशों में आपसी विभाजन और ईरान के साथ उनके विवाद को देखते हुए, इसके लिए भी ज्यादा दक्षता की आवश्यकता थी।

उद्‌देश्यपूर्ति की इसी भावना ने समुद्री डोमेन के लिए एकीकृत दृष्टिकोण अपनाने का मार्ग प्रशस्त किया। इसकी परिणति मार्च 2015 में 'SAGAR' सिद्धांत के रूप में हुई, जिसने हिंद महासागर द्वीपीय राष्ट्रों सहित अन्य के साथ भी सशक्त सहयोग की बुनियाद रख दी।

हाल के वर्षों में भारत ने सत्रह देशों के साथ 'व्हाइट शिपिंग एग्रीमेंट' को पूर्णता तक पहुँचाया है। इनमें आठ को तटीय निगरानी रडार की उपलब्धता, छह को नौसैनिक क्षमता और समुद्री अधिकार क्षेत्र की जागरूकता हेतु एकीकृत संलयन केंद्र की स्थापना शामिल है। इसने रक्षा के क्षेत्र में ग्यारह देशों को सुलभ ऋण सहायता का विस्तार, साथ ही ग्यारह देशों में प्रशिक्षण दलों की प्रतिनियुक्ति और एक बड़ी तादाद में विदेशी सैन्य दलों को दक्षता निर्माण की पेशकश की है। इसका जल सर्वेक्षण सहयोग हिंद महासागर में पाँच देशों तक विस्तारित है। इसके तीन वार्षिक HADR अभ्यास ने पिछले पाँच वर्षों में फिजी और यमन से लेकर मोजांबिक तक सात अहम कार्रवाइयों को अंजाम देने में मदद की है। वास्तविकता यह है कि समुद्री नीति में भी भारत अधिकाधिक सफलता प्राप्त कर सकता है। एक सरल मार्ग, तकनीक का प्रयोग, सहयोगियों की स्वीकृति और मितव्ययिता की ओर झुकाव, सब एक साथ प्रभावी हुए हैं। इन सबका मिला-जुला असर बहुत ही ज्यादा रहा है, क्योंकि अंतरराष्ट्रीय सहयोगियों के साथ काम करने से प्रभावकारी परिणाम कई गुना बढ़ गए।

अफ्रीका भी क्षितिज के बाहर उपस्थित एक पड़ोसी के रूप में देखा जाने लगा है। अक्तूबर 2015 का इंडिया-अफ्रीका फोरम समिट अभूतपूर्व रूप से सभी 54 राष्ट्रों की भागीदारी का गवाह बना, जिनमें से इकतालीस के प्रतिनिधि शीर्ष नेतृत्व के स्तर के थे।

वरिष्ठ भारतीय नेतृत्व के अफ्रीका दौरे में तेजी से वृद्धि हुई और विकास संबंधी सहयोग और प्रशिक्षण की गतिविधियाँ मजबूती के साथ तेज कर दी गईं। अठारह अफ्रीकी देशों में नए दूतावास खोलने का निर्णय उन प्राथमिकताओं की ओर संकेत करता है, जो इस क्षेत्र को अब प्राप्त हो रही हैं। लैटिन अमेरिकी देश, कैरेबियाई देश, प्रशांत द्वीप समूह और ओशेनिया तक ज्यादा पहुँच अब दूर से दिखाई दे रही है। भारत इन अवसरों से कितना लाभ उठा सकता है, इसका इंतजार काफी हद तक इन विस्तारित संबंधों पर निर्भर करेगा।

दूसरी अहम ताकतों की तरह भारत ने भी विकास के क्षेत्र में सहयोग को अपने राजनयिक टूल-किट के महत्वपूर्ण यंत्र के रूप में आजमाया है और इसने ऐसा अपने स्वयं के अद्वितीय भारतीय अंदाज में किया है। कुल मिलाकर चौंसठ राष्ट्रों की 540 परियोजनाओं को इसने 300 ऋण सहायता की पेशकश की है। जिनमें से अधिकांश ऋण सहायता और परियोजनाएँ अफ्रीका के साथ हैं—फिलहाल 321 परियोजनाओं के लिए 205 ऋण शामिल है। इसी के साथ वर्तमान में भारत की एशिया में 181 परियोजनाएँ, लैटिन अमेरिका और कैरेबियाई देशों में 32 और मध्य एशिया तथा ओशेनिया प्रत्येक में तीन परियोजनाएँ हैं। ये सभी आरंभिक वर्षों में गुणात्मक रूप से विस्तारित की गई हैं, विशेष रूप से ऋण सहायता के आकार और परियोजनाओं की जटिलता को ध्यान में रखते हुए। उनकी योजना और उसका क्रियान्वयन भी ज्यादा एकीकृत प्रयत्नों और कड़े निरीक्षण के फलस्वरूप और अधिक दक्षता के साथ संपन्न हो रहा है। अनुदान सहायता का भुगतान ऋण सहायता से भी अधिक व्यापक है, जिसके दायरे में दुनिया के लगभग सभी विकासशील क्षेत्र आते हैं। अफ्रीका वैसे भी आंशिक रूप से, संघर्षों के साझा अतीत के चलते उपजी एकता के प्रतिबिंब के रूप में, विशेष रूप से हमारा ध्यान आकर्षित करने वाला केंद्र रहा है, लेकिन यह रणनीति का भी पहलू है, क्योंकि अफ्रीका की प्रगति से विश्व की बहुध्रुवीयता में वृद्धि होगी, जैसा कि पहले भी दूसरी शक्तियों ने पाया है, विकास केंद्रित ऐसी भागीदारियाँ दीर्घकालिक संबंधों का आधार बनती आई हैं।

भारत समर्थित अहम परियोजनाओं के दायरे में सूडान, रवांडा, जिंबाब्वे और मलावी के विद्युत् क्षेत्र, मोजांबिक, तंजानिया और गुयाना में जल, कोट-डि-आइवरी, गुआना और जांबिया में स्वास्थ्य, इथोपिया और घाना में शक्कर संयंत्र, जिबूती और रिपब्लिक ऑफ कांगो में सीमेंट और गांबिया और बुरुंडी में सरकारी इमारतें आती हैं। वास्तव में, कई अफ्रीकी देशों में जो विनिर्माण संयंत्र हमने स्थापित किए हैं, वे अपने

आप में अद्वितीय हैं। अफ्रीका में भारतीय हितों का यह सतत विकास, गहन विस्तारित पहुँच और उत्कृष्ट तालमेल में भी प्रतिबिंबित होता है। इस महाद्वीप के 54 में से 51 राष्ट्र ऐसी विकास परियोजनाओं के भागीदार हैं, जबकि प्रशिक्षण में समन्वय का लाभ प्रतिवर्ष 10,000 अफ्रीकी नागरिकों को उपलब्ध कराया जाता है। दो डिजिटल पहल भी अफ्रीका में प्रायोगिक रूप में संचालित हो रही हैं—इ-विद्या भारती डिजिटल डिस्टेंस एजुकेशन और इ-आरोग्य भारती डिस्टेंस हेल्थ। सहयोग की भूमिका से भी आगे बढ़कर भारतीय विदेश नीति का यह पहलू वैश्विक मंच पर भारत के प्रगतिशील उत्थान की कहानी कह रहा है।

अतीत की शिक्षा को अभिप्रायों की पाँच टोकरियों में रखकर देखा जा सकता है। पहली, नीति में महत्तर यथार्थवाद की आवश्यकता से संबंधित है। विशेष रूप से आशावादी गुटनिरपेक्षता के दौर में या फिर उसके बाद भी, राजनयिक दृष्टिगोचरता पर हमारा ध्यान कभी-कभी हमें कड़ी सुरक्षा की कटु वास्तविकता की अनदेखी करने की ओर ले गया। शुरुआती दौर में पाकिस्तान की नीयत को समझने में हुई भूल को संभवतः अनुभव की कमी बताया जा सकता है, लेकिन इसके एक दशक बाद भी सीमाओं को सुरक्षित रखने को प्राथमिकता देने की अनिच्छा के औचित्य को साबित कर पाना और भी ज्यादा कठिन है। ऐसा नहीं है कि 1962 की चुनौतियों का अनुमान नहीं था। इससे भी ज्यादा कूटनीति, जो विश्व राजनीति पर केंद्रित थी, उसने इसे वह प्राथमिकता नहीं दी, जो आवश्यक थी, लेकिन कहीं-न-कहीं यह अंतर्निहित, लेकिन दृढ़ विश्वास था कि भारत की वैश्विक मामलों में ऊँची साख वैश्विक उतार-चढ़ावों और प्रतिस्पर्धी राजनीति के विरुद्ध एक रक्षा कवच की तरह थी। इसलिए कुछ कीमत चुकाकर ही हम जान पाए कि नतीजे असल धरातल पर भी उतने ही तय किए जा सकते हैं, जितने सम्मेलनों में और ज्यादा विवश विश्व में दाखिल होने के बावजूद यह आज भी एक प्रासंगिक रियायत है।

दिलचस्प यह है कि भारत, जब जरूरत हुई, बल प्रयोग करने से भी पीछे नहीं हटा। 1948 में हैदराबाद और 1961 में गोवा इसके प्रत्यक्ष उदाहरण हैं, जैसा कि कश्मीर के साथ रहा, जब पाकिस्तान ने आक्रमण किया था, लेकिन एक अनिच्छुक शक्ति की इतनी मजबूत छवि गढ़कर रखने के बाद भी हम स्वयं के बुने हुए कथानक में उलझकर रह गए।

इसके चलते हमने शायद ही कभी सुरक्षा स्थितियों के लिए एक मिशन की भावना

से तैयारी की हो, जैसा कि हमारे कई प्रतिद्वंद्वी प्रदर्शित करते आए हैं। कड़ी ताकतों के साथ असहजता, सेना के साथ उपयुक्त सलाह-मशविरे के अभाव में साफ दिखती थी, उल्लेखनीय रूप में 1962 के युद्ध के दौरान। आधी सदी के बाद चीफ ऑफ डिफेंस स्टाफ के पद का सृजन यह दर्शाता है कि हम कितना लंबा सफर तय कर चुके हैं। अतीत के वे फैसले, जिन्होंने सुरक्षा पहलुओं की अनदेखी की, उनका भी अध्ययन समीचीन है। राजनयिक गतिविधियों पर अधिक जोर देना दूसरी राज्य व्यवस्थाओं के व्यवहार को समझने में कमी का कारण बन गया। शीतयुद्ध को महज एक तर्क-वितर्क बनाकर देखा जा रहा था, जबकि सच्चाई ताकत की क्रूरता की कहानी कह रही थी। 1950 के दशक में इस बात की भी कम जानकारी थी कि अपने उत्तर में हमारा सामना युद्ध के अनुभव से जूझ चुके एक पड़ोसी से हो रहा है या फिर पाक अधिकृत कश्मीर का सामरिक महत्व क्या है। यह नजरिया वैश्विक मसलों में उसके बाद भी जारी रहा।

इसी तरह 1972 में शिमला में भारत ने पाकिस्तान को लेकर एक सकारात्मक दृष्टिकोण पर दाँव लगाने का फैसला किया। फिर भी नतीजे के रूप में हमें बदले की भावना से ग्रस्त पाकिस्तान और विवाद में डूबा जम्मू-कश्मीर मिला। आतंकवाद की समाप्ति के लिए पाकिस्तान से बातचीत की बहाली में इतना लंबा समय लगना अपने आप में एक कहानी कहता है। इस तर्क के आकलन के बिना भी अंतरराष्ट्रीय संबंधों के लिए ठोस वास्तविकता पर आधारित एक दृष्टिकोण अपनाने की संभावना बनाई जा सकती है।

इन चिंताओं के आर्थिक पहलू, दूसरी टोकरी का हिस्सा हैं। यदि हम 1945 के बाद की सभी अहम आर्थिक प्रगति की कहानियों पर विचार करें तो एक सामान्य विशेषता परिलक्षित होती है। यह असाधारण ध्यान देने की वह प्रवृत्ति थी, जो राष्ट्रीय विकास के लिए वैश्विक परिवेश से लाभ उठाने के लिए रही थी। चीन ने उसे बड़े प्रभावशाली ढंग से सबसे पहले सोवियत संघ के साथ, फिर अमेरिका और पश्चिम के साथ किया था। एशियाई 'टाइगर' अर्थव्यवस्थाओं ने भी खुद को तैयार करने के लिए क्रमशः जापान, फिर अमेरिका और अब चीन का अच्छी तरह उपयोग किया। ठीक इसी तरह भारत ने भी पिछले सात दशकों में विभिन्न संबंधों तक पहुँच बनाई है, लेकिन हमेशा एक जैसी एकनिष्ठा के साथ नहीं। फिर भी, भारत का अधिकांश औद्योगीकरण और दूसरे क्षेत्रों में क्षमता में विस्तार, कूटनीति से प्राप्त सहयोग की सीधी उपलब्धि रहा। इस्पात, परमाणु उद्योग, उच्च शिक्षा और कंप्युटिंग इसके कुछ उदाहरण हैं। ये 1991 के

पश्चात् सुधार के दौर और भारत के आर्थिक गुरुत्वाकर्षण केंद्र के पूर्व की ओर सरकने से और भी ज्यादा सही ठहराया जा सकता है।

फिर भी कूटनीति, रणनीति और आर्थिक सामर्थ्य के बीच का अंतर्संबंध सदैव स्वस्पष्ट नहीं होता है, जैसा कि सुरक्षा के मामले में है, जहाँ कारण और उसके प्रभाव में फर्क करना बहुत जरूरी होता है।

अर्थव्यवस्था कूटनीति को चलाती है, न कि कूटनीति अर्थव्यवस्था को। कुछ लोग यह तर्क देंगे कि 1990 के दशक के सुधारों और ज्यादा उदार व्यवस्था ने कुछ वर्षों तक हमें बहुत अच्छी तरह से लाभ पहुँचाया, लेकिन जब हमने इस व्यवस्था को दक्षिण-पूर्व और पूर्वी एशिया के साथ मुक्त व्यापार समझौतों के परिप्रेक्ष्य में देखने का प्रयत्न किया तो यह और ज्यादा चुनौतीपूर्ण हो गई। दोष चाहे संरचनात्मक कठोरता, सीमित प्रतिस्पर्धा, अवसरों का अपर्याप्त दोहन अथवा अनुचित व्यवहार को दिया जाए, घाटे का बढ़ता हुआ आँकड़ा कठोर वास्तविकताओं का परिचायक है। इससे भी ज्यादा उनका घरेलू उद्योगों पर नकारात्मक प्रभाव किसी से छिपा नहीं है। चीन तो खासकर मुक्त व्यापार संधि (एफ.टी.ए.) के बिना ही व्यापार चुनौती पेश कर रहा है।

स्वाभाविक रूप में, विकल्पों को श्रेष्ठ और दायरे का विस्तार करने के लिए, कई सारे खिलाड़ियों को शामिल करने की आवश्यकता होती है। चूँकि एक आम धारणा अपनी स्वतंत्रता को सँजोए रखने को लेकर है, इसलिए वैचारिक रूप से तीसरी टोकरी, भारतीय विदेश नीति का एक आयाम है। द्विध्रुवीय विश्व के पहले दशक में बेहतर करने के पश्चात् हम सभी मोर्चों पर पिछड़े रह जाने से संबंधित खतरों को भी जान गए थे, जैसा कि भारत ने 1962 में देखा, दोनों ही दुनिया की कल्पना आसान हो सकती है, लेकिन वास्तविकता में दोनों को साधना आसान नहीं। उसके बाद के दौर में एक ध्रुव से दूरी बढ़ाने का मुआवजा भी दूसरे पक्ष से अपने आप ही नहीं मिला। कभी-कभी वैश्विक परिस्थितियाँ आपसे एक पक्ष की ओर झुकने की माँग करती हैं, जैसा कि 1971 में हुआ। ठीक वैसे ही, जैसे चीन ने स्वयं 1950 और 1971 में किया था। एक सामान्य नियम के रूप में अंतरराष्ट्रीय व्यवस्था से ज्यादा-से-ज्यादा दोहन करना व्यापक परिदृश्य पर निर्भर करता है और लाभ-हानि संतुलन शून्य रहना पूर्व शर्त पूर्वानुमान नहीं हो सकता। वास्तव में एक परेशान करने वाला परिदृश्य, जिसे भारत और चीन जैसे राष्ट्रों ने 1960 के दशक में महसूस किया था, वह था—महाशक्तियों का एक समान धरातल पर आ जाना। इसलिए दशकों बाद भी G-2 की चर्चा ने कई गुटों में फिर

से इतनी गहरी बेचैनी पैदा कर दी। संतुलन साधना एक नाजुक प्रक्रिया है, चाहे पहले के दौर की गुटनिरपेक्षता और रणनीतिक स्वायत्तता हो अथवा भविष्य के कई सारे संबंध हों, लेकिन एक बहुध्रुवीय विश्व में इससे बचकर भागा नहीं जा सकता। यह एक ऐसा खेल है, जो इस समझ के साथ ही आक्रामकता के साथ पर खेला जा सकता है और इसकी एक मोर्चे की प्रगति दूसरे मोर्चों को भी मजबूत करती है।

मनुष्य अप्रशिक्षित हो या काल-भ्रमित, दोनों के लिए विरोधाभासी दृष्टिकोणों के पीछे भागना प्रत्यक्ष रूप से भ्रम में डालने वाला हो सकता है। किस प्रकार कोई 'हाउडी मोदी' जनसमूह की तुलना 'मामल्लापुरम' अथवा 'व्लाडिवोस्तक समिट' से कर सकता है? या फिर RIC (रूस-इंडिया-चीन) की तुलना JAI (जापान-अमेरिका-इंडिया) से? अथवा क्वाड और SCO (शंघाई कोऑपरेशन ऑर्गेनाइजेशन) की तुलना? ईरान की सऊदी से अथवा इजराइल की फिलिस्तीन से? इसका उत्तर है—असमंजस के दायरे से बाहर जाकर देखने की इच्छा और अभिसरणों की एक वास्तविक दुनिया में प्रवेश करना। इसे कैलकुलस की तरह देखने की जरूरत है, न कि केवल अंकगणित की तरह। वैश्विक मामलों का यह नया संस्करण, पेशेवरों और विश्लेषकों, दोनों के लिए एक समान चुनौती है, लेकिन आगे जाने के लिए इससे पार पाना जरूरी होगा।

जोखिम उठाना कूटनीति का एक अंतर्निहित पक्ष है और ज्यादातर नीतिगत फैसले इसी प्रक्रिया के इर्द-गिर्द घूमते हैं। यह संतुलन साधने के लिए एक स्वाभाविक संलग्नक है, जब हम इस चौथी टोकरी को देखते हैं तो यह साफ परिलक्षित होता है कि कम जोखिम वाली विदेश नीति केवल सीमित परिणाम उत्पन्न करने वाली हो सकती है। कई अवसरों पर जब भारत ने इस दायरे से बाहर जाकर काम किया तो कुछ जोखिमों के नतीजे, मिले कुछ के नहीं। हमने अपने व्यापक दृष्टिकोण की आधारशिला बहुत पहले 1946 में ही रख दी थी और समय व्यतीत होने के साथ उस फ्रेमवर्क को विकसित कर लिया। यद्यपि भारत 1962 और 1971 में दबाव में आया था, इसने उन समझौतों को सीमित कर दिया, जो इसे करने पड़े और जब भी उसे मौका मिला, उसने अपनी पूर्व की स्थिति को वापस पाने का प्रयत्न किया। अपनी प्रगति यात्रा से गुजरने के दौरान इसने उभरते हुए मुद्दों से निपटने के लिए पुरानी मान्यताओं को अनिवार्य रूप से छोड़े बिना नई संकल्पनाओं और शर्तों को सामने रखा। कुल मिलाकर समग्र प्रभाव एक संतुलित और मध्य-मार्गी दृष्टिकोण का रहा, जो भारत का प्रभाव बढ़ने के साथ ज्यादा प्रामाणिक होता चला गया। इसे ध्यान में रखते हुए वास्तविकता यह

है कि वैश्विक सीढ़ियाँ चढ़ने के लिए बड़े फैसलों की आवश्यकता होती है, चाहे यह पारंपरिक हो अथवा न्यूक्लियर, राजनीतिक या आर्थिक। सारे जोखिम अनिवार्य रूप से प्रभावशाली नहीं होते, उनमें से कइयों को विश्वस्त आकलन और दृढ़ इरादों के साथ परिणाम तक पहुँचने के लिए दिन-प्रतिदिन नीति प्रबंधन के साथ जारी रखना अपेक्षित होता है। उनका समग्र प्रभाव वैश्विक स्थिति में बहुत बड़ा उछाल दे सकता है। एक हद तक, हम ऐसा होते आज देख भी रहे हैं।

पाँचवीं टोकरी प्रारंभिक अवस्था की ओर वापसी की है, छोटे-छोटे संकेतों से वैश्विक भविष्य का सही अनुमान लगाना। सभी देशों की विदेश नीति वैश्विक विरोधाभासों की पृष्ठभूमि में तैयार होती है। इनमें अवसरों और बाध्यताओं, जोखिमों और प्रतिफलों के आकलन को दर्शाते हैं। यहाँ तक कि अगर हम अपनी तात्कालिक स्थिति को भी दुरुस्त करना चाहते हैं तो व्यापक भू-दृश्य का गलत आकलन भी हमें महँगा पड़ सकता है। हमारे खुद के मामले में जम्मू-कश्मीर पर संयुक्त राष्ट्र में जाना निश्चित रूप से एंग्लो-अमेरिकन अलायंस की नीयत और शीतयुद्ध की गंभीरता को समझने में भूल का नतीजा था। वर्षों बाद चीन-सोवियत संघ के बीच बढ़ते मतभेदों को लेकर हमारी शुरुआती जागरूकता हमारी अपेक्षित समयावधि में परिपक्व नहीं हो पाई। 1960, 1980 और फिर से 2001 के बाद हमने अमेरिका और चीन की वैश्विक रणनीति के लिए पाकिस्तान की अहमियत को कम आँकने की भूल कर दी थी।

इसका अर्थ यह नहीं है कि भारत को अपनी सफलताएँ प्राप्त नहीं हुईं। भारत-सोवियत और कालांतर में भारत-रूस संबंध हमारी वैश्विक रणनीति का प्रत्यक्ष प्रमाण हैं। 1991 के बाद वैसा ही प्रबंध हमारी नीति में अमेरिका को लेकर भी हुआ। इंडो-सोवियत संधि और भारत-अमेरिका परमाणु करार दोनों वैश्विक मामलों के विशद अध्ययन के नतीजे थे। यही स्थिति उन संशोधनों के साथ भी रही, जिन्हें 1971 के बाद हुए ध्रुवीकरण से मुक्ति पाने के लिए 1973 में अमेरिका और 1976 में चीन, दोनों के संदर्भ में प्रस्तुत किया गया। वैश्विक राजनीति की संरचना से उपजे अवसरों की पहचान भी जोखिमों को कम कर सकती है। उदाहरण के लिए, हमने 1988 के परमाणु परीक्षणों के बाद फ्रांस के संदर्भ में देखा था। आज वैश्विक राजनीति का मूल्यांकन करते वक्त अमेरिका-चीन विरोधाभासों की एक समुचित समझ, बढ़ती बहुध्रुवीयता, कमजोर बहुपक्षवाद, वृहद आर्थिक और राजनीतिक पुनर्संतुलन, क्षेत्रीय शक्तियों को और ज्यादा महत्व मिलने तथा अभिसरणों की दुनिया का शामिल किया जाना जरूरी हो गया है।

इनमें से प्रत्येक आज के युग की नीतिगत पहल को संचालित करने वाला एक कारक बन चुका है। चाहे यह खाड़ी देशों तक हमारी पहुँच हो, इंडो-पैसिफिक का समर्थन हो अथवा यूरोप के साथ और ज्यादा जोश से भरा जुड़ाव हो, वे सब वृहत्तर पुनर्स्थापन के एक पहलू को उजागर करते हैं।

तो अब छठे चरण के लिए संभावनाएँ किस प्रक्रिया में हैं? एक बदलती हुई दुनिया स्पष्ट रूप से उनके लिए ज्यादा सक्रिय रहने योग्य है, जो पीछे नहीं छूटना चाहते। शुरुआत के लिए इनको समय के साथ चलती रहने वाली एक सोच की आवश्यकता होती है। हितों की एक सुस्पष्ट परिभाषा इसका अगला कदम होता है और दृढ़ निश्चय के साथ उसका पीछा करना उसके बाद का कदम होता है। उदाहरण के लिए, आज हम इसे अपने समुद्री भूगोल और SAGAR सिद्धांत की एक बेहतर समझ के रूप में देखते हैं, जब कभी सुरक्षा चुनौतियों से सामना हुआ है, इस नए भारत ने एक नए साहस के साथ जवाब भी दिया है। वैश्विक वार्ताओं में जलवायु-परिवर्तन, आतंकवाद, कनेक्टिविटी और समुद्री सुरक्षा को आकार देने का इसका उत्साह पहले ही अपना असर दिखा चुका है। यमन, नेपाल, इराक, श्रीलंका, मालदीव, फिजी और मोजांबिक में हुए रेस्क्यू ऑपरेशन हमारी सामर्थ्य और उत्तरदायित्व दोनों की कहानियाँ कहते हैं। इसका अंतरराष्ट्रीय संगठनों में चुनाव जीतने का रिकॉर्ड एक और अहम प्रदर्शन है। परियोजनाओं के क्रियान्वयन के सुधरे हुए आँकड़ों के साथ विकास कार्यों में सहयोग के लिए और अधिक पेशकश की जा रही है। हमारे पड़ोसी देश और अफ्रीका इस बदलाव की पुष्टि करेंगे। भारत की ब्रांडिंग, अंतरराष्ट्रीय योग दिवस, अंतरराष्ट्रीय सोलर अलायंस अथवा हाल ही के आपदा-प्रतिरोधी गठबंधन जैसी व्यवस्थाओं से और सशक्त हो चुकी है।

यद्यपि विदेश नीति के पूर्ववर्ती चरणों में प्रत्येक का एक साफ-सुथरा विवरण उपलब्ध है, वर्तमान दौर को वर्गीकृत करना अपेक्षाकृत दुष्कर है। इस चुनौती का एक अंश यह है कि हम अभी तक एक महत्वपूर्ण संक्रांति काल के आरंभिक चरण में हैं। निकट भविष्य की रूपरेखा अभी तक स्पष्ट नहीं है। इसका एक समाधान यह है कि भारतीय आकांक्षाओं के सहारे एक प्रखर नेतृत्व शक्ति के रूप में उभरने के हमारे लक्ष्य को इसे बताने के लिए छोड़ दिया जाए। समस्या यह है कि दूसरे इसे वास्तविकता के धरातल पर एक लक्ष्य के बजाय आगमन के एक बयान के रूप में देखने की प्रवृत्ति रखते हैं। गुटनिरपेक्षता का समर्थन करके शीघ्र ही लोकप्रिय हो जाने की अपेक्षा कभी-कभी बहु-गठबंधन पर बोलने भर की चर्चा मात्र भी लाभप्रद होती है। यह

भागीदार न बनने या चर्चा से बचने की पूर्ववर्ती स्थिति की अपेक्षा ज्यादा ऊर्जावान और सहभागितापूर्ण प्रतीत होती है। कठिनाई यह भी है कि यह अवसरवादी भी प्रतीत होती है, जबकि भारत को वास्तव में चातुर्यपूर्ण सुविधा प्राप्त करने की अपेक्षा रणनीतिक कन्वर्जेंस की तलाश है। एक मजबूत और व्यावहारिक नीति दृष्टिकोण को पकड़कर रखने के लिए 'पहले भारत' की नीति को आगे रखना दूसरा तरीका हो सकता है। यह सोच, दूसरे देश जिन्होंने और अधिक आत्मकेंद्रित होने का निर्णय कर रखा है, उनके साथ तुलना का शिकार हो सकती है। भारत के संदर्भ में राष्ट्रवाद, दरअसल इसे और अधिक अंतरराष्ट्रीयवाद की ओर ले गया। बढ़ती हुई समृद्धि और प्रभाव भले ही एक निरपेक्ष विवरण हो, लेकिन पूरी तरह से यह कोई नारा नहीं है। शायद हमें यह स्वीकार करने की जरूरत है कि वैश्विक अनिश्चितता के इस दौर में एक इकलौती कहावत हमें थोड़ी देर के लिए बस भ्रमित कर सकती है।

जैसे-जैसे भारत अगले पायदान पर जाने के लिए संतुलन बनाकर तैयार है, ऐसी जिज्ञासाएँ कि क्या ऐसा करने में हमने अपना बहुमूल्य समय गँवा दिया, प्रायः अतीतोन्मुखी दृष्टि-जनित तथा संदर्भ-विहीन होती हैं। फिर भी ये वे मुद्दे हैं, जिन पर मनन किया जा सकता था, विशेषकर यदि हम परिस्थितियों की अपेक्षा अपने निर्णयों के परिणामों की बात करते। चीन के साथ हमारे संबंध से हम ऐसी चर्चा की स्वाभाविक शुरुआत कर सकते हैं। उदाहरण के लिए, क्या भारत को 1950 में ही सीमा विवाद की समस्या को सबसे ऊपर रख देना चाहिए था? क्या 1962 के युद्ध को एक समझौते के जरिए उसी समय टाला जा सकता था, जब 1960 में चाउ-एन-लाइ भारत आए थे? क्या अमेरिका के साथ प्रारंभिक वर्षों में हमारा सांस्कृतिक विद्वेष आपसी दूरी की भावना को बढ़ाने की वजह रहा? आर्थिक मुद्दों पर संभवतः ज्यादा सहमति इस बात की है कि भारत को दरअसल अपनी अर्थव्यवस्था को आसियान और चीन की तरह उस समय से एक दशक पहले ही खोल देना चाहिए था, जब वास्तव में उसे खोला गया था। रणनीतिक मोर्चे पर स्वयं को एक परमाणु शक्ति घोषित करने में, वर्ष 1974 से 1998 के बीच व्यर्थ हुआ समय, विश्व में सबसे दुर्भाग्यपूर्ण स्थितियों में एक कहा जाएगा। क्या हम कागजी लिखा-पढ़ी के गुलाम थे—एक ऐसी खासियत, जो 2005 के परमाणु करार को भी चौपट कर देने के करीब ले आई थी। पाकिस्तान के साथ संतुलन बनाना, एक ऐसा समाज, जिसके बारे में माना जाता है कि हम उसे अच्छी तरह जानते हैं, वह भी कई सवाल खड़े करता है।

ये पूरी तरह से सैद्धांतिक परिस्थितियाँ नहीं हैं और इस दावे के महत्व को उद्घाटित करती हैं कि एक नेतृत्व शक्ति के रूप में उभरने के लिए व्यापक स्तर पर व्यावहारिकता की आवश्यकता होती है। तदंतर इसे और अधिक परिष्कृत कथानक, जो भटकाव से बचने में मदद करते हैं, के माध्यम से सशक्त किया जा सकता है। आखिरकार, भले ही हमारा जोर संप्रभुता पर हो, पर इसने हमारे नजदीकी पड़ोस में हो रहे मानवाधिकार उल्लंघनों पर प्रतिक्रिया देने से हमको कभी नहीं रोका। न ही उन कदमों ने हमें कम बहुपक्षीय साबित किया है, जो भारत ने अपनी अखंडता और क्षेत्रीय सुरक्षा को सुनिश्चित करने के लिए उठाए हैं—चाहे वह हैदराबाद में हों, गोवा, श्रीलंका या फिर मालदीव में रहे हों।

चिरस्थायी चुनौतियों से निपटने में मजबूत दृष्टिकोण स्वाभाविक रूप से प्रबलतम होते हैं। भारत के संदर्भ में यह सबसे ज्यादा पाकिस्तान के मामले में दिखता है, जैसे ही चिंतन प्रक्रिया में बदलाव होंगे, एक बहस छिड़ जाएगी और यही कई वर्षों से होता आया है। हालाँकि तथ्य यह है कि जब असल मुद्दा सीमा पार आतंकवाद को रोकना बन चुका था, हमने कथानकों को मुख्य रूप से सिर्फ वार्ताओं पर केंद्रित कर दिया। रूढ़ियाँ हर नए नजरिए को एक अनुचित भटकाव समझती हैं। फिर भी पिछले पाँच वर्षों में एक अलग सहजता विकसित हुई है और सीमापार आतंकवाद के मुद्दे पर वैश्विक संवाद और ज्यादा गंभीर हुए हैं। आप केवल FATF को इस कथन के एक सबूत के रूप में देख सकते हैं। जैसे-जैसे हम जम्मू-कश्मीर में पृथकतावाद से लड़ाई में निर्णायक रूप से आगे बढ़ते हैं, इसके अंतरराष्ट्रीयकरण की चर्चा और पाकिस्तान के साथ हमारे संबंधों पर सवालिया निशान लगने लगते हैं। यह अतीत की सोच है, जिसका संबंध न तो भारत के सामर्थ्य से है, न देश की मनोदशा से और न ही सरकार के दृढ़ संकल्प से। हमारे आंतरिक मामलों पर विदेशों में की जाने वाली असंबद्ध टिप्पणियों को अंतरराष्ट्रीयकरण की संज्ञा नहीं दी जा सकती। पाकिस्तान से अलग भारत को मिलने वाली प्रतिष्ठा और दोनों की वास्तविकता में अंतर ऐसे सवालिया निशान लगाने वाले प्रयासों को ध्वस्त कर देते हैं। वास्तविकता में, यह भय और कुछ नहीं, निष्क्रियता की छद्म रूप में हलकी सी सहमति भर है। उनका उद्देश्य, विवेकपूर्ण या अनभिज्ञतापूर्ण हो, यथास्थिति को एक वैधानिक रूप देना भर है, जोकि अब इतिहास की परतों में विलुप्त हो चुका है।

सात दशकों के बाद भारत की विदेश नीति की बैलेंस शीट एक मिली-जुली छवि प्रस्तुत करती है। राष्ट्रीय विकास किसी भी आकलन के केंद्र में होता है और

इस नजरिए से उलझना कठिन है कि अब तक हासिल प्रगति महत्वपूर्ण तो है, लेकिन 'पर्याप्त' नहीं है। समान दौर में चीन ने क्या हासिल किया, उससे हमारी तुलना गंभीरता की ओर ले जाने वाली है। समूचे परिदृश्य का उचित ढंग से मूल्यांकन और उसके बाद अंतरराष्ट्रीय स्थितियों का सामना ये दोनों काम और बेहतर ढंग से किए जा सकते थे। इसके विपरीत, अपरिवर्तनीय विदेश नीति की सूक्तियों ने हमारे प्रदर्शन की एक निष्पक्ष समीक्षा और समय रहते सुधारात्मक कदम उठाने को हतोत्साहित कर दिया। निरंतर प्रयत्न और विमर्श, दोनों ही उतने सख्त नहीं रहे, जितने एक उभरते हुए खिलाड़ी के लिए होने चाहिए, जब इसे इतिहास की हिचकिचाहटों का साथ मिल गया तो इसने हमें कभी अन्वेषित न किए गए अवसरों और अचेतन परिणामों की ओर धकेल दिया।

अब हम परिवर्तन के शिखर पर हैं। प्रत्यक्ष रूप में विस्तृत होते लक्ष्यों का पीछा और विरोधाभासों का निराकरण, दोनों ही और अधिक आत्मविश्वास के साथ प्राप्त करने के प्रयत्न हो रहे हैं। आकांक्षाओं को वास्तविकता में बदलने के प्रयत्नों में जोखिम उठाना अंतर्निहित है। वो राष्ट्र, जो एक दिन प्रखर नेतृत्व शक्ति बनने की आकांक्षा रखता है—अशांत सीमाओं, असंघटित क्षेत्रीय परिवेश और अल्प-अन्वेषित अवसरों के साथ ऐसा करना जारी नहीं रख सकता। एक बदलती वैश्विक व्यवस्था के पास जाते हुए यह हठधर्मी नहीं हो सकता। वह विश्व, जो हमारी प्रतीक्षा में है, हमसे न केवल नई सोच की अपेक्षा रखता है, बल्कि अंततोगत्वा नए अनुकूलन का भी। रूढ़िगत मान्यताओं को अपने पीछे छोड़ देना ही इस यात्रा का शुभारंभ है।

□

5

'बाबूगीरी' और जनमानस

लोकमत और पाश्चात्य प्रभाव

"भारत माता कई मायनों में हम सबकी माँ है।"

—विल डुरंट

राजनयिकों के लिए इसको पचा पाना मुश्किल हो सकता है, लेकिन विदेशी अवसरों और जोखिमों का अनुमान लगाने की बात जब आती है तो भारतीय गली–मोहल्लों ने लुटियंस दिल्ली से बेहतर सूझ–बूझ का परिचय दिया है। उनकी भू-स्थैतिक समझ औपचारिक भले न हो, लेकिन वे अपने सहज ज्ञान से यह जान जाते हैं कि किसके साथ व्यापार करना है और कहाँ यात्रा करनी है। उत्प्रवासन और शिक्षा को लेकर उनकी राय भारतीय कूटनीति में नीतिगत बदलाव से पहले ही तय हो जाती थी। पूरे परिवेश को ही बदल देने वाली 9/11 की घटना को बस उतना ही देखा गया, जो वह थी। राष्ट्रों की तीक्ष्ण लोकप्रिय छवि ने भी राजनयिक जटिलताओं को आकर्षित किया है। आप चाहे जो कहें, लेकिन गली–मोहल्लों के पास भलीभाँति विकसित एक सहज बोध है, फिर चाहे वे रूस के बारे में हो या अमेरिका, चीन या पाकिस्तान के बारे में।

कहने का आशय यह नहीं है कि राज्य सत्ता द्वारा सोच–समझकर किया जाने वाला विमर्श समाज के मनोभावों से निम्नतर है, लेकिन यह भी एक वास्तविकता है कि हम एक भिन्न दौर में प्रवेश कर चुके हैं, जहाँ सूचनाएँ, तकनीक के उपकरण और सांस्कृतिक अस्तित्व समकालीन राष्ट्रवाद के संवाहक हैं। समाजों का प्रजातंत्रीकरण, जो आधारभूत राजनीति को और आगे लेकर आया, उसने भी इस प्रक्रिया में योगदान दिया। इसलिए नीतियों में घुमाव और उनका समग्र अनुभव कभी–कभी समाज की आकांक्षाओं पर खरा उतरने के लिए जूझता नजर आता है, खासकर उन विषयों पर जहाँ आम राय को भी शामिल किया जाता है। आज चुनौती, सामाजिक गतिशीलता और नीति–निर्माण की प्रक्रिया में सही संतुलन साधने की है। अधिकारी तंत्र अब जनसमूहों से अप्रभावित नहीं रह सकते।

दोनों के बीच सामंजस्य बनाने में अक्षमता केवल राजनीतिक विश्वसनीयता की कीमत पर ही हो सकती है और यह एक ऐसी परिघटना है, जिसे हम कितने सारे दूसरे देशों में देख चुके हैं। इस परिप्रेक्ष्य में भारत भी इस बदलाव से मुक्त नहीं है। फलस्वरूप

बदला हुआ विमर्श अपेक्षाकृत एक नए युग का संकेत देता है, जिसके पास अपनी स्वयं की प्रेरक शक्तियाँ हैं। नीतियों के संदर्भ में भारतीय राष्ट्रवाद को समाहित करना, जो आवश्यक रूप से इतिहास, पहचान, हितों और नीतियों सबको एक साथ लेकर चल सके, एक जटिल कार्य है। प्रवासियों के हित इस जटिल मैट्रिक्स के लिए अप्रासंगिक नहीं हैं। उन सबको, पश्चिम और पुरानी व्यवस्था, वास्तव में चीन की प्रगति से जोड़कर देखना, एक संबद्ध प्रश्न है।

अतिशयोक्तिपूर्ण कथनों के युग के सभी अभिमानी और मुखर कथनों में से एक 'इतिहास का अंत' का भी था। इस घोषणा में आत्मिक संतोष एक यूरोप-केंद्रित विश्लेषण के दायरे तक ही सीमित था, जिसमें एशिया में उस समय चल क्या रहा था, इस तथ्य की अनदेखी कर दी गई, लेकिन फिर भी हम लोग कथित रूप से अमेरिका की अगुआई में चल रहे एक सार्वभौमिक एवं अदृश्य वैश्विक व्यवस्था को निहारे जा रहे थे। चाहे जो हो, उस समय जो स्थायी व्यवस्था परिलक्षित हो रही थी, वह थी शीघ्र ही विलुप्त होने वाली अमेरिकी एकध्रुवीयता, जो कभी अतीत में दूसरी ताकतों के साथ थी। वृहत्तर प्रतिस्पर्धात्मक भावना और राजनीति निर्वाचन विश्व को पुनः एक अधिक स्वाभाविक विविधता की ओर ले गए। इस प्रक्रिया में यह आभास हुआ कि फैशन की तरह राजनीति की दुनिया के भी अपने चक्र होते हैं। वैश्वीकरण के दशकों बाद भी जिसे राजनीतिक रूप से उचित और आर्थिक रूप से अपरिहार्य माना जाता रहा, आज हम वैश्विक क्षितिज पर राष्ट्रवाद को नाटकीय ढंग से उभरते हुए देख रहे हैं। कुछ तो बहुत परिष्कृत और क्रमिक रहे हैं, जबकि अन्य अप्रत्याशित और असरदार। उन सबमें प्रत्येक, सांस्कृतिक परंपराओं की एक वृहत अभिव्यक्ति का अंश होते हुए भी अपने समाज के लिए भिन्न और विशेष हैं।

संभव है, जब डॉनल्ड ट्रंप ने सितंबर 2018 में संयुक्त राष्ट्र में देशभक्ति के पक्ष में वैश्विकता को अस्वीकृत किया तो ऐसा करते समय उन्होंने सामान्यतया अपने पक्ष को बढ़ा-चढ़ाकर प्रस्तुत किया हो, लेकिन अंतर्निहित वास्तविकता से मुक्ति पाना अत्यंत दुष्कर होता है, जैसा कि निर्वाचन के नतीजों ने तमाम देशों में पुष्टि की है, आज रुझानों के संकेत और अधिक सांस्कृतिक पहचान तथा बढ़े हुए राष्ट्रवादी कथानकों के पक्ष में हैं। चाहे यह आकांक्षाओं में हो या फिर व्याकुलता में, हम इतिहास की समाप्ति के बजाय उसकी ओर वापसी का साक्षात्कार कर रहे हैं। चीन जैसे राष्ट्रों के संदर्भ में यह नई क्षमताओं के विकास का प्रतिफल है, लेकिन हम रूस, तुर्की और ईरान जैसे देशों

को भी उनके यहाँ की परिस्थितियों में कोई प्रत्यक्ष अंतर आए बिना ही अपने प्रभाव का उपयोग करते देख रहे हैं। ऐसी परिस्थितियों में राष्ट्रवाद ही 'एक्स फैक्टर' की तरह नजर आता है। ये वैश्विक रुझान घरेलू बहसों में भी जगह पाते हैं, जहाँ पर विश्व बंधुत्व को आजीविका के संकट के लिए भी उतना ही उत्तरदायी बताया जाता है, जितना पहचान के संकट के लिए। वास्तव में, राष्ट्रवाद को एक अवधारणा के रूप में किस तरह समझा जाता है, यह उस समाज के विषय में भी हमें बहुत-कुछ बता देता है।

व्यापक रूप में एशिया के मुकाबले पश्चिम इसके साथ कम सहज है, जहाँ इसे आर्थिक प्रगति के लिए एक स्वाभाविक परिणाम समझा जाता है। निश्चित रूप से ट्रंप के आने के साथ ही यह बदलना शुरू हो गया है, लेकिन वहीं विशेष ऐतिहासिकता भी काम करती है, जो इस बात की व्याख्या करती है कि जर्मनी और जापान संकोच क्यों करते हैं, जबकि रूस और तुर्की इस पर गर्व करते हैं। चीन इसे एक राजनयिक उपकरण के रूप में लंबे समय तक प्रयोग करके भी इस खेल में देर से शामिल हुआ, लेकिन विकासशील विश्व में, विशेषकर उन देशों के लिए जिन्होंने औपनिवेशिक शासन से मुक्ति पाकर स्वतंत्रता प्राप्त की है, राष्ट्रवाद के मायने स्वतंत्रता की अभिव्यक्ति तक ही है। चाहे आशावादी हो या नहीं, भिन्न परिस्थितियों में राजनीति उसी रास्ते उतरती जा रही है—चाइना ड्रीम्स, ब्रेक्जिट या अमेरिका फर्स्ट, किसी को भी देख लीजिए। वैश्वीकरण, सत्ता की विश्वसनीयता और इतिहास की ओर वापसी के बीच संबंध सुस्पष्ट हैं।

राष्ट्रवाद के इस पुनरुत्थान की असल वास्तविकता यह है कि वास्तव में यह समाजों को संगठित करने का बहुत सशक्त आधार रही है। कई मौकों पर इसने व्यापक और संकीर्ण निष्ठा दोनों को प्रभावित करने वाली परस्पर विरोधी विचारधाराओं को परास्त किया है। बहुराष्ट्रीय साम्राज्यों ने राष्ट्रवादी संवेदनाओं से संघर्ष किया, पर अधिकांश अवसरों पर उन्हें पीछे हटना पड़ा, लेकिन राष्ट्रीय संस्थाएँ, जिनको राष्ट्र के भीतरी मतभेदों का सामना करना पड़ा, सामान्यतया जीत गईं। पश्चिमी साम्राज्यवाद उनके पूर्व के उपनिवेशों में राष्ट्रवादी भावनाओं के जागरण के साथ ही अंततोगत्वा तबाह हो गया। वैश्विक पैमाने पर संक्रातिकालिक विचारधारा के रूप में उसकी जगह साम्यवाद ने ले ली। यह भी अंततः असफल हो गया, जब समाजवाद ने राष्ट्रीय पहचान हासिल कर ली। सोवियत संघ और चीन के बीच और बाद में चीन और वियतनाम के बीच फूट पड़ना, राष्ट्रवाद के चिरस्थायी आकर्षण की ही पुष्टि करता है।

आस्थाओं पर आधारित आंदोलनों ने भी राष्ट्रीय विभाजनों के बीच से रास्ता बनाने की कोशिश की है। ये फिलिस्तीन जैसे औचित्य का प्रयोग कर सकते हैं या फिर बोस्निया या अफगानिस्तान जैसे विशेष उद्देश्यों के लिए प्रयत्न हो सकते हैं। दायश-इस्लामिक स्टेट का उद्भव इसी मॉडल का परिष्कृत रूप है। तीव्र भावनाओं और असाधारण परिस्थितियों का परिणाम होने के चलते राष्ट्रवाद अंततः उन्हें हमेशा की तरह फिर से सामान्य स्थिति में वापस ले आता है।

नए युग का वैश्वीकरण आधुनिक राजनीति के एक और मजबूत स्थिति वाले संगठनात्मक सिद्धांत को प्रखर करने के प्रयत्नों का प्रतिनिधित्व करता है, लेकिन चूँकि इसका आधार गहन प्रौद्योगिकी बुनियाद और मजबूत आर्थिक हितों पर टिका है, राष्ट्रवाद के साथ इसका तनाव निकट भविष्य में जारी रहने वाला है। ऐसी दोनों शक्तिशाली बुद्धिसंगत व्याख्याओं के बीच प्रतिवाद कोई अप्राकृतिक बात नहीं है। इसलिए दोनों में से किसी को भी एक घटना के रूप में देखने के बजाय हमें इन्हें इतिहास की धाराओं के रूप में देखना चाहिए।

भिन्न-भिन्न मापों और प्रारूपों वाला राष्ट्रवाद स्वीकारात्मक, प्रतिक्रियात्मक या फिर मात्र भावात्मक हो सकता है। विश्वास से भरी श्रेणी वैश्विक शक्ति सोपान में बदलाव के वास्तविक और मनोवैज्ञानिक नतीजों को प्रतिबिंबित करती है। यह भारत और चीन जैसे राष्ट्रों की प्रगति, एशिया जैसे महाद्वीप की उन्नति और वैश्विक व्यवस्था के परिणामी पुनर्संतुलन द्वारा उद्घाटित होती है। यह अंतरराष्ट्रीय बातचीत के विषयों और अभिप्रायों दोनों से ही प्रकट होता है। यह तमाम अहम कॉन्फ्रेंस और वार्ताओं में भी दिखाई पड़ता है। वास्तव में, यह राय कि अहम वैश्विक नेतृत्वकर्ता कौन हैं, उनके संगठित होने के लिए मंच के नए प्रारूप—जैसे G-20 अथवा BRICS—इस वैकासिक प्रक्रिया का महत्व दर्शाते हैं। इतना ही नहीं, वैश्विक एजेंडा स्वयं भी पहले की अपेक्षा और ज्यादा वैविध्यपूर्ण हितों को दर्शाते हुए परिवर्तन की प्रक्रिया से गुजर रहा है। पेरिस जलवायु-परिवर्तन संधि (Paris Climate Change Accord) जैसी अहम वार्ताओं के नतीजे भी इस बदली हुई वास्तविकता को उद्घाटित कर रहे हैं। कुछ वैसा ही एशियन इंफ्रास्ट्रक्चर इन्वेस्टमेंट बैंक या फिर इंटरनेशनल सोलर अलायंस जैसी नवनिर्मित संस्थाओं के गठन से भी हुआ है।

अंतरराष्ट्रीय मुद्रा कोष जैसी संस्थाओं में और अधिक निष्पक्ष प्रतिनिधित्व की माँग और संयुक्त राष्ट्र में सुधार के लिए बढ़ता दबाव कुछ ऐसी ही अन्य अभिव्यक्तियाँ हैं।

यहाँ चीन सबसे बड़ा अवरोधक है, क्योंकि जापान, दक्षिण कोरिया या फिर आसियान की तरह इसके उदय को पुराने फ्रेमवर्क में विन्यस्त नहीं किया जा सकता। भारत का विकास केवल बदलाव के लिए दबाव बढ़ाएगा। उनके अन्य सभी मतभेदों से भिन्न, एक और अधिक समकालीन वैश्विक व्यवस्था की माँग भारत और चीन दोनों को एक ही पाले में तो रख ही देती है।

वृहत राष्ट्रवाद का दूसरा संवाहक इसके बिल्कुल विपरीत है—ज्यादा विशेषाधिकार प्राप्त समाजों में पुनर्संतुलन की प्रतिक्रिया। उत्पादन को दूसरे देशों में ले जाना और सघन वैश्विक आपूर्ति श्रृंखला (Global Supply Chain) के निर्माण ने अपरिहार्य रूप से पश्चिम पर असर डाला है। इसके फलस्वरूप उपजे विद्वेष को इस धारणा के माध्यम से और बढ़ाया जा चुका है कि कुछ ने इस वैश्विक व्यापार व्यवस्था से अनुचित लाभ उठाए हैं। जैसे-जैसे अप्रवासियों का प्रवाह बढ़ता जाता है, वे भी कुछ निश्चित आय समूहों को उनकी ताकत कम होने की भावना से भर देते हैं। विडंबना यह है कि यूरोप के तात्कालिक संकट को इन घटनाओं ने कम और युद्धग्रस्त परिस्थितियों के कारण, जिसके लिए पश्चिम पर भी उँगली उठती है, वहाँ से आ रहे शरणार्थियों ने ज्यादा भड़काया। चाहे जो हो, लेकिन नतीजा अभी तक एक मिश्रित आर्थिक-सांस्कृतिक संरक्षणवाद ही है, जिसे ताकत राजनीतिक आस्थाओं से ही मिलती आई है।

एक तीसरी श्रेणी उस समग्र प्रभाव की है, जिसमें दुनिया भर की सांस्कृतिक अस्मिताओं ने कितनी तेजी से एक-दूसरे से लाभ उठाया है। इसके लिए अभिकेंद्र का काम पश्चिम एशिया ने किया है और दूसरे क्षेत्रों ने समय आने पर इस पर प्रतिक्रिया दी है। यद्यपि इस प्रक्रिया के कारण और प्रभाव दोनों पर हमेशा बहस की जा सकती है, सच्चाई यह है कि इसमें अंतर आया है कि लोग स्वयं को कैसे परिभाषित करते हैं और दूसरों के बारे में क्या समझ रखते हैं। फलस्वरूप अस्मिताओं से जुड़ी व्यापक धारणाएँ चुनौती के दायरे में आ गई हैं। जैसे-जैसे इन प्रवृत्तियों का संलयन हुआ, अर्थव्यवस्था, राजनीति, संस्कृति, आस्था और पहचान सब गड्ड-मड्ड होती चली गईं। निश्चित रूप से यह अपनी स्वयं की गतिमयता के साथ प्रत्येक देश के लिए भी भिन्न होगी। हमें वैश्विकवादी एवं राष्ट्रवादी ताकतों के बीच एक संदिग्ध सह-अस्तित्व और स्थानांतरित होते समीकरणों की प्रत्याशा रखनी चाहिए, क्योंकि इनमें से कोई भी टिक नहीं सकता है और इसके परिणामस्वरूप जो दुनिया सामने होगी, वह विवादों से भरी होगी।

भारत भी उन लंबे प्रचलनों का अपवाद नहीं है, जिन्होंने राष्ट्रवाद को मजबूत किया है। राष्ट्र की भलाई और सामूहिक परिदृश्यों जैसे मसले पर आम नागरिकों की भावनाएँ बेहद प्रबल होती हैं। वे न केवल उरी और बालाकोट जैसी सर्जिकल स्ट्राइक या फिर सीमा पर होने वाली कार्रवाइयों पर प्रतिक्रिया देते हैं, बल्कि यहाँ तक कि उत्सुकता भरे विषयों, जैसे परमाणु आपूर्तिकर्ता समूह (NSG) की सदस्यता और अंतरराष्ट्रीय निकायों की सदस्यता पर भी राय व्यक्त करते हैं। इसकी अर्थव्यवस्था में अनवरत वृद्धि और शेष विश्व के साथ ज्यादा कनेक्टिविटी रखने वाली आकांक्षाओं से भरी पीढ़ी इस प्रक्रिया में ईंधन देने का काम कर रही है। बीतते वर्षों के साथ, जैसे-जैसे विविधता के तमाम सूत्रों को सँजोते हुए और अधिक सुदृढ़ होती जड़ों को प्रतिबिंबित करने वाली हमारी शक्ति-संरचना व्यापक हुई है, तमाम सामाजिक ताकतें भी अपने काम में लगी हुई हैं।

भावनात्मक शब्दों में कहें तो राष्ट्रवाद का एकता की भावना को और प्रबल करने में प्रत्यक्ष योगदान होता है। राजनीतिक संदर्भ में यह उपराष्ट्रीय और अति-राष्ट्रीय दोनों प्रकार की चुनौतियों से निपटने में अपेक्षाकृत अधिक दृढ़ संकल्प होने का द्योतक है। नीतियों के संदर्भ में यह राष्ट्रीय सामर्थ्य तथा इसके प्रभाव को बढ़ाने पर जोर देता है। वर्तमान परिस्थितियों में भारत के लिए सुरक्षा की विशेष प्रासंगिकता है। कुल मिलाकर वास्तविकता यह है कि अधिक विश्वास एवं व्यावहारिक राष्ट्र-केंद्रित दृष्टिकोण ही विश्व के समीप जाने में प्रभावी है। भारत के संदर्भ में जो बात शेष विश्व की अन्य शक्तियों से भिन्न दिखाई पड़ती है, वह यह है कि इसके राष्ट्रवाद की समझ के मायने 'विश्व बनाम हम' की मानसिकता नहीं है। हमारी बहुलवादिता की अंतर्भूत विशेषताओं के चलते वैश्विक संपर्क के साथ राष्ट्रवाद का सामंजस्य बैठाने की परिपाटी चलती आई है। पीड़ित होने की भावना से परे इसमें स्थापित शक्तियों और उदीयमान शक्तियों के बीच एक सेतु बनने का सामर्थ्य है।

चूँकि राष्ट्रवाद राजनीति और पहचान का एक संयोजन होता है, इसलिए बात जब अपने करीबी पड़ोसियों की आती है तो भारत को दोनों से जूझना पड़ता है। इसका सभ्यताजन्य प्रभाव समकालीन राजनीतिक सीमाओं से कहीं ज्यादा व्यापक है, लेकिन नए राष्ट्रवाद पुराने संबंधों के अस्तित्व के साथ आसानी से सहज नहीं हो सकते, जिसके फलस्वरूप इसका अंतर्संबंध इसके समीपवर्ती क्षेत्रों और विस्तारित पड़ोसियों दोनों के साथ उल्लेखनीय रूप में कमजोर रहा। इसलिए चुनौती यह है कि एक खंडित क्षेत्र का

पुनर्निर्माण भी करना है, साथ ही इसके प्रभाव से बाहर रहकर संबंधों को भी बहाल करना है। इनमें से प्रत्येक प्रक्रिया ठीक तरह से होती है तो दोनों लक्ष्य परस्पर सहायक हो सकते हैं, अन्यथा अगर एक को भी अवरोध का सामना करना पड़ा तो यह अत्यंत दुष्कर होगा।

जहाँ तक दक्षिण एशिया का संबंध है तो यहाँ स्वाभाविक संवेदनशीलता की वजह साझी ऐतिहासिक पृष्ठभूमि और विभाजित सामाजिक मानसिकता है। इसके परिणामस्वरूप उपजी सतर्कता कभी-कभी दिखाई भी पड़ती है, विशेष रूप से अभिजात्य वर्ग के रवैये में। जैसे-जैसे भारत पूरे समाज के साथ समग्र रूप में एक साझा दृष्टिकोण विकसित करने का प्रयास करता है, उसे इस तथ्य का विशेष ध्यान रखना होगा। इसलिए नजदीकी सहयोग के लिए अधिक प्रोत्साहन देते समय व्यापक आश्वासन देने की आवश्यकता रहेगी। भारत जैसे राज्यतंत्र को, अपने पूरे क्षेत्र के उत्थान के लिए अपनी समृद्धि को एक उठते ज्वार की तरह दिखाने की प्रखरता होनी चाहिए। अर्थात् अपेक्षित उच्चतर स्तर तक ध्यान देना और संसाधन उपलब्ध कराना, जोकि 'नेबरहुड फर्स्ट' में अंतर्निहित नीति रही है।

पड़ोसी हर जगह चुनौती पेश करते हैं और भारत भी अपने हिस्से की इस परेशानी से अछूता नहीं रह सकता। ऐसे रिश्तों की निरंतरता बनाए रखने के लिए भारत को और ज्यादा अंतर्संपर्क वाली संरचनाओं में निवेश करना चाहिए। यह उन समस्याओं को कम करने में मदद कर सकता है, जो अपरिहार्य रूप से समय-समय पर सामने आएँगी। इनकी पहचान करने के बाद यह भी जरूरी है कि जहाँ भी वास्तविक समस्याएँ हैं, हम उनकी अनदेखी करके आगे बढ़ने का प्रयत्न न करें। उदारता और दृढ़ता दोनों का कंधे-से-कंधा मिलाकर चलना जरूरी है। पिछले कुछ वर्षों में भारत ने वहाँ बेहतर किया है, जहाँ उसने अपने हितों को स्पष्टतापूर्वक परिभाषित किया है और अपने स्वयं के सहज बोध पर भरोसा किया है, जब भी बात एक क्षेत्र के संदर्भ में होती है तो यह एक ऐसे चुंबक की भूमिका भी निभाता आया है, जिसके इर्द-गिर्द ही वैश्विक राय संघनित होती आई है। उन पड़ोसियों के लिए, जो भारत के साथ और गहनता से जुड़ने को तत्पर हैं, उनको एक सकारात्मक जवाब देना भी इसका एक सराहनीय कदम है।

एक ऐसे समय में, जबकि ज्यादातर अपने हितों की प्रतिपूर्ति संकीर्णता से कर रहे हैं, विश्व के विषय में एक अधिक व्यापक दृष्टि रखना भारत के लिए लाभदायक है। कठिन परिस्थितियों में आगे बढ़कर यह न केवल अपनी महत्तर क्षमताओं और

विश्वास को पहचान दिलाता है, बल्कि एक उदार शक्ति के रूप में एक अद्वितीय ब्रांड भी विकसित करता है। यह स्वरूप विश्व के उस पैमाने में फिट बैठता है, जो भारतीय विचारधारा में समावेशित है। यह स्वयं को उस शक्ति के रूप में भी पुनर्स्थापित कर सकता है, जो मतभेदों के बीच सेतु का काम करे।

इस नजरिए का विकास पिछले कुछ वर्षों में निर्माण की प्रक्रिया में रहा है। इसकी अभिव्यक्ति विशेष रूप से प्राकृतिक आपदाओं की स्थिति में की गई पहलों से होती आई है। इन गतिविधियों ने, वृहत क्षेत्र में किसी भी संकट की घड़ी में सबसे पहले मदद का हाथ बढ़ाने वाले देश के रूप में तैयार रहने में, सहायता की है। तनाव की स्थिति में जब कभी वैश्विक साझा दायित्व के जोखिमों को आँकने की बात आई है, निश्चय ही भारत ने अनवरत रूप से उसमें सहयोग प्रदान किया है। अंतरराष्ट्रीय कानूनों और मानदंडों के प्रति घोषित रूप से सम्मान व्यक्त करने से इसकी भौतिक उपस्थिति को बल मिला है। यह एक ऐसी स्थिति है, जिसे इसने विवादित समाधानों में एक उदाहरण के रूप में पेश करके विश्वसनीय बनाया है। वैश्विक कल्याण के लिए योगदान करने वाला राष्ट्रवाद छवि गढ़ने में भी बेहद सहायक है।

इतिहास को देखते हुए यह स्वाभाविक है कि क्षेत्रों में राष्ट्रवाद का उदय विश्व के पश्चिमीकरण की प्रक्रिया को प्रभावित करे। व्यापक रूप में हमारा विश्व, पश्चिमी अवधारणाओं और मानदंडों के ढाँचे में काम करता है। कम-से-कम एशिया में हम सांस्कृतिक आत्मविश्वास के साथ जुड़े हुए आर्थिक विकास की बात कर सकते हैं। दूसरे महाद्वीप तो दूर-दूर तक इस स्थिति के समीप नहीं हैं। एशिया में भी तालमेल और दावों के संदर्भ में तस्वीर काफी मिली-जुली है। जापान, चीन और भारत के बीच तुलना यह जानने के लिए दिलचस्प रहेगी कि कहाँ इन समाजों ने अनुकूलन किया और कहाँ इन्होंने स्वयं की स्थिति पर भरोसा किया। यद्यपि पश्चिम के साथ आसान या कठिन दोनों ही तरह के संबंधों को दर्शाने के लिए इनमें से प्रत्येक ने पर्याप्त सबूतों की पेशकश की है, लेकिन निर्णायक कारक सदैव मौजूदा राजनीति रही है।

अपने आधुनिकीकरण के हर पायदान पर इन समाजों ने पश्चिम के साथ अपने संबंधों की गणना और पुनर्गणना की है, लेकिन जैसे-जैसे एशिया वैश्विक मंच पर अपनी उपस्थिति को और ज्यादा महसूस कराता जा रहा है, इनकी राष्ट्रीय अभिव्यक्तियों को नियंत्रण में रखना आसान नहीं है। सीमित राजनीतिक बयानों से आगे बढ़कर वे व्यापक

सामाजिक और ऐतिहासिक अभिव्यक्ति बनते जा रहे हैं। छवि गढ़ने की ये प्रक्रियाएँ किस हद तक विकसित होंगी और वैश्विक स्तर पर एक सामान्य आधार की तलाश पर इनका प्रभाव क्या पड़ेगा, इसका अनुमान लगाना कठिन है।

पश्चिम के साथ चीन का बर्ताव अकसर उनकी प्रताड़ना के सौ सालों की पीड़ा के साथ नजर आता है, जिसे अब सामने रखकर वे अपने पक्ष को मजबूत करते हैं, लेकिन किसी को भी अगर शिकायत करनी चाहिए तो वह भारत है, जिसने यूरोप द्वारा बलात्कार और लूट-मार की एक नहीं, दो सदियाँ झेली हैं। अपने समय की एक अग्रणी अर्थव्यवस्था की इस लूट-खसोट को आज भी एक व्यापक स्तर पर स्वीकारा जाना शेष है। 2018 के एक शोध के अनुसार, अकेले ब्रिटेन द्वारा भारत से जिन संसाधनों को लूटकर ले जाया गया, उसकी अनुमानित लागत आज की कीमत के अनुसार लगभग 45 ट्रिलियन डॉलर है। वे आँकड़े, जो व्यवस्थित रूप से लूट के स्तर को उद्घाटित करते, उन्हें भी यूरोपीय दृष्टिकोण के अनुसार कमतर बना दिया गया।

वहाँ मौजूद प्रमाण सभी के निरीक्षण के लिए उपलब्ध हैं, कम-से-कम वे धरोहर, जो उनके पास विद्यमान हैं और जिनकी मूल उत्पत्ति साफतौर पर भारत में हुई है। चाहे जो भी हो, साम्राज्यवाद ने एक ऐसा इतिहास बुना, जिसे कई क्षेत्रों में आज भी स्वीकार किया जाता है कि भारतीयों के लिए अंग्रेजी शासन कई मायनों में फायदेमंद रहा था। निश्चित रूप से वास्तविक रिकॉर्ड बड़े पैमाने पर गरीबी पैदा करने, अफीम का कारोबार, गुलामी और अकाल लाने का रहा है। इतिहास के इस काले अध्याय पर प्रायश्चित्त आज तक भी सीमित ही रहा है। इसके बजाय इस युग का महिमामंडन उनकी सर्वोच्च प्राथमिकता है और उनके संग्रहालय बड़े गर्व से निरंतर उन कलाकृतियों की नुमाइश करते हैं, जो उनकी नहीं हैं।

फिर भी इस विनाशकारी लूटपाट के विषय में बढ़ती जागरूकता के बावजूद भारतीयों को इनसे कोई ज्यादा शिकवा नहीं है। वह चीज, जो भारतीयों को 1950-60 के चीन और 1930 के दशक के जापान से अलग पहचान देती है, वह यह है कि इसने पश्चिम विरोधी भावनाओं को जरिया बनाकर कभी भी देशवासियों को संगठित करने का काम नहीं किया। भारत और पश्चिम के बीच हमेशा तो नहीं, किंतु व्यापक रूप से तनावरहित संबंधों का सौहार्दपूर्ण इतिहास भी उल्लेखनीय है। एक बार जब भारत ने इतिहास को परे हटाकर राजनीति को जगह लेने का अवसर दे दिया तो भारत और पश्चिम के बीच मूल्यों और हितों के अभिसरणों ने आकार लेना शुरू कर दिया।

आखिर उनके बीच साझा करने को बहुत-कुछ जो है, जिसमें शामिल हैं—एक उदार लोकतांत्रिक राजनीतिक मॉडल, एक जैसी शासन प्रक्रियाएँ, एक विश्वसनीय बाजार व्यवस्था और रूल ऑफ लॉ के लिए प्रतिबद्धता। भारत ने स्वाधीन होने के बाद भी अंग्रेजी बोलने वाली दुनिया से नजदीकी संबंध बनाए रखने को प्राथमिकता दी, इस राजनीतिक-सांस्कृतिक फैसले के भी परिणाम हलके नहीं थे। उसके बाद बीतते वर्षों के साथ राजनीति, सुरक्षा, व्यापार, निवेश, सेवाएँ, इनोवेशन, शिक्षा और विकास में सहयोग को आच्छादित करने वाला एक मजबूत रिश्ता बन गया, विशेषकर अमेरिका और ब्रिटेन के साथ। इसे सिविल सोसाइटी और संस्थानों के बीच गहन संपर्कों से पहचाना गया। पश्चिम के कई समाजों का अंग बन चुका वृहत भारतीय प्रवासी समुदाय भी इस रिश्ते को और मजबूती प्रदान कर रहा है।

भारत के निकट अतीत के चुनौतीपूर्ण क्षणों में उसे पश्चिम से जो आर्थिक और सामरिक सहयोग मिला, उसने भी एक बड़ा अंतर पैदा किया। विशेष रूप से चीन के साथ, 1960 में सीमा पर संघर्ष के बाद और अकाल के वर्षों के दौरान। विकास संबंधी कार्यों के लिए पश्चिमी देशों और उनके द्वारा नियंत्रित बहुपक्षीय बैंकों से विकास संबंधी सहायता पाने वालों में भारत सबसे बड़ा प्राप्तकर्ता था। तीस वर्ष पहले भारत जब सुधारों के रथ पर सवार हुआ और उच्च वृद्धि दरों को लेकर चला तो पश्चिमी देश इस राह में फिर से मददगार बने। उन्होंने उसके बाद अंतरराष्ट्रीय व्यवस्था में भारत के राजनीतिक हितों को भी आगे बढ़ाया, जिसमें भारत-अमेरिका परमाणु करार और विभिन्न निर्यात नियंत्रक व्यवस्थाओं में सदस्यता प्रदान करने जैसे माध्यम शामिल रहे। आज के दौर के ज्वलंत विषयों, जैसे—आतंकवाद, समुद्री सुरक्षा अथवा कनेक्टिविटी पर अब एक गहरी आपसी समझ विकसित हो चुकी है। इस रिश्ते ने अपनी उपस्थिति को वैश्विक मामलों में बहुत तेजी से अनुभव कराया है, खासकर 9/11 के बाद।

यूरोपीय संघ, ब्रिटेन और अमेरिका उन शीर्ष आर्थिक सहयोगियों में हैं, जो भारत के आधुनिकीकरण के लिए आवश्यक पूँजी, तकनीक और सर्वश्रेष्ठ कार्यप्रणालियों के स्रोत हैं। संबंधों की परिपक्वता उस द्विपक्षीय प्रवाहों में भी परिलक्षित होती हैं, जिनके तहत भारतीय कंपनियाँ पश्चिमी अर्थव्यवस्थाओं में अहम विदेशी निवेशकों के रूप में उभर रही हैं। संबंधों की इस राजनीति ने रफ्तार पकड़ ली है। यद्यपि भारत-अमेरिका संबंध विशेषकर हाल के वर्षों में पल्लवित हुआ है, 'तीसरा विकल्प' जिसका रणनीतिक मुद्दों पर 'यूरोप' ने लंबे वक्त तक प्रतिनिधित्व किया है, उसकी अहमियत बढ़ी है। इस

संचित प्रगति ने आज भारत और पश्चिम के बीच एक उच्च स्तर का आश्वस्ति भाव जाग्रत कर दिया है।

संबंधों की प्रगति की सराहना करते समय हमें यह संज्ञान में लेना चाहिए कि संबंधों की यह स्थिति हमेशा ऐसी नहीं थी। एक निष्पक्ष पड़ताल उप-महाद्वीप के विभाजन से शुरू होनी चाहिए, जिसने भारत के प्रभाव को बहुत कमजोर कर दिया था। भारत और पाकिस्तान के बीच एक कृत्रिम तालमेल जानबूझकर पैदा किया गया, जोकि 1971 में ही जाकर टूट पाया। कई वर्षों तक भारतीय समाज की भीतरी दरारों के राजनीतिक शोषण में भी दिलचस्पी बनी रही। लोकतांत्रिक स्वतंत्रता के नाम पर अलगाववादी विचारधारा को लेकर उदार होना आज भी चिंता का विषय बना हुआ है।

कुछ वर्षों पहले तक हमारे पड़ोस की पश्चिम के साथ निकटता प्रायः वहाँ की उन राजनीतिक शक्तियों के साथ थी, जोकि भारत के साथ ज्यादा दूरी बनाए रखने के अवसर ढूँढ़ती रहती थीं। अगर भारत के लोकतांत्रिक मूल्यों का आज गुणगान हो रहा है तो ऐसी स्थिति हमेशा नहीं रही थी। इसके विपरीत, इस उप-महाद्वीप में जो सैन्य शासन व्यवस्थाएँ रहीं, उन्हें मिसाल के तौर पर पेश किया जाता रहा है। व्यापक दृष्टिकोण यह था कि भारत खेल में बना भी रहे, साथ ही उसे नियंत्रण में भी रख सके। एक अस्थिर और कमजोर भारत उतना ही अवांछित था, जितना एक सशक्त और गर्व से भरा हुआ। वास्तव में, यह भारत के लिए गोल्डिलॉक्स नजरिए का हिस्सा था, जिसमें भारत को न ज्यादा निर्बल होने देना था, न ही ज्यादा सशक्त होने देना था और यही पश्चिम के ज्यादातर विदेश कार्यालयों की भारत के लिए नीति रही थी और इसलिए हम विरोधाभास की यह तस्वीर, जब 1962 की लड़ाई के बाद भारत वास्तव में नीचे चला गया था तो उस समय पश्चिम के सहयोगी रवैये और 1971 में बांग्लादेश के उदय के समय भारत की सख्त दलीलों के बावजूद विरोधात्मक रवैये के रूप में देखते हैं। इन दोनों के बीच का दौर संबंधों को लगातार, किंतु सतर्कता के पैमाने पर व्यस्त रखने का रहा। इतना ही नहीं, भले ही इसके विकास के लिए व्यापक स्तर पर समर्थन रहा हो, लेकिन मुद्दा चाहे भारत के औद्योगीकरण, सुरक्षा तंत्र, परमाणु या अंतरिक्ष क्षमताओं के विकास का रहा हो या फिर अंतरराष्ट्रीय प्रभाव डालने वाली स्थितियों की प्राप्ति के प्रयत्न का, सभी का समाधान बुद्धिमत्तापूर्ण तरीके से प्राप्त किया गया।

इन सब तथ्यों को इस तर्क से युक्तिसंगत ठहराने के प्रयत्न हुए कि शीतयुद्ध के समय भारत अपनी गुटनिरपेक्ष नीति के चलते पश्चिम के साथ खड़ा नहीं हुआ था।

यह विचारणीय है कि भारतीय तर्क इससे बिल्कुल भिन्न है और पाकिस्तान को लेकर पश्चिम की इसके साथ भेदभावपूर्ण नीति ने इसे सोवियत ब्लॉक के करीब जाने पर विवश कर दिया था। यह सब हालाँकि काफी हद तक बदल चुका है और इसी के साथ वास्तव में भारत के रिश्ते भी, पश्चिमी देशों, विशेषकर महत्वपूर्ण यूरोपीय देशों के साथ समग्र रूप से बदल चुके हैं।

लेकिन अभी भी कई मतभेद वाले मुद्दे अस्तित्व में हैं, जिनके लिए दोनों पक्षों को नीतियों को जारी रखने की आवश्यकता है। आर्थिक और सामाजिक प्रश्नों की एक ऐसी श्रृंखला है, जिस पर भारत और पश्चिम के हितों में नितांत भिन्नता है। कई तो ऐसी नीतियों से जुड़े हैं, जहाँ करोड़ों का हित दाँव पर लगा है। जहाँ तक सवाल साम्यता और निष्पक्षता का है, वह भारत भी एक व्यापक विकासशील वैश्विक क्षेत्र की आवाज बुलंद करता है। यह व्यापार, जलवायु-परिवर्तन और बौद्धिक संपदा की स्थितियों में दिखाई पड़ता है। चूँकि दोनों पक्ष अपने हितों के लिए मुद्दे गढ़ने और प्राथमिकताएँ तय करने की कोशिश करते हैं, ये अंतर्विरोध जारी रहेंगे। भारत के वैश्विक दक्षिण (Global South) ग्लोबल साउथ में एक शक्तिशाली उर्वर क्षेत्र है, जिसे उसे अपनी प्रगति के साथ ही और ज्यादा विकसित करना होगा। यह दक्षिण-पश्चिमी ताकत के रूप में पश्चिमी देशों की अपेक्षाओं से कहीं ज्यादा प्रभावी होगा।

सुरक्षा और राजनीति के क्षेत्र में भारत को कई बार पश्चिम द्वारा जो पहल की जाती है, उसका नुकसान भी उठाना पड़ता है। 1980 के दशक में अफगानिस्तान में जिहाद ने जम्मू-कश्मीर में भी आतंकवाद के लिए ईंधन का काम किया। अफगानिस्तान और पश्चिम एशिया की स्थितियाँ आज भी चिंता का एक विषय है। अगर दृष्टिकोण एक जैसा नहीं है तो अंतर्दृष्टि और प्राथमिकताओं में भी बड़ा अंतर पैदा हो सकता है। परमाणु प्रसार को लेकर पश्चिम का ईरान और उत्तर कोरिया पर केंद्रित ध्यान, पाकिस्तान और ए.क्यू. खान के निजी नेटवर्क की परिकथाओं पर लीपापोती से बिल्कुल विपरीत दिखाई देता है। नागरिक स्वतंत्रता और मानवाधिकार के मुद्दे पर भारत के पूर्व में सैन्य शासन वाले म्याँमार पर तो उसी समय पाबंदियाँ लगा दी गई थीं, जबकि इसके पश्चिम में उसी तरह की शासन व्यवस्था वाले पाकिस्तान को सहयोगी बताकर स्वागत किया गया, जब बात हमारे दौर की भीषण त्रासदियों की होती है तो चाहे वह चीन का अकाल हो अथवा बांग्लादेश और कंबोडिया के नरसंहार हों, पश्चिम के रणनीतिक आकलनकर्ताओं ने लोगों के आक्रोश की अनदेखी कर दी। पुरानी आदतें इस बात की व्याख्या करती हैं

कि आखिर वे देश, जो संयुक्त राष्ट्र शांति सेना में योगदान करते हैं तो वहाँ के फैसलों में उनकी उपेक्षा क्यों होती है ? अथवा आयरलैंड में एयर इंडिया के विमान को बम से उड़ाने की घटना को, चार साल बाद लॉकर बी के ऊपर पैनएम की घटना से बिल्कुल अलग तरीके से क्यों देखा जाता है ? हम ऐसे समाजों को देख चुके हैं, जो आतंकवाद की वकालत अभिव्यक्ति की आजादी के नाम पर करते हैं, लेकिन उनकी व्याख्या बदल जाती है, जब इसके चलते स्वयं उनकी सुरक्षा दाँव पर लग जाती है।

इन उदाहरणों से भारत और पश्चिम दोनों अपने लिए सबक ले सकते हैं। विश्व में होने वाले सभी परिवर्तनों के लिए भारत को पश्चिम के संचित प्रभाव को कम करके नहीं आँकना चाहिए। पश्चिम को चाहिए कि वह अपनी ओर से इस तथ्य को भी मान्यता दे कि भारत एक भिन्न भूभाग और भिन्न इतिहास के साथ अवतरित हुआ है। फिर भी दोनों के लिए सामान्य धरातल पर विस्तार होने के बावजूद भी अपरिहार्य रूप से कुछ मतभेद बने रहेंगे।

पश्चिम के अब तक के टिकाऊपन का रहस्य इसके प्रभुत्व के दौर में निरंतर, किंतु दृढ़ता के साथ स्थापित किए गए संस्थाओं और कार्यप्रणालियों के समुच्चय हैं। यथार्थ में मानवीय गतिविधि से जुड़ा ऐसा कोई कार्यक्षेत्र नहीं है, जो किसी-न-किसी प्रकार से इसके द्वारा गढ़ा या व्यवस्थित न किया गया हो। नियमों के समुच्चय पूरे विश्व के लिए बनाए जाते हैं, साथ-ही-साथ वैश्विक साझा हितों (Global Commons) के लिए भी। ये उन कथानकों द्वारा ऊर्जा पाते हैं, जो पश्चिम के हितों को पूरा करते हैं और दूसरे प्रतिद्वंद्वियों को हीन साबित करते हैं। संस्थाओं, सत्ता प्रतिष्ठानों, नियमन और समझ के मिश्रण का मैट्रिक्स इतना जटिल है कि इनके विकल्प तैयार करना वास्तव में एक विकट चुनौती है। चाहे जो हो, जैसे-जैसे वैश्विक शक्ति का पुनर्वितरण प्रगति करेगा, इसका ऐसा होना अपरिहार्य है।

अगर मजबूत स्थिति वालों को उभरते हुए राष्ट्रों के साथ सामंजस्य बनाना है तो मुद्दा केवल सीमा और प्रकृति का नहीं है। सबसे अहम यह है कि किसके साथ इन सबको ऐसा करना चाहिए। चीन के साथ पश्चिम की साझेदारी का तर्क प्राथमिक रूप से पारस्परिक आर्थिक लाभों का रहा है। अगर आज संबंधों में तनाव हैं तो वे इसलिए हैं, क्योंकि पारस्परिकता सवालों के घेरे में आ गई है, लेकिन भारत का मामला थोड़ा अलग है, क्योंकि यहाँ आर्थिक तर्कों पर राजनीतिक आवरण भी होता है। इसका बहुलवादी चरित्र और जनसांख्यिकीय दृष्टिकोण पश्चिम के ज्यादा निकट है।

फलस्वरूप भारत की आर्थिक वृद्धि और राजनीतिक साख आज व्यापक महत्व की हो चुकी है। इसके विकास में दिया जाने वाला योगदान नवीन वैश्विक रणनीतिक संतुलन को आकार देने का हिस्सा हो सकता है। भारत के लिए भी यह याद रखना उत्तम होगा कि इतिहास में दूसरे देशों ने भी व्यापक आकलन करने के बाद ही कुछ राष्ट्रों के साथ भागीदारी कर रखी थी।

यह केवल भारत की सामर्थ्य ही नहीं है, बल्कि पश्चिम की सापेक्षिक विशिष्टता भी है, जो परिवर्तित हो रही है। यदि विशेष रूप से अमेरिका और समग्र रूप में यूरोप ने अपनी धार मंद कर ली है तो इसकी वजह क्रमशः राजनीतिक इस्लाम और चीन को लेकर उनके गलत अनुमानों का मायाजाल है। इसमें बढ़ोतरी करने वाली समस्याएँ उन आर्थिक, सामाजिक, जनसांख्यिकीय और राजनीतिक रुझानों से उपजी हैं, जो लंबे समय से बनने की प्रक्रिया में रही हैं। पश्चिम में सामाजिक रुझान भी व्यापक राष्ट्रवाद और संकीर्णता को बढ़ाते आए हैं। आप्रवासन ने आय में विषमता को बढ़ावा देने वाली नीतियों के साथ मिलकर ग्लोबलाइजेशन के विरुद्ध कथानक के लिए ईंधन का काम किया है। जैसे-जैसे सांस्कृतिक राष्ट्रवाद की चुभन शुरू हुई, पश्चिम भी इसके प्रभाव में आ गया, ब्रिटेन यूरोप को लेकर और अमेरिका अपने गठबंधन की प्रतिबद्धताओं को लेकर आक्रामक रूप से मुखर हो गए।

जहाँ तक यूरोप का सवाल है, यूरोजोन संकट के बाद वैसे भी वहाँ अनवरत वैश्विक काट-छाँट होती आई है। एक व्यापक कदम उठाते हुए यूरोप अपने हितों को मुख्यतः आर्थिक संबंधों में परिभाषित करते हुए एशिया से राजनीतिक रूप से पीछे हट गया, लेकिन पिछले दशक में परिवर्तन की गति इतनी तेज रही कि जल्द ही इसे अपने आप को रक्षात्मक मुद्रा में लाना पड़ा, यहाँ तक कि घरेलू मोर्चे पर भी। लंबे समय से जो सुविधाएँ अटलांटिक गठबंधन देता आया था, वह भी अब सवालों के घेरे में है। इसलिए जो छवि हमारे सामने है, वह विक्षोभ से भरी और अस्पष्ट है। कई मुद्दों पर यूरोप और अमेरिका के बीच दरारें प्रत्यक्ष दिखाई दे रही हैं। यहाँ तक कि वर्षों तक आंतरिक एकता को प्रोत्साहित करने वाला यूरोप स्वयं भी बँटा हुआ दिखाई दे रहा है। वास्तव में, मुद्दे अब उस स्थिति में पहुँच चुके हैं, जहाँ कोई भी आसानी से यह सवाल पूछ सकता है कि क्या एकजुट पश्चिमी विश्व की धारणा अब भी तर्कसंगत है? इस ढाँचे को अखंडित रखने वाले मध्यस्थ की भूमिका अमेरिका निभाता आया था। चूँकि वह देश उत्तरोत्तर अंतर्मुखी होता जा रहा है, इसके ध्वस्त होने का खतरा पैदा हो गया

है। इसलिए जो हमें देखने को मिल सकती है, वह है—पश्चिम के भीतर उभरती हुई बहुध्रुवीयता। ऐसा पश्चिम जब भारत के साथ संलग्न होता है या इसके विपरीत होता है तो यह उन अनुभवों से बिल्कुल अलग होगा, जब उनकी एकजुटता मजबूत थी।

भारत एक उभरती हुई ताकत हो सकता है, लेकिन स्पष्ट रूप से अभी इसे लंबा रास्ता तय करना है। फिर भी समकालीन इतिहास में ऐसे कई सबक हैं, जिनसे यह सीख ले सकता है। सच्चाई यह है कि पिछले 150 वर्षों में प्रगति की सबसे मनमोहक कहानियाँ पश्चिम के सहयोग से ही लिखी गई हैं। यही उन्नीसवीं सदी और 1950 के बाद जापान की, 1960 के दशक में दक्षिण कोरिया की, 1970 के दशक में आसियान की और 1980 और उसके बाद चीन की वास्तविकता रही है। यहाँ तक कि 1920 में सोवियत संघ में तेजी से औद्योगीकरण के लिए जर्मनी एक योग्य सहयोगी था। चीन के मामले में, इसने दोहरा जोखिम उठाकर दोहरा लाभ भी उठाया—1950 के दशक में पहले सोवियत संघ के साथ मिलकर और फिर 1980 में पाला बदलते हुए पश्चिम के साथ होकर। यह कहने की आवश्यकता नहीं है कि पश्चिम ने ऐसा बिना किसी निजी एजेंडे के नहीं किया होगा, लेकिन इसके सहयोगियों के लिए चुनौती विकल्प के प्रभावी सदुपयोग और परिणामों के सामंजस्य की है।

भारत जो प्राप्त कर सकता है, वह काफी हद तक स्पष्ट है। पश्चिम के साथ एक मजबूत पार्टनरशिप बहुत अधिक राजनीतिक और आर्थिक लाभों की ओर ले जाएगी, हालाँकि दोनों को प्रतिस्पर्धी क्षेत्रों में भारतीय निष्पक्षता से साधना होगा। केवल क्षितिज के उस पार देखने भर से प्रचुर मात्रा में प्रौद्योगिकी अनुप्रयोग और मानव संसाधन के भरपूर उपयोग के अवसर दोहन के लिए उपलब्ध हो जाते हैं। वर्तमान में थोड़े तोड़-मरोड़ के चलते भले ही वैश्वीकरण थोड़े तनाव में हो, लेकिन यह स्वयं को एक संशोधित संस्करण के रूप में अवश्य अवतरित करेगा, हालाँकि कुछ आत्मविश्वास के साथ यह कहा जा सकता है कि अर्थशास्त्र, प्रौद्योगिकी और जनसांख्यिकी का संयोजन भारत एवं पश्चिम को और करीब लाएगा, लेकिन वास्तविक अंतर राजनीति और मूल्यों के जरिए बनाए जाएँगे। इसे सही अनुपात में सफल बनाने के लिए भारत और पश्चिम दोनों को एक-दूसरे की वैश्विक योजना में पूरक होना होगा। भारत के विकास को व्यापक पश्चिमी हितों में एक रणनीतिक विकास के रूप में परिकल्पित करना एक विवेकपूर्ण शुभारंभ हो सकता है। ऐसी सोच अमेरिका और जापान में ज्यादा स्वीकार्य हो गई है, लेकिन यूरोप में इसे अभी और ज्यादा विकसित होना है।

आर्थिक नजरिए से भी यह पश्चिम के हित में होगा कि भारत तेजी से वैश्विक माँग और आपूर्ति के व्यापक स्रोत के रूप में उभरे, जिससे किसी एक ही भू-क्षेत्र पर अत्यधिक निर्भरता कम हो सके। जैसे-जैसे और ज्यादा प्रौद्योगिकी पर हमारी निर्भरता बढ़ेगी, यह और भी अहम होने जा रहा है। इस सत्य के साथ कि संसाधन और लागत का अनुकूलन व्यापार को दिशा देने वाला सिद्धांत बना रहेगा, वैश्विक व्यापार के लिए भारत के मानव संसाधनों की विशेषताएँ समय के साथ और बढ़ने ही वाली हैं, जब बात डिजाइनिंग और उत्पादन की सहमति की आती है तो इसकी बाजार-अर्थव्यवस्था और उत्तरदायी शासनतंत्र इसे एक सुरक्षित सहयोगी बनाता है।

भारत की सफलता सुनिश्चित करने में कई वृहत सिद्धांत भी विन्यस्त हैं, जिन्हें पश्चिम को सिद्ध करना है। यह इस बात को सिद्ध करेगा कि लोकतांत्रिक राजनीति और उच्च वृद्धि वाली अर्थव्यवस्था परस्पर विरोधी नहीं है। भारत की बहु-आस्थाओं वाला समाज भी वैश्विक स्थायित्व में बहुत अधिक योगदान कर रहा है। वास्तव में वही है, जो रूढ़िवादिता और चरमपंथ को भारत के पश्चिम से पूर्व में प्रसार को रोकने में सुरक्षा दीवार का काम करता है, लेकिन इसके अपने सक्रियतावादी पहलू भी हैं, जो पश्चिमी विश्व के लिए बढ़ते हुए महत्व वाले होंगे। हिंद महासागर में समुद्री सुरक्षा अथवा एशिया में कनेक्टिविटी बढ़ाने जैसे क्षेत्रों की बात हो, इसका योगदान एक महत्वपूर्ण बदलाव ला सकता है। एच.ए.डी.आर. (HADR) का और अधिक दायित्व उठाने की इच्छा भी पिछले कुछ वर्षों में साफ दिखाई दे रही है। संवेदनशील प्रौद्योगिकियों के मुद्दे पर इसकी भागीदारी निर्यात नियंत्रण व्यवस्थाओं को और सशक्त करती है। इसकी उपस्थिति न केवल विभिन्न वैश्विक पहलों और वार्ताओं की विश्वसनीयता बढ़ा देती है, बल्कि अकसर, जैसा कि पेरिस जलवायु-परिवर्तन सम्मेलन में हुआ, नतीजों तक पहुँचने में भी मदद करती है। एक पश्चिमी व्यवस्था के लिए, जिसे सशक्त रहने के लिए आत्ममंथन की आवश्यकता होगी, भारत के साथ भागीदारी एक अच्छा विकल्प है।

इन सबके प्रभावी होने के लिए अनेक महत्वपूर्ण संबंधों के स्व-समर्थित रूप में एक साथ आने की भी आवश्यकता होगी। इसमें भारत के अमेरिका, ब्रिटेन, यूरोप और जापान के साथ संबंध शामिल हैं, जब बात अमेरिका की आती है तो यह उल्लेखनीय है कि भारत ने हाल के वर्षों में उत्तरोत्तर क्रियान्वयन के जरिए संबंधों को निरंतर सुदृढ़ किया है। आगे की राह एक ऐसी ही समानता की तलाश करेगी—क्लिंटन के साथ

बहुलवाद और व्यापार, बुश के साथ यह लोकतंत्र और वैश्विक रणनीति तथा ओबामा के साथ जलवायु-परिवर्तन और चरमपंथिता। ट्रंप के निर्वाचन के बाद, ये द्विपक्षवाद, व्यापार और सुरक्षा अभिसरण है। अगर अमेरिकी राष्ट्रपति उन शासन पद्धतियों और पुरातनपंथियों के चंगुल में कम फँसता है, जो लंबे समय से नए सहयोगियों के साथ प्रगति को बाधित करते आए हैं तो इसमें भारत का ही लाभ है। दुनिया को लेकर ट्रंप के दृष्टिकोण से सहयोगियों ने अमेरिका को निराश किया है और प्रतिद्वंद्वियों ने इसे ठगा है, भारत भाग्यशाली है कि वह दोनों में से कोई नहीं है।

भारत-अमेरिका संबंध निश्चित रूप से पश्चिम तक भारत की समग्र पहुँच का केंद्रबिंदु है। अपने आरंभिक चरणों में व्यापक नीतियों को गढ़ने में ब्रिटेन की भूमिका जरूरत से ज्यादा बड़ी थी। परिणामस्वरूप विभाजन के पश्चात् के बहुत से विचारों को विदेश नीति पर अपना रुख बताकर आगे बढ़ा दिया गया। फिर भी समय बीतने के साथ अमेरिकी हितों ने और अधिक स्वायत्त आधार हासिल कर लिया, जो पूर्व में भारत के स्वयं के बढ़ते निवेश से उपजे अतिव्यापन से मेल खाता था। आज भी भारत के पूर्व और पश्चिम के अभिसरणों में यह अंतर दिखाई देता है। ये अंतर जितने कम किए जा सकेंगे, वही भारत के साथ बढ़ती हुई पश्चिमी निकटता को प्रतिबिंबित करेंगे।

जैसे ही अमेरिका के साथ यह गोल्डिलॉक्स दौर अपने समापन तक पहुँचा, संबंधों को विस्तारित करने के प्रयासों ने परिणाम देना आरंभ कर दिया। संपर्कों का विस्तार और संवादों की सुविधा जो आज है, डेढ़ दशक पहले उसकी कल्पना तक नहीं की जा सकती थी। संबंधों की प्रबलता को पक्के तौर पर जी2जी (G2G), बी2बी (B2B), पी2पी (P2P), यहाँ तक कि टी2टी (T2T) (प्रौद्योगिकी-से-प्रौद्योगिकी) के रूप में आँका जा सकता है। एक देश, जिसने पिछले चार दशकों में कोई सैन्य उपकरण नहीं खरीदा, आज कई मंचों का संचालन करता है। सामाजिक संपर्क भी विशेष रूप से मजबूत हुए हैं, जिसे भारतीय छात्रों की बड़ी संख्या में मौजूदगी से संबल मिला है। दोनों देशों में आम नागरिक की भावना बहुत सकारात्मक है और प्रवासी भारतीय समुदाय एक असाधारण सेतु की भूमिका निभाने लगा है, जिसका प्रभाव विशेष रूप से अमेरिकी कांग्रेस पर भी पड़ा है।

यद्यपि इस संबंध की भूमिका निस्संदेह हमारी पीढ़ी की परिवर्तनकारी कथा रही है, लेकिन यह इसकी स्वयं की चुनौतियों के बिना नहीं है। यह अंतरराष्ट्रीय संबंधों की प्रकृति में सन्निहित है—कुछ प्रसरित होते भू-राजनीतिक परिप्रेक्ष्य से और कुछ घरेलू

बाध्यताओं से। वर्तमान में व्यापार में कड़ा संघर्ष और गतिशीलता को लेकर चिंताओं पर महत्तम ध्यान देने की आवश्यकता है, लेकिन उससे परे एक बड़ा मुद्दा संबंधों की निरंतर देखरेख का है। भारत को अमेरिका में अपने मूल्यों का एक कथानक बनाए रखना है, चाहे यह भू-राजनीति का संदर्भ हो, साझा चुनौतियों का हो, बाजार के आकर्षणों का हो, प्रौद्योगिकीय सामर्थ्य का हो या फिर दायित्व साझा करने का हो और इसका अनुकूलन तात्कालिक राष्ट्रपति के हिसाब से किया जाना चाहिए। अमेरिकी नीतियों में निरंतरता के अभाव को देखते हुए यह भी आवश्यक है कि उनकी भागीदारी में निरंतर अद्यतन होती प्राथमिकताएँ और उनसे उभरने वाले मुद्दे शामिल होते रहें।

दुनिया वास्तव में बहुत भिन्न है, लेकिन इसके आधारभूत सिद्धांतों को पूरी तरह से पलटा नहीं गया है। यह निश्चित रूप से सत्य है कि एशिया ने प्रभावशाली तरीके से प्रगति की है तथा पश्चिम ने आर्थिक और राजनीतिक रूप से इसके लिए जगह भी छोड़ी है। यूरोप, अमेरिका की तो बात ही नहीं, पश्चिम को छोड़ने मात्र की कल्पना ही गंभीर नादानी होगी। यह सुझाव देना कि एशिया के बढ़ते हुए सकल घरेलू उत्पाद स्वयं को तेजी से रणनीतिक ताकत में बदल लेंगे, एक भ्रम है। ऐसा आर्थिक नियतिवाद एक प्रेरणादायक गतिविधि तो हो सकती है, लेकिन नीति-निर्माण में इसे एक आधार के रूप में शामिल नहीं किया जा सकता। वास्तविकता यह है कि प्रमुख बाजार और वह पूँजी भी, जो वृद्धि के लिए आवश्यक है, अभी भी पश्चिम में हैं। इन सबसे बढ़कर पश्चिम लगातार प्रौद्योगिकी और नवोन्मेष का प्रमुख स्रोत बना हुआ है, भले ही इसका महत्व कम हो रहा हो। वैश्विक संस्थाएँ इसके आचार-विचार में बँधी रहती हैं, क्योंकि मानक प्राय: वहीं निर्धारित किए जाते हैं। वैश्विक सार्वजनिकता (वैश्विक साझा हितों) व्यापक रूप में पश्चिम द्वारा ही विनियमित की जाती है और इसका अदृश्य प्रभाव संभवत: इसके प्रत्यक्ष प्रभाव से ज्यादा प्रबल है।

संभवत: यह सच है कि इसकी आसन्न मृत्यु की घोषणाएँ इसलिए अपरिपक्व हैं। सैन्य संतुलन इस वास्तविकता को और मुखर रूप में प्रकट करता है। अगर कोई अमेरिका को अलग कर भी दे, तब भी दुनिया भर के रक्षा-बजट पर जितना व्यय होता है, उस पर यूरोप का खर्च बहुत भारी पड़ता है। उन युद्धों पर गौर करें, जो पिछले 25 वर्षों में यूगोस्लाविया, अफगानिस्तान, इराक, लीबिया और सीरिया में लड़े गए। कारण उनके चाहे जो रहे हों, लेकिन वे सब बल-प्रयोग करने, सुधार के साथ बेहतर प्रौद्योगिकी व उसका अनुप्रयोग करने तथा राजनीतिक दबाव के प्रयोग की स्पष्ट क्षमता

की पश्चिमी इच्छा को भी देख चुके हैं। अमेरिका और यूरोप आज भी सैन्य और दोहरे उपयोग (dual-use) वाली प्रौद्योगिकी के अग्रणी आपूर्तिकर्ता हैं और यह महज संयोग नहीं है कि वे ही किसी भी क्षेत्रीय वार्ता में प्रधान मध्यस्थ भी हैं।

पश्चिम के साथ बेहतर तालमेल के मामले में भारत के पास सतर्क रहने के लिए समझने लायक तर्क भी हैं, जो हमारे आहत इतिहास को प्रतिबिंबित करते हैं। नवीनतम उदाहरण 2003 में इराक में और 1979 के बाद अफगनिस्तान में हुए घटनाक्रमों के भी हैं, जिनसे हमारे निकटवर्ती पड़ोस में हुई पश्चिमी कार्रवाइयों की यादें जुड़ी हैं, लेकिन जैसे-जैसे संरचनात्मक रूप से एक अधिक अव्यवस्थित विश्व में भारत आगे बढ़ता है, यह एक विरासत का बढ़ता हुआ मामला हो जाता है। चिंताएँ एक ऐसे युग से उपज रही थीं, जब भारत कमजोर था और पश्चिम के साथ संबंधों की खाई बहुत गहरी थी। दूसरे राष्ट्र वैश्विक व्यवस्था के ध्रुव थे और हमारा काम कम-से-कम नुकसान के साथ उन्हें साधना था। 1950 के दशक में जब भारत गुटनिरपेक्ष था, उस समय जो सही ठहराया जा सकता था, संभवत: आज वैसी स्थिति नहीं है। इस बात पर अड़े रहना कि जोखिम तब से बदले नहीं हैं, भारत की उन महत्वपूर्ण उपलब्धियों को निरस्त करने जैसा होगा, जो 1990 के दशक से अब तक उसके खाते में संचित हैं। यह दुनिया में प्रत्यक्ष रूप से हुई भारत की प्रतिष्ठा में वृद्धि को कम करके आँकने जैसा भी होगा।

अतीत में हम सी.टी.बी.टी. या ट्रिप्स जैसे मुद्दों पर साथ रहने या छोड़ने की बात पर एक रास्ता चुनते थे। आज भारत के पास दोनों विकल्पों के चयन का सामर्थ्य है, जब आवश्यकता हो, पश्चिम के साथ आत्मविश्वास के साथ काम करने का और जब इसके हितों पर आँच आए तो इनसे असहमत होने का भी। अफगानिस्तान, ईरान, रूस, जलवायु-परिवर्तन, कनेक्टिविटी और आतंकवाद ऐसे ही कुछ प्रासंगिक उदाहरण हैं, जब अफ्रीका जैसे क्षेत्रों में अवसर पैदा हुए थे, तब भारत ने स्वयं अपना मार्ग चुनने में कभी संकोच नहीं किया। यह न केवल स्वयं के पड़ोस में अपनी स्थितियाँ तय करने में तत्पर रहा है, बल्कि इस प्रदर्शन से अंतरराष्ट्रीय समुदाय को प्रभावित करने की क्षमता भी रखता आया है। ऐसा करना कई बार इसे असहज रूप से अकेला बना सकता है, लेकिन फिर भी यह एक ऐसा सहयोगी है, जिसका महत्व बहुपक्षीय विश्व में ज्यादा बढ़ रहा है।

भारतीय भविष्य की ओर आशावादी नजरों से देखते हैं, जबकि उन्हें यह नहीं भूलना चाहिए कि आगे की राह में अतीत के अवरोध भी हैं, जिनसे पार पाना होता है।

यद्यपि भारत ने प्रथम तथा द्वितीय विश्वयुद्ध में अति महत्वपूर्ण योगदान दिए थे, फिर भी 1945 में इसको विशिष्ट भागीदारों का दर्जा नहीं मिला और फलस्वरूप अनुपस्थित रहने की कीमत चुकाता रहा। इन युद्धों में और कालांतर में शांति स्थापना करने वाली कार्रवाइयों में इसके बलिदानों को रेखांकित करना, इसके दावों को और पुख्ता करने के प्रयत्नों का हिस्सा है। कहने को तो एक और ज्यादा समकालीन वैश्विक व्यवस्था पर बहुत बातें होती हैं, लेकिन यह तय है कि सुदृढ़ स्थिति वाली वैश्विक शक्तियाँ आसानी से अपनी विशेषाधिकार प्राप्त स्थितियों को नहीं छोड़ेंगी, भले ही वे निम्नतर अंतरराष्ट्रीय व्यवस्था की ओर क्यों न ले जाएँ। चाहे परमाणु अप्रसार संधि हो या फिर अंतरराष्ट्रीय न्यायालय में प्रतिनिधित्व का मुद्दा, वे कार्यप्रणालियाँ और सत्ताएँ, जो 1945 से संचालित हैं, भारत पर नकारात्मक प्रभाव डालती हैं।

1945 की व्यवस्था पर सवाल खड़े करना जरूरी है, लेकिन यह काम इतना नाजुक है कि बेहद सावधानी से करना होगा। यह अग्रगामी परिप्रेक्ष्य को ध्यान में रखकर किया जाना चाहिए, जिससे यह औपनिवेशिक दासता से मुक्त राष्ट्रों को प्रभावित कर सके, अन्यथा इसके ऐतिहासिक नतीजों को पलटने वाली पश्चगामी पहल बन जाने का खतरा रहेगा। जैसे-जैसे भारत अंतरराष्ट्रीय व्यवस्था में ऊपर जाता है, यह अपना स्वयं का दृष्टिकोण आगे बढ़ाएगा और समय-समय पर पश्चिमी राष्ट्रों से सवाल भी पूछेगा।

इस तथ्य में कि भारत एक क्रियाशील लोकतंत्र है तथा यह सबसे चुनौतीपूर्ण परिस्थितियों में प्रतिष्ठापित हुआ था, इसकी प्रकृति के श्रेष्ठ संकेत मिलने चाहिए। इस बात का कोई अर्थ नहीं है कि यह बहुलवाद हाल के राजनीतिक अनुभवों से उपजा है अथवा एक अंतर्निहित सांस्कृतिक गुण है। यहाँ अतीत के दीर्घकालिक आँकड़े उपलब्ध हैं, जो नियमों और कानूनों के प्रति अंतर्निहित आदर भावना को उद्घाटित करते हैं। निश्चय ही, यही वह आत्म-छवि है, जो स्वयं में एक सशक्त प्रेरणास्रोत है। अपने क्रियाकलापों और संदेशों के माध्यम से भारत ने धैर्यपूर्वक एक दायित्वपूर्ण लोकतांत्रिक शक्ति की छवि बनाई है। कुछ लोग भले ही प्रतिवाद करें, लेकिन एक ऐसे विश्व के लिए जो भविष्य की दिशाओं को लेकर अनिश्चित है, यह एक समृद्ध परिसंपत्ति है, लेकिन वास्तविकता यह भी है कि भारतीय राजव्यवस्था के उद्भव के साथ ही इसका सामाजिक चारित्रिक गुण पहले की अपेक्षा तेजी से उजागर हुआ है। जैसे-जैसे यह स्वयं को ज्यादा स्पष्टता के साथ परिभाषित करना शुरू करेगा, वार्ताओं और सामंजस्य प्रक्रिया का एक अपरिहार्य दौर हमारे सामने होगा। बीते वर्ष में हुई राजनीतिक प्रगति

से उत्पन्न विवेचनाओं से यह संकेत मिलता है कि यह प्रक्रिया आसान नहीं होगी। आखिर में यह कुल मिलाकर पुनर्संतुलन के बारे में ही होगा, जैसा कि वैश्विक मामलों में राष्ट्रवाद तेजी से कर रहा है।

पश्चिम के साथ समकालीन संबंधों के मूल में, हमारे देश में हुए बदलावों की समझ की आवश्यकता है। इसके लिए यह स्वीकारना जरूरी होगा कि पश्चिमी ढाँचे में ढले एक अभिजात्य वर्ग की प्रासंगिकता समाप्त हो चली है। रूढ़िवादिता से परे जाकर देखना अब ज्यादा व्यापक स्वीकृति प्राप्त कर चुका है और म्यूनिख सुरक्षा सम्मेलन-2020 प्रभावशाली तरीके से 'वेस्टलेसनेस' पर ध्यान केंद्रित करता है। अपनी ओर से भारत को पश्चिमी विश्व के विषय में गहन समझ विकसित करते हुए इस चिंता को लाभकारी अवसर में बदलना होगा। व्यवहारों और संस्कृति की अपेक्षा यह अब मूल्यों और रणनीतियों पर निर्भर है, जो भारत और पश्चिम को समीप ला सकते हैं। इनका प्रभावी ढंग से क्रियान्वित होना उन सृजनात्मक तत्वों में से एक होगा, जो वैश्विक भू-परिदृश्य को आकार देंगे।

□

6

निम्जो-इंडियन डिफेंस

उभरते चीन को साधने की व्यूह रचना

"बुद्धिमान व्यक्ति लड़ाई से पहले ही जीत हासिल कर लेता है।
लड़कर जीतने की नियति से अज्ञानी जूझते हैं।"

—चु ग लियांग

भारत और चीन के एक साथ मिलकर काम करने का सामर्थ्य एशियाई शताब्दी को निर्धारित कर सकता है, लेकिन साथ ही उनके मतभेद ऐसा करने से भी उन्हें रोक सकते हैं। वादों और चुनौतियों के इस संयोजन के बावजूद भी उनके आपसी संबंध बेशक हमारे समय के सबसे परिणामदायी संबंधों में एक हैं। शेष विश्व चीन के उल्लेखनीय उत्थान की सराहना करता होगा, लेकिन भारत इसके बिल्कुल समीप निकटतम पड़ोसी होने के नाते इसे बहुत निकट से अनुभव करता है। इसकी रणनीतिक गणनाओं में लंबे समय से चीन की एक अहम भूमिका रही है और आज इसका महत्व पहले से कहीं ज्यादा है। ये दो ऐसी सभ्यतागत राज्य व्यवस्थाएँ हैं, जिनकी आधुनिक राज्य में रूपांतरण की लगभग समानांतर यात्रा संघर्षों से मुक्त नहीं रही है। चीन को सही तरीके से समझना भारत के भविष्य की संभावनाओं के लिए बहुत अहम है। यही कारण है कि संबंधों पर विमर्श, विशुद्ध रूप से पारंपरिक पूर्व-धारणाओं और तय तर्कों के दायरे से बाहर जाकर भी, होने चाहिए।

भारत और चीन के रिश्ते, इतिहास और भूगोल दोनों के चलते, कई विभिन्न वास्तविकताओं से जूझते आए हैं। उनका सुदूर और निकट अतीत का संदर्भ, आधुनिक इतिहास और समकालीन राजनीति, उनकी प्रतिरूपी, किंतु भिन्न प्रगति और उनका उभरता हुआ भविष्य, कुल मिलाकर ये एक ऐसे जटिल मैट्रिक्स की रचना करते हैं, जिसमें विश्व की उत्सुकता बढ़ रही है। इस रिश्ते के विभिन्न पक्षों के बीच संतुलन ही इसका समग्र चरित्र निर्धारित करेगा।

पहली वास्तविकता सदियों की मजबूत बौद्धिक, धार्मिक और व्यापारिक संबंधों से ताल्लुक रखती है। वास्तव में यह एक 'सिल्क रूट' का युग था, एक ऐसा युग जो अंतर्भेदी, बहुलवादी और परस्पर समृद्धि करने वाला था। विविध रास्ते इस रूट का हिस्सा थे, जो दो सभ्यताओं के केंद्रीय स्थल को जोड़ते थे। इसकी प्रेरक शक्ति विचारों और व्यापार का सशक्त सम्मिश्रण था। इस युग के अधिकांश चरणों में बौद्ध धर्म वह

वाहन रहा, जो बहुत से यात्रियों के लिए इस रूट के विश्राम स्थलों से हितों की प्रतिपूर्ति का माध्यम बना। आज के शिनजियांग (Xinjiang) में स्थित कुचे (Kuche) और खोतान (Khotan), भारत से जाने वालों के लिए मुख्य केंद्र थे, जो उस समय के चीन का केंद्र हुआ करते थे। सिल्क रूट पर पड़ने वाले इन साम्राज्यों के शासकों के नाम संस्कृत भाषा में थे, जो भारत से उनके संबंधों की पुष्टि करते हैं। यहाँ तक कि तीसरी शताब्दी में बड़ी संख्या में भारतीय परिवार डुनहुआंग (Dunhuang) में बस चुके थे और उतना ही आकर्षण का केंद्र रास्ते में पड़ने वाले बौद्ध विहार होते थे। आरंभ में कश्मीर साझा ज्ञान का मुख्य केंद्र था, कालांतर में जिसने नालंदा के महान् विश्वविद्यालय का मार्ग प्रशस्त किया, हालाँकि यह भारत और चीन के बीच मुख्य मार्ग था, लेकिन यह एकमात्र रास्ता नहीं था। ब्रह्मपुत्र घाटी, चिंदविन (Chindwin) और इरावड्डी (Irrawaddy) पूर्वी संपर्क मार्ग थे और अन्वेषक झांग क्वियान (Zhang Quian) के ऐतिहासिक वृत्तांतों से भारत से सिचुआन तक जाने वाली एक दक्षिणी सिल्क रोड की भी पुष्टि हुई थी। इसके अलावा, पहले टोनकिन (Tonkin) फिर कैंटन (Canton) से होते हुए एक समुद्री मार्ग भी था, जो सीधे प्रायद्वीपीय भारत से जुड़ता था। ताइवान के दूसरी ओर सुदूर पूर्व में फुजियान (Fujian) तट तक भारतीय मंदिरों की उपस्थिति चीन के साथ हमारे विस्तृत संपर्कों के महत्व को रेखांकित करती है।

इस गहरे सांस्कृतिक जुड़ाव की सजीव छवियाँ चीन के अहम सांस्कृतिक स्थलों, जैसे—डुनहुआंग (Dunhuang) गुफाएँ और लुवोयांग (Luoyang) के व्हाइट हॉर्स टेंपल में भी देखने को मिलती हैं। संपर्कों की यह परंपरा स्वाभाविक रूप से मानवीय अभिव्यक्तियों में भी देखने को मिलती है—कश्यपमतंग और धर्मरक्षा जैसे भिक्षु जिसका माध्यम बने, जो भारतीय शास्त्रों को लुवोयांग लेकर आए; कुमारजीव, जिन्होंने बहुत सारे बौद्ध सूत्रों को चीनी भाषा में उपलब्ध कराया और धम्म/बोधिधर्म, जो शाओलिन परंपरा से जुड़ा है। इतिहास के दो प्रसिद्ध चीनी यात्री फाह्यान (Fa-Xian) और ह्वेनसांग (Xuan-Zang) की भारत यात्राएँ उस दौर के चीन में हमारी अहमियत को दर्शाती हैं। उस समय का आपसी व्यापार गहन शोध का विषय रहा है और यह ऐसे लोगों के लिए संतोषप्रद हो सकता है, जो यह मानते हैं कि इस व्यापार व्यवस्था में संतुलन की एक अलग ही समस्या रही थी। ऐसा कहा जाता है कि छठी शताब्दी आते-आते, वहाँ भारतीय संगीत इतना लोकप्रिय हो चुका था कि इस पर

आंशिक रूप से पाबंदी लगाने के लिए शाही फरमान जारी किया गया। जो लोग यह तर्क देते हैं कि दोनों देशों के बीच उपयोगी संपर्कों और लाभकारी सह-अस्तित्व की सुदीर्घ परंपरा रही है, आँकड़े भी निश्चित रूप से उनके दावों की पुष्टि करते हैं, लेकिन दोनों संस्कृतियाँ ऐतिहासिक रूप से किस प्रकार एक-दूसरे को प्रभावित किए रह सकती हैं, यह तथ्य लोकप्रिय कथानक में काफी पीछे छूट गया।

चीन को लेकर न तो भारतीयों की मानसिकता और न ही संपर्कों को लेकर जागरूकता में कोई विशेष रुचि रही थी। इतना ही नहीं, इन संबंधों के प्रशंसक भी बहुत कम थे। इसकी एक वजह दूसरों से संबंधों की जानकारियाँ सँजोने की मौखिक परंपरा भी हो सकती है। इसी के साथ यह एक ऐसे आत्मकेंद्रित समाज का प्रतिबिंब भी हो सकती है, जिसके लिए जो पीछे छूट गए, वे महत्वहीन थे और जो आए भी, वे नाममात्र के रहे। चीन के लिए यह भारतीय नजरिया ज्यादातर विश्व के नजरिए के विपरीत है और जिसे समझना चीन के लिए भी आसान नहीं। आज भारतीय फिल्मों की लोकप्रियता और पर्यटन के प्रोत्साहन के साथ संबंधों के इस दौर में उन तक पहुँचा जा सकता है।

निकट अतीत के प्रारंभिक दिनों में कुछ आशा जगी थी, जिसके विषय में विख्यात विद्वान् पी.सी. बागची* ने उल्लेख किया है कि द्वितीय विश्वयुद्ध का अनुभव दो ऐसे देशों को करीब लाएगा, जो अपना साझा अतीत लगभग भूल चुके थे। यह रोचक बात है कि चीन के अभिजात्य वर्ग को 1949 से पहले भारत के इतिहास की अच्छी तरह जानकारी थी। यह कहा जाता है कि चेयरमेन माओ ने 1950 में भारतीय राजदूत को स्वयं यह लोकप्रिय कहावत याद दिलाई थी कि चीनी लोग जो अपने जीवन में अच्छा काम करते हैं, उन्हें भारत में पुनर्जन्म मिलता है। 'वेस्टर्न हेवेन्स' और भगवान् बुद्ध की जन्मभूमि की धारणाएँ चीनी समाज में गहराई तक समाई हुई है, जैसा कि व्हेनसांग के यात्रा-वृत्तांतों में 'जर्नी ऑफ द वेस्ट' की कथाएँ मशहूर थीं। उसी समय एक नैरेटिव यह भी बन चुका था कि भारत का समाज स्वाभाविक रूप से त्रुटिपूर्ण और सामंजस्य की कमी से ग्रसित है। चीन की राष्ट्रवादी भावनाओं ने भारत को प्रतिस्पर्धी विचारधाराओं के अपने स्वयं के अनुकरण से बेखबर पश्चिमी उदारवाद से समझौता करते पाया।

---

* पी.सी. बागची, 'इंडिया एंड चाइना : ए थाउजेंड ईयर्स ऑफ कल्चरल रिलेशंस' (नई दिल्ली : मुंशीराम मनोहरलाल, 2008)

फिर भी उपनिवेश विरोधी भावनाओं ने चीन के तत्कालीन नेतृत्व को भारत की आजादी का मजबूत और निरंतर पक्षधर बनाए रखा। यह समर्थन ब्रिटेन, खासकर विंस्टन चर्चिल, के साथ रिश्ते बिगड़ने की हद तक जारी था। भारत द्वारा दूसरे विश्वयुद्ध के दौरान सहायक सैन्य अड्डे की भूमिका निभाने और दुर्गम हिमालय में आपूर्ति की जीवन-रेखा बनकर उभरना इस संबंध की भावना को बढ़ाने वाला साबित हुआ, हालाँकि 1949 के बाद इस तथ्य का महत्व घट गया, किंतु शोषित समुदाय के नए दल भ्रातृत्व की इस भावना को आगे बढ़ाते रहे। दूसरे विश्वयुद्ध के दौरान एक चिकित्सकीय मिशन का नेतृत्व कर रहे एक भारतीय वामपंथी डॉ. कोटनिस की कहानी को दोनों समाजों में लोकप्रियता मिली। भारतीय राष्ट्रवादी कवि रवींद्रनाथ टैगोर की चीन यात्रा भी उनके जापानी साम्राज्यवाद विरोधी रवैये के चलते सकारात्मक राजनीतिक प्रतीक बन गई। समकालीन दस्तावेज वास्तव में इससे कहीं अधिक मिश्रित अनुभवों की ओर इशारा करते हैं, किंतु इतिहास तो अकसर राजनीति से आच्छादित रहा है।

स्वतंत्रता के बाद का वह दौर, जिसने तृतीय विश्व की आधारशिला रखी और बांडुंग सम्मेलन को आलोकित किया, उन संबंधों के चरमोत्कर्ष पर था। इस अवधारणा ने अपनी चमक पूरे एक दशक तक बनाए रखी, क्योंकि बंधुत्व को सँभाले रखना दोनों देशों के लिए राजनीतिक रूप से लाभकारी सिद्ध होने वाला था। साम्राज्यवाद विरोधी इसकी धारणा उस एफ्रो-एशियन एकजुटता से मेल खाती थी, जिसे 1955 में कॉन्फ्रेंस ने पश्चिम के संदर्भ में उनकी स्थिति की मजबूती को प्रोत्साहित करने के लिए प्रदर्शित किया था। ऐसा ही एक द्विपक्षीय संवाद के जरिए भी हुआ, जिसने भारतीयों को माओवादी चीन के लिए वास्तविकता से परे ज्यादा नरम दृष्टिकोण रखने को प्रोत्साहित किया। इतिहास में एक जैसे अनुभवों से गुजरने की भावना ने अंतरराष्ट्रीय मंचों पर मिलकर काम करने और भारत को पश्चिम के विरुद्ध चीन की तरफदारी करने में मदद की। इसकी संयुक्त राष्ट्र में पीपुल्स रिपब्लिक ऑफ चाइना (पी.आर.सी.) के प्रतिनिधित्व के लिए निरंतर पक्ष लेना उल्लेखनीय है, लेकिन विडंबना यह है कि सुरक्षा परिषद् में भारत की स्थायी सदस्यता के लिए समर्थन देने की बारी आने पर चीन ने ऐसी उदारता नहीं दिखाई। भारत, कोरिया और वियतनाम दोनों युद्धों के दौरान चीन के लिए उपयोगी रहा। यहाँ तक कि कोरिया युद्ध में चीन भी उतरने की तैयारी कर रहा है, अमेरिका को यह जानकारी भी बीजिंग में भारतीय राजदूत के जरिए पहुँचाई गई थी।

जापानी शांति संधि जैसी वैश्विक वार्ताओं में चीन के संदर्भ में भारत की स्थिति इसके आकलन को उद्घाटित करती है।

1950 का दशक निश्चित रूप से दोनों देशों के बीच सौहार्दपूर्ण संबंधों का रहा और दोनों देशों के नेताओं की एक साथ तस्वीरें इसकी मजबूती जाहिर करती हैं। दोनों देशों का यह रिश्ता निश्चित रूप से चीन के लिए, जो भारत के मुकाबले राजनयिक रूप से ज्यादा अलग-थलग था, ज्यादा उपयोगी सिद्ध हुआ। एक तरह से देखें तो बढ़ते हुए सीमा विवाद के बावजूद भारत संबंधों के इस दौर में ज्यादा भरोसा करने वाला साबित हुआ, हालाँकि दोनों के राष्ट्र में रूपांतरण की प्रक्रिया के दौरान भीतर-ही-भीतर उपज रहे तनाव भी अपनी जगह बनाते जा रहे थे। इसे पूरी तरह से अंतत: चीन-सोवियत विवादास्पद संबंधों में उजागर होना था, जिसने चीन के नेतृत्व को इस तरह से प्रोत्साहित किया, जिसे केवल वामपंथी ही समझ सकते हैं। यह दौर तब जाकर खत्म हुआ, जब ये सारे मुद्दे एक साथ निर्णायक स्थिति में पहुँचे।

यद्यपि यह सकारात्मक संस्करण राजनीतिक सुविधा के लिए लाभकारी हो सकता है, लेकिन यह इस दौर की उन मान्यताओं को समाप्त नहीं करता है, जिनकी जड़ें गहरी हो चुकी हैं। चीनी राष्ट्रवाद ने एक तुलनात्मक इतिहास विकसित कर लिया था, जिसके अनुसार कमजोरियाँ भारतीय समाज की पहचान थीं, जिसमें अब लोकतंत्र को स्पष्ट रूप से अनुशासन और धैर्य की कमी के रूप में चित्रित करने वाला दृष्टिकोण जोड़ दिया गया। विकास की राह पर अपनी अलग-अलग यात्राएँ शुरू करने वाले दो समाजों के बीच एक सहज संतुलन बनाने में ये परिदृश्य किसी तरह से सहायक नहीं थे, लेकिन वास्तविकताओं का दूसरा समुच्चय अत्यंत महत्वपूर्ण है, क्योंकि जब कभी तालमेल बनाने की पारस्परिक इच्छा हो तो इसका सहारा लिया जा सकता है। वास्तव में ब्रिक्स (BRICS) और शंघाई सहयोग संगठन (SCO) जैसे मंचों पर साथ आना इस दौर की याद दिलाने वाला वही कदम है। अपने सभी पारस्परिक मुद्दों के बावजूद भारत और चीन दोनों में, अवचेतन रूप में ही सही, यह धारणा बनी हुई है कि वे कहीं-न-कहीं एक स्थापित पश्चिमी व्यवस्था से भी संघर्ष कर रहे हैं। वे दोनों अपने-अपने इतिहास के इस सकारात्मक नजरिए को जब भी उनके लिए सुविधाजनक हो, आसानी से उपयोग में ला सकते हैं।

अगर कोई इतिहास है, जो वास्तव में मायने रखता है तो वह है आज का इतिहास और अगर बेबाकी से कहें तो यह कोई आसान विरासत नहीं है। वास्तविकताओं का

यह तीसरा समुच्चय, संबंधों के कठिन पक्ष को समेटे है, क्योंकि संबंधों की प्रारंभिक तरुणाई कठिन सुरक्षा और प्रतिस्पर्धी राजनीति में गुम हो गई। यह अपरिहार्य था कि जैसे ही भारत और चीन अपनी सीमाएँ तय करते हुए स्वतंत्र राष्ट्र बनकर उभरेंगे, उनको एक-दूसरे के साथ समन्वय की शर्तों पर काम करना होगा। ऐसा न होने पर किसी समझौते पर पहुँच पाना एक चुनौती साबित होता, लेकिन जैसे-जैसे यह समस्या तिब्बत को लेकर चीन के प्रबंधन, सोवियत संघ के साथ इसके विवाद और आंतरिक कलह के साथ उलझती चली गई, घटनाक्रम पूरी तरह से पलट गया।

आखिरकार मुद्दा न तो सीमा पर बेहतर दावों का था, न ही ऐतिहासिक साक्ष्यों का। न ही वास्तव में कोई एकाकी घटना, चाहे वे कितनी भी गंभीर रही हों, संघर्ष की वजह हैं। यह सह-अस्तित्व में पनपती, चीन की आंतरिक, चीन और भारत की तथा चीन एवं सोवियत संघ की राजनीति का वह दौर था, जिसने नेहरू के प्रति चीन के नजरिए से बिल्कुल भिन्न एक संघर्ष की रूपरेखा तैयार की। नेहरू ने स्वयं इसे अनुभव किया था, जब उन्होंने प्रकट रूप से यह स्वीकार किया था कि चीन के साथ समस्या क्षेत्रीय सीमा विवाद से कहीं ज्यादा दबदबा कायम करने की है। संभवत: उन्होंने शक्ति के प्रयोग के लिए ज्ञातव्य, सत्ता की प्रतिक्रियाओं की तीव्रता को आँकने में भारी भूल कर दी थी या फिर 'आधारभूत सच्चाई' का वह दृष्टिकोण, जिसे तर्कों में उलझे समाज के लिए समझ पाना बेहद कठिन था।

सीमा विवाद तक ले जाने वाले इस दौर के फैसले स्वयं में एक कठिन उपक्रम हैं, लेकिन वह पहलू, जिसकी गंभीरता से समीक्षा की आवश्यकता है, वह यह है कि अगर सीमा वार्ता 1950 में प्रारंभ की गई होती तो क्या भारत के लिए लाभदायक होती या फिर क्या वास्तव में 1954 में तिब्बत पर समझौता तर्क पर आशा की जीत रहा। छह दशक पहले लिये गए फैसलों का असर दोनों पक्ष आज तक महसूस करते हैं।

भारतीय नजरिए से देखें तो उस दौर की राजनीतिक और सैन्य घटनाओं ने चीन के प्रति एक गंभीर अविश्वास पैदा कर दिया था। इस धारणा की गंभीरता अब भी लोगों के मन में कम नहीं हुई है और जिसे अकसर होने वाले नए विवादों से और भी हवा मिलती रहती है। पिछले दो दशकों में शक्ति का अंतर बढ़ने के साथ यह मानसिकता संबंधों पर फिर से असर डालने लगी है। चीन के लोग शायद यह महसूस नहीं करते कि 1962 की जंग का भारतीय लोगों के दिलो-दिमाग पर कितना गहरा असर रहा है। इसी तरह भारतीय जनमानस के पास भी चीजों को भूलकर आगे बढ़ने की वह क्षमता नहीं है, जिसका प्रदर्शन

चीन के लोगों ने रूस और वियतनाम के साथ चीन के विवादों के बाद किया था। 1962 की लड़ाई में हार सिर्फ भारत की ही नहीं, बल्कि आपसी रिश्तों की भी हो गई थी। सीमा पर होने वाला हर नया विवाद उन यादों को ताजा कर जाता है, जिन्हें अब तक धुँधला हो जाना चाहिए था, लेकिन वास्तव में वे लोगों के मन में अब भी ताजा हैं।

आधुनिक संबंधों में कुछ कठिनाइयाँ तिब्बत को लेकर चीन के प्रबंधन और उस पर भारत की प्रतिक्रियाओं के आकलन से भी उपजीं। सार्वजनिक प्रमाण भी इस कथन का समर्थन करते हैं कि हालात इस तरह से बिगड़े, जिसका अनुमान दोनों ही देश नहीं लगा सके थे। इसलिए इसमें कोई संदेह नहीं कि आगे आने वाली आशंकाओं ने सीमा के मुद्दे पर दोनों पक्षों को रुख सख्त करने को विवश किया। तब से नेतृत्व ने एक सहनशील रवैया देखा है, जिसकी दूसरे पक्ष से उम्मीद भी नहीं थी।

आपसी संबंधों पर घरेलू राजनीति का जटिल प्रभाव निश्चित रूप से केवल चीनी पक्ष तक सीमित नहीं था। भारत में भी कूटनीतिक विकल्प, जनमानस और राजनीतिक भावनाओं का ज्वार आने के साथ, उत्तरोत्तर संकीर्ण हो चले थे। आज की पीढ़ी यह जानकर हैरान होगी कि संघर्ष से निपटने के दौरान फैसले लेने में इसने किस हद तक दखल दिया। 1960 में प्रधानमंत्री झोउ एनलाई (Zhou Enlai) की भारत यात्रा पर एक नजर डालना विशेष रूप से ज्ञानवर्धक रहेगा।

दूसरा अहम मसला, जिसने इस दौर के विचारों को गढ़ा, वह पाकिस्तान के साथ चीन के रिश्तों का था। इस मैत्री की शुरुआत पर एक नजर डालना जरूरी है, क्योंकि अतीत की समझ इसके भविष्य में झाँकने के लिए अंतर्दृष्टि का काम करती है। इन संबंधों का एक आधिकारिक विवेचन** यह प्रश्न खड़े करता है कि क्यों एक संबंध, जिसमें सांस्कृतिक समानता अथवा समान मूल्यों का जुड़ाव पूरी तरह अनुपस्थित था—जोकि सामान्यतया गठबंधन की बुनियाद होता है—समय के थपेड़ों और वैश्विक परिवर्तनों से अछूता रहा। इसका उत्तर भी विचारणीय है। निश्चित रूप से शक्ति असंतुलन को देखते हुए भारत के साथ रिश्तों को साधने के लिए पाकिस्तान को चीन की सख्त आवश्यकता है। विशेषकर तब, जब पश्चिमी ताकतों ने उसके इस उद्देश्य के लिए अरुचि दिखाई है। बदले में चीन पाकिस्तान का उपयोग स्वयं को एक क्षेत्रीय शक्ति से वैश्विक शक्ति बनाने में कर सकता है। यह न केवल भारत को दक्षिण एशिया तक सीमित रखने में मददगार है, बल्कि उसकी इस्लामिक देशों तक पहुँच भी

* एंड्रयू स्मॉल, 'द चाइना-पाकिस्तान एक्सिस : एशियाज न्यू जियोपॉलिटिक्स' (लंदन : हर्स्ट, 2015)

आसान करता है। जैसे-जैसे समय गुजरा, नए कारण पैदा होते रहे, जिन्होंने इस रिश्ते की तात्कालिक प्रासंगिकता को बनाए रखा। अफगानिस्तान में साझा दिलचस्पी एक वजह रही तो समुद्री क्षेत्र से जुड़ी महत्वाकांक्षाएँ दूसरी।

यदि भारत को इन सबके होने का आभास नहीं हुआ, जो इसे पहले हो पाया था तो यह एक उन्नत विश्व के आदर्श लक्ष्यों को 'बैलेंस ऑफ पावर' के प्राथमिक सिद्धांतों से अधिक महत्व देने का ही परिणाम था। यह दोहराना दिलचस्प है कि 1962 में जब भारत के साथ संघर्ष गहरे हो गए थे, तब भी चीन-पाक आपसी संबंधों में गर्मजोशी भर रहे थे। एक बार जब ऐसा हो गया तो पाकिस्तान ने इस आपसी निकटता का पूरा लाभ जम्मू-कश्मीर में भारत की आधी-अधूरी कार्रवाइयों के चलते बने अवसर से उठाया। संबंधों में विकास की तीव्रता को समझने के लिए यह उल्लेखनीय है कि 1959 के आखिर तक जब भारत का चीन के साथ पहला अहम टकराव हुआ, राष्ट्रपति अयूब खान भी क्षेत्रीय चीनी घुसपैठ रोकने की बात कर रहे थे, लेकिन 1962 की शुरुआत तक दोनों देश उनके वास्तविक मिलन स्थल की चर्चा कर रहे थे और 1963 में पाकिस्तान ने भारतीय परिक्षेत्र चीन को सौंप दिया। उसी समय यह दो पश्चिमी गठबंधनों SEATO और CENTO का गोल्ड कार्ड मेंबर था। इसने पेशावर में एक अमेरिकी बेस भी बनाने दिया और पश्चिमी खुफिया कार्रवाइयों में गहरे तक शामिल था। एक समय के बाद यह गठबंधन बड़े जोखिमों और दुस्साहसपूर्ण नीतिगत कार्रवाइयों की कहानी बन गया, लेकिन 1963 में हुए हस्तानांतरण के बाद चीन की सोच बुनियादी रूप से बदल गई। सहयोग गहरे हो गए और यहाँ तक कि 1965 और 1971 में भारत के साथ जंग के दौरान पाकिस्तान ने चीनी सहयोग के कुछ दिवास्वप्न भी देख डाले।

उनके संबंधों के समकालीन दौर ने ऐसे तमाम मुद्दों को आगे बढ़ते हुए देखा। भारत में लंबे समय से यह बहस होती आई है कि चीन उसके बारे में क्या नजरिया रखता है। पाकिस्तान इस गणना का उत्तर प्रस्तुत करता है, लेकिन यह चिंता 1980 के दशक के अंत तक कम हो गई, जब भारत और चीन दोनों अतीत की दरारों को भरने पर ध्यान केंद्रित कर रहे थे। 1962 के युद्ध के बाद 14 वर्ष लगे, तब कहीं जाकर 1976 में राजदूत स्तर के रिश्ते पुनः स्थापित हुए। इसके बाद भी 1988 में भारतीय प्रधानमंत्री राजीव गांधी की चीन की यात्रा करने तक में 12 साल और लग गए। फोकस सामान्य संबंध बहाल करने और सीमा पर स्थिरता कायम करने पर रहा और ज्यादातर

लक्ष्य अगले दशक तक हासिल भी हो गए। 1993 और 1996 में किए गए अमन और शांति समझौते (Peace and Tranquility Agreement) इन लक्ष्यों की तार्किक परिणति तक की प्रक्रिया के अनुपालन का प्रतिनिधित्व करते थे।

दोनों देशों के लिए 1988 तक की घटनाएँ एक दीर्घकालिक संशोधनों की प्रक्रिया रहीं। 1980 के दशक के दौरान भारत ने अमेरिका के साथ अपने संबंधों में सुधार कर लिया था और अफगानिस्तान पर सोवियत हमले की प्रतिकूल प्रतिक्रिया को लेकर चिंतित था। अमेरिका के साथ पाकिस्तान के संबंधों का पुनर्गठन इसके हितों को निर्णायक रूप से गहरे तक प्रभावित करने वाला था। यद्यपि अफगान जिहाद में करीबी रूप से शामिल चीन यह गौर कर रहा था कि दुर्बल नेतृत्व के साथ सोवियत संघ लगातार कमजोर पड़ता जा रहा है। इस परिस्थिति में सुधरे हुए द्विपक्षीय संबंध भारत और चीन दोनों के हित में रहने वाले थे, क्योंकि दोनों में से कोई दूसरे को प्रभुत्व स्थापित करने वाले प्रतिद्वंद्वी के रूप में नहीं देख रहा था। आर्थिक रूप से दोनों समाज व्यापक रूप में बराबरी के स्तर पर थे, हालाँकि चीन के पास कुछ अंतर्निहित सामर्थ्य था, जिसका उपयोग होना अभी बाकी था। राजनीतिक रूप से निश्चित तौर पर चीन के पास एक स्पष्ट बढ़त थी, आंशिक रूप से 1962 के नतीजों के चलते और साथ ही पश्चिम के साथ इसका गठबंधन, जिसका लाभ भी अब इसे मिलने लगा था। फिर भी यह एक ठंडे पड़े और संकटग्रस्त संबंधों के लिए अहम संभावनाओं का मिलन था। इसके बाद की घटनाएँ यह भी उद्घाटित करने वाली थीं कि यह भी भारत द्वारा वस्तुस्थिति को समझने में की गईं बड़ी चूकों में से एक थी।

1960 के दशक की शुरुआती घटनाओं ने संबंधों की भू-राजनीतिक प्रकृति को सामने ला दिया, जोकि विचारधारात्मक मतभेदों से और गंभीर हुई। चीन ने पहले ही पाकिस्तान के साथ तेजी से संबंध जोड़कर भारत के प्रति अपनी कठोर वास्तविक राजनीति का परिचय दे दिया था। उसके एक-चौथाई सदी के बाद भारत और सोवियत संघ के संबंध विकसित हुए थे, जैसा कि वास्तव में चीन-पाकिस्तान और चीन-अमेरिका गठजोड़ के साथ भी रहा। पहली नजर में ऐसा लग सकता है कि 1970 के दशक के मध्य तक एक संतुलन स्थापित हो चुका था, जिसने भारत और चीन के आपसी संबंधों को आगे बढ़ने के लिए हरी झंडी दे दी थी, लेकिन एक स्वाभाविक संतुलन को बनने देने की अपेक्षा चीन ने एक ऐसा नीतिगत कदम उठाया, जो कई मायनों में अभूतपूर्व था। जो इसने किया, वह सही तरीके से एक ऐसे 'विशिष्ट उपहार'

के रूप में ही परिभाषित किया जा सकता है, जो आधुनिक दौर में एक राष्ट्र दूसरे को दे सकता है।

परमाणु हथियार बनाने में सहयोग उस समय तक केवल अमेरिका द्वारा ब्रिटेन को, सोवियत संघ द्वारा चीन को (आधे रास्ते में ही रोका गया) और फ्रांस द्वारा इजराइल को ही मुहैया कराया गया था। यह छोटी सी सूची उद्घाटित करती है कि उस समय तक अंतरराष्ट्रीय संबंधों में कितने दुर्लभ तरीके से, निश्चित रूप से सकारात्मक वजहों से, सहयोग का यह विकल्प व्यवहार में लाया जाता था। तर्क यह है कि चीन का यह कदम 1963 के लक्ष्यों के अनुरूप था कि पाकिस्तान का इस्तेमाल भारत को एक सीमित दायरे में ही बनाए रखने के लिए किया जाए, लेकिन इस कृत्य की इतनी भारी कीमत ही इस प्रश्न का जवाब है कि भारत की चीन की गणनाओं में क्या अहमियत है?

इसका भारत की नीतियों और भारतीयों की मानसिकता पर गहरा असर पड़ने वाला था। महत्वपूर्ण यह भी है कि चीन-पाकिस्तान परमाणु सहयोग लगभग उसी समय शुरू हुआ, जिस वक्त भारत और चीन ने राजदूत-स्तर के संबंधों की पुनर्स्थापना शुरू की। अधिक शक्तिशाली सहयोगी द्वारा अपेक्षाकृत कमजोर सहयोगी की चिंताओं को कम करते जाने की अनिवार्यता पाकिस्तान के संदर्भ में चीन की सोच का हिस्सा निरंतर बनी रही, जैसे ही यह गठजोड़ एक गंभीर स्तर तक पहुँच गया, चीन की परमाणु प्रौद्योगिकी उस देश को हस्तानांतरित कर दी गई, जबकि ठीक उसी समय चीन-भारत सीमा वार्ताओं का दौर भी शुरू किया गया था। यह सिलसिला आगे भी जारी रहा। राजीव गांधी की चीन यात्रा के तुरंत बाद पाकिस्तान को मिसाइलें सौंपने का काम हुआ। यहाँ तक कि अफवाह यह भी उड़ी कि चीन ने पाकिस्तान के लिए अपनी जमीन पर एक परमाणु परीक्षण भी किया। यह कहानी जारी रही और तीसरे पक्ष के रूप में उत्तर कोरिया की एंट्री ने इसकी जटिल संरचना में और वृद्धि कर दी।

मुद्दों की विरासत का यह समुच्चय एक बोझ है, जिसका भार भारत और चीन के आपसी संबंध आज तक ढो रहे हैं। इन्होंने न केवल अतीत को आकार दिया, बल्कि वर्तमान और भविष्य को प्रभावित करने वाले कारक भी बने रहे। उनके निहितार्थ को नकारते रहने से कुछ भी हासिल नहीं होने वाला है। वे जो इन संबंधों को आगे बढ़ाने के लिए प्रतिबद्ध हैं, उन्हें वास्तविकताओं को स्वीकार करके एक वृहत्तर लक्ष्य के हित

में उन वास्तविकताओं पर अच्छी तरह से काम करना होगा। एक जटिल इतिहास का ईमानदार मूल्यांकन ही इस बोझ से मुक्ति दिला सकता है।

यद्यपि एक संघर्ष के बाद अमन और चैन की बहाली कोई छोटी उपलब्धि नहीं थी, किंतु संबंध सुधरने के साथ ही सीमा से जुड़े सवालों को भी ज्यादा अहमियत मिलने लगी। समझने वाली बात यह है कि इसे संबंधों को पूरी तरह सामान्य करने और विश्व के संदर्भ में दोनों देशों की सामर्थ्य में वृद्धि करने वाला समाधान समझा गया। फिर भी दोनों पक्ष प्राप्त अवसरों का पूरा लाभ उठाने से चूक गए। विदेश मंत्री अटल बिहारी वाजपेयी ने 1979 में एक ईमानदार पहल की थी, लेकिन वियतनाम पर चीन के आक्रमण के चलते उसे अपेक्षित महत्व नहीं दिया गया। उसके बाद स्वयं डेंग जिआओपिंग (Deng Xiaoping) द्वारा कई अवसरों पर ऐसा करने की इच्छा जाहिर की गई, किंतु उसे कभी वास्तविकता के धरातल पर नहीं उतारा गया। जो भी हो, चीन के आधुनिकीकरण की रफ्तार पकड़ने और भारत के घरेलू समस्याओं में उलझकर रह जाने पर उस देश ने अपनी नीतियों में कुछ ठोस परिवर्तन किए। पूर्वी सेक्टर को प्रमुख विवादित क्षेत्र बताते हुए चीन ने वापस 1962 के संघर्ष से पहले झोउ एनलाई (Zhou Enlai) और उसके बाद डेंग जिआओपिंग (Deng Xiaoping) वाली स्थिति को अपना लिया। सीमा वार्ताओं के लिए इसके दीर्घकालिक निहितार्थ थे। यद्यपि सीमा समझौते के लिए राजनीतिक मानकों और निर्देशक सिद्धांतों पर अंततः 2005 में व्यापक योजना बन गई, किंतु इस बदले हुए फोकस ने एक नई पहेली को जन्म दे दिया।

शीतयुद्ध का अंत होते ही सीमा विवाद और पाकिस्तान के साथ परमाणु सहयोग के बावजूद पूरा राजनीतिक परिवेश ही बेहतरी के लिए बदल गया। 1998 में भारत के अंततः परमाणु परीक्षण की घटना के बावजूद सामान्य संबंध बहाली की कोशिशों ने रफ्तार पकड़ ली। 2003 तक स्पेशल रिप्रजेंटेटिव मेकैनिज्म ने सीमा विवाद निपटारे के लिए एक निर्णायक इच्छा जाहिर कर दी थी। सीमा वार्ताओं पर थोड़ी प्रगति और व्यापार को लेकर उम्मीदों का स्तर भी बढ़ गया। चीन को एक रणनीतिक साझेदार का दर्जा दे दिया गया, यहाँ तक कि मुक्त व्यापार समझौते की संभावनाओं पर भी गंभीरता से विचार होने लगा। जलवायु-परिवर्तन और दोहा राउंड की व्यापार वार्ताओं ने वैश्विक मंच पर समान ध्येय की जमीन तैयार कर दी। 2006 में शुरू हुई ब्रिक्स की प्रक्रिया

ने एक गैर-पश्चिम जुड़ाव की पुष्टि की, संक्षेप में कहें तो भारतीय कूटनीति अपना सर्वश्रेष्ठ प्रदर्शन करती नजर आई।

हालाँकि बड़ी घटनाओं के प्रभाव वाले इस दौर में फिर भी कुछ संकेत विद्यमान थे। 1998 में भारत के परमाणु परीक्षणों की जोरदार निंदा करने अमेरिका और चीन दोनों साथ आए, लेकिन ऐसा आगे नहीं हो पाया, क्योंकि कुशल भारतीय कूटनीति ने अमेरिका के साथ खुद ही समझौता कर लिया, हालाँकि क्लिंटन के दूसरे कार्यकाल के दौरान इसने जी-2 जैसी व्यवस्था बनाने में चीन के हित को प्रोत्साहित किया, विशेषकर दक्षिण एशिया के संदर्भ में। यह तरीका ओबामा प्रशासन के दौरान पुनः नजर आया और संयोग से इस बार उन्हीं अमेरिकी अधिकारियों के समूह के साथ। विडंबना यह है कि 1960 के दशक में यही चीन इस तरह के शक्ति के बड़े ठेकेदारों के समूह का विरोध किया करता था।

समग्र रूप में दक्षिणी एशिया में चीन के हित भी इस दौर में बढ़ गए, जैसे कि म्याँमार के साथ इसके संबंध बढ़े। साल 2008 में समुद्री लुटेरों पर लगाम लगाने के नाम पर इसने हिंद महासागर में भी गश्त लगाने का काम शुरू कर दिया। पाकिस्तान और श्रीलंका में बंदरगाहों के निर्माण के अपने मायने थे। यह सब करते हुए इसकी उच्च आर्थिक वृद्धि दर ने उस पड़ोसी के साथ इसके शक्ति-संतुलन का अंतराल और बढ़ा दिया, जो अपनी सुधार संबंधी प्रतिबद्धताओं पर आधे-अधूरे मन से काम कर रहा था।

वर्ष 2009 चीन की वर्तमान प्रगति में क्रांतिकारी परिवर्तन लाने वाला सिद्ध हुआ। वैश्विक वित्तीय संकट, अमेरिकी प्रशासन में बदलाव और इराक युद्ध के नतीजों ने अब इसको स्वयं की ताकत दिखाने से रोकने वाले अवरोधों को निष्क्रिय कर दिया था, लेकिन सावधानी बरतने की पुरानी आदतों और अनुभवों के चलते कुछ हद तक 2012 तक इसने ऐसा करने से स्वयं को रोके भी रखा। उसी दौरान राजदूत के रूप में बीजिंग पहुँचकर मैं इस नए आत्मविश्वास की प्रबल अभिव्यक्तियों का प्रत्यक्ष अनुभव कर चुका था। यह नीतियों, स्पष्ट अभिव्यक्तियों और राजनीतिक भाव-भंगिमाओं—सभी में दिखाई दे रहा था। सभी राष्ट्रों पर भी इसका असर पड़ता दिखाई दे रहा था, हालाँकि भिन्न-भिन्न रूप में। आसियान देशों ने दक्षिणी चीन सागर में हलचल और उसके साथ क्षेत्रीय ढाँचे को लेकर उसके रवैये में आने वाला बदलाव देखा। जापान के साथ क्षेत्रीय विवाद पर फोकस और ज्यादा बढ़ गया था। अमेरिका को भी सुरक्षा और

आर्थिक विषयों की एक पूरी शृंखला को लेकर चुनौती से गुजरना पड़ा था। रूस के साथ समीकरण चीन के पक्ष में झुक गए थे और यूरोजोन संकट ने एक जटिल बाजार में प्रवेश को आसान बना दिया था। बहुपक्षीय सहयोग के बावजूद इस दौर में भारत को भी दोनों द्विपक्षीय चुनौतियों का सामना करना पड़ा। भले ही दोनों देशों ने तमाम अंतरराष्ट्रीय परिषदों में साझा ध्येय बनाना जारी रखा, पर स्टेपलर वीजा के नाम पर मुहर लगाने और सीमा पर घुसपैठ, ये दोनों ही मुद्दे खबरों में छाए रहे। 18वीं पार्टी कांग्रेस के साथ भारत के रिश्ते शेष विश्व के साथ चीन के रिश्तों की भाँति नए युग में प्रवेश कर गए।

1976 में जब प्रधानमंत्री इंदिरा गांधी द्वारा आपसी रिश्ते सामान्य किए गए थे तो संबंधों में आर्थिक पक्ष स्वाभाविक रूप से न्यूनतम था। यहाँ तक कि जब एक दशक बाद राजीव गांधी ने चीन का दौरा किया, तब भी इसका आर्थिक पक्ष नाम मात्र का था। चीन की स्वयं की ऊर्जा मुख्यत: विकसित देशों पर खर्च हो रही थी, जहाँ से वह पूँजी और प्रौद्योगिकी आयात कर रहा था और बदले में बाजार तक की उनकी पहुँच को और बढ़ा रहा था, लेकिन जैसे-जैसे चीन की अर्थव्यवस्था बढ़ी और भारतीय अर्थव्यवस्था भी उदार हुई, व्यापार के लिए अवसरों का दोहन तीव्रता से होने लगा। दो वर्षों में पचास गुना वृद्धि के साथ व्यापार के आँकड़े उनकी कहानी स्वयं कह सकते हैं। निश्चित रूप से विश्व व्यापार संघ में चीन की एंट्री ने बड़ा अंतर ला दिया, जैसा कि वास्तव में भारत की तरक्की के कारण बढ़ती हुई माँग ने किया था। भारतीय बाजार की गहन रूप से प्रतिस्पर्धी प्रकृति, जो कीमतों को लेकर बहुत सजग रहती है, उसके चलते चीन से आयात को एक बढ़त मिल गई। यह बुनियादी संरचना-निर्माण के मामले में काम आया, खासकर विद्युत् उत्पादन और दूरसंचार के क्षेत्र में, जहाँ इसके साथ उन्हें आकर्षक वित्तीय मदद भी मुहैया कराई गई।

भारतीय व्यवस्था ने उन अपेक्षित मानदंडों और विनियमनों को विकसित नहीं किया, जोकि आमतौर पर किसी अर्थव्यवस्था के खुलने के साथ ही होते हैं। इससे चीनी उत्पादों को इस हद तक बाजार में पहुँच मिल गई कि इसने भारतीय उद्योगों के अनेक क्षेत्रों को खोखला कर दिया। दुर्भाग्यवश वहीं दूसरी तरफ बदले में भारतीय पक्ष में ऐसा कुछ भी होता दिखाई नहीं दिया, यहाँ तक कि फार्मा और आई.टी. सेक्टर में भी नहीं, जिसमें भारत की एक वैश्विक साख है। नतीजतन भारत का चीन से आयात उसके निर्यात के चार गुने से भी ज्यादा हो चला है।

भारत में चीन के साथ आरंभिक दिनों में और ज्यादा व्यापार के लिए किए गए प्रोत्साहन ने अब इसके एकतरफा होने को लेकर गहरा आक्रोश पैदा कर दिया है। यह अब नीतियाँ तय करने वालों तक सीमित नहीं है, बल्कि उद्योग जगत् और आम जनता की राय पर भी असर डाल रहा है। यह मुद्दा बड़ी चर्चाओं पर भी नकारात्मक असर डालने वाला रहा। इसलिए यह एक ऐसी चुनौती है, जिसके निपटने का इंतजार नहीं किया जा सकता या तो स्वयं के लिए अथवा इसके बढ़े हुए महत्व के चलते। इसका कोई बना-बनाया हल दिखाई नहीं दे रहा, किंतु इससे असंतुष्टि की यथास्थिति को उचित नहीं ठहराया जा सकता। भारत में नैसर्गिक क्षमताओं का प्रदर्शन और डिजिटलीकरण करने की जुड़वा बाध्यताएँ इन मुद्दों को आने वाले समय में और ज्यादा धारदार बना सकती हैं।

देखा जाए तो भारत और चीन के बीच एक गहरे आर्थिक सहयोग की संभावना बहुत जटिल है। एक तरफ विश्व की दो वृहत्तर अर्थव्यवस्थाएँ एक-दूसरे के साथ और ज्यादा व्यापार कर सकती हैं, खासकर आपूर्ति-श्रृंखलाओं को ध्यान में रखकर तो वहीं दूसरी तरफ इसे इनके सापेक्षिक मूलभूत सामाजिक-आर्थिक बनावट के प्रभावों से बचाकर रखना कठिन है। ऐसा नहीं है कि प्रतिस्पर्धी स्रोतों को व्यापार बढ़ाने अथवा इंफ्रास्ट्रक्चर या फिर दूसरी क्षमताओं को बनाने के लिए काम में नहीं लाया जा सकता है। आखिरकार चीन ने स्वयं भी जापान और पश्चिम के सहयोग से ही यह सब किया था, लेकिन भारतीय नियंत्रण कम प्रभावी है और वास्तव में ऐसे सस्ते आयात स्वयं इसकी घरेलू क्षमताओं की वृद्धि को क्षीण कर देते हैं। इतना ही नहीं, चीन की तरह भारत प्रौद्योगिकी को आत्मसात् करके अपनी स्वयं की तकनीक विकसित करने का कौशल भी नहीं दिखा पाया है। इसलिए निकट भविष्य में भी यह एक अवांछनीय मुद्दा बना रहेगा। शेष विश्व की तरह भारत को भी ऐसे पूँजीवादी राष्ट्र के प्रारूप के साथ सामंजस्य बैठाने में कठिनाई हो रही है, जिसका कोई पूर्व उदाहरण उपलब्ध नहीं है।

1963 के बाद से चीन ने भारतीय उपमहाद्वीप को लेकर अपना दृष्टिकोण बेहतर कर लिया है। जैसे-जैसे इसकी आर्थिक शक्ति और राजनीतिक प्रभाव में वृद्धि हुई, भारत के पड़ोसी क्षेत्रों में इसकी मौजूदगी भी अपने सभी निहितार्थों के साथ बढ़ती रही। एक ऐसे राष्ट्र के लिए, जो स्वयं की परिधि में हुए विकास के प्रति इतना संवेदनशील है, उसने समान परिस्थिति वाले दूसरे राष्ट्रों की स्वाभाविक चिंताओं पर ध्यान देने में बहुत कम रुचि दिखाई। पाकिस्तान के साथ संबंधों में तथाकथित चीन-पाकिस्तान आर्थिक

गलियारे (CPEC) की शुरुआत के साथ ही अचानक ही बहुत बड़ा परिवर्तन हो गया। इस तथाकथित कॉरिडोर, जोकि घोषित रूप से भारतीय संप्रभुता का उल्लंघन करता है, इसे और ज्यादा अस्वीकार्य बना देता है, हालाँकि चीन और पाकिस्तान के बीच सहयोग कोई हाल ही का विषय नहीं है, फिर भी इसे पाकिस्तान की कारगुजारियों के बचाव में प्रयोग नहीं किया जा सकता। शेष अंतरराष्ट्रीय समुदाय के नजरिए से अलग, स्व-घोषित आतंकवादियों पर प्रतिबंध लगाने की प्रक्रिया को इसके द्वारा अवरुद्ध करने का काम जारी है। यह एक ऐसा संदेश है, जिसे भारत में स्वाभाविक रूप से पसंद नहीं किया जाता है। कभी तो यह प्रतीत होता है कि पाकिस्तान की इस विकृत पहचान के साथ जुड़ाव की कीमत एक धूमिल प्रतिष्ठा ही हो सकती है, जब तक ऐसा नहीं होता, संभवत: इन करतूतों की काली छाया रिश्तों पर बनी रहेगी।

एक और अधिक शक्तिशाली चीन की शत्रुता स्वाभाविक रूप से इसके निकट के अधिकतर पड़ोसियों द्वारा महसूस की जाएगी। ज्यादातर मामलों में यह भारत की परिधि भी है। भारत और चीन के बीच संतुलन केवल द्विपक्षीय स्तर पर हासिल नहीं किया जा सकता। यह कई प्रकार से एक बड़े भू-परिदृश्य पर भी साधा जाएगा। भारत के लिए इसका अर्थ कनेक्टिविटी और विकास संबंधी परियोजनाओं जैसे क्षेत्र में अपनी भूमिका को बढ़ाने को लेकर है। इसके तरकश में भौगोलिक परिदृश्य, संस्कृति और सामाजिक संपर्कों के शक्तिशाली तीर हैं। इसकी रणनीति की वास्तविक परीक्षा तो यह होगी कि वह इन अस्त्रों का श्रेष्ठतम तरीके से उपयोग कैसे करता है।

निश्चय ही किसी भी प्रतिक्रिया का अनुमान इस अनुभव के बाद ही लगाया जा सकता है कि बड़ी महत्वाकांक्षाओं और क्षमताओं के व्यवहार के पैटर्न का आमतौर पर कैसा प्रभाव होता है। इसलिए भारत को भी लीक से हटकर सोचते हुए अपने निवेश की सुरक्षा के लिए और ज्यादा रचनात्मक उपायों की खोज करनी होगी। आज अगर भारत में पहले से अलग हटकर कुछ करने की चाह पैदा हुई है तो वह अधिकांशत: इसी धारणा की उपज है। दिलचस्प यह है कि इस मायने में भारत की स्वाधीनता की समझ भी दोहन किए जाने के दायरे में आ जाती है। ऐसे में सावधान करने वाले संदेश, जो इतिहास में जानबूझकर डाले गए हैं, असुरक्षित महसूस करने वाले तमाम घटकों को असहज कर सकते हैं। इसलिए यह आवश्यक है कि भारत अपने हितों के बारे में एक स्पष्ट नजरिया रखे और अपने विकल्पों को उसी के अनुरूप तैयार करे। देखा जाए तो चीन की समकालीन राजनीति जरूरत से कहीं ज्यादा सबक देती है। कई मौकों पर इसने

अपनी प्रगति को आगे बढ़ाने के लिए अलग-अलग विकसित ताकतों के साथ समझदारी भरा तालमेल किया। किंतु भारत जैसे देश के लिए, जिसमें अधिक निरंतरता और सतर्कता राजनीति में चारित्रिक गुण के रूप में विद्यमान हैं, इसका अनुकरण करना आसान नहीं है। फिर भी यह समस्या सिद्धांत की अपेक्षा व्यवहार रूप में हल हो सकती है।

यहाँ तक कि 1971 में जब भारत सोवियत संघ के करीब आया, इसने ऐसी एक भू-राजनीतिक गतिविधि चीन-अमेरिका पुनर्मेल की प्रतिक्रिया के रूप में कार्य किया। भारत-सोवियत संधि करके इसने समझौते के बजाय अपने कार्रवाई करने के अधिकार को सुरक्षित कर लिया। आज एक नई भू-राजनीतिक चुनौती, बहुध्रुवीयता के उदय के रूप में सामने है। यह निश्चित रूप से 1971 जैसी भीषण प्रतिक्रिया की माँग नहीं करता है, किंतु निश्चित रूप से भारत के विकल्पों और समझ के विस्तार को प्रोत्साहित करता है। इसका लक्ष्य एक बेहतर संतुलन बनाने के साथ अभिसरित हितों के साथ मिलकर काम करना है, जैसा कि चीन ने स्वयं इसका प्रदर्शन किया है, दूसरों के साथ मिलकर काम करना तरक्की की उछाल के लिए बेहद जरूरी है। केवल वे ही, जिनमें आत्मविश्वास की कमी है, इस बुद्धिमत्ता को लेकर संशय में रहेंगे। यह जरूरी है कि भारत स्वयं को या अपने विकल्पों को सीमित न करे, न तो किसी झाँसे में, न ही किसी प्रकार के दबाव में।

एक उभरता हुआ चीन एशिया को या संभवत: पूरे विश्व को अपने 'आर्किटेक्चरल विजन' के अनुरूप ढालना चाहता है। इसकी ज्यादातर अहम योजनाएँ एकपक्षीय उद्यम हैं। द बेल्ट एंड रोड इनीशिएटिव (BRI) इसके राष्ट्रीय उद्देश्यों को पूरा करने वाली नजर आती है और इसके साथ सजग रूप से सहयोग केवल उनके लिए ही संभव है, जो उन लक्ष्यों के साथ कन्वर्जेंस की परिकल्पना कर सकते हों। मुद्दा केवल स्वयं में कनेक्टिविटी का नहीं है; इसमें औपनिवेशिक इतिहास से विकृत हो चुके महाद्वीप में साफतौर पर नजर आने वाली इसकी कमी का है। भारत ने देश के भीतर, अपने दक्षिण एशियाई और समुद्री परिधि में, दक्षिण-पूर्व एशिया को और पश्चिम एशिया और उसके आगे भी ऐसे उपक्रमों की एक पूरी श्रृंखला को सहयोग दिया है। लेकिन ये सब परामर्श-केंद्रित प्रयास हैं, जो कि व्यापक रूप से स्वीकार्य वाणिज्यिक सिद्धांतों और लक्ष्यों पर आधारित हैं। भारत को एशियन इंफ्रास्ट्रक्चर इंवेस्टमेंट बैंक और ब्रिक्स (BRICS), न्यू डेवलपमेंट बैंक के कनेक्टिविटी योगदान से कोई दिक्कत नहीं है। चीन की इन दोनों ही संस्थानों में अहम भूमिका है।

जब मानदंडों और पारदर्शिता को नजरअंदाज किया जाता है और वह भी एक सीमित एजेंडे के लिए, तो चिंता होना स्वाभाविक है। मई 2017 में भारत ने कनेक्टिविटी पर ग्लोबल डिबेट में अग्रिम पहल की। इसने सार्वजनिक रूप से उद्घोषित किया कि कनेक्टिविटी के प्रयास सार्वभौमिक रूप से स्वीकार्य अंतरराष्ट्रीय मानदंडों, सुशासन, कानून का शासन, खुलापन, पारदर्शिता और समानता पर आधारित होने चाहिए। उन्हें ऐसी परियोजनाओं से बचने के लिए, जो समुदायों पर असुरक्षित ऋण के बोझ डालती हों, वित्तीय उत्तरदायित्व के सिद्धांतों का भी पालन करना होगा। उन्हें संतुलित पारिस्थितिक तथा पर्यावरण सुरक्षा एवं संरक्षण मानदंडों, परियोजना लागत का पारदर्शी मूल्यांकन और स्थानीय समुदायों द्वारा बनाई गई संपदाओं के संचालन और रखरखाव को मदद करने वाला कौशल एवं प्रौद्योगिकी का हस्तानांतरण भी बरकरार रखना चाहिए। इतना ही नहीं, भारत ने इस पर भी जोर दिया कि कनेक्टिविटी परियोजनाओं को इस तरह से आगे बढ़ाया जाए, जो राष्ट्रों की संप्रभुता और क्षेत्रीय अखंडता का सम्मान करे। स्पष्ट है कि तथाकथित चीन-पाकिस्तान आर्थिक गलियारे को लेकर उपजी चिंताओं और इसकी परिधि के अनुभवों के चलते भारत को यह स्टैंड लेना पड़ा। तब से कनेक्टिविटी को लेकर वैश्विक संवाद बहुत व्यापक हो गया है और जो अधिकांशतः भारत की सोच को लेकर ही आगे बढ़ा है।

वास्तव में, ये भारत और चीन के बीच वास्तविकताओं के निर्णायक समुच्चय हैं, जो अहम होने जा रहे हैं—जब चीन वास्तव में वैश्विक शक्ति बन रहा है और ठीक उसी समय भारत वैश्विक मामलों में एक बड़ी भूमिका निभाने की ओर बढ़ रहा है। अपनी आकांक्षाओं और हितों में तालमेल के लिए दोनों देशों के नेतृत्वकर्ताओं में परिपक्वता के साथ-साथ प्रखर राजनयिक कौशल की आवश्यकता होगी। ऐतिहासिक मुद्दों के बने-बनाए समुच्चय, विशेष रूप से सीमा पर मतभेद, संभवतः संबंधों की प्रकृति पर असर डालते रहेंगे। समय बीतने के साथ ही उनका चीन को लेकर जनमानस के नजरिए पर असर और बढ़ ही रहा है, लेकिन इस गणना में कुछ नए कारक, जिनमें कुछ ज्यादा, कुछ कम उदार, भी प्रवेश कर सकते हैं। बहुत-कुछ इस पर निर्भर करेगा कि कितनी सजगता और प्रभावशीलता के साथ दोनों देश संबंधों को और ज्यादा सकारात्मक डोमेन में ले जाते हैं। जो बेहतर तरीके से यह देख पा रहे हैं कि दाँव पर क्या लगा हुआ है, वे निश्चित रूप से ऐसे प्रयासों का समर्थन करेंगे।

एक-दूसरे की वृहत्तर उपलब्धियों को लेकर सहज रहना दोनों देशों के लिए

आसान नहीं होगा, जैसे चीन दक्षिण एशिया में अपनी अहमियत को बढ़ाना चाहता है, क्रमशः भारत भी वैसा ही दक्षिण-पूर्व एशिया और पूर्वी एशिया में करेगा। अपनी प्रकृति के अनुरूप समुद्री डोमेन को विशेष रूप से ऐसी गतिविधियों के लिए इस्तेमाल किया जाएगा। भारत चीन को केवल उत्तर दिशा में देखने का अभ्यस्त है, दक्षिण में उसकी मौजूदगी के अलग ही मायने होंगे, लेकिन यह एक ऐसा इलाका भी है, जहाँ भारत कुछ भौगोलिक, ऐतिहासिक और सांस्कृतिक बढ़त रखता है।

जैसे-जैसे दोनों प्रगति करते हैं, इनका संबंध, भिन्न वृद्धि दर और असमान शुरुआत के बावजूद, बहुत-कुछ एक-दूसरे के रवैये को लेकर बनाई गई धारणाओं पर निर्भर करेगा। इसका सबसे बुनियादी पहलू ऐसी समग्र भावना होगी कि क्या इनमें से प्रत्येक एक-दूसरे के उत्थान के साथ पर्याप्त रूप से सहज है। भारत के नजरिए से, संयुक्त राष्ट्र सुरक्षा परिषद् में इसकी स्थायी सदस्यता के लिए चीन कितना उदार रहेगा, यह भी एक कारक होगा। विषयाधारित वार्ताओं के अवसर इसका जवाब मुहैया करा सकते हैं। परमाणु आपूर्तिकर्ता समूह (NSG) की सदस्यता एक दूसरा सूचक है, एक दूसरा सूचक है, जो एक प्रौद्योगिकीय खिलाड़ी के रूप में भारत के आगमन तथा एक अयोग्य फ्रेमवर्क को पीछे छोड़ अपने, दोनों को ही प्रतिबिंबित करता है। जैसे-जैसे नई सत्ताएँ, क्रियाविधियाँ और परिस्थितियाँ उभरेंगी, ऐसे अनेक अवसर सामने आएँगे।

जब दोनों देश अपने संकुचित राष्ट्रीय हितों के दायरे से बाहर जाकर सोचते हैं, तभी वे अधिक संतुलित विश्व बनाने के अपने प्रयासों में वास्तव में संकेंद्रित हो पाते हैं। तब वह चाहे एक शक्तिशाली और स्थिर रूस की बात हो और अधिक विकल्पों वाला अफ्रीका हो अथवा उनकी विविधता में कट्टरपंथियों को अपनी जगह बनाने से रोकना हो, उनके हितों का अतिव्यापन हो जाता है। अंतरराष्ट्रीय सौदेबाजी में कई बार वे दोनों स्वयं को बहस के एक ही पाले में पाते हैं। जून 2017 में जब दोनों देशों के नेता अस्ताना में मिले थे, तब इस बात पर सहमति बनी थी कि वैश्विक अनिश्चितता के दौर में भारत-चीन संबंध स्थायित्व का कारक है और उनके संबंधों में भारत और चीन को चाहिए कि मतभेदों को कभी भी विवाद नहीं बनने दें। इसने यह जाहिर किया कि तमाम भिन्नताओं के बावजूद उनके बीच एक रणनीतिक परिपक्वता काम करती है। इस एहसास की परिणति 2018 के वुहान और 2019 की चेन्नई समिट में हुई, जब दोनों आयोजन चमक-दमक से दूर विशुद्ध यथार्थ के धरातल पर हुए। दोनों देशों ने उनके और विश्व के भविष्य पर बहुत-कुछ इतिहास की समझ को मद्देनजर रखते हुए चर्चा

की। इसलिए विश्व को आशा करनी चाहिए कि यह नजरिया पारंपरिक दायरों से बाहर जाकर भी रास्तों की तलाश कर सकेगा।

चीन का शक्तिशाली उत्थान उन बहुत सारे कारकों में से एक है, जो और अधिक वैश्विक अनिश्चितता की ओर ले गया। जैसे-जैसे इस दौर की राजनीति विकसित हुई, दोनों में से किसी देश ने दूसरे को उनके विरुद्ध मोहरा बनने देने में दिलचस्पी नहीं दिखाई। आगे भी ऐसा सुनिश्चित करना उनकी स्वयं की नीतियों पर निर्भर करेगा। एक चिंता यह भी है कि शेष विश्व से अलग, भारत की प्रगति, उससे पाँच गुना तेजी से बढ़ रहे चीन के सामने आंशिक रूप से लुप्त हो रही है। यह सुनिश्चित करना भारत पर निर्भर करता है कि उसके बढ़े हुए सामर्थ्य को अपेक्षित महत्व मिले। वुहान और चेन्नई में जो बात औरों से अलग थी, वह केवल तालमेल की तीव्रता ही नहीं, बल्कि विकसित होती वैश्विक पृष्ठभूमि के परिप्रेक्ष्य में उनका समायोजन भी था, जिसमें इन दोनों की इतनी अहम भूमिका थी। भारत और चीन के नेतृत्व के बीच भू-राजनीतिक परिदृश्य पर संवाद कई दशक पहले ही थम गया था। इसकी फिर से शुरुआत एक अलग भविष्य का भी संकेत हो सकता है।

जब भारत चीन की प्रगति का आकलन करके इसकी अपनी उपलब्धियों से तुलना करता है तो इसे इस तुलना में संभावनाओं को लेकर निरपेक्ष रहना चाहिए। शुरुआत करने के लिए तो हमारे देश में कट्टर राजनीतिक बयानबाजियाँ समय-समय पर चाहे जो सुझाव देती हों, दोनों देशों की व्यापक राष्ट्रीय सामर्थ्य में बहुत अंतर है। हमें अब भी गहरी क्षमताएँ विकसित करनी हैं, मानव विकास सूचकांक प्राप्त करना है अथवा प्रगति के लिए वे परिस्थितियाँ बनानी हैं, जो चीन ने चार दशक पहले बना ली थीं। इसके विपरीत, हमने औद्योगीकरण को कठिन बना दिया और अभी हाल तक अपेक्षित स्तरों की सामर्थ्य और कौशल विकसित करने पर पर्याप्त ध्यान नहीं देते थे। वैश्विक मामलों के लिए और अधिक प्रासंगिक भारत, वैश्विक अर्थव्यवस्था में वह खुलापन हासिल नहीं कर पाएगा, जो चीन को प्राप्त हुआ था, मसलन 2006 में जब दोनों की प्रति व्यक्ति आय समान थी, न ही यह वैश्विक पूँजीवाद के साथ उस तरह की सघनता हासिल कर पाएगा, जो अतीत में चीन ने की थी।

इसके साथ ही राजनीतिक कारकों का भी एक समुच्चय है, जिसका संज्ञान लेने की आवश्यकता है। अपनी पूरी प्रगति के दौरान चीन को न तो ताकतवर और न ही विकासशील राष्ट्रों की ओर से किसी दबाव का सामना करना पड़ा। सोवियत संघ की चुनौती 1980 में मंद पड़ गई और पश्चिम में थ्येन आन मन (Tiananmen)

को लेकर उपजी चिंताओं ने अतिरिक्त मुनाफे के लिए अपने कदम पीछे खींच लिये। इसलिए कम-से-कम राजनीतिक रूप से तो इसने अभी हाल तक अच्छी दौड़ लगा ली है। चीन की प्रगति के पीछे चल रहे भारत को इस तरह की सुविधा नहीं है। इसके सामने अपने पूर्ववर्ती के उत्कृष्ट उदाहरणों का दबाव है, जो चीन पर नहीं था और वह पूर्ववर्ती एक ऐसी पड़ोसी शक्ति है, जिसके साथ हितों के अतिव्यापन के अनेक क्षेत्र उपस्थित हैं। इसी के साथ यह भी प्रासंगिक हो गया है कि दुनिया अतीत की तुलना में अब शक्ति-संतुलन बदलने को लेकर ज्यादा सतर्क हो गई है, इसलिए भारत को इन्हीं के बीच से अपना रास्ता बनाना है। स्वयं के लिए कम अपेक्षा रखने के साथ हमारे लिए आगे की चढ़ाई भी कठिन है।

परेशानी भरे द्विपक्षीय इतिहास और अब एक जटिल वैश्विक संदर्भ के साथ भारत की चुनौती अब एक ज्यादा शक्तिशाली पड़ोसी के साथ तालमेल बनाते हुए अपनी स्वयं की प्रगति सुनिश्चित करने की है। ऐसा करने में हमें अपनी ओर से यह समझ बनाए रखनी होगी कि संतुलन तलाशने की यह मुहिम एक अंतहीन प्रक्रिया है। हो सकता है कि कुछ मुद्दे सहज रूप से जल्द समाधान तक पहुँच जाएँ, किंतु बाकी के साथ ऐसा न हो। मौजूदा हालात बदल सकते हैं और रणनीतिक गणनाओं पर केवल चीन का एकाधिकार नहीं रहना चाहिए और न ही पहल करने की आकांक्षा पर, जब भी परखे जाने की बात हो तो आवश्यक है कि खुद के फैसलों पर कायम रहा जाए। यह अनुभव मनोवैज्ञानिक रूप से कमजोर न समझे जाने की अहमियत भी सिखाता है, साथ ही अपनी क्षेत्रीय संप्रभुता का अतिक्रमण भी अवरोधित करता है।

भारत-चीन संबंध हमेशा बड़े संदर्भों को गणना में शामिल करेंगे, जब भी वे संतुलन स्थापित करने की ओर बढ़ते हैं। वैश्विक घटनाएँ न केवल चीन के समग्र रवैये को, बल्कि खासतौर पर भारत के प्रति इसके बर्ताव को भी तय करती हैं। वर्तमान में यह संदर्भ वैश्विक संघर्षों और व्यवस्थित मतभेदों से भरा हुआ है। इसलिए भारत के लिए आवश्यक है कि वह चीन के साथ संबंधों को साधते रहने के साथ-साथ इस बड़े फलक पर निगाह निरंतर बनाए रखे। बातचीत की शर्तें तय करते समय हमने अकसर हमें हानि पहुँचाने वाला, वास्तविकता और लिखित-विषय-वस्तु के बीच के संघर्ष को देखा है। वार्ताओं के ऐतिहासिक आँकड़ों में से कुछ इसको प्रमाणित करते हैं कि कैसे चीन ने स्वयं को ज्यादा गुंजाइश मुहैया कराने के लिए अस्पष्टता का सहारा लिया। उसी समय नीतियों में अहम परिवर्तन भी अमल में ला दिए गए, ताकि अतीत को खारिज किया जा सके। अपनी

चिंताओं पर दूसरे पक्ष से प्रक्रियाओं की आड़ लेकर सहमति पाना इस खेल का एक पहलू रहा है, हालाँकि बदले में पारस्परिक प्रतिबद्धता पाने में भारत अकसर पीछे रह गया। आज संबंधों की बुनियादी रेखा एकदम स्पष्ट है—अगर पिछले तीन दशकों की प्रगति को ध्वस्त नहीं करना है तो सीमा पर अमन और शांति हर हाल में बनी रहनी चाहिए। सरहद और संबंधों के भविष्य को अलग करके नहीं देखा जा सकता।

अगर नई जमीन तैयार करनी है तो बहीखाते के सकारात्मक पहलू पर बहुत-कुछ करना होगा, लेकिन जरूरी यह भी होगा कि अस्थिरता बढ़ाने वाली एकपक्षीय कार्रवाइयों को भी बाधित किया जाए, हालाँकि सरहद का विषय बहुत पहले ही केंद्रीय मुद्दे की पहचान हासिल कर चुका है, वैश्विक राजनीति की समग्र गणना में उनकी गतिविधियाँ तथा हितों की प्रासंगिकता और ज्यादा रहेंगी। हमें यहाँ अंतरराष्ट्रीय राजनीति में राष्ट्रों के सामान्य पारस्परिक संपर्क और संतुलन स्थापित करने वाले ज्यादा केंद्रित प्रयासों के बीच फर्क करने की आवश्यकता है, जब शक्ति के तर्क को वास्तविकता के चश्मे से देखा जाता है तो चीन अपने उद्देश्यों को आगे बढ़ाएगा और अपनी बढ़त का फायदा उठाएगा। बदले में भारत को भी निरपेक्ष किंतु प्रभावी ढंग से प्रतिक्रिया देनी होगी, विशेषकर चुनौतीपूर्ण परिस्थितियों से सामना होने पर। हम हमेशा यह मानते आए हैं कि एक ज्यादा सतत संबंध स्वाभाविक रूप से ज्यादा स्थायी होंगे। हालिया रुझान इस धारणा को मजबूत करते हैं कि किसी भी पक्ष को घाटे में नहीं दिखना चाहिए, बल्कि एक-दूसरे के दिमाग में ज्यादा अहमियत की गुंजाइश बनाने के लिए संघर्ष करना चाहिए।

भारत इकलौता देश नहीं है, जो महत्वपूर्ण ढंग से अधिक शक्तिशाली चीन के साथ हालात के मुताबिक समझौते पर ध्यान केंद्रित कर रहा है। दरअसल पूरा विश्व ऐसा कर रहा है। लगभग हर देश तालमेल की शर्तों को अपने तरीके से पुनर्व्यवस्थित कर रहा है। अगर कोई साझा दृष्टिकोण है तो वह इसके साथ-साथ उनकी आंतरिक रूप से क्षमताएँ मजबूत करने, बाह्य भू-दृश्य का मूल्यांकन और चीन के साथ समझदारी भरे तालमेल का है। इस पूरी कवायद में भारत का अपने आकार, स्थिति, क्षमताओं, इतिहास और संस्कृति के चलते विशेष दर्जा रहेगा। बहुध्रुवीयता और पारस्परिकता की दोनों देशों द्वारा स्वीकार्यता, जो वृहत वैश्विक संतुलन की बुनियाद पर टिकी है, और ज्यादा स्थिर भारत-चीन संबंधों की कुंजी है।

नवंबर 1949 में सरदार पटेल और पंडित नेहरू के बीच चीन के प्रति हमारे रवैये

पर विचारों का एक प्रसिद्ध आदान-प्रदान हुआ था। तब से बहुत-कुछ बदल चुका है, जो अधिकांशत: भारत को हानि पहुँचाने वाला रहा। अहम मुद्दे—वास्तविकता बनाम आशावाद और द्विपक्षवाद बनाम वैश्विकवाद—आज भी उतने ही प्रासंगिक बने हुए हैं, जितने तब थे। यह आसान नहीं है कि समय बीतने के साथ एक विवेकपूर्ण संतुलन बन ही जाए, लेकिन अतीत हमें यह भी बताता है कि अगर हम सियासत और बाधाओं से ऊपर उठ जाएँ तो रणनीति और दूरदर्शिता के लिए गुंजाइश हमेशा बनी रहती है। उससे भी ज्यादा विश्व में आज किसी भी संबंध में दूरगामी नजरिया सदैव बनाए रखना होगा।

शतरंज की बिसात पर 'इंडियन डिफेंस' उनके लिए एक बेहतरीन शुरुआत होती है, जिन्हें काले मोहरों के साथ खेलना होता है। वे अपने संकुचित राष्ट्रीय हितों के दायरे से बाहर जाकर सोचते हैं। वास्तव में, काले मोहरों के साथ खेलना मानक भारतीय रणनीति का हिस्सा रहा है। 'अरोन निम्जोविट्ज' (Aron Nimzowitsch) ने एक सदी पहले इस खेल को जो दिया था, उसमें जटिल होते जीवन के लिए भी सीखने को बहुत-कुछ है। उन्होंने अपने इस प्रसिद्ध 'निम्जो इंडियन डिफेंस' की कुशल व्यूह-रचना में काले मोहरों को बढ़त दे दी; और सबक इसी में निहित है।

□

7

नियति में देरी

भारत, जापान और एशियाई संतुलन

"जीत के पल से ऐन पहले अपने हेल्मेट की डोरियाँ कस लें।"

—टोकूगावा इयासू

एशिया का भविष्य काफी हद तक अमेरिकी दृष्टिकोण, चीन की ताकत, रूस का महत्व, आसियान का समूहवाद, मिडिल ईस्ट की अस्थिरता और भारत के उदय से तय हो रहा है। यदि किसी को पर्याप्त महत्व नहीं मिला है तो वह है—जापान की उपस्थिति। जापान के रणनीतिक रूप से पीछे हटने और भारत के विभाजन ने एशिया में शक्ति-संतुलन को विषम कर दिया। पश्चिमी ताकतें भले ही इन दोनों परिवर्तनों के लिए जिम्मेदार हों, लेकिन वह भी अब, स्वयं के हित में पुनर्गणना करने लगी हैं।

दो बहुत सूक्ष्म कारक हैं, जो एशिया में एक बिल्कुल भिन्न परिदृश्य बना सकते हैं—पहला है, रणनीतिक आकलन में विशाल प्रौद्योगिकीय सामर्थ्य वाली एक बड़ी अर्थव्यवस्था को लाते हुए भविष्य में जापान का रुख। दूसरा है, कोरियाई प्रायद्वीप में अस्थिरता, जो दीर्घकालिक धारणाओं को पलट सकता है। दोनों ही पहले उभरते हुए चीन की ताकत के दबाव में थे, लेकिन अब वे अमेरिका के नए रुख का भी जवाब दे सकते हैं। भारत के लिए पहले का सीधा प्रभाव पड़ेगा, किंतु दूसरा भी कम प्रासंगिक नहीं होगा। इन दोनों के बीच में हम पूर्वी एशिया के प्रभावों को भी देख सकते हैं, जो चीन के प्रभाव के दायरे से बाहर हैं।

मुद्दा केवल शक्ति के आकलनों का ही नहीं, मानसिकता का भी है, जब मुद्दा सापेक्षिक सुरक्षा से जुड़ी परिस्थितियों पर ध्यान देने का रहा तो न तो भारत, न ही जापान ने ऐतिहासिक रूप से कभी एक-दूसरे पर ध्यान दिया। फिर भी समसामयिक बड़े मुद्दों पर आज दोनों ही एक जैसा सोचते हैं, खासकर पिछले कुछ वर्षों से। यह शक्तियों के प्रवाह पर भी उतना ही लागू होता है, जितना शक्तियों के अभाव पर। इसलिए, जो रणनीति सजग रूप से पैदा नहीं कर पाई, एक अनिश्चित विश्व की अनियमितताओं ने उसे भलीभाँति कर दिया। वैश्विक सामान्यता के संरक्षण और वैश्विक कल्याण में योगदान को लेकर एक साझा हित दो नितांत भिन्न शासन व्यवस्थाओं के बीच सहयोग का माध्यम बन गया। दोनों राष्ट्रों में यह संवेदना कि अपने महाद्वीप की नियति तय

करने में एक-दूसरे की मदद करने के सिवा और कोई विकल्प नहीं हैं, अब नए संबंधों की प्रेरक शक्ति बन गई है।

इतिहास की भूली-बिसरी टिप्पणियों में 1904-05 में जापानी और ब्रिटिश राजनयिकों के बीच रूस की धमकी के विरुद्ध सैन्य सहयोग की बातचीत का उल्लेख है। कुछ अंग्रेजों ने यह उम्मीद की थी कि इससे जापानी सैन्य दलों को भारत भेजने का रास्ता खुलेगा, लेकिन ब्रिटिश नौसेना की सहायता के बदले इस तरह की सैन्य वचनबद्धता की संभावना कभी साकार नहीं हुई, क्योंकि जापानियों ने सुशीमा (Sushima) के समुद्री युद्ध में रूसियों को निर्णायक रूप से पराजित कर दिया, लेकिन जो नहीं हुआ, वह अंतरराष्ट्रीय संबंधों के कार्यकारी सिद्धांतों के दृष्टांत के साथ व्याख्या तो करता ही है, जैसा कि दो साम्राज्यवादी शक्तियाँ, यू.के. और जापान, जो विस्तार कर रहे रूसी साम्राज्य के निशाने पर थीं, दोनों ने हितों के कन्वर्जेंस को लेकर परस्पर समझ विकसित कर ली, जो 1860 के दशक से लेकर 1920 के दशक तक बनी रही। इस दौर ने आपसी सहयोग के कुछ और अवसर देखे, जिसमें 1915 में सिंगापुर में भारतीय विद्रोह को कुचलने के लिए जापानी नौसैनिकों को भेजा गया, हालाँकि उस समय भारत में औपचारिक रूप से एक जापानी सैन्य प्रतिनिधि भी तैनात था, जिनमें से कुछ अताशे कालांतर में युद्ध मोर्चों पर अग्रणी जनरल भी बने। प्रारंभ में जापान ब्रिटिश साम्राज्य की भावनाओं को किसी भी प्रकार से आहत नहीं करना चाहता था और उसके विरुद्ध किसी भी प्रकार के संबंध बनाने वाले प्रस्तावों को निरस्त कर देता था। इस साझी बुनियाद के खिसकने के बाद ही यह एशियाई क्रांतिकारियों की गतिविधियों का केंद्र बन पाया। इन भावनाओं के अंश 1945 के बाद भी विद्यमान थे, जब उनकी सेनाओं ने दक्षिण-पूर्व एशिया में साम्राज्यों की पुनर्स्थापना के प्रयासों में सहयोग किया। रणनीतिक तर्क की समीक्षाओं के अनुसार इस निकटता को जारी रखना चाहिए था, लेकिन ऐसा नहीं हुआ और इसी में एशियाई सुरक्षा की अनेक विशिष्टताओं में से एक निहित है।

आधुनिक भारत-जापान संबंधों की गैर-रणनीतिक प्रकृति की वजहें आत्ममंथन के लायक हैं। क्योंकि ज्यादा की उम्मीद तो दूर, एशिया में पिछले सात दशकों के तमाम उतार-चढ़ाव में, इन दोनों देशों के बीच नीतियों के आदान-प्रदान का इतिहास अत्यंत सीमित रहा है। शासन व्यवस्थाओं में यह दूरी, जिसके नैसर्गिक हित में समन्वय विपरीत तरीके से तय होने चाहिए, उस स्वाभाविक रूप से समझ में नहीं आ पाएगी, लेकिन हमें

यह याद रखना चाहिए कि शीतयुद्ध के युग में शानदार रणनीति भू-राजनीति को पछाड़ सकती थी। जापान अमेरिकी सुरक्षा गठबंधन में खींचा जा चुका था, जबकि भारत ने गुटनिरपेक्षता का रास्ता चुना, विशेषकर भारत के सोवियत खेमे में जाने के बाद, दोनों देशों के शीतयुद्ध के विपरीत पक्ष में होने की भावना दृढ़ हुई। स्पष्टत: 1950 के दशक के उत्तरार्ध में एक संक्षिप्त दौर रहा, जब कुछ जुड़ाव नजर आया था, लेकिन 1962 के चीन सीमा युद्ध में भारत की हार से जापान में इसकी प्रतिष्ठा अत्यंत कम हो गई। वह देश 1971 के बाद चीन को साधने में लगे पश्चिमी गठजोड़ का हिस्सा था और इस तथ्य ने भारत तथा जापान को और भी ज्यादा दूर कर दिया। दोनों ने ही अलग-अलग मायनों में चीन के लिए एक आकर्षण पाल रखा था। यह भी चीन पर ध्यान केंद्रित करने के लिए दोनों के एक-दूसरे से पृथक् रहने की वजह रही।

संस्कृति, जापान के लिए हमेशा से चीन के प्रति खिंचाव की वजह रही। युद्ध के पश्चात् खिंचाव की वजह प्रतिशोध की भावना भी रही। ज्यादतियों के लिए प्रायश्चित्त का भी केंद्रबिंदु था और उसके तुरंत बाद यह एक ऐसा चुंबक बन गया, जिसने बाहर संभावनाएँ तलाश रहे जापानी कारोबारियों को आकर्षित कर लिया। भारत के लिए तब तक यह औपनिवेशीकरण के बाद आपसी भाईचारे का मसला था, जब तक क्षेत्रीय मतभेदों ने इसे जारी रखना कठिन नहीं कर दिया। साझी भू-सीमा की विवशताएँ स्वयं में सघन संपर्क का प्रबल कारक थीं। एक प्रारंभिक युग में जहाँ पश्चिमी देश भारत की अखंडता को कमजोर करने में लगे थे, चीन को ज्यादा सराहनीय दृष्टि से देखा जाता था। पश्चिम ने चीन को जो अतिरिक्त महत्व दे रखा था, उसने भी निश्चित ही भारत और जापान की सोच को प्रभावित किया था।

भले ही वर्षों तक चीन ने भारत और जापान दोनों को भिन्न उपायों से अपनी ओर आकर्षित कर रखा हो, लेकिन वे दोनों देश, दूसरे निकटवर्ती पड़ोसियों से, जिनसे संबंध खासतौर पर बिगड़े हुए थे और भी ज्यादा व्यस्त रखे जा रहे थे। एक के पास पाकिस्तान था, दूसरे के पास उत्तर कोरिया। फलस्वरूप जापान और भारत ने, भले दूर से ही सही, अपनी चिंताओं से घिरे रहने के बावजूद सद्भावपूर्ण ढंग से सह-अस्तित्व को कायम रखा। दोनों में से किसी ने दूसरे को समाधान ढूँढ़ने के उनके प्रयासों में साथ देते नहीं देखा, जब तक कि निश्चित रूप से शक्ति-संतुलन के खिसकने से उपजे अस्थिर विश्व की चुनौतियाँ इतनी विशाल नहीं हो गईं कि उन्हें समस्या को ही पुनर्परिभाषित करना पड़ा।

एक-चौथाई सदी पहले जब भारत ने 'पूर्व' की ओर अधिक ध्यान देना शुरू किया तो यह इसकी विदेश नीति में गहन सुधारों की शुरुआत थी। पश्चिमी दुराग्रह, जो इसके औपनिवेशिक अतीत का परिणाम था, वह तात्कालिक वैश्विक परिदृश्य के चलते मजबूत हो चुका था। दो महाशक्तियाँ—अमेरिका और सोवियत संघ दोनों ही उस पश्चिमी विश्व का चेहरा थे, भले ही दोनों प्रतिस्पर्धी शक्तियों का प्रतिनिधित्व करते थे। यूरोप ने भी भारतीय सोच में एक अहम जगह बना ली थी और पश्चिम का यह सामूहिक प्रभाव राजनीति, अर्थव्यवस्था और सुरक्षा सभी में परिलक्षित होता था। चाहे जो हो, 1991 के संकट ने भारत के विकास के मॉडल को बदल दिया और इसे अपेक्षाकृत हाल में उपजी एशियाई आर्थिक विकास व्यवस्थाओं की ओर अधिक ध्यान देने वाला बना दिया। आसियान ने इस नए सिंड्रोम में प्रवेश की राह को आसान और इसके संस्थानों ने इस भिन्न संसार में भारत के समाजीकरण को सुगम बना दिया।

तब से भारत का दक्षिण-पूर्व एशिया और पूर्वी एशिया से संपर्क निरंतर बढ़ा है। सरकारें चाहे जो रही हों, जापान, दक्षिण कोरिया और चीन के साथ इसका आर्थिक सहयोग भी व्यापक हुआ है। यह एक ऐसा दौर भी था, जब आमतौर पर एशिया और विशेष रूप से चीन को ज्यादा वैश्विक महत्व मिल रहा था। बाद में अमेरिकी शक्ति का पुनर्स्थापन और जापान का फिर से आगमन भी गणना में शामिल किए जाने वाले कारक बन गए थे। भारत में जो आर्थिक सुधार आरंभ हुआ था, वह इन राजनीतिक बदलावों में भी उत्तरोत्तर एक कारक बनता रहा और कालांतर में एक रणनीति की तरह सामने आया। चाहे कोई गतिविधि हो, लेन-देन हो, चुनौतियाँ अथवा ध्यान रखने की बात हो, भारत के लिए गुरुत्वाकर्षण का केंद्र पूर्व की ओर बहुत अधिक खिसक गया है। यह इंडो-पैसिफिक के एक व्यावहारिक सिद्धांत की आवश्यकता को भी समझाता है। भारत सदैव भारत रहा है, किंतु एशिया होने का इसका आधुनिक बोध ईस्ट की ओर ध्यान देकर और उस दिशा में काम करके और ज्यादा प्रबल रूप से विकसित हो गया है।

'लुकिंग ईस्ट' की शैली निश्चय ही एक नियत दिशा की ओर संकेत करती है, किंतु अब यह एक रणनीतिक विशेषता बन चुकी है। शुरुआत में यह कई दशकों की अपेक्षाकृत अनियंत्रित प्रगति के पश्चात् शेष विश्व के लिए और खुलापन लाने की भारत की अभिव्यक्ति थी। चूँकि 1990 के दशक में हमारी आरंभिक साझेदारियाँ आसियान के सदस्य देशों के साथ थीं, इसने संबंधों में प्रगति होने के साथ ही एक विशेष अर्थ अर्जित कर लिया। समय बीतने के साथ इस क्षेत्र से और ज्यादा कनेक्टिविटी बनाने के लिए

प्रयास किए—वास्तविक, वर्चुअल और इसके उदार संस्करणों के साथ। आसियान के साथ भारत के जुड़ाव की छाया आसियान केंद्रित मंचों पर भारत की भागीदारी में भी दिखाई पड़ती है। इस प्रकार व्यापार, निवेश और आर्थिक परिवर्तनों का एक एजेंडा अपेक्षाकृत तेजी से विकसित होता चला गया। इसके बाद इसका दायरा आसियान से बाहर जापान, रिपब्लिक ऑफ कोरिया और चीन तक व्याप्त हो गया। पहले दोनों के साथ भारत ने मुक्त व्यापार समझौता किया, जबकि चीन के साथ व्यापार के परिमाण में नाटकीय रूप से वृद्धि हुई। हाल के वर्षों में यह पहुँच ऑस्ट्रेलिया और पैसिफिक द्वीपीय देशों तक बन चुकी है। फलस्वरूप भारत की विदेश नीति एक ऐसी पहुँच और आयाम को हासिल कर चुकी है, जो इससे पहले उसके पास कभी नहीं रही, जब बात अर्थशास्त्र, प्रौद्योगिकी, सुरक्षा, रणनीति या संस्कृति की आती है तो इस बदलाव की गहराई को पूर्वी देशों के मन–मस्तिष्क में भारत की बढ़ी हुई साख के जरिए अनुभव किया जा सकता है।

भारत की वैश्विक अवस्थिति के लिए पूर्वी देशों की प्रासंगिकता निरंतर बढ़ती रही है, यह और तीव्रता से बढ़ जाती है, जब इसकी अहम शक्तियों के सामर्थ्य और प्रभाव में गुणात्मक परिवर्तन होते हैं। चीन के साथ ऐसा पहले ही हो चुका है और इसको महसूस किया जाना शुरू भी हो गया है। जापान के साथ ऐसा परिदृश्य अभी शैशव अवस्था में ही है।

1945 से उस देश ने अपनी सुरक्षा–दृष्टि को अधिकांशतः अपने अमेरिकी गठबंधन की जरूरतों के अनुरूप ही आगे बढ़ाया है। यह गतिमयता चीन के लिए जापानी सहयोग और निवेशों को भी तर्कसंगत ठहराती है। यद्यपि वाणिज्यिक कारण और युद्धोपरांत की प्रतिबद्धताएँ भी अहम कारक थीं। किंतु जितना चीन आज करता है, उसके मुकाबले अमेरिकी व्यापार घाटे में ज्यादा बड़े अनुपात में उत्तरदायित्व आने के उपरांत 1980 के दशक में जापान ने अपने कदम पीछे खींच लिये थे। साथ ही इसने अपनी अपेक्षाओं को गठबंधन की संरचना के भीतर सजग रूप से अनुशासित रखने का विकल्प चुना, लेकिन 1987 में सोवियत संघ को पीछे छोड़ते हुए दूसरी सबसे बड़ी अर्थव्यवस्था बनने के बाद 2010 में इसे यह जगह चीन के लिए छोड़नी पड़ी।

इसके मनोवैज्ञानिक और रणनीतिक दोनों निहितार्थ रहे हैं। उभरती हुई शक्तियों से सबसे ज्यादा प्रभावित पड़ोसी होते हैं और जापान भी इसका अपवाद नहीं रहा। महाद्वीपीय और क्षेत्रीय स्थिरता सुनिश्चित करने की इसकी रुचि, आज वैश्विक साझा हितों (GLOBAL

COMMONS) को मजबूत करने की इसकी आकांक्षाओं से दब गई है। जैसे-जैसे यह वृहत दायित्वों का वहन करते हुए अधिक भागीदारियाँ बनाता है, यह अपने तात्कालिक अतीत से बाहर आता जा रहा है। जापान के इस क्रमिक विकास में, पूर्वी एशिया से कहीं आगे तक जाने का स्वार्थ निहित है। इसका आशय अहम ताकतों की व्यवस्था में एक उच्च श्रेणी की प्रौद्योगिकी शक्ति के आगमन जैसा रहेगा।

व्यापार को लेकर इसकी सजगता के चलते जापान अपने आर्थिक लक्ष्यों पर अतिरिक्त रूप से ध्यान देता है, जो दूसरी अहम ताकतों द्वारा किए जाने वाले प्रयासों से कहीं ज्यादा है। चूँकि व्यापार इसके पुनर्जागरण का प्राथमिक प्रेरक है, यह तर्कसंगत रूप से इसकी रणनीतिक गणनाओं पर हावी रहता है। अगर भारत जैसा देश अपनी सुरक्षा-जरूरतों को साधने में तत्पर है तो जापान की वैसी भूमिका आर्थिक क्षेत्र में ज्यादा उभरकर सामने आती है। विशेष रूप से वैश्विक आपूर्ति शृंखला पर दबावों और उभरती हुई प्रौद्योगिकियों पर नियंत्रणों के चलते। यह आसानी से नहीं होने जा रहा, जापान के सम्मुख, जितना संभव हो सके, इन खाइयों को पाटने की चुनौती रहेगी।

जाहिर है, इसकी राजनीतिक रणनीति, अमेरिका को अपने गठबंधन सहयोगी के रूप में प्राथमिकता देते हुए अधिकांशत: इन्हीं प्रयासों के समानांतर चलती है। कुछ हद तक जापान की स्थिति सैद्धांतिक रूप से शेष एशिया के जैसी ही है। यह भी बहुध्रुवीय रणनीति में उलझा है, जो अब पूरी तरह से दूसरों पर निर्भर नहीं है और न ही इसके आसपास हो रही प्रगति से अनभिज्ञ है। अगर एक नया एशियाई संतुलन निर्मित करना है तो जापान को उस पहल से बाहर नहीं रखा जा सकता। यदि आसियान की केंद्रीयता पर सवाल खड़े किए जाते हैं तो उसका समर्थन करना और जिसे बनाने में जापान ने इतनी मदद की, उसे मूक रहकर मात्र एक समूह के रूप में देखते रहना कठिन है। कनेक्टिविटी का प्रोत्साहन अथवा समुद्री गतिविधियों की सुरक्षा, अब वे मुद्दे नहीं रह गए हैं, जिनको लेकर संशय रखा जा सकता है। ऐसी परिस्थितियाँ ही जापान और भारत को एक-दूसरे को रणनीतिक रूप से अन्वेषित करने की ओर ले गईं।

हालाँकि यह एक सुदूर संभावना प्रतीत होती है, लेकिन भारत की समान आवश्यकताएँ इसे जापान को लेकर और अधिक गंभीरता से विचार करने पर बाध्य करती हैं। जापान के साथ ऐसे सहयोग की अपार आर्थिक तथा सुरक्षा संभावनाएँ उपलब्ध हैं, यह नई दिल्ली द्वारा भलीभाँति स्वीकारा जा चुका है। आर्थिक मोर्चे पर चुनौती, आधिकारिक विकास सहयोग के दायरे से बाहर निकलकर और अधिक

वास्तविक व्यापार और निवेश की ओर ध्यान देने की थी। जापानी कंपनियाँ लंबे समय से भारत के साथ सांस्कृतिक अंतर की बात करती आई हैं और इसे उस प्राथमिकता के विपरीत बताया था, जो उन्हें दक्षिण-पूर्व एशिया और चीन में दी जाती है। पहले से मौजूद स्थानीय कारोबार, कानूनों पर टिकी राज्य व्यवस्था और विदेशी खिलाड़ियों का पक्ष लेते समय संवेदनशीलता, ये सब मिलकर भारत में तरक्की दूभर कर देती हैं। इसलिए भारत में एक व्यापक जापानी पहचान को यहाँ की व्यवस्था में समाहित कर लेना हमेशा से एक चुनौती रही है।

हो सकता है कि दोनों देशों के बीच लंबे समय से बेहद सद्भावपूर्ण संबंध रहे हों, लेकिन यह संबंध आकांक्षाओं में तो शिथिल, किंतु बयानबाजियों में काफी आगे रहे। जहाँ तक राजनीति और सुरक्षा का सवाल है, एक ऐसा जापान जो बड़ी दृढ़ता से अमेरिकी गठबंधन से जुड़ा था, अतीत में उसके साथ तालमेल करना आसान नहीं था। एक तो यह स्वयं ही मितभाषी था, वहीं इसके अमेरिकी जुड़ाव ने इस दूरी को और बढ़ा दिया। दोनों ही परिस्थितियों को आज साधा जा रहा है और इसके आरंभिक प्रतिफल भी आने लगे हैं। व्यवसाय करने की सुगमता (Ease of doing business) और विशेष रूप से जापानी कंपनियों की जरूरतों को पूरा करने के भी उत्साहजनक परिणाम आए हैं। साधनों का समुचित उपयोग महत्वपूर्ण नतीजे पाने के लिए मात्र पहला कदम होता है। इसी तरह अमेरिका के साथ भारत के संबंधों की बढ़ती समीपता, भारत-जापान संबंधों में बाधक होने के बजाय सहायक ही सिद्ध हुई है। वास्तव में भारत, जापान और अमेरिका के एक त्रिपक्षीय फ्रेमवर्क में मिलकर कार्य करने की क्षमता, बदलते हुए एशिया के बदलते हुए राजनीतिक भू-दृश्य के घटकों में से एक है।

भारत के नजरिए से जापान के साथ करीबी रिश्ते रखने के कई फायदे हैं। शुरुआत तो यहीं से हो जाती है कि यह भारत को दक्षिण एशिया के दायरे से बाहर ले जाता है, जहाँ तक, यह आजादी के बाद से ही सीमित रहा है। यह इसे दक्षिण-पूर्व एशिया से भी आगे की राह दिखाता है, जोकि वहाँ तक है, जहाँ तक 'लुक ईस्ट पॉलिसी' ले जाती है। पूर्वी एशिया में यह एक साझेदार है, जो भारत को वहाँ काम करने को प्रोत्साहित करता है और बदले में इंडो-पैसिफिक को वास्तविकता में बदलने के लिए हिंद महासागर में अपनी मौजूदगी भी बनाए रखता है, हालाँकि जापान इस प्रयत्न के लिए आवश्यक है, पर दक्षिण कोरिया जैसे दूसरा राष्ट्रों की भी प्रासंगिकता बनी रह सकती है। आसियान और इसके अलग-अलग सदस्य-राष्ट्रों की भूमिका एक सेतु की तरह बिल्कुल स्पष्ट है।

कन्वर्जेंट ताकतों के साथ काम करने का एक दूसरा पहलू बंधनमुक्त व्यवस्था बनाने वाली समकालीन आवश्यकता है। जहाँ एशिया की बात है, इसके लिए कुछ देशों को आगे आकर समुद्री सुरक्षा और कनेक्टिविटी जैसे क्षेत्रों में ज्यादा उत्तरदायित्व सँभालने की जरूरत है। निश्चित रूप से जापान संबंधों का सीधे तौर पर सबसे अधिक लाभ भारत की वृद्धि की रफ्तार तीव्र करने में मिलने वाला योगदान है। जापान की मुख्य धारा को यह विश्वास दिलाना आवश्यक है कि वृहत और समर्थवान भारतीय अर्थव्यवस्था केवल व्यापार का अवसर मात्र नहीं, बल्कि एक रणनीतिक बढ़त भी है। भारतीय पक्ष के लिए अनुकूल परिस्थितियाँ तैयार करने की चुनौती है, जिससे निकट भविष्य में इसे वास्तविकता के धरातल पर उतारा जा सके।

हालाँकि यह सब तात्कालिक राजनीति की विवशताएँ हैं, यह भी उचित है कि संबंधों पर इतिहास के दीर्घकालिक परिप्रेक्ष्य में विचार किया जाए। दोनों देशों में एक नई पीढ़ी ने संबंधों को गढ़ने के लिए पहले की अव्यावहारिक राजनीति की अपेक्षा एक और ज्यादा स्वीकार्य मार्ग ढूँढ़ निकाला है। जापान का वास्तविक सम्मान यूरेशिया में इसकी सुविख्यात 'आधुनिकीकरण के श्रेष्ठ नेतृत्व' वाली पहचान में निहित है। इसके उदाहरणों और अनुभवों ने दूसरे देशों को भी इसका अनुकरण करने को प्रेरित किया है, जिसमें जापान ने स्वयं सहयोग भी किया है। अगर यह वास्तव में भारत में भी उस जोश को पैदा कर सकता तो भारत में परिवर्तन की संभावनाएँ सही अर्थों में व्यापक हो जातीं। इसने हाल के वर्षों में अधिकतम महत्व अर्जित किया है, क्योंकि इस एजेंडे में भागीदारी के लिए पश्चिम की क्षमता घटी है। भारत भले ही जापान के रणनीतिक नजरिए में एक कारक न हो, लेकिन यह एक लाभार्थी तो हो ही सकता है। केवल जापान की भागीदारी ही वास्तव में एक बहुध्रुवीय एशिया को साकार करेगी।

भारतीय राजनीति में जापान इस मायने में विशिष्ट है कि इसके साथ संबंध को हमेशा दलगत राजनीति से ऊपर उठकर सम्मान मिलता आया है। इसलिए आगे बढ़कर इस संबंध को और सुदृढ़ करने से, विदेश नीति की पहल पर विभाजनकारी प्रभाव पड़ने की संभावना न के बराबर है। केंद्र में एक के बाद एक आने वाली सरकारों और ज्यादातर राज्य सरकारों ने जापान के साथ संबंधों का लाभ उठाने में रुचि दिखाई है। ताजा संबंधों की बुनियाद वर्ष 2000 में प्रधानमंत्री मोदी की भारत यात्रा से रखी गई थी। इस पहल ने वर्ष 1998 में भारत के परमाणु परीक्षणों पर जापान की प्रतिक्रिया से उपजी कटुता को पीछे छोड़ दिया। एक बार जब परिवेश स्पष्ट नजर आने लगा तो दोनों

ही पक्ष सहयोग मजबूत करने में जुट गए। पिछले दो दशकों में इस संबंध का स्वरूप काफी बदल चुका है और इसमें 'हार्ड एंड सॉफ्ट इंफ्रास्ट्रक्चर' में विकास संबंधी सहयोग की ज्यादा व्यापक प्रतिबद्धताएँ शामिल हैं। वर्ष 1991 में भुगतान संतुलन संकट के दौरान भारत के उबरने में जापान के सहयोग की एक अहम भूमिका थी। यहाँ तक कि हाल ही में वर्ष 2018 के मुद्रा विनिमय करार का असर एक आर्थिक सहयोगी के रूप में इसकी अपरिहार्यता के महत्व को रेखांकित करता है।

हालाँकि इन संबंधों के आर्थिक विषयों का दायरा काफी बढ़ चुका है, लेकिन मूलभूत परिवर्तन भारत और जापान के बीच राजनीति रिश्तों में आई गर्माहट रही है। वे राष्ट्र जो कुछ दशक पूर्व एक-दूसरे को वैश्विक मामलों में वैकल्पिक प्रतिरूपों के रूप में देखते थे, अब बदली हुई परिस्थितियों में साझे हितों का दायरा बढ़ा रहे हैं। द्विपक्षीय मोर्चे पर इन्होंने वार्ताओं की एक शृंखला और कार्यप्रणाली की पहल की है, जो नीतियों के कन्वर्जेंस को सुविधाजनक बनाती है। सिविल न्यूक्लियर एनर्जी सहयोग और रक्षा उपकरणों जैसे संवेदनशील क्षेत्रों में समझौते पर पहुँचने की क्षमता उनके संबंधों में बढ़ती सहजता का परिचायक है।

दोनों देशों द्वारा गंभीर सैन्य अभ्यासों का प्रतिवर्ष होने वाला संचालन किसी भी दृष्टि से कोई साधारण बात नहीं है। जापान का एक सहयोगी होना वास्तव में एक असाधारण प्रगति है। राजनीतिक विवादों से हटकर, इसे भारत में व्यापक स्थायित्व और सुरक्षा में योगदान देने वाला समझा जाता है। वर्ष 2019 में सैद्धांतिक रूप से सहमति पा चुके 'लॉजिस्टिक्स एक्सचेंज एग्रीमेंट' की परिणति इन संबंधों को एक नई ऊँचाई तक ले जाने की क्षमता रखती है। एक-दूसरे की क्षेत्रीय चिंताओं पर उनकी व्यापक प्रतिसंवेदनशीलता सार्वजनिक रूप से प्रकट की जा चुकी है। परमाणु अप्रसार, आतंकवाद के विरुद्ध कार्रवाई और समुद्री सुरक्षा से जुड़े हितों में आज ज्यादा स्पष्ट समन्वय दिखाई पड़ता है। संयुक्त राष्ट्र सुरक्षा परिषद् की संरचना में संशोधन की अपेक्षा करने वाला दुष्कर अनुभव उन्हें एक-दूसरे के और समीप ले आया है। सहयोग के क्षितिज अब विस्तृत हो चुके हैं, उनका दायरा अब तीसरे देशों तक पहुँच चुका है। संभवतः सबसे उल्लेखनीय तथ्य यह है कि जापान हमारी कई साहसी कूटनीतिक पहलों, जिसमें क्वॉड (QUAD) एक 2+2 विदेश-रक्षा संवाद और ऑस्ट्रेलिया के साथ एक त्रिपक्षीय संवाद में भी शामिल है।

शायद ही किसी ने यह अनुमान लगाया हो कि इस संबंध का राजनीतिक पहलू अंत में आर्थिक पक्ष की ओर ही ले जाएगा। इसका मतलब यह नहीं है कि बाद वाले की रफ्तार वास्तव में मंद पड़ चुकी है। पारंपरिक रूप से जापान ने आधिकारिक विकास सहायता (ODA) बनाया था, जो इसकी रणनीति का सबसे अहम अंग है। इसका भी उल्लेखनीय ढंग से विस्तार हो चुका है और वास्तव में ये ओ.डी.ए. परियोजनाएँ आज के दौर में देश में सबसे सफलतापूर्वक क्रियान्वित की जा रही परियोजनाओं में सम्मिलित हैं। शहरी प्रबंधन में आमूल-चूल परिवर्तन लाने वाली मेट्रो परियोजनाएँ और औद्योगिक उत्पादन को कई गुना बढ़ा देने वाली दिल्ली-मुंबई इंडस्ट्रियल कॉरिडोर इस सार्थक पहल के परिणाम हैं। शेष मालवाहक और औद्योगिक गलियारों की रूपरेखा अभी बन रही है तथा भारत के लॉजिस्टिक्स संबंधी अवरोधों को संबोधित करने के लिए उनका महत्व अहम है।

व्यापारिक मोर्चे पर भी जापानी कंपनियों की भारत में मौजूदगी में स्पष्ट बढ़त दिखाई देती रही है। साथ ही, जो पहले से मौजूद हैं, उनकी स्थिति और भी मजबूत हुई है। उनके उपलब्ध परिवेश में भी महत्वपूर्ण सुधार होते आए हैं, जिनमें उनके रहन-सहन की स्थितियों और यात्रा की सुगमता के लिए गुणात्मक पहल शामिल हैं। इससे भी अहम बात यह है कि दोनों देश, जापानी आवश्यकताओं के अनुसार कौशल और प्रशिक्षण की गुणवत्ता बढ़ाने पर भी काम करते रहे हैं। औद्योगिक टाउनशिप, प्रशिक्षण संस्थान, भाषा केंद्र और विशेष वित्तीय सहायता सुविधाओं पर सहमति हो चुकी है। उनका तीव्र एवं प्रभावी तरीके से क्रियान्वयन होने में भारत में जापानी व्यापार की वृद्धि की सफलता निहित है। प्रत्यक्ष विदेशी निवेश और आधिकारिक विकास सहायता (ODA) की नीतियों का तालमेल दोनों पक्षों को लाभ पहुँचाने वाले नए रास्ते खोल सकता है। भारत के उत्तर-पूर्व क्षेत्र और उसे बांग्लादेश और म्याँमार तक बढ़ाने वाली कनेक्टिविटी संबंधी पहल को बढ़ावा देने के लिए 'एक्ट ईस्ट फोरम' की स्थापना एक उल्लेखनीय प्रगति रही। यह आर्थिक सोच के एक वृहत रणनीतिक नीति के रूप में परिपक्व होने का परिचायक है।

जापान की भारतीय अर्थव्यवस्था और समाज में निश्चित रूप से दीर्घकालिक उपस्थिति रही है, लेकिन ढाई दशक पहले जो अवसर सामने आए, वो उनकी अति-सतर्कता और हमारी स्वयं की अनिश्चितताओं के चलते अपेक्षित प्रतिक्रिया नहीं जगा सके। दूसरी वृद्धिशील अर्थव्यवस्थाओं द्वारा की जाने वाली प्रतिस्पर्धी माँगें भी एक

कारक रहीं। इन सबके बावजूद जापान भारतीय अर्थव्यवस्था में होने वाले अहम प्रौद्योगिकीय सुधारों का सूत्रधार बना रहा। पिछली पीढ़ी के भारतीय इस बात को याद करेंगे कि कैसे मारुति सुजुकी कारों ने न केवल यातायात, बल्कि उनकी जीवन-शैली को भी कितना बदल दिया था। अगली पीढ़ी शायद यही दिल्ली मेट्रो रेल प्रोजेक्ट के बारे में अनुभव करेगी। जापान का मूल महत्व, अर्थव्यवस्था के सभी क्षेत्रों पर प्रभाव डालने तथा नए उद्यमों और सामर्थ्य को विकसित करने में सहयोग करने की उसकी क्षमता में निहित है। चीन और आसियान देशों की तरह भारत उसे प्रभावी तरीके से उपयोग में ला पाएगा अथवा नहीं, यह देखना अभी शेष है।

एशिया के गणित में जापान की विशेषता में उत्तरोत्तर वृद्धि न केवल बढ़े हुए सामर्थ्य के तदर्थ महत्वपूर्ण है, बल्कि ज्यादा आश्वस्त करने वाली भी हैं। दोनों राष्ट्र लोकतंत्र, सहिष्णुता, बहुलवाद और खुले समाज के प्रति साझी प्रतिबद्धता रखते हैं। उनकी एक जैसी परंपराएँ भी इस जुड़ाव को मजबूत करती हैं। जापान को भारत एक ऐसे भागीदार के रूप में देखता है, जो इंडो-पैसिफिक और उसके बाह्य क्षेत्रों में भी शांतिप्रिय, उदार, समतुलनीय, स्थायी और विधि-आधारित व्यवस्था के लिए प्रतिबद्ध है। हितों और मूल्यों का यह संयोजन आज कन्वर्जेंस का एक प्रबल आधार है। दोनों देशों के बीच हितों की शृंखला को देखते हुए यह कहना समीचीन होगा कि ये संबंध द्विपक्षीय पहलू से बहुत आगे आ गए हैं। उनका क्षेत्रीय प्रतिच्छेदन, सार्वभौम सुरक्षा, कनेक्टिविटी में सहयोग और तीसरे देशों में हितों में सामंजस्य के रूप में सहयोग का स्रोत बनेगा।

वैश्विक स्तर पर भारत और जापान जलवायु-परिवर्तन, आतंकवाद और पुरानी वैश्विक व्यवस्था में सुधार के लिए सहयोग कर सकते हैं। दोनों एक-दूसरे की संवेदनशीलता में किस हद तक शामिल होते हैं, यही बदलते संबंधों की कसौटी रहेगी। अपनी ओर से जापान को अपनी सुलभता के दायरे से बाहर आकर एशिया की वास्तविकताओं के समक्ष होना होगा। ऐसे भारत के साथ बेहतर तालमेल द्विपक्षीय संवादों के जरिए ही हो सकता है। विकास की समझ पैदा करना इसके लाभ के लिए आवश्यक है, जो निश्चित रूप से भारत की समान चिंताओं के प्रति समर्थन बढ़ाने से ही आएगा। संयुक्त राष्ट्र में सुधार के प्रयासों में भागीदारी के साथ-साथ इसे उनके साथ भी मुखर होना पड़ेगा, जो इस परिवर्तन का विरोध करते हैं। भारत के लिए महत्वपूर्ण बात यह है कि वह अपेक्षाओं को इस लचीलेपन के साथ चिह्नित करे, जिसमें जापान की अपनी विवशताओं और संस्कृति का भी ध्यान रखा जा सके। भले ही दोनों देश आपसी

संबंधों को विस्तारित करने के लिए बहुत-कुछ करने जा रहे हैं, लेकिन यह अपने आप नहीं होने वाला। यहाँ सचेत रहने की आवश्यकता है, क्योंकि यह बात भी विदित है कि जापान भी विश्व को उन्हीं संदर्भों में देख सकता है, जैसा हम देखते हैं। सच्चाई यह है कि हम एक अधिक सतर्क समाज से व्यवहार कर रहे हैं, जिसके साथ किसी निर्णय पर पहुँचने के लिए ज्यादा सहमति की आवश्यकता रहेगी।

फिर भी, चुनौतियाँ केवल हमारे समाजों के भिन्न स्वभाव तक सीमित नहीं हैं। व्यापार का विस्तार करना निश्चय ही सबसे अहम लक्ष्य है। भारत की आवश्यकता, वैधानिक परिवेश का सतत अनुकूलन, जापान की विशिष्ट आवश्यकताओं का ध्यान तथा आवंटित साधनों के महत्वाकांक्षी उपयोग को जारी रखने की है। इनमें से कोई भी शासन प्रणाली व्यवस्था में अंतर्निहित नहीं होती है, जहाँ प्रवृत्ति अकसर स्वयं के अतीत के विरुद्ध ही मानदंड बनने की रहती आई हो। भारतीयों को अपने प्रयत्नों की निरंतरता प्रदर्शित करनी होगी, जो आमतौर पर जापान के साथ संबद्ध है। जापान से थोड़ा अधिक जोखिम उठाने और उचित अनुपात में वृद्धि के लिए अधिक प्रतिबद्धता प्रदर्शित करने की अपेक्षा रहेगी। इस पहल के प्रोत्साहन में जितना अधिक विलंब होगा, इसका मूल्य उतना ही अधिक चुकाना पड़ेगा। भारत ज्यादा अनुकूल परिस्थितियाँ तैयार करे, इसकी प्रतीक्षा के बजाय जापानी कंपनियों को स्वयं को ढालने के लिए और अधिक प्रयास करना होगा। इस हद तक कि भारतीयता के कुछ लक्षणों को भी आत्मसात् करना होगा, जो उन्हें यहाँ के परिवेश में सहज होने में सहयोग करेगा।

राजनीतिक अखाड़े में दोनों ही लाभ-हानि के दाँव लगाने का प्रयास कर सकते हैं, लेकिन जरूरी नहीं कि दोनों के मुद्दे और स्तर समान हों। एक बहुध्रुवीय विश्व में किसी भी विकल्प को बंद करने में दोनों में किसी की रुचि नहीं है, खासकर अपने करीबी पड़ोस के विकल्प। वास्तविक जीवन में एक-दूसरे पर संदेह किए बिना उसका क्रियान्वयन कैसे करना है, इसका ध्यान रखना होगा। यहाँ तक कि कनेक्टिविटी जैसे मुद्दे पर भी देखा जाए तो दोनों देशों की विवशताएँ भिन्न हैं। संवादों में भी एक निरंतरता की आवश्यकता है, विशेषकर, कम कन्वर्जेंस के मुद्दों पर। जापान को भी नई व्यवस्थाओं और शक्ति-संतुलन में होने वाले बदलावों को गणना में शामिल करना होगा, उन कारकों के अतिरिक्त जो पहले से ही व्यवस्था में जुड़ी हुई हैं। ऐसे विश्व में स्थापित पश्चिमी हितों की व्यवस्था के दायरे से बाहर देखने की इसकी क्षमता की भी परीक्षा होगी। दृढ़ता के साथ आपसी हितों पर विश्वास रखने वाला दृष्टिकोण ही इस

रिश्ते को ऊँचाइयों तक ले जा सकेगा।

हालाँकि यह निश्चित तौर पर ऐसा रिश्ता है, जिसका अतीत इसके भविष्य की कसौटी नहीं है, फिर भी इसके तात्कालिक अतीत के कुछ सबक ऐसे हैं, जिनको जानना जरूरी है। अपने संबंधों के ज्यादातर दौर में दोनों देश अप्रत्याशित रूप से एक-दूसरे के प्रति उदार रहे हैं। जहाँ तक भारत का सवाल है तो इसने वर्ष 1905 में जापान की रूस पर विजय को एशियाई पुनरुत्थान के आरंभ के रूप में देखा। उसके बाद इसका उपनिवेशवाद विरोधी योगदान भारत के लिए प्रत्यक्ष रूप से प्रभावी रहा। आज भी भारत की आम जनता जापान को नेताजी सुभाषचंद्र बोस की कहानी से जुड़ी एक वास्तविकता के रूप में देखती है। इसके बाद के दौर ने इस विरासत को आगे बढ़ाने का ही काम किया। भारत ने टोक्यो ट्रिब्यूनल पर अपना एक स्वतंत्र रुख कायम किया और जस्टिस राधाविनोद पाल एक ऐसा नाम है, जो अब भी कई क्षेत्रों में श्रद्धापूर्वक गूँजता रहता है। यदि क्षतिपूर्ति की माफी और एशियाई खेलों में जापान का प्रवेश, भारत के अद्वितीय दृष्टिकोण का प्रमाण रहे तो इसके विनिमय में जापान द्वारा पूरी तरह येन ऋणों में विस्तार और सतत आर्थिक सहयोग के रूप में चुकाया भी गया। यह एक ऐसा संबंध है, जो अधिकांशत: भारत में जापान की छवि और उदारता की लोकप्रियता पर आश्रित होते हुए हमेशा सकारात्मक रहा है, विशेषकर आधुनिकता और परंपरा के बीच एक सेतु स्थापित करने में इसका योगदान।

जहाँ तक भारत की जापान में छवि का सवाल है, इसके कई पहलू हैं—बौद्ध धर्म के उद्गम के रूप में इसकी बौद्धिक परंपराओं से लगाव और इसकी समृद्ध संस्कृति, लेकिन ये सब धीमी वृद्धि दर और सीमित सामाजिक-आर्थिक परिवर्तनों की परिधि में कैद रहे। इसलिए जब पहली गंभीर परीक्षा 1998 के परमाणु परीक्षणों के रूप में हुई तो रिश्ते बुरी तरह से लड़खड़ा गए। इसकी सही व्याख्या जापान की उस द्वैधता में निहित है, जहाँ उसे अपने एशियाई चरित्र और पश्चिमी हितों में संतुलन से साधना पड़ता है।

उस समय जापान परमाणु अप्रसार पर न केवल पश्चिमी नैरेटिव के बहाव में आया, बल्कि भारत-पाकिस्तान के उल्लेख के साथ जम्मू-कश्मीर का विश्लेषण भी जोड़ दिया। फलत: जापान संयुक्त राष्ट्र सुरक्षा परिषद् प्रस्ताव संख्या 1172 समेत भारत के विरुद्ध कदम उठाने का समर्थन करने वाले प्रमुख प्रस्तावकों में सम्मिलित हो गया। इस दौर का उल्लेख करना आवश्यक है, क्योंकि इसमें संबंधों के भविष्य की दिशा निर्धारित करने वाले सूचक विद्यमान हैं, जब भारत और जापान ने एक-दूसरे के साथ

पश्चिमी मध्यस्थता के बिना तालमेल बनाया था तो उनकी प्रवृत्ति सकारात्मक थी। जापान को यह अवश्य देखना चाहिए कि वर्ष 1998 के नतीजे में पश्चिमी देश और चीन अंततः कितने व्यावहारिक बने रहे। इसलिए भू-राजनीति के समझ की कुशाग्रता निश्चित रूप से भारत के साथ संबंधों को विकसित करने में सहायक सिद्ध होगी।

भारत और जापान स्वीकार्य रूप से दो भिन्न समाज हैं, जिनका स्वयं का भिन्न इतिहास, सामाजिक परिवेश और संस्कृति है। अतीत में अंतरराष्ट्रीय राजनीति की खींचतान के दबाव के कारण उनके बीच अंतर पर बल दिया गया था, हालाँकि उनके बीच कोई उल्लेखनीय मतभेदों का इतिहास भी नहीं रहा है, लेकिन फिर भी एक मूलभूत कार्यसूची विकसित करने में बरसों लग गए। उनके रहन-सहन की संस्कृति, राजनीतिक लोकाचार और हितों को साधने की मानसिकता, ये सब बिल्कुल भिन्न हैं, लेकिन साझा हित, मूल्यों की समानता और वैश्विक उत्तरदायित्व दूरियाँ पाटने के लिए कार्यरत हैं। केवल सरकार ही नहीं, बल्कि जापान का व्यावसायिक वर्ग भी एक सशक्त भारत का महत्व समझ रहा है। दोनों देश गहन प्रयासों के माध्यम से संबंधों का एक साझा धरातल विकसित करने में जुटे हैं और उस दिशा में अपेक्षा से बढ़कर नतीजे भी मिले हैं। यही वजह है कि चंद वर्षों में ही इसे एशिया में सबसे स्वाभाविक रणनीतिक समीकरण के रूप में पहचाना जाने लगा है। चुनौती अब इसे सबसे अधिक स्थायित्व प्रदान करने की है और इससे भी बढ़कर, किसी और अहम संबंध की तरह यहाँ भी सही समय का महत्व सबसे ज्यादा है।

जापान के इतिहास से भी कई सबक मिलते हैं, जो एशिया के साथ-साथ भारत के भविष्य के लिए भी अवरोध बन सकते हैं। मेइजी युग के बाद से इस देश ने हमेशा अंतरराष्ट्रीय परिवेश का लाभ उठाया है। इसने वैश्विक शक्ति-संतुलन पर प्रतिक्रिया भी दी है, साथ ही अपनी स्थिति में सुधार के लिए हमेशा सहयोगी भी तलाश लिये हैं। वह परंपरा निश्चित रूप से जारी है। असल में जापान के पास भी भारत संबंधी एक इतिहास है और वैश्विक अवरोध हटने के साथ ही इसके तर्क सामने आ सकते हैं। शीतयुद्ध की समाप्ति और अमेरिका के साथ इसका गठजोड़ इस संदर्भ में प्रासंगिक हो सकते हैं। वर्ष 1945 के बाद जापान ने दुनिया के सामने हार नहीं मानी, बल्कि आर्थिक साधनों के सहारे साख हासिल करने का रास्ता चुना। उसने जिन धारणाओं की बुनियाद पर यह काम किया, वह आज पूरी तरह से मान्य नहीं हो सकती। किंतु परिवर्तनों को अंगीकार करने वाले इतिहास और परिस्थितिजन्य बाध्यताओं के चलते, इसका फिर से ऐसा

करना संभव हो सकता है।

भले ही जापान में बदलाव के लिए सबसे ज्यादा संभावनाएँ हैं, लेकिन आसियान भारत के लिए 'पूर्व का द्वार' बना हुआ है। देखा जाए तो जैसे-जैसे यह उस दिशा में प्रगति करता है, इसके दृष्टिकोण के बुनियादी सूत्र निरंतर ताजगी पाते हुए रेखांकित होने चाहिए। इस क्षेत्र से भारत ने बहुत-कुछ सीखा है और सीख रहा है। भले ही आसियान देश अपने क्षेत्रीय एकीकरण और राष्ट्रीय प्रगति के साथ तेजी से आगे बढ़े हों, लेकिन किसी और समूह के मुकाबले आसियान ने वृहत वैश्विक परिवेश के साथ अधिक सतत अनुकूलन किया है। अपने गठन के बाद से ही आसियान ने इस क्षेत्र में उत्तर-औपनिवेशिक युग के कई विमर्शों को पीछे छोड़ दिया। इसने बहुत ही निपुणता के साथ स्वयं को शीतयुद्ध के दौर से बाहर निकाला और एक उच्च आर्थिक वृद्धि दर वाले युग में ले गया, जो दूसरों के लिए एक आदर्श है। वर्ष 1997 में एशियाई आर्थिक संकट की मार झेलने के बाद भी इसने पूर्वी एशिया सम्मेलन की प्रक्रिया के जरिए अपने पाँव पसारना जारी रखा। इसके सभी सदस्यों ने ज्यादा उदार वैश्विक आर्थिक संरचना का लाभ उठाया और काफी हद तक वर्ष 2008 के संकट से भी पार निकल आए।

फिर भी आज वे ढेर सारे तनावों से जूझ रहे हैं और उनके लिए यह महत्वपूर्ण है कि भारत समाधान का एक हिस्सा है। जो चुनौतियाँ उनके सामने हैं, उनमें नए शक्ति-संतुलन, ज्यादा राजनीतिक अस्थिरता, नियमों और मानदंडों के मुद्दे, अनिश्चित भू-आर्थिक दशाएँ, आंतरिक सामंजस्य के प्रश्न और यहाँ तक कि संभवत: एशिया के भविष्य के लिए आसियान की केंद्रीयता शामिल हैं।

इसलिए सुरक्षा, कनेक्टिविटी में वृद्धि और व्यापार में बढ़ोतरी जैसे आयामों को शामिल करते हुए इस समूह के साथ सामंजस्य को विस्तार देने के लिए भारत के पास यह सबसे सही अवसर है, लेकिन इससे भी बढ़कर भारत के रणनीतिक हित यह आश्वस्त भी करते हैं कि आसियान की केंद्रीयता को भले ही मजबूत न किया जा सके तो भी वह संरक्षित रहे। इसलिए इसकी सभी द्विपक्षीय और क्षेत्रीय सामर्थ्य को इसी दिशा में इस्तेमाल करना होगा। इसके अलावा इंडो-पैसिफिक जैसी नई संकल्पनाओं के आगे आने के साथ यह भी सुनिश्चित करना जरूरी है कि आसियान इनके साथ सहज रहे। उन्हें इस बात के लिए भी राजी किया जाना चाहिए कि एक बड़ी परिधि वाला रणनीतिक क्षेत्र उन्हें सैद्धांतिक और निश्चित रूप से इसकी केंद्रीयता में और ज्यादा वृद्धि करेगा। इसी प्रकार से क्वाड (QUAD) और त्रिपक्षीय तंत्र को भी प्रत्यक्ष रूप से

आसियान के उद्‌श्यों के समर्थन में देखा जाना चाहिए। काफी हद तक उस उद्‌देश्य से सतत संकेत देते रहना आज के समय की माँग है।

आसियान-भारत सहयोग की कहानी वर्ष 1992 में सिंगापुर शिखर सम्मेलन से आरंभ हुई थी, कालांतर में वर्ष 1996 में भारत को पूर्ण रूप से सहयोगी वक्ता, वर्ष 2002 में शिखर सम्मेलन सहयोगी और वर्ष 2012 में रणनीतिक साझीदार का दर्जा हासिल हुआ। इसकी रजत जयंती के अवसर पर विशेष स्मरण समारोह मनाने आसियान के सभी दस राष्ट्रों के नेता वर्ष 2018 में राजधानी दिल्ली में आयोजित होने वाले गणतंत्र दिवस समारोह में पधारे। यह अपने आप में एक संदेश होने के साथ यह भी संकेत देता है कि इस अवधि में संबंधों में भरपूर वृद्धि हो चुकी थी। ऐतिहासिक और सांस्कृतिक रूप से भारत और दक्षिण-पूर्व एशिया के संपर्क बेहद गहरे और प्रगाढ़ रहे हैं। साझी विरासत और संस्कृति की अभिव्यक्तियाँ समूचे क्षेत्र में दिखाई देती हैं। देखा जाए तो भारतीय सभ्यता के अस्तित्व के सर्वश्रेष्ठ जीवंत उदाहरणों में से कई सदियों से वहीं मौजूद हैं।

और ज्यादा आधुनिक दौर की बात करें तो उनकी नियति वैश्विक राजनीतिक धाराओं के जरिए फिर से जुड़ चुकी है, जिसने भारत को पूरे परिदृश्य में वापस ला खड़ा किया है। सिंगापुर वास्तव में एक उल्लेखनीय उदाहरण है कि किस प्रकार दूसरे विश्वयुद्ध के दौरान दक्षिण-पूर्व एशिया में समकालीन भारत का भविष्य गढ़ा गया था। उसके बाद के वर्षों में जैसे ही इन सब देशों को आजादी मिली, अपनी-अपनी राष्ट्रीय संभावनाओं को सँवारने के लिए आसियान देशों ने सहयोग और प्रतिस्पर्धा शुरू कर दी और भारत ज्यादा विभाजनकारी ताकतों की तुलना में इन सबके लिए सहमति का केंद्र बना।

1992 में वास्तव में जो बदल गया वो यह था कि एक संबंध जो काफी हद तक सद्‌भावपूर्ण लेकिन औसत रूप से ऊर्जावान था, वह अब अचानक नव आर्थिक अनिवार्यताओं के चलते अत्यधिक ऊर्जा से भर गया। इसके अलावा इसे पहल करने वाली नीतियों की एक श्रृंखला, जिसमें कई मुक्त व्यापार समझौते शामिल थे, उनके माध्यम से भी आगे बढ़ाया गया। सिंगापुर के मुख्य केंद्र बनने के साथ ही आसियान और भारत के बीच निवेश और व्यापार का प्रवाह निरंतर बढ़ता रहा है। इस क्षेत्र के कारोबार की भारतीय अर्थव्यवस्था में एक अहम स्थिति है और जिसका दायरा दूरसंचार और उड्डयन से लेकर लॉजिस्टिक्स, सड़क निर्माण, औद्योगिक पार्क और वित्त तक की अनेक गतिविधियों तक व्याप्त है। जबकि बदले में भारतीय कंपनियों की ऊर्जा, कमोडिटीज, विनिर्माण और बैंकिंग सेक्टर में उपस्थिति है। भारत और दक्षिण-पूर्व

एशिया के बीच कनेक्टिविटी का विस्तार इन सहयोगों का संचालन और परिणाम दोनों ही है। वास्तव में पिछले ढाई दशकों में भारत और आसियान के बीच अंतर-प्रवेश और यातायात इतना सघन रहा है कि ज्यादातर भारतीय सहज रूप से इस क्षेत्र को अपने पड़ोस का विस्तार समझते हैं।

ये संबंध पूरी तरह से आर्थिक और सांस्कृतिक आयामों से आगे निकल आए हैं। भारत और आसियान के बीच तीस तंत्र स्थापित हुए, जिसमें एक वार्षिक शिखर सम्मेलन और सात मंत्री स्तर के संवाद शामिल हैं। भारतीय नजरिए से आसियान एशिया पैसिफिक क्षेत्र के सुरक्षा ढाँचे में केंद्रीय स्थान रखता है। यह विशुद्ध रूप से भारत का सोचा-समझा नजरिया है, क्योंकि आसियान, जो क्षेत्र के सांस्कृतिक, वाणिज्यिक और भौतिक संपर्कों का प्रतीक है, वह अपने से बाहर की दुनिया के व्यापक हितों को दर्शाने और उनके बीच सद्भाव रखने की भी अद्वितीय क्षमता रखता है। इसे असियान क्षेत्रीय मंच (ARF) की कार्यप्रणाली में हम पहले ही देख चुके हैं, जिसका भारत वर्ष 1996 में सदस्य बना था। आसियान के महत्व को वृहत महाद्वीपीय स्थायित्व के लिए तब और भी सराहा गया, जब उसने पूर्वी एशिया शिखर सम्मेलन प्रक्रिया की अवधारणा की और उसे क्रियान्वित भी किया। भारत इसके आरंभिक सदस्यों में से एक था और यह सम्मेलन अब भारत के वार्षिक राजनयिक कैलेंडर में एक महत्वपूर्ण कार्यक्रम रहता है। इसके अलावा, इसे रक्षा मंत्रियों की ए.डी.एम.एम. (ADMM) प्लस की बैठक में भी काफी अहमियत मिली।

इतना ही नहीं, संरचनागत प्रक्रियाओं को उतनी ही मजबूती अनौपचारिक और तदर्थ बैठकों से भी मिली। आज भारत जिन व्यवस्थाओं के साथ कार्य करता है, उनमें एशिया में पायरेसी से निपटने के लिए आर.ई.सी.ए.ए.पी. (ReCAAP) समझौता और एक फनल स्टेट के रूप में मलक्का जलडमरूमध्य और सिंगापुर में सहयोग कार्यप्रणाली शामिल है। क्षेत्रीय सहयोग को आसियान के सभी सदस्यों और वास्तव में ई.ए.एस. (EAS) के साथ भी किए गए द्विपक्षीय रक्षा और सुरक्षा समझौतों की एक वृहत शृंखला से भी मजबूती मिली। चूँकि आसियान का तरीका आपसी सहमति और मृदुभाषिता का रहता है, इसलिए कई बार यह जिन मूल्यों को हमारे सामने लाता है, उसे अकसर कम करके आँका जाता है।

सहकारिता को प्रकट करने वाली यह गाथा जितनी उल्लेखनीय है, इसका असली महत्व वास्तव में कहीं ज्यादा गहरी महत्ता में निहित है, जो वर्ष 1991 के बाद के युग

में भारतीय राज्य व्यवस्था में सुधार के लिए रहा था। कुछ वर्ष पहले वर्ष 1991 के आर्थिक सुधारों पर पुस्तकों की एक बाढ़-सी आ गई थी, जिनमें से कुछ प्रधानमंत्री नरसिम्हा राव के इर्द-गिर्द केंद्रित थीं। उन घटनाओं के महत्व पर बहस करने के लिए भारत में यह एक स्वाभाविक अवसर था। विदेश नीति के नजरिए से इसे देखने पर यह निकलकर सामने आया कि भारतीय नीति-निर्माताओं की चिंतन प्रक्रिया को आकार देने में आसियान और सिंगापुर ने विशेष रूप से अहम भूमिका अदा की थी। भारत के लिए यह एक ऐसा मंच था, जो विश्व के साथ ज्यादा विस्तृत रूप से तालमेल करने, विचारों को परखने, दृष्टिकोणों का आदान-प्रदान करने और प्रतिसूचना पाने का माध्यम था। इस क्षेत्र के पथ-प्रदर्शकों को बदलते हुए भारत में सुनने के लिए ज्यादा तैयार लोग मिले। उनके परामर्श और अनुभवों ने भारत को अनजान रास्तों पर आगे बढ़ने के लिए मार्गदर्शक की भूमिका निभाई।

इसलिए एक तरह से यह कर्ज चुकाने का अवसर था, जब वर्ष 2015 में सिंगापुर के पूर्व प्रधानमंत्री ली कुआन यू के अंतिम संस्कार कार्यक्रम में सम्मिलित होने प्रधानमंत्री नरेंद्र मोदी स्वयं पहुँचे थे। आज भारत में होने वाले परिवर्तन बहुत गहन और व्यापक हैं। मैन्युफैक्चरिंग का विस्तार करने, इंफ्रास्ट्रक्चर को बदलने और मानव संसाधनों की गुणवत्ता बढ़ाने के लिए दृढ़ संकल्पों के साथ प्रयत्न किए जा रहे हैं। अर्थव्यवस्था के औपचारिकरण की गति तीव्र कर दी गई है, जोकि वास्तव में इसकी कार्यक्षमता की बाधाओं को हटाने का काम है। यह सुगमता से काम करने की अनुकूल परिस्थितियों को तैयार करने की प्रतिबद्धता से प्रदर्शित होती है। ज्यादातर बदलाव संकीर्ण आर्थिक नीतियों से परे हैं और इनमें अलग-अलग परिमाणों में सामाजिक परिवर्तन भी शामिल हैं। फलस्वरूप हम व्यापक जन-समर्थन जुटाने के लिए जागरूकता अभियान और प्रोत्साहन के प्रयास भी देख चुके हैं। कम-से-कम इनमें से कुछ तो आसियान की राजनीतिक संस्कृति से परिचित होंगे।

प्रारंभ में आसियान के साथ संबंधों में बढ़ोतरी को भारत में 'लुक ईस्ट' नीति के तौर पर दरशाया गया था, लेकिन इसे आगे ले जाने की हमारी गंभीरता की पुष्टि के लिए, विशेष रूप से वास्तविक कनेक्टिविटी परियोजनाओं के माध्यम से, कुछ वर्ष पूर्व इसे 'एक्ट ईस्ट' के रूप में रूपांतरित कर दिया गया। ये बदलाव इसके बढ़ते हुए सुरक्षा मामलों में भी दिखाई पड़े, हालाँकि नाम चाहे जो हो, यह संबंध वास्तव में अपने पूर्व में स्थित विश्व को लेकर भारत के भू-राजनीतिक दृष्टिकोण में आए गंभीर परिवर्तनों को

भी प्रतिबिंबित करता है। दक्षिण-पूर्व एशिया के साथ संपर्क और सहयोग ने भारत के लिए इससे पूरे विश्व के द्वार खोल दिए। यह लगभग वही समय था, जब भारत ज्यादा ही गंभीरता से जापान, दक्षिण कोरिया और चीन के साथ तालमेल की संभावनाएँ ढूँढ़ रहा था। इसमें कोई संदेह नहीं कि आसियान ही इसका माध्यम था—मनोवैज्ञानिक, राजनीतिक तथा व्यावहारिक रूप से भी। उसके बाद के वर्षों में जब हम ईस्ट एशिया शिखर सम्मेलन प्रक्रिया में शामिल हुए, भारत के तालमेल बनाने का यह रास्ता और भी आगे बढ़ गया और अब इसका विस्तार ऑस्ट्रेलिया, न्यूजीलैंड और यहाँ तक कि पैसिफिक द्वीपों तक है। वास्तविकता यह है कि आसियान के बिना एशिया-पैसिफिक का इंडो-पैसिफिक में बदलाव कभी संभव नहीं होता।

पिछले ढाई दशकों में हुई प्रगति ने यह दिखाया है कि भारत-आसियान संबंधों ने वस्तुतः उन विचारों, हितों और शक्तियों को उजागर किया है, जिनका हम में से किसी को भी उस समय तक अनुमान भी नहीं था। सबसे बुनियादी स्तर पर आसियान के साथ संबंध ने समाज और उतनी ही नीति-निर्माण को लेकर भारतीय मानसिकता को बदलने में योगदान दिया है। पहुँच और संपर्कों ने नजदीकियों का लाभ उठाते हुए नई अपेक्षाएँ और अभिलाषाएँ पैदा कर लीं। इनमें से कई आज भारतीय राजनीति की गतिविधियों और विमर्शों में साफ नजर आती हैं।

आर्थिक सुधारों के लिए प्रोत्साहित करने से बिल्कुल भिन्न, आसियान ने ढेर सारे विषयों पर भी भारतीय चिंतन को प्रभावित किया है। प्रथमतः, इसने भारत के बाह्यकरण को काफी हद तक सुगम किया। वास्तव में, विदेश में भारतीय निवेश की प्रथम लहर दक्षिण-पूर्व एशिया से ही शुरू हुई। सिंगापुर इसका एक जीवंत उदाहरण है। आसियान के साथ सहभागिता और उसके फलस्वरूप व्यापार और संसाधनों के स्रोतों ने समुद्र की महत्ता भी काफी हद तक बढ़ा दी है। आज एक संतुलित और एकीकृत हिंद महासागर नीति व्यापक रूप से आसियान के साथ इसके संबंधों के अनुभव से निर्धारित होती है। इस पारस्परिक संपर्क का, क्षेत्रीयता को लेकर भारत की स्वयं की सोच पर भी, लाभकारी प्रभाव रहा है। यह अब सजग रूप से यह सुनिश्चित करना चाहता है कि इसके पड़ोसी भी इसकी प्रगति और समृद्धि का लाभ उठा सकें। भारत द्वारा समर्थित क्षेत्रीय विनिर्माण परियोजनाएँ इस दिशा में इसके गंभीर प्रयासों का संकेत हैं।

आसियान को इस बात का भी श्रेय दिया जा सकता था कि इसने भारत की इस समझ को बढ़ाने में मदद की कि विदेश में रह रहे भारतीय मूल के लोग विश्व के साथ

इसके संबंधों में क्या भूमिका निभा सकते हैं। वास्तव में, प्रवासियों की तुलना में संपर्क-तंत्र और संबंध जोड़ने वाले कुछ बेहतर उदाहरण भी मौजूद हैं। उदाहरण के लिए, भारत के ऐतिहासिक संपर्कों और हितों को फिर से जाग्रत करने में दक्षिण-पूर्व एशिया की प्रेरक भूमिका भी कुछ कम नहीं है। नालंदा की संकल्पना, जैसा कि हम आज जानते हैं, मूल रूप से सिंगापुर में शुरू हुई थी। तभी से यह बौद्ध धर्म के इतिहास और विरासत की व्यापक भारतीय पहचान को समाविष्ट करने वाले तथा लोगों के आपसी संपर्क को प्रोत्साहित करने वाले एक केंद्र के रूप में उभरकर सामने आया।

अतीत में भारत के पूर्व में स्थित विषम दुनिया इसके रणनीतिक क्षितिज के लिए दूर की कौड़ी थी, जब दोनों विश्व टकराए, जैसा कि 1960 के दशक के आरंभ में हुआ था तो यह भारत के लिए लाभ के बजाय ज्यादा जोखिम वाला रहा, लेकिन आसियान के साथ तालमेल ने समाजीकरण की एक प्रक्रिया शुरू कर दी जहाँ भारत के हित, पूर्व दिशा में निरंतर विकसित होते गए। इसको और तीव्र करने के लिए भारत और इसके पूर्वी सहयोगियों, दोनों को अपनी सुविधा क्षेत्र से बाहर आना होगा। जहाँ ऐसे हितों को मूल्यों का समर्थन मिलता है, वहाँ हितों की संगति होना सुनिश्चित है। राष्ट्रों के पारंपरिक दृष्टिकोण समकालीन चिंताओं के साथ और अधिक सहज हो पाएँगे, यह देखना अभी शेष है। विशेषकर, भारत और जापान, क्योंकि दोनों को अभी मानसिकता की एक लंबी दूरी तय करनी है। भारत के त्वरित समाधान को जापान की निरंतरता के साथ सामंजस्य बैठाने के लिए, सतत प्रयत्नों से, उद्देश्यों की एक ठोस समझ की आवश्यकता रहेगी। इस संबंध की परीक्षा अनभिज्ञता और दूरी से निपटने में होगी, जो असहमति और कठिनाई जैसी सामान्य समस्याओं से बिल्कुल भिन्न है। जापान जिस नजरिए से भारत को देखता है, उसमें राजनीति का ही प्रभुत्व है और इसके कई अर्थ हैं। वास्तविकता तो यह है कि झंडे के पीछे चलने वाला और कोई नहीं, बल्कि व्यापार है। अगर नोएडा और नागोया (NAGOYA) का वास्तव में मिलन होता है तो यह एशिया के इतिहास में नए अध्याय जोड़ेगा और तब इस महाद्वीपीय गाथा में एक और मोड़ आ सकता है, जो कि कई लोगों के अनुमानों से कम पूर्वनिर्धारित होगा।।

□

8

प्रशांत भारतीय

भारतीय समुद्री-प्रभुता का पुनरुत्थान

"समंदर के किनारे खड़े होकर लहरों को निहारने मात्र से आप कभी समंदर पार नहीं कर सकते।"

—रवींद्रनाथ टैगोर

जैसे-जैसे दुनिया बदल रही है, यह स्वाभाविक रूप से नई संकल्पनाओं और पारिभाषिक शब्दों को गढ़कर सामने लाएगी। 'इंडो-पैसिफिक' वैश्विक रणनीतिक शब्दकोश में जुड़ने वाले सबसे नए शब्दों में से एक है। चूँकि डॉनल्ड ट्रंप ने इस शब्द को 2017 के एपेक शिखर सम्मेलन में प्रयुक्त किया था और 'यू.एस. पैसिफिक कमांड' का नाम बदलकर 'इंडो-पैसिफिक' कर दिया गया था, अमेरिकी समझते हैं कि उन्होंने इस शब्द का आविष्कार किया। जापानियों का मानना है कि इसका श्रेय वास्तव में उन्हें जाना चाहिए। हो भी क्यों न, आखिर प्रधानमंत्री शिंजो आबे ने लगभग एक दशक पहले भारतीय संसद् में 'दो समंदरों के संगम' की बात की थी। भारतीय स्वयं भी पीछे हटना नहीं चाहते, उनका दावा है कि इंडो-पैसिफिक शब्द उनकी नौसेना में इन सबसे भी पहले व्यक्त हो चुका है और अपने विदेश मंत्रालय में एक समर्पित प्रभाग बनाकर भारत ने अपने लगाव के दावे की पुष्टि ही कर दी है। ऑस्ट्रेलियाई भी इस पर दावा करने वालों की सूची में ऊपर ही हैं और इंडोनेशिया के नेतृत्व वाले आसियान ने भी अब एक इंडो-पैसिफिक दृष्टिकोण प्रस्तुत कर दिया है। शुद्धतावादी इसका श्रेय 1930 के एक जर्मन रणनीतिकार कार्ल हाउशोफर (Karl Haushofer) को दे सकते हैं, हालाँकि उनका परिप्रेक्ष्य एक यूरेशियन रणनीतिकार के जैसा था। अब इसका विश्लेषणात्मक पहलू चाहे जो हो, इंडो-पैसिफिक का अस्तित्व आज मुख्य रूप से पेशेवरों के आग्रह के कारण है, जैसा कि हम कहते हैं, समुद्र का वातावरण बदल रहा है और इंडो-पैसिफिक कल का पूर्वानुमान नहीं, बल्कि वास्तव में बीते कल की वास्तविकता है।

दुनिया में चीजें घूमकर वापस आती हैं। यहाँ इस तथ्य पर गौर करना जरूरी है कि रॉयल नेवी ने दशकों तक इंडो-पैसिफिक दृष्टिकोण पर इस शब्द का साफतौर पर प्रयोग किए बिना काम किया। इसलिए आज, जैसा कि कुछ ताकतें सिर्फ चाहती हैं, कुछ योजनाएँ बनाती हैं, एकाध तैयारियाँ करती हैं और अन्य चिंतन करती हैं, इस विमर्श के नाम पर दावेदारी के दायरे से बाहर निकालकर उसे आगे बढ़ाने वाली

स्पष्टता की जरूरत है। शब्द-विज्ञान को इस तथ्य को धुँधला नहीं करने देना चाहिए कि बदलते घटनाक्रम हर गुजरते दिन के साथ इस अवधारणा को और अधिक समृद्ध करते जा रहे हैं। स्वाभाविक रूप से इंडो-पैसिफिक का अर्थ अलग-अलग शक्तियों के लिए अलग-अलग चीजें हैं, लेकिन यह निर्विवाद रूप से उन सबके लिए एक प्राथमिकता है। भारत के लिए यह 'एक्ट ईस्ट' की परिधि से बाहर एक तार्किक कदम और दक्षिण-एशिया की सीमा का विस्तार है। जापान के लिए हिंद महासागर में गतिविधि इसके उत्तरोत्तर सामरिक प्रगति का अंग है। अमेरिका के लिए एक एकीकृत परिदृश्य इसके नए रुख के केंद्र की ओर झुके विषयों को साधने का माध्यम है। अपनी ओर से रूस इसे सुदूर पूर्व को लेकर अपनी नई पहल के हिस्से के रूप में देख सकता है। यूरोप के लिए यह उस क्षेत्र में वापसी का विषय है, जहाँ से उसको लौटना पड़ा था और चीन के लिए विशेषकर यह साख दाँव पर लगे होने जैसा है, क्योंकि एक वैश्विक शक्ति के रूप में इसकी पहचान के लिए समुद्री प्रभुता पूर्व-अनुबंध है।

यह निस्संदेह इस 'ग्रेट गेम' के समकालीन संस्करण की वह रणभूमि है, जो प्रश्नों से परे है और जहाँ भिन्न-भिन्न अपेक्षाएँ लिये बहुत सारे योद्धा अपने रणनीतिक कौशल का प्रदर्शन करते रहे हैं। पारस्परिक समानता के उनके प्रयास और प्रतिस्पर्धा की समझ विशेष महत्व रखेंगे, क्योंकि ये वैश्विक जीवन-रेखा को प्रभावित करेंगे।

हो सकता है कि इंडो-पैसिफिक एक रणनीतिक अवधारणा के रूप में चलन में अब आया है, लेकिन यह सदियों से एक आर्थिक और सांस्कृतिक वास्तविकता रहा है। हो भी क्यों नहीं, भारतीयों और अरबों ने चीन के पूर्वी तट तक अपने कदमों के निशान छोड़ रखे हैं, जैसा दक्षिण-पूर्व एशिया के लोगों ने अफ्रीका में किया था। वस्तुतः यह वास्तविकता अब बहुत दूर बिल्कुल नहीं है और समुद्र की निर्बाधता ने इसमें प्रवेश होने वाली पश्चिमी शक्तियों की भूख को बढ़ाया ही है। ब्रिटिश साम्राज्य ने इंडो-पैसिफिक के स्वयं के संस्करण को संचालित किया, जो न तो मुक्त था, न ही उदार। इसके संसाधनों और हितों, दोनों का मानसिक चित्रण उन्नीसवीं और बीसवीं सदी की तमाम घटनाओं की व्याख्या करते हुए एक एकीकृत क्षेत्र में प्रसरित दिखाई देता था।

बदले में दूसरी शक्तियों ने प्रभुत्व का रास्ता अपनाया। यदि भारतीय सैन्य-दलों ने बॉक्सर विद्रोह में लड़ाई लड़ी तो जापानी भी सिंगापुर और बर्मा तक आए। इतना ही नहीं, यह एंग्लो-अमेरिकन गठबंधन द्वारा भारत से किए जा रहे भीषण व्यूह रचना

का परिणाम था, जिसने वर्ष 1942 के बाद चीन को जापान के विरुद्ध लड़ाई में बनाए रखा। इंडो-पैसिफिक का आरंभिक युग वर्ष 1945 तक जारी रहा, जो ब्रिटिश और अमेरिकी सेनाओं की इस क्षेत्र में उपस्थिति से स्पष्ट होता है। युद्ध के बाद भारतीय सैन्य दलों को जापान में चुगोकू और शिकोकू के सात प्रांतों में तैनात किया गया तथा 2/5 गोरखा दस्ते को टोक्यो के शाही महल की सुरक्षा में लगाया गया था। इसके बाद ब्रिटेन पर अमेरिका के वैश्विक रूप से हावी हो जाने से भारतीय और पैसिफिक खेमे अलग हो गए। इससे आधिपत्य का केंद्र पैसिफिक की ओर खिसक गया, जिसे बाद में चीन की क्रांति और कोरिया युद्ध से मजबूती मिली। जहाँ तक ब्रिटेन की बात है, भारत की आजादी और खाड़ी देशों को छोड़कर पीछे हटने के निर्णय ने इसके हितों को पश्चिम की ओर मोड़ दिया। इसका परिणाम यह रहा कि निरंतरता ने संकुचित होते क्षेत्रों का मार्ग प्रशस्त किया, जिन्हें सैन्य नियंत्रित अधिकार क्षेत्रों के रूप में सुदृढ़ किया गया। इंडो-पैसिफिक उतना ही हमारा अतीत है, जितना कि यह हमारा भविष्य है। इसलिए यह रणनीतिक रूप से कितना व्यवहार्य है कि यह आज की राजनीति पर निर्भर करेगा, जैसा कि अतीत में हुआ था।

हमारे उद्देश्यों के लिए आवश्यक यह है कि ठीक उसी प्रकार जैसे वर्ष 1945 के बाद अमेरिकी प्रभुत्व ने इंडो-पैसिफिक को अस्तित्वहीन कर दिया था, अमेरिका से सामंजस्य अब इसे फिर से गढ़ने में सहायक हो सकता है। यह स्वयं अपने आप ही नहीं हो सकता है, क्योंकि कुछ और भी स्वचालित प्रक्रियाएँ उसी दिशा में आगे बढ़ रही हैं। इनमें चीन की महत्वाकांक्षाएँ, भारत के हित, जापान का रुख, ऑस्ट्रेलिया का भरोसा और आसियान की सजगता सम्मिलित हैं। गठबंधनों की तरह रणनीतिक संकल्पनाएँ भी समयानुसार प्रतिक्रिया देती हैं और इंडो-पैसिफिक के लिए वह क्षण फिर से आ गया है।

जैसाकि आज विश्व में होने वाले अन्य परिवर्तनों के साथ है, इंडो-पैसिफिक के लिए भी उत्प्रेरक का काम अमेरिका के रुख में बदलाव और चीन के उत्थान ने किया है। चूँकि पहला कारक मुख्यतः प्रतिक्रियावादी है, इसलिए यह विश्लेषण दूसरे के इर्द-गिर्द रखना ज्यादा समझदारी होगी। एक दशक पहले चीन ने अपने भविष्य में समुद्री शक्ति की भूमिका को लेकर सार्वजनिक और मुखर बहस की थी। इसका कुछ हिस्सा एक परंपरागत रणनीतिक दुविधा को भी लेकर था, जो इसके पूर्वी समुद्र-तट और इसके पार कई द्वीप शृंखलाओं के परिसीमन से जुड़ा था, लेकिन वर्ष 2009

तक एक ज्यादा व्यापक खोज हो गई, जिसने इस बहस को समाहित कर लिया। चीनी नीति-निर्माताओं ने पहले ही यह अनुमान लगा लिया था कि यदि उस देश को एक वैश्विक शक्ति के रूप में उभरना है तो उसे समुद्र शक्ति बनने के लिए बाध्य होना पड़ेगा। आगामी बहस ने एक ऐतिहासिक परंपरा को चुपचाप पूरी तरह से पलट दिया। उस अर्थ में 2012 न केवल इसके राजनीतिक नेतृत्व, बल्कि इसकी सामरिक सोच में भी बदलाव का साल रहा।

वैश्विक बदलावों के हिंद महासागर पर प्रभाव से भारत भी नहीं बच सका। इसकी अवस्थिति केंद्र में आ जाने से इस देश को एक अनूठी पहचान मिलती है। फिर भी इस रणनीतिक लाभ को इतना अधिक सहज समझा गया कि इसका समुद्री दोहन सदैव औसत से नीचे रहा। जैसे-जैसे नौसैनिक गतिविधियाँ बढ़ती चली गईं, भारत को भी कनेक्टिविटी के अवसरों के लिए जूझना पड़ा, जिनके समुद्री निहितार्थ थे। एक ताकतवर देश के लिए, जिसका सुरक्षा दायरा पहले से ही विस्तारित हो रहा था, अब इसका उद्देश्य महासागरीय व्यवस्था पर नजरें टिकाना था। इस चुनौती की प्रकृति भी नई तरह की है, क्योंकि इसका बहुत-कुछ हिस्सा वैश्विक साझा हितों (GLOBAL COMMONS) के नाम पर जारी रहता है। इस स्थिति का समाधान अपरिहार्य रूप से क्षमताओं में वृद्धि, संतुलन बनाने में और सहयोग को प्रोत्साहित करने में था। भारत के लिए तर्कसंगत तो यही है कि यह उनके साथ मिलकर काम करे, जो इसके प्रभाव को स्वीकार करें, इसके लिए बड़ी भूमिका को प्रोत्साहन दें और इसके क्रियाकलापों के साथ सहज रहें।

जैसे कि हर अहम शक्ति का स्वयं का परिप्रेक्ष्य होता है, कभी-कभी उनका नैरेटिव भिन्न हो सकता है, हालाँकि भारत के लिए इसका अर्थ, दूसरों की भंगिमा पर आधारित अनिवार्यताओं पर प्रतिक्रिया देते हुए भी निरंतर अपनी प्रगति की राह सुनिश्चित करना है। पूर्व एशिया शिखर सम्मेलन भारत को पहले ही हिंद महासागर से परे इंडो-पैसिफिक तक ले गया था। प्रशांत महासागर में इसकी द्विपक्षीय, त्रिपक्षीय और बहुपक्षीय नौसैनिक अभ्यासों में भागीदारी इसका अपना महत्व दर्शाती है। इसकी अर्थव्यवस्था का निरंतर बाह्यकरण और पूर्व की ओर फोकस इसको समुद्री सुरक्षा और कुशलता के लिए संवेदनशील बना देता है। इसलिए इंडो-पैसिफिक का वैचारिक स्पष्टीकरण भारत के बढ़ते हितों के आसपास केंद्रित है। यह वैश्विक साझा हितों (GLOBAL COMMONS) में योगदान देने वाली एक व्यवस्था का पालन करने

वाली शक्ति होने की अपनी आत्मधारणा तले दबा हुआ है। इसके बुनियादी हित भले ही हिंद महासागर से जुड़े हों, लेकिन इससे बाहर जाकर उपस्थिति का संकेत एक व्यापक दायरे में शांति व्यवस्था को भी सुनिश्चित करेगा। चूँकि समुद्री गतिविधियाँ सारे संतुलनों पर एक गहरा प्रभाव डालती हैं, इसलिए भारत की भागीदारी एशिया में स्थिरता बनाए रखने में भी काम आएगी।

हालाँकि इसका अधिकतर ध्यान अपने हितों के विस्तार पर ही केंद्रित है, पर भारत जहाँ वास्तव में कुछ हटकर कर सकता है, वह हिंद महासागर ही है। यह न केवल इसके प्रभाव का स्वाभाविक क्षेत्र है, बल्कि ऐसा समुद्री क्षेत्र भी है, जो सुरक्षा की दृष्टि से भी अत्यंत प्रभावी है। यहाँ भारत का दृढ़ स्वरूप उसके अपने महत्व में वृद्धि करता है और सुदूर पूर्व तक एक भव्य स्वागत भी सुनिश्चित करता है। भारत के लिए इंडो-पैसिफिक पर अपना मत स्पष्ट रखने के लिए आवश्यक है कि वह हिंद महासागर की रणनीति पर अधिक कुशलतापूर्वक काम करे। वर्षों तक बदलती हुई वास्तविकताओं की अनदेखी करने के बाद भारत को यह सच्चाई स्वीकारनी पड़ी थी कि अब और अधिक शक्तियाँ सागर के नीचे सक्रिय हैं। वर्ष 2015 में, यह स्वीकारोक्ति पहले एकीकृत समुद्री दृष्टिकोण का ढाँचा तैयार करने की ओर ले गई, जिसकी परिणति प्रत्यक्ष रूप में 'सागर' (SAGAR) (Security and Growth for All in the Region) के रूप में हुई। सहयोग बढ़ाने और अपनी क्षमताओं का वृहत कल्याण के लिए उपयोग करना भारत को लाभान्वित करेगा।

इस धारणा पर आधारित दृष्टिकोण के चार मौलिक उद्देश्य हैं—पहला, हमारी मुख्यभूमि और द्वीपों की सुरक्षा, हमारे हितों का संरक्षण, एक विश्वसनीय, सुरक्षित और संतुलित हिंद महासागर तथा दूसरों के लिए हमारी क्षमताओं की उपलब्धता है। दूसरा, हमारे समुद्री तटवर्ती पड़ोसियों के साथ गहराता आर्थिक और सुरक्षा सहयोग और उनकी क्षमताओं में वृद्धि करना है। तीसरा, शांति और सुरक्षा के लिए सामूहिक प्रयास और सहयोग को बढ़ावा देने एवं आपात स्थितियों में त्वरित कार्रवाई के विचार से प्रेरित है एवं चौथा, क्षेत्र के लिए और अधिक एकीकृत एवं सहयोगात्मक भविष्य की माँग करता है, जो सतत विकास का संवर्धन कर सके। 'सागर' (SAGAR), तीव्र सक्रिय और परिणाम-केंद्रित एक ऐसे भारतीय दृष्टिकोण को आगे बढ़ाता है, जो सहयोगियों की अपेक्षाओं पर खरा उतरते हुए अपने प्रभाव में वृद्धि करे। इसे, आंतरिक क्षेत्र के संपर्कों और शक्तिशाली क्षेत्रवाद, समुद्री योगदान एवं समर्थन और विस्तारित

पड़ोस की संकल्पना में रूपांतरित किया गया है। यह एक प्रखर सुरक्षा प्रदाता के रूप में उत्तरदायित्व सँभालने की उच्च भावना के साथ आता है। इसका प्रभाव परियोजनाओं, अग्रणी सक्रियता और गतिविधियों में अधिक दिखाई देता है।

वृहद समुद्री रणनीति के लिए तय प्राथमिकताओं का एक संकलन होता है, जो संकेंद्रित वृत्तों के रूप में भलीभाँति परिलक्षित होता है। इसका मूल, देश के लिए एक समुद्री संरचना, द्वीपीय परिसंपत्तियों का विकास, निकटवर्ती पड़ोसियों से कनेक्टिविटी और दिन-प्रतिदिन काम में लाई जाने वाली क्षमताएँ होती हैं। 'नेबरहुड फर्स्ट' की इसकी नीति के संदर्भ में, वे पहल जो सामुद्रिक प्रभाव रखती हैं, उनकी विशेष प्रासंगिकता होती है। अगले वृत्त में भारत की समुद्री सीमा के बाहर का क्षेत्र और इसके निकटवर्ती द्वीपीय पड़ोसी जैसे—श्रीलंका, मालदीव, मॉरीशस और सेशेल्स शामिल हैं। अधिकतम महत्व भूतल पर विस्तारित पड़ोस से कनेक्टिविटी के पुनर्संचालन का है, क्योंकि भारतीय क्षमताओं के लिए व्यापक स्तर पर अपने हिस्से की समुद्री सुरक्षा पर उनका प्रभाव साफ दिखाई देता है।

वास्तविक चुनौती इसके बाद आती है—जब एक समुदाय के रूप में हिंद महासागर को पुनर्जीवित करना हो, जो अपने ऐतिहासिक और सांस्कृतिक आधार पर आश्रित हो। हिंद महासागर परिक्षेत्र में यह केवल सहयोग ही है, जिसे आधार बनाकर भारत अपनी सीमा से बाहर की घटनाओं को भी महत्वपूर्ण ढंग से प्रभावित करने की आशा कर सकता है। महासागर को अधिक निर्बाध और सहयोग-क्षेत्र बनाया जाए, यह न केवल एक व्यापक क्षेत्रीय उद्देश्य है, बल्कि यह भारत की केंद्रीयता को समृद्ध करने वाला मंत्र भी प्रमाणित होगा। ये चुनौतियाँ यदि स्वभाव और महत्व में भिन्न भी हैं, तो भी इन पर समानांतर ध्यान देने की आवश्यकता है, क्योंकि इन्हें स्वयं को साधने वाला बनना है। सबसे बाहरी परिवृत्त भारत को पैसिफिक की ओर ले जाता है, जहाँ एक केंद्रित झुकाव वाले हितों को साधते हुए मूलभूत सुरक्षा भी सुनिश्चित करनी है और साथ ही एक स्थिर बाह्य परिधि को भी प्रोत्साहित करना है। इस संदर्भ में नीतियों का आदान-प्रदान, सामर्थ्य का अभ्यास और सहयोग की कार्यप्रणाली विकसित करने के कार्य जारी हैं। यह इन वृत्तों की परस्पर क्रिया है, जो न केवल भारत के सामुद्रिक भविष्य को, बल्कि इसके व्यापक सामरिक दृष्टिकोण को भी निर्धारित करेगी।

'एक्ट ईस्ट पॉलिसी' और वृहत सामुद्रिक गतिविधियाँ भारत को, औपनिवेशिक युग में नष्ट हो चुके इसके पूर्व-तटीय बंदरगाहों को पुनर्जीवित करने की ओर भी ले जा

रही हैं, लेकिन इनकी अवस्थिति का पूर्ण लाभ लेने के लिए यह जरूरी है कि समुद्री सुविधाओं की कनेक्टिविटी को भारत की सीमाओं से आगे बढ़ाया जाए। इस संदर्भ में बांग्लादेश और म्याँमार, दोनों के पास बहुत अधिक संभावनाएँ हैं। 'लाइन ऑफ क्रेडिट' के जरिए कनेक्टिविटी और विनिर्माण परियोजनाओं के उपक्रम पहले से ही सक्रिय हैं, हालाँकि सित्तवे बंदरगाह के लिए कलादान परियोजना और थाईलैंड के लिए त्रिपक्षीय हाइवे दोनों ही म्याँमार के लिए बड़ी परियोजनाएँ हैं, बंगाल की खाड़ी के पार संपर्क के विस्तार की भी पर्याप्त संभावनाएँ हैं।

इसकी अपनी सीमा के भीतर भी अनेक विकल्प उपलब्ध हैं, जो भारत अपने समुद्री प्रभाव को तीव्र करने के लिए उपयोग कर सकता है। अंडमान-निकोबार द्वीप समूह को विकसित करना इस संदर्भ में निश्चित रूप से सबसे प्रमुख रहेगा। हमें स्वयं से यह प्रश्न करते रहना चाहिए कि दूसरे देशों ने इतनी अच्छी भौगोलिक स्थिति वाले स्थान का उपयोग कैसे किया होगा? चाहे 'एक्ट ईस्ट' हो, 'सागर (SAGAR)', 'नेबरहुड फर्स्ट' या फिर 'इंडो-पैसिफिक', रणनीति की शुरुआत घर से होती है और यह वहाँ वास्तविक अर्थों में फलती-फूलती है। यह ही हमारी गंभीरता की परीक्षा होगी।

दूसरी परिस्थितियों में सार्क (SAARC) को फिर से ऊर्जावान बनाना भारत की विदेश नीति की अहम प्राथमिकताओं में से एक होनी चाहिए। दक्षिण एशिया निश्चित रूप से विश्व के सबसे कम एकीकृत क्षेत्रों में से एक है और हिंद महासागर के केंद्र में स्थित होने के कारण इसकी शिथिलता का उस व्यापक क्षेत्र पर सीधा प्रभाव पड़ता है। इतना ही नहीं, कनेक्टिविटी स्थापित करने और व्यापार के विस्तार की दृष्टि से भी यहाँ प्रशस्त अवसर दिखाई पड़ते हैं, भले ही एक देश अपनी अवांछनीय अकड़ से प्रेरित हो, मूलभूत एजेंडे का विरोध करते हुए परस्पर सहयोग की आवश्यकता को कम आँकता हो। इसलिए भारत सभी द्विपक्षीय और बहुपक्षीय सक्रियता की तात्कालिक आवश्यकता पर बहुत ध्यान देता है। अंततः अपेक्षा यही रहेगी कि इस क्षेत्र तथा अन्य क्षेत्रों में भी शांति बनी रहे। इन सबके बीच, बंगाल की खाड़ी पर ध्यान देते हुए बिमस्टेक (BIMSTEC) जैसे विकल्पों को भी विकसित करना होगा।

विस्तारित पड़ोस की भावना को प्रबलता देना, खोए हुए गौरव को फिर से पाने के भारत के प्रयासों का हिस्सा है। इसका सांस्कृतिक आधार, चाहे वह दक्षिण-पूर्व एशिया में हो, खाड़ी के देशों में हो या फिर मध्य एशिया में, इतना स्पष्ट दिखता है कि इसे प्रमाणित करने की आवश्यकता बहुत कम पड़ती है। यहाँ तक कि व्यापार, निवेश और

यातायात के प्रभाव से इसका आर्थिक आधार भी धीरे-धीरे बढ़ रहा है। जिस चीज की वास्तव में कमी रही, वह थी कनेक्टिविटी, जिसको सुदृढ़ बनाने का काम सात दशक पहले बाधित कर दिया गया था। इसका प्रभावी समाधान खोजने में महासागर वास्तविक भूमिका निभा सकता है।

इसकी कई ऐतिहासिक गाथाओं में हिंद महासागर का उल्लेख, इसके आर-पार फैले विस्तृत भौगोलिक क्षेत्रों की बड़ी आबादी के लिए एक राजमार्ग के रूप में मिलता है। यह महत्वपूर्ण भूमिका एक बार फिर दोहराई जा सकती है, यदि इसके गुरुत्वाकर्षण का केंद्र सुविधा प्रदान करने का एक आकर्षक स्रोत बन सके। इसके लिए वस्तुओं और मानव संसाधनों का सुगम आवागमन न केवल भारत के भीतर, बल्कि इसके समीपवर्ती पड़ोसियों और उससे आगे भी सुनिश्चित किया जाए। यह मात्र संयोग नहीं है कि उत्कृष्ट कनेक्टिविटी भारतीय विदेश नीति की कई अग्रणी सक्रियताओं के केंद्र में है। ट्रांस-नेशनल हाइवे निर्माण, बहु-प्रतिरूपीय यातायात प्रस्ताव, रेलवे आधुनिकीकरण, अंतर्देशीय जलमार्ग, तटीय पोत-परिवहन और बंदरगाहों के विकास के प्रति बढ़ती प्रतिबद्धता इसके महत्व को प्रदर्शित करती है। वास्तव में, उत्तम लॉजिस्टिक्स भारत की अपने पड़ोसियों तक पहुँच बनाने की प्रभावशाली विषय-वस्तु बन गई है।

भारत का पश्चिम के साथ अनुभव कम सकारात्मक रहा है और इसके कारण भलीभाँति सर्वविदित हैं। इस बात के होते हुए भी ईरान के साथ चाबहार परियोजना और इससे अफगानिस्तान के लिए मिलने वाली समुद्री पहुँच एक महत्वपूर्ण शुरुआत है। यूरेशिया के लिए एक ट्रांजिट कॉरिडोर के रूप में ईरान से जुड़ी संभावनाओं का पर्याप्त दोहन किया जा सकता है। इसी तरह का, अंतरराष्ट्रीय उत्तर-पूर्व यातायात गलियारा भी है, जो रूस और यूरोप के लिए परिवहन को सुगम बना सकता है। साथ ही 'अश्गाबात समझौता' भी है, जो हिंद महासागर को मध्य एशिया से जोड़ सकता है। आने वाले समय में खाड़ी देशों और पश्चिम एशिया में होने वाले बदलाव और अधिक विकल्प प्रस्तुत कर सकते हैं।

हिंद महासागर की रणनीति का स्वाभाविक अर्थ अपने समुद्री पड़ोसियों को अधिक महत्व देना है, जैसा कि ऐसे मामलों में सामान्यत: होता ही है, इतिहास और सामाजिकता दोनों के लाभ एक साथ मिल जाते हैं। श्रीलंका, मालदीव, मॉरीशस और सेशेल्स के साथ संबंधों को गढ़ने की प्रक्रिया को राजनीतिक दृश्यता, व्यापक सहयोग और अधिक परियोजनाओं के माध्यम से प्रकट किया जाता है। इसके अलावा व्यापार, पर्यटन,

इंफ्रास्ट्रक्चर, परिवेश, समुद्री अर्थव्यवस्था और सुरक्षा को लेकर भी एक एकीकृत दृष्टिकोण उभरकर सामने आ रहा है। भारत इन देशों की सामर्थ्य बढ़ाने की दिशा में भी भागीदारी करता रहा है, जिसके अंतर्गत रडार, तटीय निगरानी उपकरण, जलयान एवं एयरक्राफ्ट उपलब्ध कराना और समुद्री आधारभूत संरचना की स्थापना सम्मिलित है। सहयोग का क्षेत्र आज असैन्य और व्यावसायिक जहाजों से संबंधित आधुनिक जानकारियों का आदान-प्रदान, समुद्री अर्थव्यवस्था, आपदाओं पर प्रतिक्रिया, समुद्री लूटपाट की रोकथाम, आतंकवाद विरोधी उपायों और साथ ही समुद्र विज्ञान जैसे विषयों तक फैल चुका है। इन देशों के लिए यह देखना काफी आश्वस्त करने वाला रहा कि कोरोना महामारी में किस प्रकार भारत इनकी सहायता के लिए दृढ़ता के साथ डटा रहा।

भारत के सुरक्षा-हितों के लिए समुद्री विषयों को लेकर इन परस्पर संबंधों के महत्व को बढ़ा-चढ़ाकर नहीं बताया जा सकता। अंततः यही वह केंद्रक है, जहाँ से भारत एक वृहत्तर अखिल भारतीय महासागरीय संरचना को रूप देने में सहयोग दे सकता है। इसलिए यह सुनिश्चित करना बहुत महत्वपूर्ण है कि ये समीपवर्ती क्षेत्र भारत के हितों के प्रति संवेदनशील बने रहे। यह भी अपेक्षा रहेगी कि हिंद महासागर कड़ी प्रतिस्पर्धा की रणभूमि न बनने पाए। द्वीपीय देशों के पास अपनी संवेदनशीलता तो रहेगी ही, उनकी अपनी गणनाएँ भी होंगी। उनको मिलने वाले अवसरों से, हालाँकि वे सबसे बेहतर लाभ पाने का प्रयत्न कर सकते हैं, फिर भी राजनीतिक सुविधा, आर्थिक सहयोग और सांस्कृतिक जुड़ाव के भी अपने अर्थ रहेंगे। शांति, समृद्धि, सुरक्षा और स्थायित्व का उत्तरदायित्व प्रमुख रूप से स्थानीय शक्तियों के दृष्टिकोण पर टिका है। उनकी सामूहिक सोच और सहयोगात्मक कार्रवाई वृहत सामुदायिक जागरूकता का आधार है। इसके समर्थन का सबसे प्रबल तर्क महासागर के इतिहास में निहित है।

हिंद महासागर की 'दुनिया' कभी आवश्यक एकता से सज्जित हुआ करती थी, जो समुद्री व्यापार के आपसी तालमेल पर टिकी हुई थी। हमें यह भी ज्ञात है कि प्राकृतिक और परिवर्तनशील सीमाओं के बावजूद यह वास्तव में एक आत्मनिर्भर व्यवस्था थी, जोकि दूसरी समुद्री व्यवस्थाओं से बिल्कुल हटकर थी।

सांस्कृतिक प्रभाव के साथ समुद्री व्यापार का मेल पूरे महासागर के मानचित्र पर फैला हुआ था। इसके फलस्वरूप परंपराएँ, आचरण, आस्थाएँ और वाणिज्य ने एक आभासी कनेक्टिविटी पैदा कर दी, जिसने दूरियों को समाहित कर लिया। फिर भी, इतिहास की इस गाथा को अंतरराष्ट्रीय संबंधों की वास्तविकताओं के लिए भी

रास्ता छोड़ना था, क्योंकि यूरोपीय लोगों के आगमन ने महासागर और इसके तटीय क्षेत्रों को खंडित कर दिया था। उत्तर उपनिवेशवादी विश्व ने नए राष्ट्र और तत्पश्चात् क्षेत्रीय पहचान बनाने शुरू कर दिए, जिसने महासागर को पहले से और समृद्ध कर दिया। इसके अलावा, हिंद महासागर के तटीय क्षेत्रों की विशिष्ट आर्थिक गतिविधि और सांस्कृतिक प्रवृत्तियों का प्रभाव, हमेशा भीतरी मुख्य भूमि तक नहीं पहुँच सका। शायद इसी गंभीरता के अभाव के कारण एक समूचा पारिस्थितिक तंत्र रणनीतिक रूप से घटकर मात्र एक जलीय क्षेत्र बनकर रह गया। अधिकांशतः सामाजिक, आर्थिक और भू-राजनीति कारकों का आपसी तनाव इस स्थिति के लिए उत्तरदायी रहा। आज जब भू-राजनीतिक परिदृश्य नाटकीय रूप से बदल रहा है, हिंद महासागर इससे प्रभावित हुए बिना नहीं रह सकता।

महासागरों के विकास को समझें तो हिंद महासागर को हजारों वर्षों की संस्कृति का लाभ मिलता रहा है। भले ही इसकी आधारभूत आर्थिक गतिविधियाँ सीधे मौसम चक्रों की प्रकृति पर आश्रित रहती थीं, इन्हें परंपराओं द्वारा भी आगे बढ़ाया गया। फलस्वरूप महासागर ने अपनी स्वयं की विशेष पहचान विकसित कर ली, जोकि गतिशीलता, स्वीकृति और अंतर्प्रवेश पर आधारित थी। ये ऐतिहासिक विरासत, इसके विस्तार के सुदूरवर्ती बाली के हिंदू मंदिरों और मिसॉन (My Son) से लेकर चीन के फुजियान (Fujian) तट पर स्थित चेंगचो (Zhengzhou) तक; अचे (Aceh) के अरब समुदायों और पूर्वी श्रीलंका में या फिर मेडागास्कर के वाकवाक (Waqwaq) में बसने वालों तक दिखाई देती है। वास्तव में, वैश्विक रुझानों के कुछ और भी असाधारण उदाहरण हैं, जो क्षेत्रीयता की स्थानीय पहचान के माध्यम से दिखते हुए बोध होते हैं। इतने युगों बाद इन परंपराओं व धरोहरों के अवशेष उस विशालता को केवल आंशिक रूप से प्रतिध्वनित कर पाते हैं, जो बताती है कि किसी समय यह कितनी भव्य रही होगी। जो कहानी वे अब भी सुनाया करते हैं, वह इस बात का प्रमाण है कि हिंद महासागर का समग्र लोकाचार सह-अस्तित्व और सामंजस्य का था, जहाँ विविधता के लिए सम्मान, व्यापार के प्रोत्साहन में सहज रूप में अंतर्निहित था। इसकी अपनी पहचान और इसकी अच्छी समझ को पुनर्जीवित करने के लिए हिंद महासागर के इस बहुरंगे स्वरूप को समझना और सजोना बहुत अधिक महत्वपूर्ण है।

बहुलवाद और समन्वयता, महासागर के वे विशिष्ट ऐतिहासिक गुण हैं, जिन्हें उदारतावाद ने भी प्रबलता दी है। इसके बारे में यदि हम ध्यानपूर्वक सोचें तो हिंद

महासागर अंग्रेजी बोलने वाला सबसे सघन जनसंख्या वाला जलीय क्षेत्र है, जो अटलांटिक महासागर से भी बड़ा है। निस्संदेह औपनिवेशिक युग ने इस महासागरीय समुदाय की क्षति तो बहुत कर दी, लेकिन अपने पीछे अंतरराष्ट्रीय मानदंडों और विधि के शासन का समर्थन करने वाले संस्थानों, व्यवहारों और मूल्यों को भी छोड़ गया। आज पुरातन और आधुनिक इतिहास, दोनों का संयोजन, अपने स्वयं की पहचान कराने वाले एक अधिक समकालीन क्षेत्र को विकसित करने का आधार उपलब्ध कराता है।

लेकिन इसकी परंपराओं और आकांक्षाओं के बावजूद वास्तविकता यही है कि हिंद महासागर की एकजुटता अपने आप में स्पष्ट नहीं है। इसके कारण बहुत जटिल हैं और शोध करने योग्य हैं। आंशिक रूप से यह बाह्य शक्तियों द्वारा इस क्षेत्र के परोक्ष विघटन किए जाने का परिणाम था। औपनिवेशिक प्रभुत्व ने अपने प्रशासनिक अधिकार क्षेत्र के अंतर्गत युगों के स्वाभाविक संपर्क और आवागमन को कृत्रिम बाधा उत्पन्न करके शक्तिहीन कर दिया। स्थानीय समुद्री व्यापारों और सामर्थ्य के सिकुड़ने के साथ उनकी विशेषताओं ने महासागर और उसके तटीय समाजों के बीच अलगाव को बढ़ाना शुरू कर दिया।

जैसे-जैसे समुद्री गतिविधियों की ये अंतर्निहित प्रथाएँ यूरोपीय लोगों की उपस्थिति के चलते कम होती गईं, इस विस्तृत वैश्विक साझा हितों (GLOBAL COMMONS) का सक्रिय रूप से दृश्यमान अंश भी बहुत छोटा रह गया। महासागर की संस्कृति पर भारत के भाग्य का प्रभाव सबसे बड़ी बाधा बनकर सामने आया। औपनिवेशिक शासन के दौरान, विभाजन ने इसके प्रभाव में कमी को और बढ़ा दिया। पहुँच और महत्व दोनों के दृष्टिकोण से महासागर का अस्तित्व महत्वहीन बनकर रह गया। केवल इतना ही नहीं, उत्तर औपनिवेशिक युग में आधुनिक राष्ट्र-राज्यों के उद्‌भव ने पुनः क्षेत्रीयता पर इतना अधिक बल दिया कि इसने क्षेत्रीय और अंतर-क्षेत्रीय सहयोग के बहाव को और कम कर दिया। फलस्वरूप हिंद महासागर को अटलांटिक और प्रशांत महासागर की तुलना में वास्तविक रूप से कम संबद्धता योग्य माना गया। यहाँ तक कि इसके छोटे हिस्से, बंगाल की खाड़ी या फिर अरब सागर को मेडिटेरेनियन और कैरेबियन या फिर उत्तरी ध्रुव सागर की तरह एक संस्कृति सँजोने वाले रूप में भी मान्यता नहीं मिली। विशेष रूप से, जब विपरीत हितों वाली शक्तिशाली ताकतें इसके विरोध में खड़ी हों, तब उसे फिर से बनाना आसान नहीं होगा।

दूसरे क्षेत्रों की तरह हिंद महासागर को भी और अधिक समाधान अपने भीतर ही ढूँढ़ने होंगे। उस दिशा में एक महत्वपूर्ण कदम, जो पहचान को अपेक्षाकृत अधिक स्पष्ट रूप में उजागर करने में सहायक हो सके, उस कनेक्टिविटी को बनाने का हो सकता है। इसके, अतीत वाले मानसून-संचालित पहचान की ओर लौटना, निश्चित रूप से अधिक व्यावहारिक नहीं होगा, हालाँकि हमें उदार कनेक्टिविटी के आकर्षण को कुछ कम नहीं आँकना चाहिए। समस्या यह है कि पिछले पाँच दशकों में तटीय देशों में से प्रत्येक ने किसी-न-किसी क्षेत्रीय समूह के साथ अपने संबंध स्थापित कर लिये हैं, कुछ ने तो एक से भी अधिक समूहों के साथ। महासागर से गुजरते हुए हमें संक्षिप्त नामों की एक श्रृंखला देखने को मिलती है, जो इसके विभक्त होने को प्रमाणित करती है, इनमें एस.ए.डी.सी. (SADC), जी.सी.सी. (GCC), सार्क (SAARC), बिम्सटेक (BIMSTEC), आसियान (ASEAN), ई.ए.एस. (EAS) इत्यादि प्रमुख हैं। इसलिए राष्ट्रों और क्षेत्रों को एकीकृत हिंद महासागर के लिए काम करने को प्रोत्साहित करना इतना आसान नहीं है। कोई भी संभवतः विरोध का सामना नहीं करे, पर ऐसा करने का उत्साह कुछ में ही दिख पाएगा।

इन समूहों में परस्पर और अधिक बंधुत्व को बढ़ावा देना भी कूटनीतिक स्तर पर स्वयं ही इस दिशा में योगदान करेगा। आपसी सीमाओं को भौतिक रूप से जोड़ना भी सहायक सिद्ध हो सकता है। भारत-म्याँमार सीमा इसका एक अच्छा उदाहरण है, जहाँ सार्क आसियान से मिलता है। भू-तलीय संपर्क निश्चित रूप से आवश्यक है, पर हमें यह भी स्वीकार करना होगा कि समुद्री अवसंरचना का अशक्त होना भी, अधिकांशतः हिंद महासागर की इस दशा के लिए उत्तरदायी है। इसके तटीय क्षेत्रों का विकास भी कम महत्वपूर्ण नहीं है। हिंद महासागर की कमियों में कुछ योगदान इसकी तटीय संस्कृति की संकीर्णताओं का भी था। एशिया में जैसे-जैसे राष्ट्रीय समाजों का उदय होता गया, महासागर से मनोवैज्ञानिक दूरी भी और संकीर्ण होती गई। तटीय अर्थव्यवस्थाएँ उत्तरोत्तर रूप से समुद्री व्यापार से संबद्ध हो गई हैं। अब यह स्पष्ट दिखाई पड़ता है कि उनके मूलभूत ढाँचे का विकास हिंद महासागर के महत्व को बढ़ाने में एक 'गेम चेंजर' की भूमिका निभा सकता है।

वैश्विक व्यापार और विकास के लिए हिंद महासागर की केंद्रीयता का अनुभव कोई नई बात नहीं है। वस्तुतः यह विश्व के संपूर्ण महासागरीय क्षेत्र का बीस प्रतिशत भाग है और लगभग 70,000 किलोमीटर समुद्री तट रेखा तक फैला हुआ है, लेकिन

विस्तार से भी अधिक यह भौगोलिक स्थिति का विषय है। चाहे हम क्षेत्र को बाजार समझें या उत्पादन के केंद्र, एशियाई अर्थव्यवस्था के पुनरुत्थान के साथ, मात्र उत्पादों के परिवहन को अधिक महत्व दिया गया। फलस्वरूप प्राकृतिक संसाधनों का प्रवाह भी इस महासागर के साथ विकसित होता रहा। यह अब विश्व के दो-तिहाई समुद्री तेल कारोबार के लिए उत्तरदायी है। विश्व की चालीस प्रतिशत से अधिक जनसंख्या इस महासागर के आसपास रहती है। विश्व के एक-तिहाई विशालकाय कार्गो और इसके आधे कंटेनरों का सुचारु रूप से और निर्बाध यातायात सुनिश्चित करना कोई साधारण दायित्व का काम नहीं है। समय बीतने के साथ इसे उत्तरोत्तर सामूहिक स्वभाव भी प्रदर्शित करना होगा।

भारत इस चुनौती को गंभीरता से लेता है और अपने दायित्व को पूरी तरह निभाने को तैयार है। हमने अपने कुछ समीपवर्ती पड़ोसियों के साथ असैनिक जलयानों की आवागमन संबंधी सूचनाओं के अग्रिम आदान-प्रदान के लिए 'व्हाइट शिपिंग एग्रीमेंट' तथा तटीय एवं विशिष्ट आर्थिक क्षेत्र (EEZ) की निगरानी के लिए सहयोग करने का काम भी आरंभ कर दिया है। भारत समुद्री सुरक्षा के लिए आर.ई.सी.ए.ए.पी. (ReCAAP) और एस.ओ.एम.एस. 10 तंत्र (SOMS 10 Mechanism) जैसी व्यवस्थाओं में भी सम्मिलित होता है। हमने अपने पूर्वी और पश्चिमी दोनों ओर समुद्री दस्युता से निपटने में भी सक्रिय भूमिका निभाई है। इस क्षेत्र में अदन की खाड़ी और दूसरे समुद्री मार्गों पर दस्युता रोकने के लिए गश्त का काम वर्ष 2008 से संचालित किया गया है। भारतीय नौसेना ने समुद्री दस्युता रोकने वाले लगभग पचास रक्षक अभियान चलाए हैं। कुल मिलाकर, इस क्षेत्र में इसने समुद्री सुरक्षा में अभूतपूर्व योगदान दिया है। यह दिसंबर 2015 में उच्च सतर्कता क्षेत्र को सीमित करने में सफल रहा, जिसके चलते जलयान परिवहन बीमा की लागत में भी कमी आई है।

हिंद महासागर में सुरक्षा चुनौतियों का सामना हर प्रतिभागी अपने अनुसार करता है। भारत के संदर्भ में, इसे विभिन्न प्रासंगिक क्षेत्रीय निकायों से जो शक्ति मिलती है, वह निश्चय ही इसके राष्ट्रीय सामर्थ्य का परिणाम है। भारत विशेष रूप से, क्षेत्रीय संगठन आसियान को एक ऊँचे स्तर और व्यापक मंच की मान्यता देता है। निकटवर्ती पड़ोस में भारत, श्रीलंका और मालदीव के साथ त्रिपक्षीय संवाद कर रहा है। जहाँ तक नौसैनिक हितों की बात है, पैंतीस देशों की 'हिंद महासागर नौसेना संगोष्ठी' (IONS) की पिछले दशक में अनवरत वृद्धि अत्यंत उत्साहजनक रही है। यह समुद्री विषयों पर एक साझी

समझ को प्रोत्साहित करने, क्षेत्रीय समुद्री सुरक्षा बढ़ाने, सामर्थ्य को अधिकाधिक प्रबल बनाने, सहयोगात्मक तंत्र स्थापित करने, अंतर-संचालन विकसित करने और त्वरित प्रतिक्रिया उपलब्ध कराने में लाभकारी सिद्ध हुआ है।

नीति से आगे बढ़कर यदि प्रदर्शन पर ध्यान दें तो स्पष्ट है कि साझा सुरक्षा लक्ष्यों के लिए नौसेनाओं का संयुक्त अभ्यास स्थिरता लाने में सफल सिद्ध हुआ है। भारत सिंगापुर, श्रीलंका, फ्रांस, ऑस्ट्रेलिया तथा अन्य देशों के साथ कई द्विपक्षीय अभ्यासों में भाग लेता है। इसके साथ ही हम अमेरिका और जापान के साथ भी मालाबार समूह के अभ्यासों में भागीदार हैं। भारत ने हिंद महासागर के कुछ द्वीपीय राष्ट्रों को नौसैनिक उपकरणों की आपूर्ति की है, प्रशिक्षण दिया है और समुद्र विज्ञान संबंधी सेवाएँ भी संचालित की हैं। इसका समुद्री क्षितिज आज स्पष्ट रूप से पूर्वी अफ्रीका के सहयोगियों तक विस्तृत है।

हिंद महासागर में एक सामुदायिक पहचान को पुनर्जीवित करना एक कठिन कार्य है। अपने संरचनात्मक स्वरूप में अधिक विषय-वस्तु और ऊँची पहचान के लिए इसे 'हिंद महासागर परिधि संघ' (Indian Ocean Rim Association) जैसे सामुद्रिक मंच की आवश्यकता रहेगी। पर वह एक अत्यंत जटिल चुनौती से निपटने के लिए संभवत: अधिक औपचारिक तरीका होगा। भिन्न ऐतिहासिक पृष्ठभूमि वाले अनेक राष्ट्रों को एक साझा समुद्री क्षेत्र के आसपास संगठित करने के लिए सांस्थानिक और अनौपचारिक दोनों प्रकार के निदानों की आवश्यकता होती है। बस एक बार हम उनके बारे में उस दिशा में सोचना शुरू कर दें, क्योंकि मूलभूत हिस्से तो अस्तित्व में रहते ही हैं।

यदि यह तथ्य सर्वमान्य है तो वह यह कि इस अनिश्चित दुनिया में गठबंधनों की विशेषता घटती जा रही है। यह भी स्पष्ट परिलक्षित होता है कि प्रभाव प्रदर्शन के लिए पुरातनपंथी प्रतिद्वंद्विता का स्थान और अधिक उपयुक्त प्रतिस्पर्धाओं ने ले लिया है। आज भविष्य ऐसे देशों को साथ लेने का है, जिनके हित समान हों या फिर एक-दूसरे को आच्छादित करते हों। इसका आशय यह है—अधिक स्वतंत्र विचारों के साथ एजेंडा तय करना और संवाद स्थापित करना। साथ ही इस बात की समझ रखना कि प्रगति के लिए हर सहयोगी क्या करने की योग्यता रखता है। नौसैनिक अभ्यासों, इंफ्रास्ट्रक्चर संबंधी रणनीतिक विमर्शों में पहले से ही ये संकेत मिलते हैं।

स्थिरता और व्यवस्था मात्र क्षमताओं के बल पर नहीं बनाए जा सकते। इसे

विधि के अनुशासन द्वारा संतुलित किया जाना चाहिए, जैसे इस मामले में 'यूनाइटेड नेशंस कन्वेंशंस ऑन द लॉ ऑफ द सी' (UNCLOS) के प्रति निष्ठा, जिसे 'इंडियन ओशन रिम एसोसिएशन' (IORA) ने सामुद्रिक व्यवस्था के लिए एक संविधान के रूप में मान्यता दी है। उत्तरोत्तर वैश्वीकृत विश्व में समुद्री व्यापार के महत्व को समझते हुए भारत, नौपरिवहन और वायु क्षेत्रों को सीमारहित बनाते हुए उड़ानों की स्वतंत्रता, निर्विघ्न वाणिज्य का समर्थन करता है, जो अंतरराष्ट्रीय विधि के सिद्धांतों पर आधारित हैं और जिनको UNCLOS में विशेष महत्व दिया गया है। भारत का यह भी मानना है कि राष्ट्रों को आपसी विवाद बिना भय अथवा बल प्रयोग के शांतिपूर्ण ढंग से सुलझाने चाहिए और ऐसी गतिविधियों को संचालित करते समय आत्मसंयम का परिचय देना चाहिए, जो विवादों को जटिल बनाकर या बढ़ाकर शांति और स्थिरता को हानि पहुँचाने वाली हो सकती हैं। बंदरगाहों को जोड़ने वाले नौपरिवहन के मार्ग शांति, स्थिरता, समृद्धि और विकास के लिए बहुत महत्वपूर्ण हैं। UNCLOS के एक सदस्य राष्ट्र के रूप में भारत ने सभी पक्षों से अपील की है कि वे उस परंपरा का सर्वोच्च सम्मान करें, जो समुद्रों और महासागरों की अंतरराष्ट्रीय वैधानिक व्यवस्था को स्थापित करती है। हमारा भी यही मत है कि पूरक VII न्यायाधिकरण और इसके निर्णयों को स्वयं UNCLOS के भाग-XV में मान्यता दी जाए।

यदि हिंद महासागर को अब वैश्विक राजनीतिक वार्ताओं में प्रमुख स्थान ग्रहण करना है तो इसे IORA को और आगे विकसित करना होगा। लगभग दो दशकों से इस निकाय ने समन्वयात्मक लोकाचार बनाने के लिए कई सारी विविधताओं में सामंजस्य स्थापित किया है। यह क्षेत्रीय सहयोग के लिए एक सामान्य आधार बनाने और साझा हितों को विकसित करने के अवसर भी उपलब्ध कराता है। यह व्यापार, अकादमिक संस्थाओं, विद्वानों और सदस्य राष्ट्रों के लोगों के परस्पर संपर्क को भी प्रोत्साहित करता है। भारत इस क्षेत्र में अपने द्विपक्षीय संबंधों का विस्तार करते हुए इस परिधीय संघ को बनाने के प्रति निष्ठावान है। वह इसके प्रसार और आगे इसकी गतिविधियों, अक्षय ऊर्जा और समुद्री अर्थव्यवस्था से लेकर समुद्री कुशलता और सुरक्षा, जल विज्ञान और वृहद संस्थानीकरण एवं थिंक टैंक नेटवर्किंग तक में तेजी को एक उपलब्धि के रूप में देखता है।

हिंद महासागर के इतिहास और परंपराओं को देखते हुए यह पूरी तरह से उपयुक्त प्रतीत होता है कि इसके तालमेल को आगे बढ़ाने वाले गंभीर प्रयासों को, इसकी एकता

और पहचान के मुद्दों को संबोधित करना होगा। हमें हिंद महासागर के आर-पार फैले उन आप्रवासी परिवारों के संबंधों का पूरा लाभ उठाना चाहिए, जो इसके इतिहास का महत्वपूर्ण अंग हैं, लेकिन इसे और अधिक सक्रिय कदम उठाने की भी आवश्यकता है। 'प्रोजेक्ट मौसम', जिसका नामकरण हिंद महासागर के एक विशिष्ट वायु तंत्र पर आधारित है, इस क्षेत्र के स्वभावगत लक्षणों में रुचि को प्रकट करता है।

यह परियोजना संस्कृति, वाणिज्य और धार्मिक अंतर्संपर्कों पर पुरातात्त्विक और ऐतिहासिक शोध को बढ़ावा देती है। यह ज्ञान के परस्पर आदान-प्रदान, नेटवर्किंग और प्रकाशन को आगे बढ़ाने का स्रोत बन गई है। यदि यह महासागर की पहचान को पुनर्जीवित करने के लिए समकालीन पहल का एक उदाहरण है तो दूसरे कई और भी अनुपूरक पहल हैं, जो समान उद्देश्य के लिए कार्य करती हैं। आयुर्वेद और योग जैसे पारंपरिक ज्ञान और पद्धतियों में रुचियों को बढ़ाकर, बौद्ध धर्म और सूफीवाद जैसे मतों की इतिहास-यात्रा में उत्सुकता को पुनर्जाग्रत कर या फिर मानव संपदा के आदान-प्रदान के लिए नालंदा और रामायण जैसे शक्तिशाली प्रतीकों का उपयोग करके हम चरणबद्ध तरीके से एक ऐसे पारिस्थितिक तंत्र की चेतना में वृद्धि कर रहे हैं, जो कभी अपनी जीवंतता में सुरक्षित थी।

स्पष्टत: बहुत-कुछ इस पर निर्भर करता है कि एशिया में कनेक्टिविटी की संभावनाएँ कैसा स्वरूप ग्रहण करेंगी। आज ढेर सारे दृष्टिकोण और आगे बढ़ने के अवसर हैं, जो इस क्षेत्र के राष्ट्रों को विकल्प प्रदान करते हैं। यह समझा जा सकता है कि इनमें से कई उपलब्ध सभी अवसरों का भरपूर लाभ लेना चाहेंगे।

लेकिन पिछले दशक के अनुभव इस संदर्भ में परिपक्व और सुविचारित निर्णय लेने के महत्व को रेखांकित करते हैं। यदि कनेक्टिविटी को कोई विशेष रणनीतिक लक्ष्य प्राप्त नहीं करना है तो इस बात का ठोस आश्वासन आवश्यक है कि परियोजनाओं का प्रयोग दबाव बनाने के लिए नहीं किया जाएगा। इसी प्रकार, लाभ पहुँचाने में असमर्थ रहने वाली परियोजनाएँ भी ऐसी स्थिति वाली संभावनाओं को जन्म देती हैं। ऐसे अवसरों पर यह बहुत जरूरी है कि संप्रभुता का सम्मान हो और विवादित विषयों को परे रखा जाए। कनेक्टिविटी के निहितार्थ उसी अर्थ में सार्थक हैं, जब वह प्रवाह के क्षैतिज फैलाव को व्यापक बनाए, न कि उसे दिशा देने का प्रयत्न करे।

हिंद महासागर के लोकाचार की प्रकृति परामर्शी है और दीर्घकालिक अवधि में जन-केंद्रित सक्रियताओं और परियोजनाओं के बने रहने की संभावना अधिक रहेगी।

चूँकि हम कनेक्टिविटी को सदैव स्थूल रूप में देखने के अभ्यस्त हैं, इसलिए हमें यह नहीं भूलना चाहिए कि इसका एक उदार पक्ष भी है, जो कम महत्वपूर्ण नहीं है। नागरिकों का परस्पर संपर्क, धार्मिक यात्राएँ और आदान-प्रदान, परंपरागत धरोहरों का संरक्षण और सांस्कृतिक प्रचार-प्रसार ये सब वे प्रभावी तथ्य हैं, जो समाजों के बीच बंधुत्व की समझ को बढ़ाने में योगदान कर सकते हैं। इसलिए यह आवश्यक है कि हम कनेक्टिविटी की चुनौती से निपटने में एक समग्र दृष्टिकोण बनाकर रखें, जो समुदाय केंद्रित हो, न कि लेन-देन विषयक और जिसकी प्राथमिक संचालन शक्ति सबके कल्याण के उद्देश्य में निहित हो।

हिंद महासागर का कोई भी विश्लेषण, विकास को इसकी पराकाष्ठा तक पहुँचाए बिना पूरा नहीं होगा—चाहे वे अफ्रीका के पूर्वी तट हों या प्रशांत महासागरीय द्वीप। प्रशांत महासागरीय द्वीप शिखर सम्मेलनों को बनाए रखने और हमारे तालमेल और विकास परियोजनाओं का विस्तार, जलवायु औचित्य के हमारे साझा उद्देश्यों को मूर्त रूप देने के लिए आवश्यक है। इसी तरह अफ्रीका में भारत की गतिविधियों को भी वह महत्व नहीं मिला है, जिसकी वे अधिकारी हैं। प्रदर्शनों से बचना भी आंशिक रूप से इसका कारण रहा है। हिंद महासागर की परिधि में स्थित वे पूर्वी अफ्रीकी देश, जिनके साथ हमारा दीर्घकालिक ऐतिहासिक संपर्क और आत्मीय लगाव रहा है, उनके साथ इंडो-पैसिफिक विमर्श के लिए हमारे संबंध विशेष रूप से समीचीन हैं।

हिंद महासागर का संदर्भ समाज, संस्कृति और वाणिज्य से संबंधित है। इसकी जटिल संरचना और सूक्ष्म तंतुओं की सराहना इसके विकास और पुनरुत्थान के लिए अनिवार्य है। इसे उदारता के साथ आगे बढ़ाने की आवश्यकता है, न कि व्यापारिक दृष्टिकोण से। इसको एक सहयोगी का स्तर देना होगा, न कि प्रतिद्वंद्वी का। प्रभुत्व जमाने वाले नहीं, बल्कि अंतर्निर्भरता वाले उद्देश्यों को अपनाना होगा। भले ही मानसून अब यह तय न करे कि जहाज कब यात्रा पर जाएँ, फिर भी इसकी लय अरबों लोगों के जीवन में व्याप्त है। महासागर अब एक मिलन-क्षेत्र और संस्कृतियों के मिलाने वाले मार्गों के रूप में अपने लिए एक नई प्रतिष्ठा प्राप्त कर रहा है। समय आ रहा है कि यह स्वयं की पहचान के साथ वापस लौटे, जोकि इंडो-पैसिफिक की संभावनाओं के लिए अत्यंत आवश्यक है।

इसको प्रयोग में लाने के लिए भारत को योगदान करने वाला दृष्टिकोण अपनाना होगा, जो दूसरों का सहयोगी बनकर उनकी क्षमताओं का विकास और हितों की सुरक्षा

कर सके। दूसरा यह कि इस प्रक्रिया में चाहे यह द्विपक्षीय हो या क्षेत्रीय, साझा समुद्री लामों के संदर्भ में भी इसे अपनी भूमिका एक परामर्श देने वाले की ही रखनी चाहिए। व्यापक दायित्वों के स्वेच्छापूर्वक निर्वहन का संकल्प भी जारी रखना होगा। वस्तुतः यह हमारी गौरवशाली संयुक्त राष्ट्र शांतिरक्षक परंपरा का सामुद्रिक संस्करण है। इसी के साथ अंतरराष्ट्रीय नियमों और मानदंडों के प्रति सम्मान का संदेश देना भी वहाँ आवश्यक है, जहाँ भारत का आचरण कथनों से ऊपर उठकर अपनी उन्नत छवि स्थापित करने में समर्थ है। गैर-क्षेत्रीय शक्तियों को प्रतिक्रिया देने और अंतर-क्षेत्रीय शक्तियों के साथ नए समीकरण साधने से ही एक नई और उभरती हुई वास्तु-संरचना को साकार किया जा सकेगा। अनेक सहयोगियों के साथ आपसी समझ को बनाए रखने पर अधिक ध्यान देना होगा, जिससे अधिक वैविध्यपूर्ण संतुलन उभर सके। आसियान को इंडो-पैसिफिक में उसके महत्व को लेकर आश्वस्त रखना विशेष रूप से अहम है, क्योंकि अतीत में उसी समूह ने सभी गंभीर क्षेत्रीय बहसों को आगे बढ़ाया है। व्यावहारिक और सैद्धांतिक दोनों रूपों में यह इसकी केंद्रीयता को बढ़ाने का एक अवसर है।

इंडो-पैसिफिक क्षेत्र को लेकर भारत के दृष्टिकोण की अगर सर्वोत्तम अभिव्यक्ति कोई हो सकती है तो वह वर्ष 2018 में सिंगापुर में शांगरी-ला डायलॉग के दौरान प्रधानमंत्री मोदी के संबोधन में रही थी। यह विजन एक ऐसे मुक्त, खुले और समावेशी क्षेत्र का था, जहाँ दो महासागरों को जोड़ने वाला दक्षिण-पूर्व एशिया, केंद्र में था। इसके विश्वास का आधार एक साझा नियम-आधारित व्यवस्था थी, जो वैयक्तिक रूप से सभी राष्ट्रों पर लागू होने के साथ-साथ वैश्विक साझा हितों पर भी लागू होती थी। इसका आशय यह है कि सभी राष्ट्रों को साझा समुद्री और वायु क्षेत्रों का अंतरराष्ट्रीय कानूनों के अंतर्गत एक समान उपयोग का अधिकार है। परिवहन की स्वतंत्रता, निर्विघ्न वाणिज्यिक गतिविधि और विवादों का शांतिपूर्ण निपटारा भी सुनिश्चित किया जाना है। इस विजन का आर्थिक पहलू सबके लिए एक समान स्तरीय कार्यक्षेत्र का था, जबकि कनेक्टिविटी संप्रभुता, पारदर्शिता, व्यावहारिकता और निरंतरता के लिए विश्वास तथा सम्मान के महत्व को रेखांकित करती है। सार यह है कि यह आह्वान, सहयोग की सौम्य भावना रखने वाले एशिया के लिए था, न कि प्रतिद्वंद्विता के उन्माद वाले महाद्वीप के लिए।

इंडो-पैसिफिक का भविष्य पारस्परिक रूप से निरंतर क्रियाशील शक्तियों की एक

जटिल शृंखला में निहित है। आज अंतरराष्ट्रीय संबंधों के अन्य कई स्वरूपों के साथ इससे भी जुड़े कई स्पष्ट प्रश्न हैं। भारत के लिए चीन के साथ संबंध और पश्चिम के साथ भागीदारी में यह एक अहम तत्व होगा। रूस के साथ नई संभावनाओं के द्वार खोले जा सकते हैं, जिसके समुद्री हित आर्कटिक वाणिज्य की संभावनाओं के मूर्त होने के साथ ही बढ़ सकते हैं। जापान, आसियान और ऑस्ट्रेलिया के साथ संबंधों में भी स्पष्टत: इंडो-पैसिफिक के महत्व को कम नहीं किया जा सकता।

हो सकता है कि दो शताब्दी पूर्व महासागर वैश्विक राजनीति को तय करता रहा हो और कालांतर में अपना महत्व खो बैठा हो,, जब एक वैश्विक शक्ति धरातल पर उदय होती दिखाई दे रही थी, तब संभवत: इसकी कमी को एक कारक के रूप में हमने वैश्विक मामलों में बढ़ा-चढ़ाकर देखा हो। वहाँ कई सारी रणनीतियाँ काम कर रही हैं, कुछ तो प्रत्यक्ष होती हैं और कुछ कम प्रत्यक्ष हैं। सहमति बिंदु थिएटर की उस संवेदनशीलता से जुड़ा है, जो इसके पूर्ववर्तियों के मिलने से फिर से जाग्रत हो रही है। यह स्वाभाविक है कि एक वैश्विक व्यवस्था में बदलाव के साथ एक नई चर्चा शुरू हो जाए।

पश्चिमी पारिभाषिक शब्दावली लंबे समय से सामने रही है। चीन ने 'बेल्ट एंड रोड इनीशिएटिव' के साथ ही 'मानवता के साझा भविष्य के समुदाय' वाले एक नए तरह के व्यापक शक्ति संबंधों की वकालत की है। भारत का विश्व के संदर्भ में दृष्टिकोण परामर्शदायी, लोकतांत्रिक और न्यायसंगत है, किंतु इसे और अधिक स्पष्ट अभिव्यक्ति की आवश्यकता होगी। जहाँ तक बात इंडो-पैसिफिक की है, हम शब्दावलियों में फेरबदल को भी आत्मसात् कर लेंगे, ठीक उसी तरह जैसे हमने शक्तियों के स्थानांतरण और उनके निहितार्थों को समाहित कर लिया था।

□

कोविड के उपरांत
उपसंहार

"विश्व एक व्यायामशाला है, जहाँ हम सब
स्वयं को सशक्त बनाने आए हैं।"

—स्वामी विवेकानंद

वैसे भी जब हमारी दुनिया प्रचुर अवरोध, बढ़ते राष्ट्रवाद, तीव्रतर होती प्रतिस्पर्धा और नियमों एवं शासन व्यवस्थाओं पर उठते प्रश्नों के युग की ओर बढ़ती हुई प्रतीत हो रही थी, तब एक वायरस आ धमका, जिसने पहले वुहान को ध्वस्त किया और फिर पूरी दुनिया को निगलने निकल पड़ा। विशाल संख्या में हुई मृत्यु के अतिरिक्त, इस विभीषिका में लाखों लोगों ने अपनी आजीविका गँवा दी। ऐसे समाज, जो अपने भविष्य को लेकर आश्वस्त थे, विकास के उनके सपने भी देखते-ही-देखते ध्वस्त हो गए। केवल भारत में ही नहीं, पूरे विश्व भर में ऐसे बहुत सारे लोग, जो शीघ्र ही गरीबी-रेखा से ऊपर आ गए होते, उन्हें थोड़ी और लंबी प्रतीक्षा करनी होगी। यह सब उस एक महामारी के चलते है, जिसके बारे में उनको बहुत कम जानकारी है और उस पर उनका नियंत्रण न के बराबर है। इसके भीषण दुष्प्रभाव को देखते हुए ऐसा नहीं लगता कि इस असाधारण घटना को दुनिया इतनी आसानी से पचा पाएगी। इस पर उन तर्कों को धार देने वाली बहसों का अंबार लग चुका है, जो पहले से ही चर्चा में थे। फलस्वरूप इसकी गति, जो पहले से ही तेज थी, अब और तीव्र हो जाएगी। भू-राजनीति और भू-अर्थव्यवस्था में होने वाले और अधिक संघर्ष के कारण वैश्विक विरोधाभास और खुलकर सामने आएँगे। उथल-पुथल भरे हमारे इस युग की कई विशेषताएँ संभवत: आगे अधिक प्रबल तथा विधिमान्य भी हो जाएँगी। पहले से ही जटिल इस विश्व में विविध धारणाएँ पैदा होंगी।

यह महामारी जिस तरह एक दावानल बनकर आई, उसने अमेरिका और चीन के पारस्परिक टकराव में प्रज्वलित अग्नि का कार्य किया, जैसा कि आज प्रत्यक्ष दिखता है, इनके आपसी संबंध पहले से ही महत्वाकांक्षाओं, संकल्पों और हितों के मुद्दों पर आपस में उलझे हुए थे। राष्ट्रीय सुरक्षा का केंद्र होने के कारण, आर्थिक सुरक्षा के अमेरिकी दृष्टिकोण ने प्रौद्योगिकीय क्षमताओं को बढ़ाने के साथ-साथ व्यापार को सस्ते श्रम और कम लागत वाले देशों से संचालित करने की (Offshoring Practices)

गतिविधियों और वैश्विक आपूर्ति-श्रृंखलाओं पर दबाव बना दिया था। अब कोरोना महामारी के बाद स्वास्थ्य सुरक्षा की भी एक और परत अलग से इस पर चढ़ गई है। महामारी के दौरान दवाओं, मास्क, निजी सुरक्षा उपकरणों और परीक्षण किट की उपलब्धता के मुद्दे ने दुनिया भर में राष्ट्रीय अक्षमताओं को सार्वजनिक रूप से उजागर कर दिया। इसलिए महामारी के बाद के दौर की भावनाएँ व्यावसायिक निर्णयों को कितना प्रभावित करेंगी, विशेष रूप से वैश्विक आपूर्ति श्रृंखला को, यह स्वाभाविक चिंता रहेगी। अमेरिकन सोच में आए एक बदलाव के अनुसार, उसे सामाजिक ताने-बाने और औद्योगिक क्षमताओं की कीमत पर निपुणता अर्जित करना तथा लाभ कमाने की एकांगी सोच स्वीकार्य नहीं है। यह उसके आज के प्रशासकीय क्षेत्र के बाहर भी दिखाई देता है, विशेषकर यात्रा में रुकावटों और स्वास्थ्य संबंधी अनिश्चितताओं भरे इस परिवेश में विदेश में कारोबार करने की आपदा और बढ़ गई है। इसी समय अगर नीतिगत अनिश्चितता भी बढ़ जाती है तो इस विश्व पर दबाव बहुत अधिक बढ़ जाएगा।

हालाँकि नीतिगत विमर्शों में व्यक्त संभावनाओं की तुलना में व्यापार की जड़ें अकसर कहीं ज्यादा गहरी होती हैं, इस तथ्य को अस्वीकार नहीं किया जा सकता कि इस विभीषिका के बाद का विश्व बिल्कुल अलग होगा। कम-से-कम, तुलनात्मक रूप से हम अधिक अ-वैश्वीकरण, क्षेत्रवाद, स्वतंत्र निर्णय व स्व-निर्भरता और अपेक्षाकृत छोटी आपूर्ति श्रृंखलाएँ देखेंगे। जैसे-जैसे उनके विषय में विचार-विमर्शों में जोश बढ़ता जाएगा, इस बात का दिखावा भी कम होने लगेगा कि हम राजनीतिक प्रभावों वाली एक समानांतर दुनिया की भी चर्चा कर रहे हैं। कारोबार कभी भी इससे जुड़ी राजनीति के बिना नहीं होता है और प्रौद्योगिकी ने अब इसे और जटिल बना दिया है। महामारी ने इसे और धारदार बना दिया है। एक वैश्वीकृत अर्थव्यवस्था में लागत, जोखिम तथा लचीलेपन का तुलनात्मक विवेचन और अधिक उद्वेगपूर्ण तर्कों में बदल चुका है। यह न केवल भौगोलिक निर्भरताओं, बल्कि आंचलिक क्षेत्रों पर भी ध्यान केंद्रित करता है। फलस्वरूप आर्थिक क्षेत्र में रणनीतिक स्वायत्तता को लेकर और अधिक जागरूकता बनने लगी है। इसी के समांतर विश्वसनीय सहयोगियों की संकल्पना प्रौद्योगिकी के क्षेत्र से परे और व्यापक स्वरूप ग्रहण कर चुकी है। रक्षा और पर्याप्तता की परिधि बढ़ने के साथ ही उसके आसपास व्याप्त राजनीतिक अर्थों का क्षेत्र भी उतना ही विस्तृत होता जाएगा। इस संदर्भ में शासन की प्रकृति से जुड़े वाद-विवाद भी और अधिक स्पष्ट रूप में सामने आ गए हैं। फलस्वरूप अलग-अलग क्षेत्रों में समानांतर यूनिवर्स की संभावना

और प्रबल हो सकती है। चाहे जो भी हो, ये सब वास्तव में अलगाव को उस गंभीर स्तर तक बढ़ावा देंगे, जिसका अनुमान लगाना कठिन है। व्यापार पर निर्भरता भी स्वयं में एक संवेदनशील विषय बनता जा रहा है। अंतिम दशक के अंतर्गत कई अवसरों पर हम इसे दबाव बिंदु के रूप में प्रयुक्त होते देख चुके हैं। यदि प्रायः इसकी पुनरावृत्ति होने लगती है तो यह व्यापार संबंधों की रणनीतिक प्रकृति के प्रति और अधिक सावधान रहने के लिए प्रेरित करेगा।

पहले से सबल शक्तियों के क्रांतिकारी स्वभाव और उभरती हुई शक्तियों द्वारा तात्कालिक स्थिति के चुनिंदा तत्वों को बचाने के प्रयत्नों के विरोधाभास का उल्लेख पहले ही हो चुका है। दबाव के बढ़ने के साथ प्रतिद्वंद्विता और गंभीर हो सकती है, जिससे नए पक्ष सामने आ सकते हैं। पहले से ही नई शक्ति के उदय को शांतिपूर्ण उदय कहकर प्रचारित करने के बजाय 'वुल्फ वारियर्स' के आगमन की घोषणा में बदला जा चुका है। हमें हर तरफ इससे भी बहुत अधिक होता दिखाई पड़ सकता है। कई मायनों में वायरस के बाद वैश्विक मामलों में भूमिकाओं का बदलना और भी ज्यादा चौंकाने वाला रहेगा। पीड़ित होने की भावना भी प्रत्यक्ष रूप से जगह बदलती नजर आ रही है। इसी तरह प्रभुत्व को लेकर निर्भरता और असुरक्षा संबंधी चिंताएँ भी बदलाव से गुजरती दिखाई दे रही हैं।

अगर वायरस ने मतभेदों को और तीव्र एवं अर्थव्यवस्था का और राजनीतिकरण कर दिया है तो स्व-हितों पर भी इसका प्रभाव कम नहीं है। कोरोना राष्ट्रवाद इसका नया अवतार है। महामारी के समय हम राष्ट्रों को अपने स्वास्थ्य लक्ष्यों को प्राप्त करने के प्रयत्नों के दौरान, दूसरों के कल्याण की अनदेखी करते हुए देख चुके हैं। कुछ ने तो खुलेआम अपनी आर्थिक शक्ति का प्रयोग किया, जबकि दूसरों ने क्षेत्रीय एकजुटता को ताक पर रख दिया। कुछ अपवाद तो अवश्य हैं, पर वे इस व्यवहार की व्यापक प्रवृत्ति की भरपाई करने के लिए पर्याप्त नहीं थे। अब उसका कारण अधिकतर, वायरस के प्रकोप से पैदा हुए भय को माना जा सकता है, लेकिन वास्तव में इसने जो उजागर किया, वह यह था कि अंतरराष्ट्रीय संबंधों को किस प्रकार प्रयुक्त किया जाता है। सतत तनावों के इस युग में यदि सामूहिक प्रयत्न दबाव पड़ते ही शिथिल पड़ जाते हैं तो निश्चित रूप से उनकी सफलता संदिग्ध है।

यह हमें बहुपक्षवाद की स्थिति की ओर लेकर आता है। चूँकि यह अवसरों का लाभ उठाने के लिए प्रभावी रूप से आगे नहीं बढ़ पाया, इसलिए इसने शायद ही अपने

कद में वृद्धि की हो। उस डोमेन में बात जब विवादों से हटकर एजेंडा निश्चित करने अथवा दिशा तय करने की आई तो ऐसे में प्रभावी नेतृत्व की उपस्थिति नगण्य थी। यह हमें सचेत करता है कि बहुपक्षवाद की गुणवत्ता अंततः इस बात पर निर्भर करती है कि प्रमुख शक्तियों के बीच साझा सहमति किस अनुपात तक है, जैसा कि हमें ज्ञात है, पिछले कुछ समय से इसी की कमी का अनुभव सबसे अधिक हुआ है। फलस्वरूप निकाय और एजेंडे, साझा धरातल बनने के बजाय स्वयं में शक्ति प्रदर्शन का विषय बनकर रह गए। वार्ताओं में प्रभावित करने वाले संस्थानों पर अधिक ध्यान देने के कारण राष्ट्रीय हितों और वैश्विक कल्याण के बीच संतुलन साधना अधिक कठिन हो गया है। फलस्वरूप बहुपक्षवाद लाभार्थी रहेगा, क्योंकि अब इसके पास उद्‌देश्य और समानता है, जोकि बहुपार्श्ववाद में नहीं मिल पाई थी। प्रतिरोध क्षमता से लैस आपूर्ति श्रृंखला का लक्ष्य, विशेषकर स्वास्थ्य के क्षेत्र में, इसके बढ़ते हुए एजेंडे में अच्छी तरह से संलग्न किया जा सकता है।

बहुपक्षवाद को छोड़ भी दें, तो भी हाल की घटनाओं के चलते वैश्वीकरण को लेकर हमारी समझ भी बदल गई है। अब तक सामान्य दृष्टिकोण यह रहा है कि इसे सामूहिक पसंद की परिणति के रूप में देखने के बजाय बहुल राष्ट्रीय हितों के बीच संतुलन के तौर पर देखा जाता था। इसके आर्थिक परिप्रेक्ष्य, व्यापार और निवेश को प्राथमिकता देते हुए, प्रबल रूप से प्रभावी थे, लेकिन जैसा कि जलवायु-परिवर्तन अथवा आतंकवाद के मुद्‌दों के साथ था, महामारी ने यह प्रमाणित कर दिया है कि कई सारे मुद्‌दे ऐसे हैं, जिनसे कोई भी दूर नहीं भाग सकता। ऐसी वास्तविकताएँ किसी गणना या बातचीत का विषय नहीं हो सकतीं, क्योंकि इनके अस्तित्व को विभाजित करके देखना संभव नहीं। यदि विश्व को सही सीख लेनी है तो इस अनुभव में वैश्विक मुद्‌दों पर बहस को फिर से गढ़ने का सामर्थ्य मौजूद है, लेकिन ऐसा होने के लिए यह अनिवार्य है कि इस तरह के प्रश्नों पर आज के दौर में जो विवाद के स्रोत हैं, उनपर तर्क के लिए और अधिक साझा धरातल ढूँढ़ा जाए।

संभवतः महामारी का सबसे अप्रत्याशित प्रभाव उन लोगों के राजनीतिक भाग्य पर पड़ा, जो उन समाजों में थे, जो इसकी चपेट में सबसे ज्यादा आए। यह कहने की आवश्यकता नहीं है कि जो सत्ता पर विराजमान हैं, उनका मूल्यांकन महामारी से निपटने की गुणवत्ता के आधार पर किया जाएगा और बदले में वह उनके द्वारा गढ़े उन कथानकों से प्रभावित हो सकता है। हम यह तो जानते ही हैं कि कोरोना महामारी

के चलते अर्थव्यवस्था का जो विनाश हुआ है, उसने मूल रूप से पूर्ववर्ती राजनीतिक गणनाओं को बदलकर रख दिया है, लेकिन फिर भी, उनको आकलनों में रखना चाहिए, क्योंकि कुछ चिंतन प्रक्रियाएँ समकालीन विमर्शों को गढ़ने वालों से भी आगे बढ़कर बनी रह सकती हैं। अतीत में आसानी से लौटने की प्रत्याशा, वास्तविकता में कभी भी भलीभाँति प्रबल नहीं रही। कोरोना वायरस ने संभवत: इसे और भी अधिक कठिन बना दिया है।

तो इन सबके बीच भारत कहाँ खड़ा है ? यह एक ऐसी राजव्यवस्था है, जो वैश्विक अस्थिरता के दौर में स्थायित्व को सुदृढ़ करेगी और भरोसा बढ़ाएगी। इसका प्रभाव वैश्विक पुनर्संतुलन में योगदान करेगा और राजनीतिक अथवा आर्थिक बहुध्रुवीयता की छवि को आकार देगा। वैश्विक दक्षिण राष्ट्रों (Global South) से इसके ठोस संबंध यह सुनिश्चित करने के लिए महत्वपूर्ण हैं कि विकास की प्राथमिकताओं और नैसर्गिक न्याय की अवहेलना न हो। संशोधित बहुपार्श्ववाद के प्रबल समर्थक के रूप में, अपेक्षाकृत प्रखर राष्ट्रवादी युग में भी, यह यथार्थवादी सामूहिक प्रयत्नों का समर्थन कर सकता है। एक सभ्य-सौम्य शक्ति के रूप में वैश्विक मंच पर इसकी वापसी, इतिहास के लौटने का एक ज्वलंत उदाहरण होगी।

भारत का प्रदर्शन आज यह भी दिखाता है कि लोकतंत्र का प्रसार, विश्वासों एवं आस्थाओं की उदार अभिव्यक्तियों की ओर ले जा सकता है। शासन की अनदेखी की शिकार चुनौतियों से निपटने में ये अभिव्यक्तियाँ, दृढ़ संकल्पों के साथ मिलकर अपरिहार्य रूप से नए संवादों को जन्म देंगी। साथ ही, सामाजिक विकास के क्षेत्र में भारत की प्रगति, इसे वैश्विक-ज्ञानाधारित अर्थव्यवस्था के विश्वसनीय कौशल का मुख्य स्रोत बनाने की क्षमता रखती है। ये वे कुछ कारक हैं, जो अपरिहार्य रूप से भारत की प्रगति में काम करेंगे, क्योंकि विश्व उन समायोजनों को देख रहा है, जो भारत के उदय के साथ अनिवार्य रूप से घटित होगा। वे एक-दूसरे से जिस प्रकार तालमेल बनाएँगे, वह विवशताओं और अभिसरणों के एक मिश्रण को दिखाएगा, चाहे वे विषय भू-राजनीति, प्रौद्योगिकी, बाजार या फिर संस्कृति ही क्यों न हों।

स्वाभाविक है कि भारत भी उस वैश्विक परिवेश के व्यापक रुझानों से गढ़ा जाएगा, जिसे कोरोना वायरस और उग्र करेगा, लेकिन उससे कहीं अधिक, इसे महामारी के अत्यंत प्रत्यक्षदर्शी परिणामों को ध्यान में रखने की आवश्यकता है। इसका विनाशकारी प्रभाव, स्वाभाविक रूप से राष्ट्रीय पुनरुत्थान की रणनीति की माँग करता है और यह

बदले में हमारे विकास मॉडल के लिए एक मूलभूत पुनर्विचार चाहेगी। वर्तमान आर्थिक ढाँचे ने हमारी मैन्युफैक्चरिंग क्षमताओं को जिस तरह खोखला कर दिया है, उसे देखते हुए यह अवश्यंभावी ही था। मुक्त व्यापार समझौतों के संदर्भ में वैश्विक अर्थव्यवस्था को और गंभीरतापूर्वक प्रतिबद्ध करने की हमारी तैयारियों की पर्याप्तता को लेकर एक बहस पहले से ही चल रही थी। जो बात प्रत्यक्ष थी, वह यह थी कि हमारे सहयोगियों की कई नीति-जनित दुश्चिंताएँ बिना किसी विमर्श के धरी-की-धरी रह गईं। संरचनागत बढ़त रखने वालों के विरुद्ध प्रतिस्पर्धा करना कठिन रहा है, जैसा कि बढ़ते व्यापार घाटे से प्रमाणित होता है। बिना उचित सुधार की प्रक्रिया से गुजरे, उसी रास्ते पर आगे बढ़ते रहने के स्पष्ट आशय हैं। इसके परिणाम सीधे तौर पर रोजगार और सामाजिक स्थिरता से जुड़े हैं। यह विरोधाभासी है कि जो लोग भारत से और खुले होने का आग्रह कर रहे हैं, वे स्वयं इसके प्रति बहुत संवेदनशील हैं। इसलिए पुनरुत्थान की एक रणनीति अत्यंत सावधानी के साथ तैयार करने की आवश्यकता है। तालमेल अथवा प्रतिबद्धता पर हम कुछ भी विकल्प चुनें, दोनों ही परिस्थितियों में कुछ तथ्य ऐसे हैं, जिन्हें हम यूँ ही अनदेखा नहीं कर सकते।

जैसाकि भारत अतीत में अनुभव कर चुका है, आर्थिक रणनीतियों का सामंजस्य न केवल इसके स्वयं के राष्ट्रीय हितों, अपितु वैश्विक हितों के साथ भी होना चाहिए। यदि हम सार्थक ढंग से विश्व के साथ सामंजस्य बनाकर नहीं चल पाए, जैसा कि वर्ष 1991 तक हुआ तो उनका सँभल पाना बहुत कठिन होगा। तीन दशक बाद भारत की क्षमताएँ, प्रतिस्पर्धा और व्यापार दबाव में हैं, किंतु इस बार नितांत भिन्न कारणों से। 1991 के बाद का यह विश्वास कि स्वदेश में अपने स्वयं के कारोबार को खड़ा करने के लिए हम विदेश में दूसरों की लागत पर भरोसा कर सकते हैं—इसका भारी मूल्य है। सबसे कम बोली लगाने की प्रथा और लाभांश ढूँढ़ने की प्रचंड भूख में घरेलू क्षमताओं को क्षतिग्रस्त कर दिया गया। यहाँ तक कि दूसरों की दक्षता ने प्रतिस्पर्धाओं को प्रोत्साहित करने के बजाय, वास्तव में आगामी सुधारों पर ही विराम लगा दिया। यह विडंबना है कि बाहर का खुलापन, नवाचार को हतोत्साहित और सृजनात्मकता को विनष्ट करके स्वदेश में विकासहीनता लेकर आया। देश में सूक्ष्म, लघु और मध्यम उद्योगों (MSME's) को इस क्षति की मार को सबसे अधिक झेलना पड़ा। महामारी भले ही स्वास्थ्य सुरक्षा से जुड़ी कमजोरियों को प्रकाश में लाई हो, लेकिन साथ ही इसने इस व्यापक रणनीतिक आत्मसंतोष को भी उद्घाटित कर दिया। दूसरे क्षेत्रों को

भी इसी तरह की उनकी स्वयं की बाधाओं से जूझना पड़ा। चाहे ये अनुचित लाभ हों, जिसका आनंद प्रतिद्वंद्वी उठाते हैं अथवा बराबरी की प्रतिस्पर्धा का अभाव, हमें नीतियों को वास्तविकताओं, न कि उत्तेजक वाक्पटुता के आधार पर तय करना होगा। इसलिए वे पहुँच जो हम देते हैं और वे व्यवस्थाएँ, जिनमें हम सहभागी होते हैं, उनका इनमें संज्ञान लेना अत्यावश्यक है।

यदि हमें समीक्षा करनी है तो यह इस बोध के साथ आरंभ की जा सकती है कि यह विश्व हमारी अपेक्षा से कहीं अधिक संरक्षणवादी और एकपक्षीय रहा है। हमारे व्यापार के आँकड़े अपनी कहानी स्वयं सुना रहे हैं। ऐसी परिस्थितियों में, वर्ष 1991 के बाद के मंत्रों को ही जपते रहने का कोई अर्थ नहीं है। इसलिए राष्ट्रीय और वैश्विक दोनों ही परिस्थितियाँ, आत्मनिर्भरता पर और अधिक बल देने की सलाह देती हैं। ऐसा नीतिगत दृष्टिकोण उन प्रयासों को प्रोत्साहित करेगा, जो अधिक स्व-उत्पादक और स्व-निर्भर होंगे। इसके स्वयं के प्रदर्शन से ही नवोन्मेष और सृजनात्मकता और अधिक बढ़ेगी। घरेलू मोर्चे पर जब इसका स्वयं का उत्पादन श्रेष्ठ होगा, तभी विदेशी मोर्चे पर भारत आर्थिक अंतर पैदा कर सकता है। इसलिए 'मेक इन इंडिया' पर और अधिक जोर, स्पष्टत: न केवल भारत, बल्कि विश्व के लिए भी है।

हमें अपने स्वयं के हितों का और भी अधिक ध्यान रखना तथा उनका समर्थन करना होगा, ताकि वैश्विक प्रतिस्पर्धा में भाग ले सकें और निश्चित तौर पर, हमारा घरेलू बाजार उनके लिए खुला नहीं छोड़ देना है, जो अपने दरवाजे हमारे लिए दृढ़ता से बंद रखते हैं। जहाँ पर भारत की शुरुआत देर से हुई है, वहाँ उसकी अपेक्षित गति पाने के लिए आवश्यक उपायों को नीतियों में अवश्य सम्मिलित करना चाहिए और इन्हें अवश्य ही, आक्रामक रूप से रोजगार, कौशल, नवाचार और वाणिज्यीकरण को प्रोत्साहित करना चाहिए, जैसा कि अन्य राज्य व्यवस्थाएँ करती हैं, संवेदनशील क्षेत्रों के समर्थन में खड़े होने में कभी भी संकोच नहीं करना चाहिए। वे संकीर्ण आर्थिक हित, जो नीतियों की उपेक्षा कर आगे बढ़ जाते हैं, बहुतों के कल्याण के सामने टिक नहीं सकते। यह निरंकुशता को बढ़ावा देने का मामला नहीं है, बल्कि एक वृहद सामर्थ्य निर्माण, जोकि व्यापक राष्ट्रीय शक्ति का केंद्र है, के लिए तार्किक प्रयत्न है। समसामयिक दौर स्पष्ट रूप से इस पक्ष में है कि प्रत्येक राष्ट्र के पास अंतरराष्ट्रीय बिसात पर खेलने के लिए अपने पासे होने चाहिए, बड़े राष्ट्रों के पास तो विशेष रूप से।

जैसे-जैसे विश्व अधिक वैविध्य की ओर बढ़ता है, वैश्विक मूल्य श्रृंखला

में भागीदारी में वृद्धि का मामला आगे और सुदृढ़ होता जाएगा। भारत और ज्यादा उद्देश्यपूर्ण ढंग से इस दिशा में आगे बढ़ सकता है, लेकिन भारत को अपनी घरेलू क्षमताओं को मजबूत करके उसके साथ इसे संतुलित भी करना होगा। एक अधिक समर्थ भारत, जो आत्मनिर्भरता में वृद्धि के चलते उभरकर सामने आएगा, उसके पास औरों को देने के लिए भी निश्चित रूप से बहुत-कुछ होगा। वास्तव में, विश्व से विमुख होने के बजाय भारत अब और अधिक भागीदारी के लिए प्रस्तुत है, अपेक्षाकृत अच्छी तैयारी के साथ। आखिर हो भी क्यों न, आत्मनिर्भर भारत का सह-अस्तित्व 'वसुधैव कुटुंबकम्' (समस्त विश्व एक परिवार है) के साथ ही तो है।

अशांत विश्व के बीच भारत का उत्कर्ष, अधिकांशतः स्वयं को दूसरों से अलग दिखा पाने की उसकी योग्यता पर निर्भर करेगा। कोरोना के बाद का विश्व, वैश्विक कल्याण में अपेक्षाकृत अधिक गिरावट देखने वाला है। इसलिए जल्द प्रत्युत्तर देने वाले और उदार सहयोगियों की माँग बढ़ने वाली है। यह महामारी के दौरान दिखती थी और भारतीय आचरण में इसके संकेत निहित हैं कि आगे यह किस प्रकार विकसित हो सकती है। एक कदम आगे बढ़कर 120 राष्ट्रों को दवाएँ उपलब्ध कराना, जिसमें दो-तिहाई अनुदान के रूप में देना, एक मायने में अंतरराष्ट्रीयवाद का स्पष्ट संदेश था। उसी दौरान चार चिकित्सकीय सेवा दल मालदीव, कुवैत, मॉरीशस और कॉमोरोस में भी तैनात किए गए। ऐसा करके भारत ने न केवल विश्व की औषधिशाला होने की अपनी विश्वसनीयता को स्थापित किया, बल्कि स्वास्थ्य सुरक्षा प्रदाता की अपनी भूमिका का भी सफल निर्वहन किया। इसी के समांतर यह भी साफ दिखाई देता है कि वृहत भारतीय क्षमताएँ एक सजग रणनीति का हिस्सा बनकर वैश्विक मामलों में अपनी उपस्थिति महसूस कराती रहेंगी।

पिछले कुछ वर्षों में हम वैश्विक विमर्श में योगदान देने और अंतरराष्ट्रीय परिणामों में अंतर लाने में समर्थ, बढ़ती हुई भारतीय क्षमता का प्रदर्शन देख चुके हैं। हमने महत्वपूर्ण ढंग से कनेक्टिविटी की बहस को दिशा दी और प्रचुर परियोजनाओं के माध्यम से उसे पुख्ता किया, जिसकी परिधि में हमारे समीपवर्ती पड़ोसी भी सम्मिलित थे। आतंकवाद के विरुद्ध हमारे एकनिष्ठ आंदोलन की सहायता से हम इस मुद्दे को अहम वैश्विक मंचों पर सबकी दृष्टि में लाने में सफल रहे। जहाँ तक समुद्री सुरक्षा और एच.ए.डी.आर. (HADR) की परिस्थितियों का प्रश्न है, भारत एक अहम खिलाड़ी बनकर उभरा है, विशेष रूप से हिंद महासागर में।

राजनीतिक स्तर पर इतिहास की दुविधाओं पर काबू पाने में हमारे आत्मविश्वास ने नए आयामों के द्वार खोले हैं। रणनीतिक स्पष्टता ने उसके ज्यादा प्रभावी दोहन में मदद की है। कुल मिलाकर भारतीय आभामंडल अनेकानेक तरीकों से स्वयं को प्रत्यक्ष रूप में आलोकित किए हुए है। अफ्रीका में हमारी उपस्थिति प्रत्यक्ष रूप से बढ़ी है और वैसा ही कई दूसरे क्षेत्रों में भी हुआ है, जहाँ हमारे पिछले संबंध कमजोर थे। सच तो यह है कि महत्वपूर्ण सामंजस्य और गहरे सहयोग का यह संयोजन, जोकि महाद्वीपों के पार तक विस्तृत है, हमें एक वैश्विक मानसिकता के लिए तैयार करता है। विश्व भले ही एक नए दशक की दहलीज पर खड़ा हो, लेकिन भारत अपने स्वयं के उद्भव के अगले चरण के लिए पूरी तरह तैयार है।

जिस विश्व में प्रवेश की ओर हम अग्रसर हैं, वह गहन तर्क-वितर्कों का विषय है। इसे राजनीतिक, आर्थिक और प्रौद्योगिकी में रूपांतरणीय बदलावों द्वारा आगे और जटिल बनाया गया। वर्ष 1945 के बाद की पुरानी व्यवस्था की अधोमुखी, क्षीण होती उपयोगिता से समझौता करना स्वयं में कठिन कार्य है। उन तत्वों को पूरी तरह पहचान पाना, जो निर्माणाधीन व्यवस्था के संवाहक हैं, अब भी अपेक्षाकृत बड़ी चुनौती है। विभिन्न आयामों की मान्यताओं पर देश-विदेश में सवाल खड़े किए जा रहे हैं। फिलहाल जिस पर हमारी आम सहमति बन सकती है, वह यह है कि विश्व एक वास्तविक रूपांतरण की प्रक्रिया के मध्य में है और जिस ओर हम अग्रसर हैं, वह दिशा-ज्ञान हमारी स्वयं की प्राथमिकताओं, हितों, दृष्टिकोण और आशाओं से प्रभावित है।

'भारत की रणनीति' का स्वरूप, विशेषकर अब, एक परहेज करने वाले के बजाय मूर्तरूप देने वाले अथवा निर्णायक भूमिका निभाने वाले का रहेगा। यह जलवायु-परिवर्तन और कनेक्टिविटी जैसी बहसों में पहले ही परिलक्षित हो चुका है। वैश्विक दक्षिण के एक आदर्श वाहक की अपनी भूमिका को संपुष्ट बनाए रखते हुए, भारत को एक न्यायसंगत और निष्पक्ष शक्ति भी बने रहना होगा। घरेलू मोर्चे पर यह न केवल विकास संबंधी चुनौतियों को और अधिक प्रभावी ढंग से संबोधित करेगा, बल्कि एक आधुनिक समाज और राष्ट्र राज्य की विशिष्टताओं को भी तेजी से अर्जित करेगा और अंत में, 'भारत की रणनीति' अपने ब्रांड को बढ़ते हुए आत्मविश्वास के साथ अभिव्यक्त करेगी, चाहे यह इसकी सभ्यतागत विशेषताओं में हो अथवा इसकी समकालीन उपलब्धियों में।

आत्मनिर्भरता के दृष्टिकोण को सफल होने के लिए दृढ़ आत्मविश्वास की गहरी समझ का साथ होना बहुत जरूरी है। भारत ने पिछले कुछ वर्षों में, जिस उत्कृष्ट निर्णायक क्षमता के साथ विभिन्न चुनौतियों को संबोधित किया है, इस बात की पुष्टि के लिए पर्याप्त आधार देता है। कोरोनाकाल के बाद के व्यक्तिवादी आचरण वाले विश्व में इस मनोवृत्ति की अब और अधिक आवश्यकता होगी। उनमें से कुछ हमारी स्वयं की प्राथमिकताएँ तय करने और स्वयं के लक्ष्य निर्धारित करने की क्षमता के रूप में प्रकट की जाएँगी, लेकिन एक प्रतिस्पर्धी विश्व का दबाव भी रहेगा, जो कन्वर्जेंस और लेन-देन के दायरे से बाहर होगा। एक राज्य व्यवस्था को, जो एक स्वतंत्र लोकाचार में इतने गहरे तक डूबी हुई है, अपने हितों को आगे बढ़ाने के विकल्पों को गढ़ने की कला स्वाभाविक रूप से आनी चाहिए। अतीत में, भले ही इसने हमें बाहर रखा हो, लेकिन आज यह अच्छा मानदंड हो सकता है।

जब अन्य समाज हमें अधिक सम्मान की दृष्टि से देखते हैं तो समकालीन प्रमुख मुद्दों पर भारत के संभावित दृष्टिकोण की समीक्षा, इसका एक स्वाभाविक प्रतिफल होता है। उस संदर्भ में हमारा उत्तर—और हमारा आचरण भी—यह परिभाषित करेगा कि 'भारत की रणनीति' क्या है, जब दूसरे हमें एक मॉडल के रूप में स्थापित करने का प्रयत्न करेंगे, तुलनाएँ अपरिहार्य रूप से की जाएँगी, लेकिन जैसा हमारी क्षमताओं के उपयोग के साथ है, हमारे विकल्पों के चयन के भी कुछ पूर्ववर्ती उदाहरण होंगे। हमारा नैरेटिव गढ़ते समय आचार-विचार, संस्कृति और इतिहास भी प्रत्युत्तर का कुछ हिस्सा बन सकते हैं, लेकिन कुछ क्षेत्र और भी हैं, जो प्रासंगिक हैं। भारत आज के वैचारिक संघर्षों से बच नहीं सकता, चाहे वे कितने भी जटिल क्यों न हों। रूढ़िवादी मान्यताओं और दृष्टिकोणों को चुनौती देना हमेशा विवादास्पद रहेगा, विशेषकर जब नैतिकता का श्रेय अतीत को देकर परिवर्तन को असुरक्षित दिखाया जाता है। हाल में खींची गई कुछ स्पष्ट रेखाएँ, हालाँकि कोरोना-पश्चात् विश्व द्वारा प्रस्तुत की गई नई चुनौतियों के कारण मंद पड़ चुकी हैं; लेकिन अपनी ओर से, अतिरिक्त आत्मविश्वास से भरे भारत को, इसे एक वृहत वैश्विक पुनर्संतुलन का हिस्सा समझकर इन सब बहसों को सहजता से स्वीकार करना चाहिए।

अंतरराष्ट्रीय संबंधों के अन्य आयामों की तरह भारत की उन्नति भी एक अंतहीन कथा है। यह हमेशा सहज रूप से अनावृत्त नहीं भी हो सकती है, कभी-कभी उन वजहों से जिन पर हमारा नियंत्रण नहीं है। पर हर पीढ़ी यह मशाल अगली पीढ़ी को सौंप जाती

है, आशान्वित हो, कुछ अधिक प्रदीप्त लौ के साथ। इस प्रक्रिया में, जब हम भविष्य का निर्माण कर रहे हों, हमें निरंतर अपने अतीत का सुधार करते रहना होगा, अतः ठोस नीति-निर्माण, अपने अनुकूलतम समय में भी समीक्षा और योजना दोनों का एक अभ्यास है, हालाँकि जब हम एक चुनौती के लिए तैयार होते हैं, जो पूर्णतः अभूतपूर्व है तो कोरोनाकाल का अनुभव हमें एक असाधारण मूल्य देता है। हम में से कोई भी अभी-अभी घटी उस विभीषिका के भयावह रूप का पूर्वानुमान नहीं लगा सकता था, जिसके दुष्प्रभाव अब तक अनावरित होते जा रहे हैं। कौन, किस हद तक महामारी की चपेट में आएगा और कौन इससे उबरेगा और फिर सँभल जाएगा, यह अब भी एक यक्ष-प्रश्न है, लेकिन इतनी असाधारण अनिश्चितता के बावजूद भारत को एक ऐसे गेम प्लान के साथ बने रहना होगा, जो आज भी मान्य हो। हो सकता है कि इसके घटक ज्यादा जटिल और चुनौतियाँ और अधिक निरुत्साहित करने वाली हों, लेकिन एक प्रबल प्रतिस्पर्धी भावना और एक प्रखर रणनीतिक समझ निश्चित रूप से हमें अच्छी स्थिति में लाकर खड़ा करेगी।

निश्चित रूप से दुनिया आज वैसी नहीं रह गई है, जैसी वह अभी हाल तक थी। अपने समग्र प्रभाव के कारण कोरोना वायरस वर्ष 1945 के बाद की सबसे अधिक परिणामिक वैश्विक घटना हो सकती है। तात्कालिक रूप में, वृहद भौगोलिक स्तर पर नीतियों के बदलाव में प्रोत्साहन के कारण यह वैश्विक अशांति में वृद्धि करेगी। विश्व एक ऐसे विरोधाभास का सामना करेगा, जिसमें वह उसी व्यवस्था में बदलाव लाना चाहेगा, जिसमें वह अभी तक गहरे समाया हुआ है। कुछ ने इस कला में पहले ही निपुणता प्राप्त कर ली है, जबकि अन्य अभी भी जूझ रहे हैं। अब, जबकि हम सब अपने राजनीतिक गणित अलग-अलग तरीके से हल करेंगे, पहले से कहीं अधिक विखंडित, बिखरा हुआ और जटिल भविष्य हमारी प्रतीक्षा में है।

ऐसी वैश्विक गणनाओं में भारत का महत्व साफ दिखाई देता है। वायरस के बाद संभवतः इसमें और भी अधिक बढ़ोतरी होगी। तो इसे समय का संकेत मान लेते हैं कि विश्व ने हाथ जोड़कर 'नमस्ते' कहने वाले भारतीय अभिवादन के उच्च आचरण की खोज कर ली।

□

संदर्भिका

ल

व

श

स

ह

□□□